FIRST

Titolo originale: *Carnage - Book 1. The Story of us*

Traduzione dall'inglese di Alice Peretti
Prima edizione: giugno 2017

Roma, Casella postale 6214

ISBN 978-88-227-0426-9

www.newtoncompton.com

Realizzazione a cura di Librofficina, Roma
Stampato nel giugno 2017 presso Puntoweb s.r.l., Ariccia (Roma)
su carta prodotta con cellulose senza cloro gas provenienti
da foreste controllate, nel rispetto delle normative ambientali vigenti

Lesley Jones

La nostra storia segreta

The Carnage Series

Newton Compton editori

Capitolo uno

La prima volta che lo vidi penzolavo a testa in giù sulle sbarre in giardino. Io e la mia migliore amica Jimmie eravamo appese l'una di fronte all'altra a mangiucchiare pop rocks e a cantare a squarciagola quella che consideravamo una versione stellare di *Liza Radley* dei Jam. Avevamo sentito Bailey, il mio fratello maggiore, ascoltare il lato B del vinile con il singolo *Start* la settimana prima. A lui il lato B piaceva più del lato A ed erano giorni che lo ascoltava senza sosta, quindi anche noi avevamo imparato le parole a memoria.

Jimmie era innamorata di tutti e tre i miei fratelli maggiori. Era convinta che se avesse imparato i versi delle loro canzoni preferite si sarebbero accorti di lei. Non la biasimavo. Erano tutti piuttosto attraenti. Jimmie non aveva ancora deciso quale dei tre avrebbe sposato. Lennon forse non era un'opzione valida, perché aveva già sedici anni e noi, dopotutto, ne avevamo soltanto undici. Bailey, il maggiore, ne aveva diciotto, quindi anche lui si escludeva automaticamente. Il suo futuro sposo non poteva che essere Marley, quello più vicino a noi di età, ed ero piuttosto sicura che fossero le sue gambe quelle che vedevo avvicinarsi dal retro di casa nostra.

«George, ti vedo le mutande. Tirati su, okay?».

Già, era Marls. Però non ho idea del perché si stesse lagnando. Di solito adora vedere le mutande di Jimmie. L'avevo anche sentito implorarla di mostrargliele. E poi l'ho visto, l'altro paio di gambe che seguiva Marley verso di noi.

Anfibi?

Chiunque si stesse avvicinando portava gli anfibi. Mi piacevano da morire gli anfibi! Erano già sulla mia lista dei desideri per il Natale di quell'anno, anche se era soltanto agosto.

Un fischio fortissimo interruppe i miei pensieri. Avevo già sentito i ragazzi fischiare, prima. Mio papà e i miei fratelli mi avevano fischiato quando mi ero vestita elegante per un'occasione speciale, e papà fischiava a mamma ogni volta che scendeva dalle scale vestita e pronta per la giornata: era una cosa che mi rendeva felicissima. Ma questo fischio mi fece provare qualcosa che al momento non capii. Fece nascere in me sensazioni in posti che non sapevo di avere. Quel suono risvegliò nel mio corpo qualcosa che neanche sapevo fosse dormiente.

Io e Jimmie ci sollevammo contemporaneamente, afferrammo le sbarre con le mani e saltammo a terra in sincronia perfetta, come due ginnaste olimpiche. Ci voltammo verso Marley, ci inchinammo, e poi crollammo l'una sull'altra, ridacchiando come le due preadolescenti che eravamo. Marls ci lanciò un'occhiataccia. Piegai la testa all'indietro e mi rovesciai in bocca quel che rimaneva delle pop rocks, lasciando che le minuscole schegge arancioni mi esplodessero sulla lingua.

Guardai ancora mio fratello, in attesa che lo scoppiettio nella mia bocca si fermasse, per chiedergli il perché di quell'espressione disgustata, quando il mio mondo smise letteralmente di girare. Si intoppò per qualche secondo e poi ripartì, al ritmo incostante delle caramelle che mi esplodevano in bocca. Ma quando inghiottii, le esplosioni non si fermarono. Mi finirono dritte nel petto e nello stomaco, per fermarsi proprio nella pancia. E per qualche strana ragione, quella sensazione fece sì che il mio cervello interrompesse ogni contatto con la bocca, lasciandomi ammutolita.

Avevo undici anni, ma capii senz'ombra di dubbio che in quel momento stavo fissando gli occhi del ragazzo che avrei amato per sempre. Un paio di grandi occhi scuri incontrarono i miei da dietro le spalle di Marley. Mi fissò un po' troppo a lungo, poi il suo sguardo si spostò più in basso, sul mio petto. Sì, avevo undici anni, ma due anni prima avevo iniziato lo sviluppo e portavo già una terza. La maggior parte delle mie amiche mi invidiava, io invece odiavo le mie poppe. Da quando mi erano spuntate, tutto aveva iniziato a cambiare. I ragazzi mi trattavano in modo diverso. Bussavano alla mia porta anziché aprirla di colpo, e non entravano più in bagno con me per chiacchierare come facevamo quando mi lavavo in una vasca piena di bolle. Non mi saltavano nemmeno più addosso per farmi il solletico.

Poi, un anno prima, mi era venuto il ciclo e le cose erano persino peggiorate. Vivevamo in una bella casa, su una bella via, in un bel quartiere. Mi avevano sempre permesso di giocare fuori perché i miei fratelli mi tenevano d'occhio. Eravamo un gruppo di venti ragazzini: maschi e femmine dai dieci ai quindici anni. Divertimento innocuo, senza distinzione di genere. Passavamo il tempo sulla panchina in fondo all'isolato, al parco al di là della strada, o davanti alla piccola fila di negozi dell'isolato vicino. Finché non mi erano arrivate le mie cose, nessuno mi aveva mai domandato con chi uscissi o chi fosse presente, perché se c'erano i miei fratelli potevo fare quel che mi pareva.

Ma le mestruazioni cambiarono tutto. A casa mi bombardavano di domande. Dove vai? Chi c'è? Vengono anche i maschi? Era tutto quello che volevano sapere: se fuori casa avrei incontrato dei maschi. All'epoca non lo capivo. Non avevo mai pensato di poter restare incinta così presto.

Mio padre non era molto presente, quindi erano i miei fratelli a dettare le regole. Mia madre c'era, ma lasciava ai ragazzi il compito di sgridarmi se rientravo tardi o se non mi trovavano nei soliti posti quando venivano a cercarmi. Di solito a rimproverarmi erano Bailey o Lennon, perché Marley lo tormentavo. Che diritto aveva di dirmi come comportarmi? Aveva solo tredici anni, non era un adulto. Per assurdo, era proprio lui il fratello più severo.

Rimasi impalata a fissare il ragazzo accanto a lui, il nuovo amore della mia vita. Chi se ne fregava di Adam Ant, non c'era paragone con quello che ora mi fissava le tette senza ritegno.

«Sean, queste sono mia sorella George e la sua amica Jimmie», ci presentò Marley.

Sean rise. «Quando mi hai detto "Andiamo a conoscere George e Jimmie" pensavo ti riferissi ai tuoi fratelli, non a un paio di femmine con le mutande rosse e rosa».

«Il mio nome è Jamie e il suo Georgia, ma tutti ci chiamano Jimmie e George», disse Jimmie sicura di sé al mio futuro marito.

Incrociai le braccia al petto; mossa sbagliatissima, dato che mi faceva sembrare le tette ancora più grosse, e gli occhi di Sean ci cascarono un'altra volta.

«Facci vedere le tette», disse indicandomi con un cenno del mento.

Avrei voluto sotterrarmi. Ero così imbarazzata che pensavo mi fossero arrossiti anche i capelli.

«Fottiti, Maca. È la mia sorellina. Ha solo undici anni».

In quel momento avrei voluto dare un pugno a Marley. Avrò anche avuto undici anni, ma sapevo benissimo come funzionavano le cose. Ero già una donna, con tanto di tette e mestruazioni. Non immaginavo quanto ancora mi restava da imparare.

«Be', siete la Jimmie e la George più carine che abbia mai visto». Fece un sorriso sbieco senza mai togliermi gli occhi di dosso.

Quel pomeriggio si mise a piovere, quindi ci rintanammo nella casetta che papà e i suoi amici avevano costruito per noi in fondo al giardino. Quando ero piccola non sapevo con esattezza cosa facesse mio padre per vivere, e ora lo so ancora meno. Aveva una ditta di costruzioni. Era più grande della media, impiegava un centinaio di persone alla volta. Possedeva anche tre showroom di automobili: vendeva auto di lusso, auto di seconda mano, Mercedes, Beamer, Audi e così via. Possedeva anche alcune proprietà che dava in affitto a East London e nell'Essex. Ogni volta che glielo chiedevo, mi rispondeva di essere un imprenditore, io però non avevo idea di cosa volesse dire. Sapevo solo che avevamo una bella casa e dei bei vestiti. Mamma e papà guidavano delle belle auto e, quando Bailey passò l'esame della patente, ne presero una bella anche a lui. Andavamo in vacanza nella nostra villa a Marbella in Spagna o ad Albufeira in Portogallo, oppure con il nostro caravan a Clacton on Sea, sulla costa dell'Essex. Quando ero piccola non davo troppo peso a queste cose, ma crescendo iniziai a capire che eravamo più fortunati della media.

Mio padre aveva fatto costruire la casetta perché i ragazzi avessero un posto per suonare la loro musica. La costruzione era fatta di mattoni, insonorizzata e rivestita di legno, in modo da sembrare una vera casetta di villeggiatura. Bailey non suonava più tanta musica. Lennon suonava la chitarra e aveva anche una bella voce, ma la star era Marley. Suonava sia la chitarra che la batteria e aveva una voce stupenda. Io sapevo suonare la chitarra acustica, ma non ero niente di che. La mia voce era decente, ma nulla se paragonata ai miei fratelli. Marley aveva la sua band e quel pomeriggio mi disse che Sean sarebbe stato il loro nuovo cantante e chitarrista. Ritchie, il cantante precedente, si era trasferito in Galles con la famiglia all'inizio delle vacanze estive. Mio padre era un grande appassionato di musica e aveva pagato un annuncio pubblicitario per cercare un nuovo cantante per la band di Marley. Avevano fatto i provini alla chiesa locale, e Sean era stato la loro prima scelta. Il fatto che sapesse suonare la chitarra e il piano era un punto a suo favore.

Più tardi, mi sedetti in un angolo del grande divano Chesterfield della casetta. Avevo passato un'ora cercando di risolvere il cubo di Rubik, ma non ero famosa per la mia pazienza. Quindi mi stancai in fretta, lo gettai sul pavimento e mi misi a sfogliare le pagine della rivista *My guy*, ma neanche quella catturava la mia attenzione. Sean mi raggiunse, si sedette sul bracciolo del sofà e mi fece una domanda sul mio nome.

«Allora, perché dopo aver avuto tre maschi e avergli dato dei nomi assurdi, i tuoi hanno finalmente una femmina e le danno un nome da maschio?».

Alzai la testa e guardai i suoi occhi marroni, nei quali notai delle striscioline dorate, il tutto incorniciato da lunghissime ciglia scure.

Rispondi, George!

Piantala di arrossire!

Smettila di guardarlo negli occhi e rispondi alla domanda.

Deglutii e cercai di inumidirmi le labbra prima di parlare. «Mio padre va pazzo per la musica, di ogni genere. Bailey ha preso il nome da un chitarrista famoso negli anni Sessanta. Mio padre lo aveva conosciuto e gli era piaciuto il suo nome, che a dire il vero penso fosse il cognome. Lo tenne a mente e decise di darlo a Bailey come primo nome. Lennon viene da John Lennon. Marley da Bob… E io? Il mio nome viene dalla canzone preferita di mio padre, *Georgia on my mind*, di Ray Charles. Quindi mi chiamo Georgia Rae, ma dato che vivo in una casa piena di maschi l'hanno abbreviato con George».

Avevo raccontato questa storia così tante volte a persone diverse che potevo ripeterla persino nel sonno. Sean mi stette a sentire e annuì lentamente.

«Be', Georgia Rae, penso che tu sia troppo carina per essere chiamata col nome di un maschio. Quindi ti chiamerò…». Chinò la testa di lato pensando a che nome mi avrebbe dato… bellezza, o la sua ragazza? Nessuno dei due mi sarebbe dispiaciuto. «Gia?», disse.

Gia. Vuole chiamarmi Gia?

Nessuno mi chiamava Gia. Le maestre usavano Georgia. Amici e famiglia G o George, ma Gia proprio nessuno. Mi piaceva, sarebbe stato speciale. Una cosa solo nostra.

«Allora, va bene? Posso chiamarti Gia?».

Annuii. Non riuscii a fare altro. Le pop rocks mi stavano di nuovo esplodendo nella pancia e una volta ancora bloccavano il segnale fra cervello e bocca.

Capitolo due

Il resto dell'estate del 1980 trascorse a osservare Marley e Sean fare pratica con Billy e Tommy, gli altri due componenti della band di Marley, Carnage.

A settembre io e Jimmie iniziammo le superiori. La scuola era facile per me. Ero fra i migliori in ogni materia, senza neanche sforzarmi troppo. Non ero bellissima, ma alla mia età sapevo in che posizione mi trovavo in classifica, ed ero certa di non essere brutta.

Entrambi i miei genitori avevano origini irlandesi, ma erano completamente diversi l'uno dall'altra. Mio padre era alto, ben oltre il metro e ottanta. Spalle larghe, capelli scuri, occhi scuri, pelle scura. Mamma invece era piccola di statura, circa un metro e sessantacinque, e molto minuta. Dopo aver avuto quattro figli, portava ancora la quaranta. La sua pelle era pallida come la porcellana, e aveva dei bellissimi capelli castano ramato e occhi blu come il mare. Papà era affascinante, me lo dicevano tutti i miei amici, e anche mamma era bellissima.

Avrei desiderato tantissimo somigliarle, invece no. Se i miei fratelli erano la copia esatta di mio padre, io ero una bizzarra combinazione di entrambi i miei genitori. Ero alta per la mia età e troppo magra per i miei gusti. I miei capelli erano di un color castano scuro. Quando ci batteva il sole, si vedeva la sfumatura di rosso che avevo ereditato da mamma. La mia pelle era più scura di quella della mamma, ma non quanto quella di mio padre e dei miei fratelli. I miei occhi erano blu, non chiari come quelli della mamma, ma molto scuri. Quando mi abbronzavo d'estate, era come se mi schizzassero dalla faccia. Non c'entravano nulla con la mia pelle scura e le ciglia scure e attiravo sempre dei commenti.

A undici anni sapevo di non essere bellissima, ma sapevo di essere carina. Più carina di alcune ragazze della mia classe, ma non carina quanto altre. Non mi sto vantando: le cose stavano così e basta.

Amate o odiate, io e Jimmy eravamo popolari, ma non era sempre una buona cosa, specialmente alla scuola secondaria. A pochi giorni dall'inizio del primo anno, attiravamo l'attenzione dei ragazzi più grandi e anche qualche commento stronzo da parte delle ragazze. Alle medie eravamo le più carine, le leader. Ma le superiori erano un altro mondo, che ci introdusse a un nuovo livello di stronzaggine.

Soltanto il terzo giorno, un ragazzo del quinto anno di nome Dale mi fermò in corridoio per chiedermi se volevo accompagnarlo a una festa quel weekend. Risposi di no, perché sapevo che i miei fratelli non me lo avrebbero mai permesso. Nonostante ciò, più tardi alla mensa, una bionda alta e magra mi urlò che mi avrebbe aspettata all'uscita da scuola quella sera per riempirmi di botte perché avevo flirtato con il suo ragazzo. In quel momento Marley si stava avvicinando, e io non ero mai stata tanto felice di vederlo.

«Debra, vattene e lasciala in pace! È al primo anno, stronza prepotente. Ho appena parlato con Dale. Gli ha dato buca. Lui le ha chiesto di andare alla festa, lei ha risposto di no e non ha flirtato affatto. Digli da parte mia che se si avvicina ancora a lei, io o Len gli spacchiamo il culo! E di' agli altri del quinto anno la stessa fottuta cosa. Ha undici anni. Sono tutti un branco di dannati pervertiti».

Lei incrociò le braccia al petto, lo squadrò da capo a piedi e poi fece lo stesso con me. «È tua sorella, Marls?»

«Sì, la mia sorellina».

Sean era con lui e si spostò vicino a me. Cogliendomi

completamente di sorpresa, mi strinse attorno alla vita e mi baciò sulla tempia, mormorandomi fra i capelli se stavo bene. Annuii. Stavolta non si trattava dell'effetto che aveva su di me. Più che altro mi stavo cagando addosso per la possibilità di essere menata da una donna fuori dalla scuola per una cosa che non avevo fatto.

«Come ti chiami?», mi chiese la ragazza, la donna.

«Georgia», risposi.

«Sei carina, Georgia. Tu e la tua amica siete entrambe molto carine. State sollevando un polverone da queste parti. Fareste meglio a tenere la testa bassa e a stare lontane dai ragazzi più grandi. Assicuratevi che tutti sappiano che sei una Layton, e che Marley e Lennon sono tuoi fratelli».

Squadrò Sean. Era alto, sembrava più grande di uno del terzo anno. Anche Sean era nuovo. Si era appena trasferito da un'altra scuola ed era nella classe di Marley.

«E tu chi sei? Un altro fantastico Layton di cui non sapevo nulla?».

Anziché guardarla con occhi vogliosi come aveva fatto lei, Sean le rivolse soltanto disprezzo totale. Ero al settimo cielo. Merda, per poco non me la facevo sotto, perché l'ultima cosa che volevo era far arrabbiare di nuovo la stronza.

«No amore, non sono un Layton. Sono Sean. Sean McCarthy. Sono compagno di Marley e il ragazzo di Georgia. Quindi assicurati che i tuoi compagni di classe pervertiti le stiano lontani».

Cosa?

È il mio ragazzo?

Merda!

Rimasi sbalordita. Sean mi strinse la mano mentre parlava e, mentre mi guardavo attorno nella mensa, mi resi conto che avevamo attirato una folla di gente. Quel che accadde all'ora di pranzo fece il giro della scuola. Tutti davano per scontato che io fossi la ragazza di Sean e di conseguenza pensavano che Jimmie stesse con Marley. Il fatto che ci accompagnassero a scuola quasi ogni giorno non fece che consolidare la loro opinione e io ero estasiata. Tutto ciò ci trasformò in fretta nelle ragazze più popolari del primo anno e rese la nostra transizione alla scuola secondaria molto più semplice.

Quell'anno trascorsi molto tempo con Sean, eravamo amici. Flirtavamo parecchio, o almeno mi sembrava, ma nient'altro. Ero ancora troppo piccola e Sean sembrava rispettarlo. Comunque non era un santo. Spesso lo beccavo a sbirciare le mie tette sempre più grosse, e in diverse occasioni sentii Marls dirgli di smetterla di guardarmi il culo. Non parlavamo mai di quello che aveva detto a Debra Smith quel giorno alla mensa. Non mi chiese mai di essere la sua ragazza, quindi ero molto confusa e non sapevo cosa significavo per lui. Un paio di volte mi aveva baciato sulla guancia e mi aveva tenuto la mano quando pensava che nessuno ci stesse guardando. Eppure sapevamo che tra di noi c'era qualcosa.

Lui era sempre a casa nostra: dopo la scuola, nei weekend, durante le vacanze, e aveva persino iniziato a venire con noi nei nostri viaggi oltreoceano. I ragazzi passavano molto tempo a suonare con la band o a fare i compiti a casa nostra e di rado andavano altrove. Quindi aveva poche occasioni di incontrare altre ragazze fuori dalla scuola, e comunque tutte quante pensavano che fosse il mio ragazzo e io non avrei potuto esserne più felice.

Nell'estate del 1982 tutto cambiò. Jimmie e Sean vennero con noi in Portogallo. Il mio corpo era cambiato tantissimo quell'anno. Le mie poppe erano diventate una quarta generosa, e avevo acquisito un paio di fianchi che le bilanciavano alla perfezione. Insomma, non sembravo più così sproporzionata. Questo, unito ai cinque centimetri di altezza che avevo guadagnato, mi faceva spesso sembrare una sedicenne, se non una diciottenne. Sembrare una diciottenne non era un problema, ma cercare di comportarsi come tale a soli quattordici anni alla fine avrebbe causato un disastro.

Il primo giorno in piscina io e Jimmie non volevamo fare altro che prendere il sole. I ragazzi comparvero soltanto dopo pranzo. Erano rimasti a bere birra con mio padre e Lennon fino a tardi e probabilmente ne risentivano un po'. Papà e Len si erano alzati molto presto quella mattina per giocare a golf. Mamma era uscita a fare shopping con un'amica che viveva tutto l'anno in Portogallo e avrebbe incontrato papà per cena.

Io e Jim bevemmo una bottiglia di vino prima che i ragazzi ci raggiungessero. Mi sentivo molto coraggiosa, lì sdraiata sul materassino gonfiabile nella piscina, mentre guardavo Sean che attraversava il patio diretto verso una sdraio. Mi ero detta che sarebbe stata la vacanza decisiva. Ero stufa dei giochini. Girava voce che Sean avesse baciato delle ragazze alle feste e lui e Marley parlavano sempre di ragazze che gli piacevano, anche di fronte a me e Jimmie. Ero ferita, arrabbiata e confusa. I ragazzi a volte si comportavano davvero da stronzi. Tutto ciò mi condusse alla decisione di prendere il toro per le corna. A settembre avrei compiuto quattordici anni e avrei iniziato il terzo anno delle scuole superiori. Nella mia testa sentivo di essere abbastanza grande e pronta per una relazione da adulta. I ragazzi avrebbero iniziato il quinto e avrebbero compiuto sedici anni.

La band stava avendo successo: li chiamavano per suonare alle feste di compleanno e iniziavano ad attirare l'attenzione delle ragazze. Anche io e Jim frequentavamo le feste, ma non potevamo entrare a quelle dei diciottenni e dei ventunenni e la cosa mi tormentava. Non ne potevo più. Volevo che Sean fosse il mio ragazzo, oppure volevo dire a tutti quanti a scuola che non stavamo più insieme, in modo da avere l'occasione di trovarne un altro. A dire il vero quest'ultima opzione non mi interessava affatto. Volevo lui e nessuno l'avrebbe sostituito. Chissà perché avevo così tanta fretta di crescere.

Decisi di uscire dalla piscina e di tentare una mossa alla Bond girl. Mi misi su un fianco e mi sollevai, poi guardai verso il cielo e scossi la testa, strizzando i capelli dall'eccesso d'acqua. Quando mi voltai verso di lui, Sean era seduto sul bordo di una sdraio e mi fissava. Marley si tuffò in acqua per terrorizzare Jimmie. Mi misi le mani sui fianchi e fissai i bellissimi occhi color cioccolato di Sean, mostrando una sicurezza che non possedevo davvero.

«Vieni qui», mi disse muovendo un dito.

Con indosso il mio minuscolo bikini rosso preferito, camminai verso di lui nel modo più sexy di cui ero capace, anche se a quattordici anni non sapevo davvero cosa significasse camminare in modo sexy. Mi fermai in piedi in mezzo alle sue gambe mentre lui mi guardava con un sorriso presuntuoso. Il cuore mi batteva all'impazzata.

«Lo sai che siamo in Europa, Gia? Tutti qui si mettono in topless, sono un po' deluso che tu non sia al passo coi tempi», disse strizzando gli occhi per il sole.

«Be', è quello che succede quando te ne stai mezza giornata a letto. Ti perdi la parte migliore. Siamo state in topless tutta la mattina e non volevo bruciarmi i capezzoli, quindi mi sono rimessa il pezzo sopra».

Non era vero. Non ero mai stata in topless in vita mia, ma lui non lo sapeva.

Mi sorrise in un modo che mi fece mancare il respiro e disse a bassa voce: «Be', la prossima volta mi assicurerò di fissare la sveglia presto in modo da non perdermi niente».

«Purtroppo non avrai fortuna. Papà torna domani e davanti a lui non mi metterò di sicuro in topless».

Fece un lungo sospiro e guardò alle mie spalle, verso la piscina. Sentivo Jimmie e mio fratello ridacchiare e schizzarsi con l'acqua.

«Tu, Gia, sei seducente. Ma un giorno... Un giorno verrà il nostro turno. Il nostro momento».

Il cuore mi sprofondò nel petto.

Cosa?

«Perché? Perché dobbiamo aspettare il nostro momento? A settembre compio quattordici anni. E comunque tutti già pensano che sei il mio ragazzo».

Risultai bisognosa e piagnucolante come una bambina, e non volevo comportarmi da bambina. Volevo essere una donna. Ero una donna!

«Gia... Non ne hai idea, vero? Tuo padre e tuo fratello mi ucciderebbero. Mi ucciderebbero, cazzo, e li rispetto troppo per iniziare qualcosa con te prima che tu sia pronta. Ma non pensare neanche per un istante che io non ti voglia. So che sembra tutto sbagliato, ma è dal primo giorno, quando ho visto le tue mutandine rosa, che c'è qualcosa tra noi».

Mi veniva da piangere. Ero stufa di aspettare.

Tutte le mie amiche avevano un ragazzo, mentre io non avevo altro che una bugia, che teneva tutti gli altri lontano da me.

Che ingiustizia!

Sean mi sfiorò la mano. La tredicenne che era in me desiderava allontanarsi, ma non volevo che mi vedesse come una tredicenne. Volevo che mi considerasse abbastanza grande da poter essere la sua ragazza, da essere in grado di gestire una relazione. Ero così confusa. Avevo un nodo allo stomaco e il cuore mi batteva così forte che mi faceva male il petto. In più, il suo tocco mi fece provare qualcosa che non conoscevo, contribuendo al mio senso di frustrazione.

«Quel giorno nella mensa hai detto a tutti che eri il mio ragazzo, e tutti credono ancora che sia così. O gli dici che ci siamo lasciati oppure diventi il mio ragazzo sul serio. Sono stufa di aspettare».

Non potevo credere di averlo detto davvero. Forse dovevo bere vino più spesso. Ora però sembrava molto arrabbiato.

E se dicesse di no? E se non mi volesse?

Morirei.

Mi sdraierei nel letto e mi lascerei morire.

«Vuoi che qualcun altro sia il tuo ragazzo, G?»

«No!».

«Allora perché non puoi aspettarmi?»

«Perché? Non capisco perché devo aspettarti. Ho quasi quattordici anni. I miei sono insieme da quando mamma ne aveva tredici. Perché io devo aspettare?». Trattenni l'istinto di pestare a terra i piedi. Ero la principessa della famiglia e di solito ottenevo sempre quello che volevo. *No* era una parola che non mi veniva detta spesso.

Fece un sospiro profondo, poi gonfiò le guance e sbuffò dalle labbra. Le sue labbra perfette.

«Sto solo cercando di fare la cosa giusta per te, per i tuoi fratelli e i tuoi genitori. Tutti quanti sono così buoni con me. Non voglio rovinare le cose. Voglio che la tua famiglia sia d'accordo con noi, e non penso che lo sarà dato che sei ancora così giovane». Si passò la mano libera fra i capelli scuri. «Lasciami parlare con Marley, per vedere come la prende. Forse se parlo con tuo papà e gli spiego come stanno le cose, potrebbe permettermi di essere il tuo ragazzo. È quello che vuoi?»

Mi sedetti sulla sdraio accanto a lui. Mi teneva ancora la mano.

Annuii. «Certo».

«Santo cielo, voi due. Piantatela con questa farsa. Vi ronzate attorno da due anni, inizia a diventare noioso», disse Marley dalla piscina, con Jimmie avvinghiata addosso.

«Vedi? A lui va bene», dissi.

Sean scosse ancora la testa. «Ho aspettato tutto questo cazzo di tempo e a lui non importa neanche».

«Ricordati solo, Maca, che non ha ancora quattordici anni e che è mia sorella. Se fai qualcosa di più oltre a baciarla ti ammazzo. Poi i miei fratelli e mio papà ti ammazzeranno di nuovo».

Sean mi diede un colpetto con la spalla con un enorme ghigno sul viso. «Solo baci. Credi che potresti farcela, Gia?»

Restituì il colpo sulla spalla. "Se davvero lo vuoi lo farò, ma stavo giusto per mostrarti le mie tette".

«Cazzo… davvero?».

Feci spallucce, ero imbarazzata e non sapevo da che parte guardare. Nessuno mi aveva mai baciata ed ero lì a promettergli di fargli vedere le tette.

«Te l'ho detto, Gia. Sei seducente». Poi mi guarda dritto negli occhi. «Posso baciarti, G? Per favore?».

Annuii, senza distogliere gli occhi dai suoi. Ci voltammo l'uno verso l'altra e le mie ginocchia finirono fra le sue gambe aperte, in modo da avvicinarci. Lui sollevò una mano e sfiorò la mia guancia. Con il pollice mi sfregò le labbra come per testarne la morbidezza, prima di toccarle con le sue. Per poco il cuore non mi esplose fuori dal petto. Si chinò verso di me finché le sue labbra non incontrarono le mie. Erano molto più soffici di come le immaginavo. Morbide e al sapore di menta, forse si era appena lavato denti. Aveva un sapore delizioso, fresco e pulito. Sentii una barba leggera attorno ai confini della sua bocca, ma le sue labbra erano così soffici. Il bacio si fece più profondo e, senza neanche accorgermene, gli portai una mano ai capelli e ne afferrai una ciocca. Si fece sfuggire un lieve gemito, che ne suscitò uno anche in me.

«Cazzo, Gia», sussurrò nella mia bocca.

Vidi le scintille a occhi chiusi. Come nei cartoni animati, quando i fuochi d'artificio scoppiano in un posto chiuso sbattendo contro ogni superficie.

«Così tanto. Ho aspettato così tanto per farlo, Gia. Non ne hai idea».

Quell'anno, quella vacanza è ancora uno dei miei ricordi più cari.

Le mie labbra e la pelle tutt'attorno erano irritate dai baci. Sean non parlò mai con mio padre, non fu necessario. Il fatto che ci tenessimo la mano ogni secondo e che passassimo tutto il tempo insieme rese perfettamente chiaro quello che stava succedendo fra noi. I miei genitori si sentirono obbligati a farci sedere per la classica ramanzina: «Ci fidiamo di voi e speriamo che rispetterete l'uno il corpo dell'altra. A parte questo, è comunque illegale che voi due facciate sesso e potreste finire in prigione». Restammo mortificati, paralizzati. Sean mi strinse la mano così forte che pensavo si sarebbe spezzata.

Poi fece una cosa bellissima. Lasciò che mia madre finisse il suo discorso su come fossi stata allevata da brava ragazza e dovessi comportarmi da tale, e su come avrei aspettato prima che le cose potessero andare oltre. Discorso durante il quale avrei voluto che la terra si aprisse e mi inghiottisse.

Perché dobbiamo parlarne adesso, davanti a Sean?

Sean sollevò la mano che mi stava stringendo e ne baciò il dorso.

Si schiarì la gola prima di dire: «Frank, Bernie... So che siamo giovani, ma dovete sapere che dal primo momento che ho messo gli occhi su Georgia mi sono innamorato di lei. Era da un po' che volevo dirglielo, ma volevo anche rispettare voi e i ragazzi. Siete sempre così carini con me. Mi trattate meglio dei miei stessi genitori. Volevo fare le cose per bene, aspettare finché Gia fosse grande abbastanza e a voi andasse bene la nostra relazione, ma non ce la faccio più. Io la amo, e voglio poterle tenere la mano e baciarla, forse, qualche volta...». Sembrava nervoso.

Merda, pensai. Non dire altro di fronte a loro.

«Siamo troppo giovani per pensare ad altre cose, ma io... noi... vogliamo solo stare insieme e che voi siate felici per noi», aggiunse.

Cazzo!

Lo amo. Penso di amarlo davvero.

Ma siamo onesti, avevo tredici anni, che ne sapevo in realtà?

Non mi ero mai vergognata così tanto in vita mia. Restammo seduti in un silenzio imbarazzante per qualche secondo. Dov'erano i miei fratelli e Jimmie quando avevo bisogno di essere salvata? Scommetto che i miei avevano chiesto loro di stare alla larga.

Quindi tutti quanti avrebbero saputo di questa piccola chiacchierata?

«Be', Sean, purché tu rispetti mia figlia e ti limiti a tenerle la mano, non penso che ci saranno problemi. Vuoi una birra figliolo? Forse te ne serve una». Papà ridacchiò, mentre io volevo seppellirmi dalla vergogna.

Da quel momento in avanti mio padre assunse con Sean un atteggiamento più paterno e durante le vacanze discussero dei piani che Sean aveva per dopo il liceo. Legalmente avrebbe potuto lasciare la scuola l'estate successiva se avesse voluto, ma la nostra scuola offriva anche il sesto anno e sia lui che mio fratello sarebbero rimasti. Pensavo che nessuno dei due avrebbe voluto continuare a studiare, ma se avessero lasciato la scuola tutti si sarebbero aspettati che trovassero un lavoro a tempo pieno e non gli sarebbe rimasto tempo per la musica. Finora erano stati fortunati, perché i soldi che avevano fatto con la band gli avevano permesso di non aver bisogno di un lavoro part-time. La loro popolarità era cresciuta e la gente li chiamava per suonare il venerdì e il sabato sera. Avevano persino un appuntamento fisso in un pub tutte le domeniche a pranzo non troppo lontano da casa. Insomma, per essere studenti non se la passavano così male.

Capitolo tre

Quando tornai a scuola a settembre, ero felice come mai in vita mia. Dopo il Portogallo, io e Sean eravamo inseparabili. Per fortuna era sempre a casa nostra. L'unica differenza era che quando la band faceva le prove mi beccavo un bacio ogni dieci minuti. Quando Sean mi raggiungeva, si sedeva accanto a me e mi prendeva la mano. Non smetteva mai di essere premuroso e io non smettevo mai di godermelo.

Tuttavia, di rado ci lasciavano da soli. I miei genitori dovevano aver conficcato nel cervello dei miei fratelli che non potevamo restare soli in nessuna circostanza, e a volte era comico vedere fino a che punto si spingevano. Se Marley andava in bagno, mandava Sean a cercare qualcosa oppure mi chiedeva di riferire un messaggio senza senso a uno dei miei fratelli. Tutto pur di non lasciarci soli, neanche per cinque minuti.

Che diavolo può succedere in cinque minuti?

Be', apparentemente un sacco di cose. Sean era il tipico sedicenne pieno di voglie e, anche se io avevo solo quattordici anni, fece nascere in me sensazioni che a volte mi terrorizzavano. Volevo fare sesso. Volevo davvero fare sesso con lui. Non avevo idea se fossero gli ormoni impazziti della mia età o se fosse proprio lui. Ero terrorizzata e credevo che i sentimenti che provavo significassero che ero una puttana, una zoccola ninfomane.

Ne parlai con Jimmie, ma lei non comprendeva il mio trasporto. Lei e Marley stavano diventando migliori amici, non fidanzati. In lei stava accadendo qualcosa che non riuscivo ad afferrare. Non parlava mai degli altri maschi e non era mai stata così tanto tempo a casa nostra come ora, ma fra lei e Marls non stava succedendo niente. Non sembrava rimanerci male quando lui parlava di altre ragazze o quando le baciava, come faceva di solito, una volta sceso dal palco. Ero abbastanza sicura che spesso Marley lo facesse per provocarla, ma lei sembrava non accorgersi di niente.

Mio padre aveva comprato alla band un camioncino in modo che potessero trasportare il loro equipaggiamento da un evento all'altro. Anche se durante la giornata lavorava in uno degli showroom di papà, Lennon era quello che gestiva la band. Si occupava di organizzare le prenotazioni, gestiva i soldi e, dato che era l'unico fra noi ad avere la patente, guidava anche.

* * *

Era la vigilia di Natale del 1982 quando finalmente capii cosa stava succedendo a Jimmie. La band avrebbe dovuto suonare in un pub del quartiere in cui non aveva mai suonato prima. Si doveva comprare il biglietto e la serata fece il tutto esaurito. Arrivammo presto perché il locale si sarebbe riempito entro le sette e i ragazzi volevano controllare l'acustica. Forse sarebbe stata la folla più numerosa di sempre. Secondo Len avevano venduto più di duecento biglietti e i ragazzi ci tenevano a fare una buona impressione. Non sarebbe stato altrimenti, perché erano fantastici e miglioravano a ogni concerto, così sicuri di sé che quasi la metà delle canzoni erano inediti scritti da Marley e Sean. Facevano ancora delle cover: i The Clash, The Jam, The Undertones, e i The Specials erano fra i loro gruppi preferiti, così come alcuni vecchi classici dei The Who, dei Beatles e dei The Kinks. Qualunque cosa suonassero la suonavano da Dio, e adoravo guardare Sean sul palco, specialmente quando i suoi occhi incontravano i miei e tutto il resto sembrava svanire.

Io e lui. Georgia e Sean. Non c'è altro. È l'unica cosa che conta...

I ragazzi stavano facendo alcune prove con gli strumenti quando mi resi conto di avere freddo. La stanza era in fondo al pub, era ampia e il riscaldamento non era ancora stato acceso. Decisi di uscire a prendere la giacca. Attraversai la sala verso l'uscita di emergenza sul retro del locale, dove era parcheggiato il camioncino, e fu allora che li vidi. Lennon e la mia migliore amica Jimmie. Si baciavano come se le loro vite dipendessero da quel bacio. Rimasi impalata a osservarli per alcuni secondi. La mia migliore amica e mio fratello, e nessuno dei due me ne aveva parlato.

E Marley? Lui lo sa? È per quello che tengono il segreto?

Avrei voluto non saperlo, perché questa cosa avrebbe causato un sacco di problemi tra i miei fratelli. Li osservai mentre si separavano senza mai smettere di guardarsi negli occhi. Conoscevo quello sguardo. Era così che io e Sean ci guardavamo. Questo era ben più di un bacio, era una montagna di problemi ed ero arrabbiatissima con quei due. Quando si voltarono per tornare dentro, camminai verso di loro con gli occhi bassi come se non avessi visto nulla. Lennon tenne la porta aperta per me.

«Porge! Dove te ne vai?»

«Non chiamarmi in quel modo. Voglio prendere la giacca. Il camion è aperto?»

Mi lanciò le chiavi mentre lui e Jimmie tornavano dentro. Lei non mi guardò negli occhi ma io mi resi conto che era paonazza. Ero arrabbiata e ferita per il fatto che la mia migliore amica avesse tenuto un segreto così. Lei sapeva tutto di me. Ogni sguardo, ogni pensiero, ogni sentimento che provavo lo condividevo con lei. Era una cosa importante e lei me l'aveva tenuta nascosta.

Perché non me l'ha detto?

Lui era mio fratello.

Non pensava che mi avrebbe interessato?

Presi il cappotto, tornai dentro e andai a cercare Len. Comparve con un vassoio pieno di drink dalle porte che conducevano nella parte anteriore del locale. Lo appoggiò sul tavolo vicino a me e gridò ai ragazzi di scendere dal palco. Jim mi comparve di fianco seguita da Sean. Lennon passò le birre ai ragazzi e diede a me e a Jimmie una bottiglia di sidro.

«Ai Carnage, un favoloso concerto, un Buon Natale e tante cose meravigliose per il prossimo anno, il 1983. Sarà il nostro anno, me lo sento. Cin cin!».

Tutti si baciarono e abbracciarono. Jimmie sembrò rigida quando mi strinse a sé e io mi sentii a disagio. Odiavo quella sensazione. Sean mi avvolse fra le braccia e mi baciò come se non volesse lasciarmi più andare.

«Buon Natale, G. Stai vicina a Lennon stasera. Sarà pieno qui dentro, e non voglio che bevi troppo». Mi baciò il naso e mi guardò. «Tutto bene?».

Per qualche ragione le lacrime mi pungevano agli angoli degli occhi ed ero furiosa con me stessa perché mi importava così tanto che Jimmie e Len avessero nascosto una cosa così grossa a tutti noi. Mi limitai ad annuire.

«Che c'è? Sembri nervosa».

Scossi la testa e gli sorrisi. «Sono così orgogliosa di voi. Le nuove canzoni sono fantastiche. Questo potrebbe davvero essere il vostro anno, sai? Mi amerai ancora quando sarai famoso e le tue foto finiranno su "The Face" e "Smash Hits"?».

Mi strinse ancora più forte. «Ti amerò sempre, G. Ovunque andrò. Qualunque cosa starò facendo, sarò sempre tuo. Sarò tuo finché mi vorrai e finché andrà bene per te».

«Che significa finché andrà bene per me? Che significa?».

In quel momento sembrai isterica.

Perché dice una cosa del genere?

Si guardò attorno. «A volte mi preoccupo. Penso che i tuoi genitori e persino i tuoi fratelli preferirebbero se tu stessi con qualcuno che vuole un lavoro vero. Qualcuno con un progetto più solido. La musica è tutto ciò che voglio, G. La musica e te, e a volte temo che non sia abbastanza».

Una lacrima mi scese lungo la guancia. Non sapevo che la pensasse così. Certo che era abbastanza.

È tutto per me.

«Ti amo, Sean. Il resto non conta. Non mi importa di nient'altro e tu sarai sempre abbastanza. Sempre».

Mentre parlavamo, i ragazzi erano risaliti sul palco e il locale aveva cominciato a riempirsi.

Marley disse: «Maca, lascia stare mia sorella, vieni qui!».

Sean mi fece l'occhiolino e mi sussurrò all'orecchio il suo solito saluto: «Fammi vedere le tette».

Uno di questi giorni lo sconvolgerò e lo farò davvero.

Uno di questi giorni, molto presto.

Se ne andò con un ghigno, dandomi un bacio sulla fronte. Quella sera furono un tornado, il pub era pieno e suonarono una canzone dopo l'altra. Lennon sembrava al settimo cielo per la performance e ogni volta che andava al bar comprava un drink per me e Jim. Quando i ragazzi fecero una pausa, avevo già bevuto quattro sidri e mi sentivo piuttosto ubriaca.

Sean era sceso dal palco e una ragazza gli gettò le braccia al collo. L'avevo già vista prima. Era bassa, bionda e con le tette grosse. Era vestita come una zoccola, con un top di pizzo trasparente e un reggiseno rosso, una gonnellina a balze e le ballerine.

Credeva di essere Madonna.

Per me era solo una puttana che doveva togliere le mani di dosso dal mio ragazzo.

Poi cercò di baciarlo. Sean la prese per la vita e scosse la testa voltandosi. Mi guardò e mi fece un sorriso mozzafiato. Lei seguì il suo sguardo, mi squadrò da capo a piedi e mentre lui mi stava ancora guardando gli leccò la faccia. Non vidi la sua reazione perché tutto si fece confuso. Volai dall'altra parte della pista da ballo, ormai quasi vuota, la presi per i capelli e la gettai a terra.

Da dove viene tutta questa rabbia?

Era colpa dei drink?

Di Jimmie e Lennon che mi hanno mentito?

Delle parole che Sean mi aveva detto prima?

Ribollivo di rabbia. Ero sopra di lei, urlavo e tiravo pugni e le strappavo i capelli. Poi un milione di mani finì su di me. Voci che urlavano il mio nome e mi ordinavano di smettere, ma io continuai finché qualcuno non mi bloccò le braccia lungo i fianchi e non riuscii più a muovermi. Mi trascinarono in una stanza sul retro riservata alla band. Lennon e Marley mi trattenevano, urlandomi di calmarmi. Respiravo con affanno e provavo una rabbia che non avevo mai sentito prima. Mi liberai delle mani di mio fratello con uno schiaffo.

«Fottiti! Fottiti! Non hai visto? Non hai visto? L'ha leccato, cazzo. L'ammazzo quella puttana!». Cercai di alzarmi dal tavolo dove mi avevano fatta sedere, ma loro mi immobilizzarono.

«Dov'è lui? Sean? Dov'è?». Urlavo e sembravo isterica.

Lennon mi diede uno schiaffo in faccia, forte, e per qualche attimo rimasi paralizzata. Poi persi il controllo, gli diedi un calcio, lo morsi e lo presi a pugni.

«Non mi toccare. *Fottiti!* Vi ho visti. Perché non me l'avete detto? È la mia migliore amica. Perché nessuno dei due me l'ha detto, brutti stronzi?».

La porta si spalancò di colpo e il silenzio calò nella stanza.

Sean… è qui. È tutto quello che voglio. Il resto di voi può andare a farsi fottere!

«Georgia, che cazzo pensi che stiamo facendo? Perché? Perché l'hai fatto?»

«Ti ha *leccato*». Ora che Sean era lì mi sentivo tranquilla. Lui però sembrava l'opposto.

«Un sacco di ragazze mi leccano o mi baciano, o almeno ci provano. Non significa nulla. Ci sono capelli dappertutto là fuori. Non puoi comportarti così, G. Ci saranno sempre delle ragazze, delle donne o delle fan che fanno merdate come questa. Non le puoi menare tutte».

Cosa?

Feci spallucce, irritata che lui prendesse le sue difese. «E se fossi io? Se qualcuno lo facesse a me? Glielo permetteresti? Non faresti nulla?»

«No, certo che no. Ma tu non fai parte di una band, G».

«Quindi, dato che tu ne fai parte, devo rassegnarmi? Devo restarmene lì come una stronza a guardare?»

«Basta, George!», gridò Lennon accanto a me. Lui e Marley erano così silenziosi che mi ero dimenticata della loro presenza.

Sean si avvicinò a me. «Fa parte del gioco, piccola. Non

significa niente. Fa parte di quello che facciamo. Io non le bacio. Non significa nulla, ma sono fan e noi dobbiamo stare al gioco. Non puoi fare così! Non puoi e basta!». Mi baciò sulla guancia e sui capelli e io mi calmai un po', però non ero pentita.

Alzai lo sguardo quando Jimmie entrò come una pazza nella stanza. «Cazzo, George! Le hai strappato mezza testa!». La guardai in silenzio.

«Tu», disse Marley.

Con chi stava parlando? Con Jimmie.

«Tu e lui?». Fece un cenno del mento verso Len. «Per tutto questo cazzo di tempo stavi con lui?»

«Marls», dissero Jim, Lennon e Sean contemporaneamente.

Sean... lo sapeva e non mi ha detto niente?

Marley lo guardò. «Lo sapevi anche tu? Sapevi cosa stava succedendo e sei stato zitto?»

«No, non lo sapevo. Non ne ero sicuro».

«Che significa?», domandammo io e Marley all'unisono.

«Li vedevo. Vedevo come si comportavano l'uno con l'altra. Avevo capito che stava succedendo qualcosa, ma non ne ero sicuro».

«Perché non mi hai detto niente?», chiese Marley.

«Non lo avrei mai fatto. E se avessi sbagliato? Pensa che problemi vi avrei causato. Siete fratelli. Non vi farei mai una cosa del genere», disse scuotendo la testa.

Sean aveva avuto un'infanzia complicata. Sua madre aveva lasciato suo padre quando lui era piccolo. Aveva fatto le valigie ed era scappata via nel bel mezzo della giornata mentre il padre era al lavoro, portandosi via Sean. Ed era fuggita con il fratello del marito!

Sean non rivide più suo padre. Lui credeva che in più di un'occasione li avesse quasi trovati. Aveva frequentato tre scuole elementari diverse e adesso era nella sua seconda scuola superiore. Uno dei motivi per cui trascorreva tanto tempo a casa nostra era che detestava il suo zio/patrigno con tutto se stesso. Aveva sette anni quando sua madre lasciò il padre e, nel corso degli anni, aveva capito perfettamente cos'era successo. Era arrabbiato con loro, con suo padre per non averlo trovato, e con se stesso perché gliene importava così tanto.

Lennon ci guardò tutti.

«Ascolta, mi dispiace. Ci dispiace. Volevamo dirvelo, ma avevamo paura. Ho diciotto anni. Lei ne ha appena compiuti quattordici. Non sembra una cosa giusta».

«Perché non lo è!», gridò Marley. «È fottutamente sbagliata. È una bambina, cazzo. Una bambina».

«Non sono una bambina e lo amo. Siete i miei migliori amici. Certo, volevamo dirvelo, ma... avevamo paura. Mi dispiace, George. Ci sono andata vicino diverse volte, poi ho avuto paura».

Restammo impalati a guardarci. I ragazzi sarebbero dovuti tornare sul palco da un momento all'altro e non avevano ancora bevuto niente.

«Be', avreste dovuto dircelo. Ecco». Feci a Jimmie e a Lennon una carezza.

Marley se ne andò senza dire una parola.

«Cazzo... ho bisogno di una birra», disse Sean.

«Torna sul palco, te ne porto una io», si offrì Lennon.

Sean mi guardò. «Adesso ti comporterai bene, G? Posso sperare che non picchierai altre fan?».

Feci spallucce. «Se si tengono per sé mani, bocca e lingue, non c'è problema».

Lui scosse la testa, mi baciò con passione sulla bocca e poi mi sussurrò: «Fammi vedere le tette, G».

Lennon e Jimmie erano andati al bar a prendere da bere per la band e noi eravamo soli nella piccola stanza sul retro. Con l'adrenalina che mi scorreva ancora nel sangue, non esitai. Lo lasciai allontanare di un passo e poi alzai la mia maglietta dei Rolling Stones insieme al mio reggiseno rosa preferito e gli mostrai le tette scendendo dal tavolo e fissandolo.

«Cazzo, G! Fottuto cazzo!».

Rimase fermo con le ginocchia leggermente piegate, spostando rapidamente lo sguardo dai miei occhi al mio seno nudo. Osservai la sua mascella contrarsi per un secondo e il suo pomo d'Adamo salire e scendere mentre continuava a deglutire. Si bagnò le labbra. Rimasi immobile quando la sua mano si alzò lentamente. Mi guardò in cerca di approvazione. Io feci un timido cenno della testa. Mi prese un seno e sfregò un pollice sul capezzolo.

«Oh, oh Georgia», sussurrò con affanno. Sentimmo un rumore fuori dalla porta e in fretta mi tirai giù la maglietta e ci allontanammo.

La testa di Billy fece capolino. «Dài, Maca. Manchi solo tu».

«Arrivo».

La porta si chiuse alle sue spalle e io e Sean ci guardammo.

«Sul serio, G, mi sto venendo letteralmente nelle mutande. Questa vale una settimana di eccitazione». Mi strinse e mi baciò. «Ti amo, Georgia Rae. Vieni e balla sotto il palco, così posso guardarti le tette che saltano. Ma non urtare nessuno».

Uscii dalla stanza sul retro e mi diressi verso il palco con il braccio di Sean sulle spalle, sentendomi la ragazza più felice del pianeta.

Quel Natale è ancora uno *dei più belli della mia vita.*

Sean mi regalò una bellissima collana d'argento con un paio di ali d'angelo unite nel mezzo dalla lettera G. L'avrei conservata per sempre.

* * *

Durante le vacanze di metà trimestre, a febbraio, Sean e io tornammo dal nostro giro per negozi e trovammo casa mia e la casetta vuote. I miei erano a Tenerife. Mi era stato permesso di rimanere a casa solo perché c'erano Marley e Lennon. Il mio fratello maggiore, Bailey, si era trasferito in una nuova casa a Romford con la sua ragazza, Donna. Telefonavano ogni sera per assicurarsi che fossi a casa e che non ci fosse qualche festa selvaggia in corso. Sean si lasciò cadere sul mio letto mentre io infilavo una cassetta nello stereo portatile che avevo ricevuto per Natale. Quando mi voltai verso di lui, si era alzato sui gomiti e si stava passando la lingua sul labbro inferiore.

«Fammi vedere le tette, G».

Misi le mani sui fianchi e lo fissai per un attimo. Portavo una maglietta vecchia con sopra Marlon Brando. Era di Marley ma mi piaceva da morire. Dato che era troppo grande, avevo fatto un nodo alla vita e l'avevo abbinata a un paio di jeans e di Dr Martin che mi ero già tolta. Mi piacevano i vestiti femminili, ma ero sempre circondata da maschi, quindi mi piaceva anche come si vestivano loro.

Abbassai le mani lungo i fianchi e deglutii. Mi sbottonai i jeans, me li abbassai e li calciai via. Senza fermarmi per riprendere il respiro, sollevai la maglietta e mi levai il reggiseno. Sean si era seduto, e con le mani afferrava il bordo del materasso, gli occhi spalancati. Feci due passi verso di lui e mi misi fra le sue gambe. I suoi occhi percorsero il mio corpo, poi si spostarono da un seno all'altro. Si inumidì di nuovo le labbra con la lingua. Mi appoggiò le mani sui fianchi e le alzò piano. Quando arrivarono all'altezza dei seni, li prese entrambi fra le mani e sfregò i pollici sui miei capezzoli. Mi avvicinò a lui, prese il sinistro in bocca e lo succhiò senza mai smettere di guardarmi. Tremavo così forte che speravo non se ne accorgesse.

«G… lo… lo facciamo?»

Annuii. Ne avevamo parlato un sacco. Ci eravamo già dati da fare con le mani e sapevo di essere pronta. Sapevo anche che per me non sarebbe mai esistito nessun altro se non Sean e volevo che la mia prima volta fosse con lui. Lui non era vergine. Nei due anni in cui fingevamo di stare insieme, lui si scopava delle ragazze.

Be', lui fingeva. Io invece credevo fossimo insieme davvero.

Quando me lo confessò rimasi ferita, ma mi giurò di non aver più toccato nessun'altra dalla vacanza in Portogallo e io gli credetti. Si sfilò la maglietta e guardai il suo corpo. Lui e Marley avevano montato una palestra nella casetta e si allenavano quasi ogni giorno da quando mio padre aveva regalato loro gli attrezzi il Natale prima. Era molto più muscoloso dell'estate precedente, e aveva una linea di peli in mezzo al petto, qualcuno attorno ai capezzoli, e poi giù fino ai jeans.

Si alzò di fronte a me, si slacciò i pantaloni e se li tirò via insieme ai boxer e ai calzini. Mi sfilai le mutandine e lui mi guardò da capo a piedi.

«Sei bellissima, G. Bellissima. Sicura che sei coperta?»

Annuii. Sei mesi prima, la sorella maggiore di Jimmie ci aveva detto che se fossimo andate alla clinica di pianificazione familiare e ci fossimo lamentate per le mestruazioni dolorose, ci avrebbero prescritto la pillola. Ormai la prendevo regolarmente da tre mesi.

«Sì! Tu sicuro che non l'hai mai fatto senza preservativo?», domandai.

Nelle nostre lezioni di educazione sociale avevamo sentito parlare di una nuova malattia chiamata AIDS e di chi in qualche modo la contraeva per via sessuale. Avevo quattordici anni. Non volevo morire di una malattia sessualmente trasmessa. I miei fratelli mi avrebbero uccisa prima.

Ci sdraiammo sul letto, l'uno accanto all'altra.

Lui mi baciò dalle caviglie alla fronte e fino alle dita.

Non fece che rassicurarmi, chiedermi se andava tutto bene.

Mi venerò, e dopo aver usato le dita su di me per qualche minuto, mi saltò sopra, sempre continuando a chiedermi se stessi bene e promettendo che avrebbe fatto piano.

«Ti amo, Georgia Rae Layton. Ti amo così tanto. Ora entro… Farò molto piano, ma potrebbe farti un po' male. Se è troppo… dimmelo e mi fermo. Okay?»

Feci sì con la testa. L'adrenalina mi scorreva nelle vene, nel cuore, nel corpo, che era completamente nudo e premuto contro quello di Sean. Usò la mano per allinearsi, poi intrecciò le dita alle mie, mi guardò negli occhi e si mosse. All'inizio non ci fu dolore. Anzi, non sentii nulla a parte paura, imbarazzo e desiderio. Poi mi colpì, e quando sussultai Sean si fermò.

«Tutto bene, piccola?». Annuii e lasciai andare un sospiro. «Ancora poco e sarò entrato».

«Non sei ancora dentro?»

Rise. «No, G. Non ci sono neanche vicino. Sei pronta?»

«Sì, Sean. Vuoi scoparmi o cosa?»

Scosse la testa e rise, mi baciò le labbra e mi guardò mentre entrava.

Cazzo… era dentro.

Oh.

E poi ancora.

«Sono… Cazzo, G. Sei fantastica. Sono dentro. Va bene se mi muovo?»

Mi morsi il labbro inferiore quando iniziò a muoversi, eccome se si muoveva. Non fu sesso da urlo. Non durò granché, ma fu dolcissimo. Era l'amore fra due adolescenti sicuri al cento per cento che si sarebbero amati per il resto delle loro vite. Mezz'ora dopo ci consideravamo degli esperti e lo facemmo di nuovo. La terza volta mi sentivo così disinibita che gli montai sopra e provai il primo orgasmo della giornata.

Perché ho aspettato tanto?

Capitolo quattro

«Penso che prima dovremmo avere un maschio, forse due. Poi una femmina».

«Tre bambini? Io ne voglio solo due». Sean voltò la testa e mi guardò con i suoi occhi scuri. Gli passai le dita fra i capelli. Erano più corti del solito, ma riuscivo ancora ad afferrarne le ciocche.

«Ma io voglio una femminuccia, e sarà bella come te. Quindi avrà bisogno di almeno due fratelli maggiori che la proteggano dai tipi come me».

Con le dita gli accarezzai i baffetti sorridendo. Eravamo nudi, sdraiati nel letto di Sean. Sua madre e il suo patrigno erano in vacanza, quindi passavamo tutto il tempo da lui anziché a casa mia. Facevamo sesso da un anno e ci sentivamo così a nostro agio l'uno con l'altra che non avevamo problemi a camminare per casa senza vestiti.

Quella sera era particolarmente speciale. Avevo mentito ai miei genitori. Credevano che avrei dormito da Jimmie, invece sarei rimasta da Sean e finalmente avremmo passato la notte insieme. Fuori faceva freddo e avevamo passato tutto il pomeriggio a letto, a fare l'amore, fumare erba e suonare musica. Ero seduta con la schiena appoggiata alla testata del letto, la sua testa in grembo. Avevo quindici anni, lui diciassette, non c'era nulla che non sapessimo sull'amore e sulla vita. Avevamo capito tutto, almeno credevamo.

Mentre lui finiva il diploma, lavorava part time per mio padre. La band andava benissimo e suonavano quasi tutti i weekend. Avevano partecipato a un paio di festival l'estate precedente e li avevano chiamati anche quest'anno. Avevano risparmiato abbastanza soldi da poter incidere un demo in uno studio. Lennon e papà l'avevano spedita a diverse case discografiche e dopo qualche settimana una delle più grosse li aveva chiamati. Si sarebbero incontrati il giovedì successivo.

Poteva essere la volta buona! Il momento dei Carnage! Molto meglio che suonare nei pub e alle feste di compleanno.

Sean e io avevamo deciso di sposarci appena avessi finito la scuola. Così ai miei non sarebbe dispiaciuto se avessi seguito la band, perché se avessero spaccato un tour sarebbe capitato, prima o poi. Non volevamo separarci, mai. Quando la band avesse inciso il primo album e finito il primo tour, avremmo avuto abbastanza soldi per fare un mutuo e avremmo potuto iniziare a pensare ai bambini. Avevamo persino scelto i nomi: avremmo avuto un maschio di nome Beau e una femmina di nome Lilly. Ma Sean voleva infilarci un maschio in più, quindi avremmo dovuto pensare a un altro nome.

«Ho tre fratelli più grandi e non mi hanno protetta da te. Inoltre, se avessimo una bambina e lei incontrasse uno come te, sarebbe molto fortunata».

«Non voglio che uno come me giri intorno a mia figlia tredicenne, G. Lo ucciderei, giuro. Lo *ucciderei*».

Risi per come si arrabbiava di fronte a una situazione ipotetica, e immaginarlo come un padre iperprotettivo mi inteneriva.

«Mi assicurerò che sappia come comportarsi con uno come te, nel caso. E poi, se si amano come ci amiamo noi, che problema c'è?»

«Nessuno, suppongo. Ma se le mette le mani addosso... Non parliamone, G. Mi fa incazzare. Non so perché i tuoi fratelli non mi abbiano ancora ucciso, specialmente Lennon».

Lennon e Jimmie erano ancora affiatatissimi, ma era un segreto per i loro genitori. Avevamo raccontato tante di quelle bugie nell'ultimo anno solo per passare del tempo con i nostri fidanzati, che ci sarebbe voluto qualcuno da Krypton Factor per dipanare la matassa. Mi brontolò la pancia e Sean, che aveva un orecchio appoggiato sopra, scoppiò a ridere.

«Mangiamo! Fra poco dobbiamo prepararci per il concerto».

Quella sera i ragazzi avrebbero suonato al pub locale. Era un appuntamento consueto ormai, purché non avessero un altro evento altrove, ed era il weekend prima di San Valentino. I biglietti erano esauriti da un paio di settimane. Mangiammo una tazza di cereali a testa. Facemmo la doccia insieme per la prima volta, poi ci vestimmo. Saltammo sulla nuova Ford Escort XR3I di Sean, che mio padre si era procurato a un ottimo prezzo quando Sean aveva preso la patente qualche mese prima. Quando ci salivo mi sentivo una principessa. Il pub era a soli dieci minuti, ma arrivammo in ritardo e Lennon non ne fu contento. Men che meno Marley, ma non era una novità. In questo periodo tutto sembrava farlo arrabbiare. Non mi ero mai resa conto di quanto Jimmie gli piacesse, e doveva essere difficile digerire la sua relazione con Lennon. Prima eravamo molto uniti, ma negli ultimi tempi si era così chiuso in se stesso che parlavamo a malapena.

«Sei in ritardo, Maca! Sono già arrivate delle persone, quindi abbiamo fatto il controllo del suono senza di te. Stasera dobbiamo essere perfetti. La demo ha suscitato parecchio interesse e quattro case discografiche hanno voluto sapere dove suoniamo nelle prossime settimane, quindi potrebbero esserci dei rappresentanti nella folla».

Sorrisi a Sean eccitata. Lui mi strinse la mano.

«Andrà tutto bene, tesoro. Conosci la scaletta a memoria, no?». Annuii per incoraggiarlo, ma lui sembrava preoccupato.

«Stasera abbiamo fatto qualche cambiamento. Qualche ballata per San Valentino, e abbiamo aggiunto alcune delle nostre nuove canzoni. Andrà bene», disse facendo spallucce. Sul palco era sempre così sicuro di sé. La gente non avrebbe mai creduto alla sua insicurezza.

«Lo spero per lui», borbottò Marley alle mie spalle. «E tu vedi di comportarti bene. C'è Haley nel pubblico».

Fantastico, proprio quello di cui avevo bisogno.

Perché quella stronza non si rassegna?

Alzai gli occhi al cielo e sollevai tre dita. «Parola di scout, mi comporterò bene se lei tiene giù le mani».

«G!».

«George!».

«Georgia!».

Sean, Marley e Lennon parlarono contemporaneamente.

«Okay, sto scherzando», dissi alzando le mani. «La stenderò al prossimo concerto».

I ragazzi non capirono il mio umorismo quella sera. Jimmie sì, rise e scosse la testa. Fu l'unica a rendersi conto che non stavo scherzando. Erano due anni che quella zoccola ronzava attorno al mio ragazzo. Doveva avere diciott'anni ormai. Chissà perché non era cresciuta e non si era trovata un altro.

I ragazzi presero una birra dal vassoio che aveva portato Billy. I miei gusti erano cambiati negli ultimi tempi. Preferivo whiskey e limonata al sidro e alla birra, e Billy non mi deluse. Anche se avevo solo quindici anni, non avevo problemi a entrare nei pub e a prendere da bere. Nei club era più difficile, ma di solito mi dava una mano Sean. Jimmie non faceva fatica perché sembrava una ventenne. Ero così invidiosa. I ragazzi si diressero verso il palco, tranne Sean.

Il resto della band sapeva che avevamo una nostra routine. Solo che non sapevano quale fosse, e non volevo certo che lo scoprissero.

Quando la stanza sul retro si svuotò, Sean bevette un sorso di birra. Io mi mordicchiai l'interno di un labbro mentre lo guardavo.

«Fammi vedere le tette, G», disse indicandomi il petto.

«Le hai guardate per la maggior parte della giornata. Non sei stufo?», chiesi alzandomi la maglietta.

«Mai e poi mai». Mi morse entrambi i capezzoli e poi mi sistemò il reggiseno e la maglietta. Era quel gesto a farmi sciogliere. Amavo così tanto quel ragazzo.

«Vieni a ballare sotto il palco, così posso vederti. Non creare problemi con Haley e non bere troppo. Ti amo, piccola». Mi strinse e mi diede un bacio appassionato. Mi scolai il drink, poi mi prese la mano e mi accompagnò nel pub.

Il posto era pieno di gente e mille mani lo toccavano mentre Sean passava tra la folla con un braccio attorno alle mie spalle. Si fermò a battere il cinque, a stringere mani, ma non mi lasciò mai andare. Quando qualche mano femminile lo raggiungeva, lui mi stringeva più forte. Sorrideva e annuiva alle ragazze, ma nulla di più. Il mio cuore si riempì d'orgoglio perché ero io la sua ragazza. Dovetti reprimere il desiderio di schiaffeggiare le loro facce super truccate ogni volta che lo sfioravano. Alcune dovevano avere almeno trent'anni.

Non dovrebbero essere a casa con i loro bambini o a guardare Dynasty?

Quando raggiungemmo il palco, eravamo entrambi carichi al massimo.

Mi baciò sulla tempia. «Fai la brava, ti amo», mi sussurrò prima di salire, lasciandomi con Jimmie e Lennon.

«Wohoo, sei un figo, Maca!». Io e Jimmie ci voltammo verso Haley la puttana. Sean le dava le spalle e non si voltò.

«George», disse Lennon dietro le mie spalle.

Mi voltai. «Cosa? Non ho fatto niente».

Scosse la testa.

I ragazzi esordirono con una versione di *Crazy little thing called love* dei Queen. Sean impazzì, arricciò le labbra e cominciò ad agitare i fianchi. La folla lo seguì, specialmente le donne. Non li avevo mai sentiti cantare quella canzone, e malgrado la performance fosse perfetta io non ero per nulla contenta.

«Buonasera Brentwood, e un saluto a tutti gli innamorati là fuori. Siete pronti a fare follie con noi?». Sean guardava il pubblico mentre parlava con quella sua voce roca. C'erano circa duecento persone e in qualche modo riuscì a farsi rispondere da tutte. «Questa canzone è nuova», disse quando i ragazzi iniziarono a suonare *Hopeless*, uno dei pezzi registrati nella demo.

La folla impazzì. Come facevano a cantarla già a memoria? La cassetta conteneva tutte le canzoni nuove e anche qualche cover. La vendevano da due settimane, dopo i concerti. Quella gente non doveva aver fatto altro che ascoltarla, per conoscerla a memoria e amarla così tanto.

Nell'ora successiva, i ragazzi suonarono un misto di canzoni nuove e altre degli anni Sessanta, Settanta e Ottanta. Il pubblico apprezzò ogni momento e così la band. Sean disse che avrebbero fatto una pausa di mezz'ora e stava per saltare giù dal palco quando notò Haley che lo aspettava. Incrociai le braccia al petto e rimasi a guardare la scena. Anziché scendere e chiacchierare con la gente come faceva di solito, venne verso di me e mi saltò fra le braccia. Io lo strinsi e gli diedi un bacio sudato.

«Eccezionale, tesoro. Sei stato eccezionale».

Aveva un sorriso enorme e qualcuno gli passò una birra.

Mi tenne per mano e ci incamminammo verso la stanza sul retro, in modo che potesse cambiarsi la maglietta. Quando entrammo, Lennon stava sgridando Marley, che si stava già fumando uno spinello. Len non aveva problemi con la cannabis, il problema era che Marls fumava nel bel mezzo del concerto e non alla fine.

Io e Jimmie prendemmo i nostri drink e Len ci disse: «Ragazze, per favore, potete aspettare fuori? Io e i ragazzi dobbiamo parlare».

Sean mi baciò i capelli prima che mi allontanassi. Nessuno ci aveva mai chiesto di andare via, quindi pensai che Len fosse davvero arrabbiato e che avrebbe fatto un lavaggio di testa a Marley. Fui più che felice di andarmene e, qualunque cosa Len avesse avuto da dire, mi auguravo funzionasse.

Marley sembrava perennemente fatto in quei giorni e, quando non lo era, dormiva. Non si allenava, non andava regolarmente né al lavoro né a scuola e i miei non erano affatto contenti. Avevano anche minacciato di togliergli l'auto se non si fosse dato una regolata. Io rivolevo indietro mio fratello a qualunque costo.

Io e Jimmie tornammo al pub e ci unimmo alle ragazze di Billy e Tom, al tavolo vicino al palco. Cheryl e Linda non erano male, ma avevano diciotto anni e non c'erano molti argomenti comuni fra noi. Sapevo che la gente parlava di noi e si chiedeva cosa facessero Lennon e Sean con due quindicenni, ma non avevano idea di come stavano le cose. Non conoscevano la nostra storia, né il futuro che avevamo progettato insieme.

Restammo lì, a disagio, a bere i nostri drink, finché i ragazzi non ci raggiunsero.

Negli ultimi dieci minuti della pausa, girarono drink e si strinsero mani. Marley si rianimò un po' quando una brunetta carina si mise a parlare con lui. Nella seconda metà del concerto il ritmo rallentò e suonarono altre canzoni d'amore. Poi, inaspettatamente, i ragazzi si misero a risistemare il palco e in scena comparve un pianoforte. Da un lato erano seduti Marley e Billy con le loro chitarre acustiche, e dall'altro c'era Tom, alle percussioni.

Sean si mise al piano, aggiustò il microfono, e nel locale calò il silenzio.

«Okay gente, questa canzone è un po' diversa dalle solite, ma ci stiamo lavorando da un po'. Stasera vorrei dedicarla alla mia ragazza. Gia, questa è per te. Ti amo, piccola».

Cazzo, non mi aveva mai dedicato una canzone prima. Aveva cantato guardandomi, e sapevo che le parole erano per me. Sapevo che avevamo un legame che nessun altro poteva capire. La gente ci considerava solo dei ragazzini, ma sbagliavano di grosso. Il cuore mi batteva così forte che feci un passo indietro, per non rischiare che il microfono percepisse il *boom boom* che produceva. Sean suonò la prima nota e capii subito di che canzone si trattava. Cantò a squarciagola la più bella versione di *Georgia on my mind* che avessi mai sentito.

Tutti erano ammutoliti. Trattenni i singhiozzi il più possibile, ma arrivai al punto in cui credevo di vomitare, quindi li lasciai sfogare.

Jimmie mi mise un braccio attorno alla spalla e Lennon rimase al mio fianco dall'altra parte, stringendomi un braccio attorno alla vita e baciandomi i capelli. In quel momento capimmo senz'ombra di dubbio che i ragazzi erano destinati a grandi cose. Avevano così tanto talento, e per quanto amassi Sean, la canzone e la dedica, un terribile presentimento di perderlo mi inondò. Mi asciugai le lacrime scacciando il pensiero, e quando Sean terminò la canzone gli sorrisi. Mi raggiunse al margine del palco e si inginocchiò con una rosa in mano.

«Ti amo, G. Ti amerò per sempre».

Nel locale esplosero le urla e gli applausi e io gli gettai le braccia al collo e gli dissi che lo amavo anch'io.

Ancora una volta, mi regalò un momento che sarebbe rimasto con me fino al mio ultimo giorno di vita.

Capitolo cinque

Il 1984 fu un anno fantastico per i ragazzi. Ottennero un contratto con una piccola casa discografica indipendente ed erano in trattativa per fare da spalla a una band famosa nelle tappe europee del suo tour. Nell'estate del 1985 la casa discografica insistette affinché smettessero di fare eventi nei pub, e i ragazzi passarono gli ultimi mesi dell'anno in studio a buttar giù le tracce per il primo album, che sarebbe uscito in occasione del tour.

Mio padre coinvolse i suoi avvocati nelle negoziazioni per il contratto e la band si assicurò un buon affare con un anticipo economico che consentì ai ragazzi di dedicare tutto il loro tempo alla musica. Ormai erano sempre nello studio di West London oppure a casa nostra a scrivere canzoni. Fra me e Sean non cambiò nulla. Eravamo sempre insieme, pazzamente innamorati. L'unica differenza era che a quel punto ero nota a tutti come la ragazza di Sean McCarthy. Non la usai come scusa per comportarmi da stronza, ma a scuola ero diventata una specie di regina.

Forse, a pensarci adesso, la gente mi considerava una stronza eccome, ma io non fui mai cattiva di proposito con nessuno. Facevo la difficile con gli amici, e forse col senno di poi fui superficiale nella scelta dei nuovi. Ero carina, il mio ragazzo era il cantante di una band emergente e i miei genitori vivevano in una bella casa nella parte migliore della città. Indossavo bei vestiti e non desideravo altro.

Non cercavo amici che mi somigliassero. Succedeva e basta. È stato così che Ashley finì per frequentare me e Jimmie. Arrivò alla nostra scuola all'inizio del quinto anno.

Io e Jimmie non eravamo delle sante, ma Ash in confronto a noi era davvero selvaggia. Fumavamo, bevevamo e ci divertivamo con le droghe. I nostri ragazzi erano più grandi e suonavano in una band. Provavano cose, e anche noi. Di solito succedeva dopo un evento o una festa, ma non eravamo mai andati oltre l'erba o le metanfetamine. Ashley invece si faceva anche a scuola e si vantava di aver provato la cocaina, diceva che poteva procurarcela quando volevamo. Aveva un fratello maggiore che spacciava e che ci avrebbe fatto un buon prezzo. Non ne approfittammo.

I ragazzi finirono di registrare l'album nel marzo del 1985 e passarono i mesi successivi a fare le prove. Il tour sarebbe partito a maggio, in Italia, e sarebbero stati via un mese per poi volare in Inghilterra per tre settimane a luglio. Jimmie e io non potevamo seguirli in Europa. Eravamo all'ultimo anno e piene di esami. I nostri genitori non ci avrebbero permesso di prenderci una vacanza. Ero così arrabbiata con mamma e papà. Avrei sposato Sean appena finita la scuola. Avevo compiuto sedici anni il settembre scorso, e dopo la scuola niente ci avrebbe impedito di stare insieme.

Sarebbe diventato ricco e famoso. Che importava se avessi passato gli esami o no? Eppure non mi ascoltarono, accettarono solo che Sean mi pagasse il volo per vederlo suonare in Spagna alla fine della seconda settimana del tour. Li pregai e scongiurai, a un certo punto minacciai persino di uccidermi, ma senza risultati. A ripensarci ora, ero già stata abbastanza fortunata a ottenere il permesso di andare in Spagna con la mia migliore amica a sedici anni. Ma forse i miei sapevano che Marley e Lennon ci sarebbero venuti a prendere all'aeroporto e che il volo sarebbe durato solo due ore e mezza.

Quando passai la dogana e mi ritrovai nel terminal dell'aeroporto spagnolo, mi resi conto che i ragazzi erano ormai davvero famosi. Avevano ricevuto ottime recensioni per i concerti dal vivo e le riviste di musica avevano parlato parecchio dell'uscita dell'album, prevista per la settimana precedente alle tappe inglesi. Io e Jimmie avevamo solo una valigia piccola dato che saremmo ripartite il lunedì, dopo aver trascorso tre notti con i ragazzi. Tre notti erano meglio di niente. Sentivo le farfalle nello stomaco mentre cercavamo Sean e Lennon. Il mio cuore sprofondò nel petto quando non lo vidi.

«Li vedi?», domandò Jimmie.

Scossi la testa mordendomi forte il labbro inferiore.

E se si fosse scordato di me e avesse incontrato un'altra, magari una tipa da copertina? E se si fosse reso conto che ero solo una ragazzina e che lui sarebbe diventato un cantante famoso? Ci sentivamo ogni giorno e mi diceva che gli mancavo... Era una bugia?

Iniziò a girarmi la testa. Il giorno prima non ero riuscita a mangiare e, dato che il volo era di mattina presto, non avevo neanche fatto colazione. L'aeroporto era afoso e rumoroso. All'improvviso mi sentii svenire. Mi fermai e mi aggrappai al trolley per fare qualche respiro profondo. Piano piano ripresi l'equilibrio e ricominciai a mettere a fuoco. All'improvviso mi accorsi del baccano e delle urla. Dapprima pensai a un incidente. La polizia e la sicurezza iniziarono a correre verso le grida e iniziò a formarsi una folla di gente.

«George!». Mi voltai verso Jimmie. «Che diavolo hai?»

«Scusa, un giramento di testa. Fa caldo qui dentro. Che succede?»

«Non pensi che siano loro, vero?». Fece un cenno del mento in direzione del caos. Osservammo sbalordite un enorme uomo nero comparire dalla mischia con Sean sotto il braccio. Lennon era dietro di loro. Appena mi vide, Sean si liberò dalla stretta e mi corse incontro con un sorriso a trentadue denti. Avevo le gambe paralizzate e non riuscivo a muovermi, ma non ce ne fu bisogno. Sean mi cinse le braccia attorno alla vita e mi sollevò in aria. Poi mi rimise a terra e iniziò a sbaciucchiarmi.

«Cazzo, G, mi sei mancata. Fammi vedere le tette».

Ed eccolo lì, il mio Sean, le sue braccia, il suo profumo, il suo sapore. Era tutto perfetto.

Mi trovavo di nuovo al suo fianco, proprio dove dovevo essere. Perché mi ero lasciata prendere dal panico? Il suo comportamento dimostrava chiaramente quanto mi amasse. Erano i suoi occhi a dirmelo, mentre mi perdevo nel suo sguardo.

Milo, la guardia del corpo nera, e quattro poliziotti armati ci scortarono verso l'auto che ci aspettava all'esterno. In realtà era una limousine lunghissima, una *fottuta* limousine. Io e Jimmie urlammo come due vere sedicenni e Len e Sean si batterono il cinque. Saltammo a bordo mentre Milo e l'autista sistemavano le valigie nel bagagliaio. Gridarono contro una decina di ragazze e un paio di ragazzi che bussavano ai finestrini.

«Sono fuori di testa qui, G. Lo scorso weekend abbiamo partecipato a uno show televisivo e da allora non possiamo andare da nessuna parte senza che ci riconoscano. È folle».

Mentre parlava mi fece sedere sulle sue gambe. «Ti piace la macchina? L'abbiamo presa in prestito dai Kombat Rock».

I Kombat Rock erano la band americana di cui i Carnage aprivano i concerti. Erano famosi in tutto il mondo, vantavano cinque album primi in classifica e circa venti singoli. Facevano musica da otto anni. Tutti li conoscevano. Bevevano, si drogavano, si comportavano da donnaioli assatanati e sfasciavano le stanze d'albergo. Ecco perché ero preoccupata in aeroporto. Ora, abbracciata a Sean, mi sentivo molto meglio.

«Aspettate di vedere l'hotel», disse Lennon. «Abbiamo

passato la maggior parte del tempo su un bus, ma dato che restiamo qui due notti la casa discografica ci ha prenotato un albergo».

«Per noi ho preso una stanza privata», mi sussurrò Sean all'orecchio. «Non vedo l'ora di spogliarti».

«Maca, non voglio sentire. È già abbastanza brutto sapere che ti scopi mia sorella, almeno risparmiami i dettagli».

«Be', tu ti scopi la sua amica», rispose Sean a Lennon.

«Scusate ragazzi, la piantate di parlare di chi scopa chi? Anche noi abbiamo la nostra stanza, tesoro?», chiese Jimmie a Lennon.

«Sì, amore. Di certo non dormiamo con Marley, dato come si comporta».

«Perché, come si comporta?», domandai.

«Da puttaniere», risposero contemporaneamente, poi scoppiarono a ridere.

«E la droga? È sempre strafatto?».

I ragazzi si guardarono con aria colpevole. Ottimo! Forse erano tutti sempre strafatti.

Sean fece spallucce e mi tirò a sé per darmi un altro bacio. «Non parliamo di Marley. Dopo lo vedrai con i tuoi occhi. Usciremo a cena prima del concerto».

Mentre accostavamo fuori dall'hotel, io e Jim restammo a bocca aperta.

«Alloggiamo al Ritz? Cazzo, George, siamo al Ritz!». Jimmie non riuscì a contenere l'entusiasmo quando uscimmo dalla limousine.

«Le nostre valigie», dissi a Sean quando mi prese la mano per accompagnarmi all'ingresso.

«Non preoccuparti, G. Milo o i facchini le porteranno di sopra».

Be', Sean sembra essersi adattato al suo nuovo stile di vita piuttosto in fretta.

Salii verso la stanza in totale stordimento. Con i miei avevo già alloggiato in hotel carini, ma mai eleganti quanto il Ritz. Le nostre stanze erano arredate in modo decoroso, ma non sontuoso. Appena la porta si chiuse alle nostre spalle, Sean mi strinse e mi diede una lunga serie di baci, sui capelli e sul collo.

«Mi sei mancata così tanto. Sono felice che tu sia qui».

Passammo le due ore successive a recuperare il tempo perduto. Nei cinque anni e mezzo che avevamo trascorso insieme non eravamo mai stati separati così a lungo. Anche se facevamo sesso da un paio d'anni, in quel momento della mia vita non ero sessualmente consapevole. Avevo sedici anni, e probabilmente avevo una vita sessuale più attiva di una venticinquenne, ma era solo perché stavo con Sean. Se non avessi incontrato lui, forse sarei stata ancora vergine. I ragazzi a scuola non mi interessavano. A dire il vero la maggior parte di loro si teneva alla larga da me, perché sapeva chi era il mio ragazzo e che avevo tre fratelli maggiori.

Avevo un bel fisico, ma non mi vestivo in modo sexy. Non ero consapevole, allora, di poter far voltare qualcuno quando entravo in una stanza. Non desideravo uomini o ragazzi. Volevo solo e soltanto Sean. Il sesso per me significava solo Sean, l'uno non esisteva senza l'altro. Per il weekend mi ero comprata qualche vestito e della biancheria intima. Cose diverse da quello che portavo di solito. Due gonne, di cui una in pelle, e scarpe col tacco rosse.

Mio padre mi disse che sembravo una puttana di Drury Lane con quella roba addosso. Mia madre gli diede una gomitata e disse che invece avevo un'aria sofisticata. Scelsi di credere a mamma. Lei aveva un ottimo gusto in fatto di vestiti e mi aiutò a scegliere quello che avrei indossato al concerto. Passammo una bellissima giornata di shopping, e le confessai che io e Sean facevamo sesso. Col senno di poi, fu una cosa crudele da parte mia. Eravamo sedute in un ristorante nel centro di Romford, un piccolo ristorante italiano dove andavamo sempre quando facevamo shopping lì.

«Allora, tu e Sean? Mi pare che le cose siano ancora molto serie fra voi due. La distanza non ha cambiato nulla?».

Scossi la testa e abbassai lo sguardo. Mamma mi aveva versato mezzo bicchiere di vino e ne presi un sorso generoso. Era passata l'una e non avevo fatto colazione, quindi il vino mi diede subito alla testa. Da quando Sean era partito, dieci giorni prima, non avevo appetito e mio padre a cena aveva commentato che ero dimagrita. Non ero magra, ma sapevo di aver perso peso, ecco perché ordinai la pasta ai frutti di mare e iniziai ad abbuffarmi.

«Perché la distanza dovrebbe cambiare le cose, mamma? Lo amo».

«Lo so tesoro, ma sei ancora così giovane».

«Stai con papà da quando hai tredici anni», risposi, ribelle.

«Erano venticinque anni fa, Georgia. Le cose erano diverse. Un sacco di ragazze si sposavano subito dopo la scuola. Non avevamo le possibilità che avete voi oggi. Ora è tutto molto più accessibile. Ci sono così tante opportunità di carriera là fuori». Bevette un lungo sorso di vino e riempì entrambi i nostri bicchieri. I suoi occhi blu avevano una tonalità leggermente più chiara dei miei. Ciglia e pelle erano chiari, mentre io ero scura. Era bella, ma in quel momento una ruga sul suo viso mi suggerì che era preoccupata.

«Ti abbiamo sempre trattata da adulta, George. Dato che eri la più piccola, ci aspettavamo di più da te e forse non è stata la cosa giusta. Tu e Sean sembrate così motivati. Sai che ha già affrontato il discorso del matrimonio con tuo padre?».

Non lo sapevo, ma non l'avrei ammesso. «Mi ama. Abbiamo parlato di matrimonio, e non appena avrà versato l'anticipo per il mutuo ci compreremo una casa».

«E il lavoro? Per te, intendo. Non ti piacerebbe avere una carriera tua?»

«Come faccio a trovare un lavoro se Sean viaggerà tutto il tempo con la band? Sarà così, mamma. So che avranno successo. Questo tour e il nuovo album sono solo l'inizio e io voglio stargli accanto per sostenerlo. Voglio poter girare il mondo con lui. Non mi va di rimanere qui, intrappolata in qualche squallido ufficio, ad aspettare che mi telefoni o che torni a casa. Questi ultimi dieci giorni sono già stati abbastanza brutti, immagina quanto tempo starà via quando farà il giro degli Stati Uniti». Bevvi un sorso di vino.

«Okay, capisco che ora sei innamorata, ma se le cose cambiassero? La gente cambia, sai. A vent'anni sarai una persona diversa. *Vorrai* cose diverse».

«Vorrò ancora Sean. Vorrò *sempre* Sean».

«Fai sesso con lui, George? Andate a letto insieme?».

Mi si strinse lo stomaco e per un attimo temetti di vomitare. Avevo le guance in fiamme.

Mamma mi prese la mano. «Sono tua madre, George, ma sono anche tua amica. Parlami».

Annuii. «Sì, facciamo sesso».

«E stai attenta?».

Annuii ancora. «Prendo la pillola».

«Come hai fatto ad averla? Quando? Perché non mi hai chiesto di venire con te?»

«Da circa un anno», mentii. Erano quasi due.

«Georgia, è illegale. Avresti dovuto aspettare».

«Ho detto al dottore che avevo delle mestruazioni dolorosissime e che i crampi erano così terribili che non potevo uscire di casa, quindi mi ha prescritto la pillola. Tutte le ragazze la prendono».

«Be', è sbagliato. È il dottor Weeks? È lui che te l'ha prescritta? La prossima volta gliene dirò quattro».

«No, mamma. Sono andata al consultorio. Mi hanno dato la pillola e un sacco di preservativi. Preferivano che prendessi la pillola piuttosto che restare incinta, e anch'io. Vogliamo dei bambini, ma non ancora. Prima dobbiamo capire cosa succederà con la band. Non ci va di portare un bambino in tour, però voglio essere una mamma giovane, come te. Lo vogliamo entrambi».

«Avete pianificato tutto, eh? Sono cose più grandi di te, George. A sedici anni nessuno sa come sarà la sua vita più avanti. Pensiamo tutti di saperlo, ma la verità è che non ne abbiamo idea. Comunque, se sei sicura che Sean sia la persona giusta e andate già a letto insieme, ti sosterrò qualunque sia la tua decisione». Si asciugò una lacrima dalla guancia, stando attenta a non rovinarsi il trucco perfetto. «Avrai bisogno che io sia dalla tua parte quando si tratterà di convincere tuo padre a farti fare certe cose, almeno finché non compirai diciotto anni. Vuole che tu rimanga a scuola e che prenda il diploma».

Scossi la testa. «Se Sean va in tour l'anno prossimo, io andrò con lui. Guadagna abbastanza da mantenermi. Papà può anche tagliarmi fuori. Può fare quel che gli pare, ma lascerò la scuola e seguirò Sean».

Mamma fece un sospiro profondo. «Be', se Sean è il tuo uomo, meglio andare a cercare qualche vestito che gli faccia girare la testa e gli faccia capire chi lo sta aspettando a casa, in modo che non guardi quelle groupie che continuano a ronzare intorno alla band».

Mi si strinse ancora lo stomaco. Le groupie! Odiavo quel termine. Jimmie e io ogni tanto ne parlavamo, ma non avevamo mai ammesso le nostre paure. Lennon era solo il loro manager, eppure le ragazze si gettavano anche addosso a lui. Gliel'aveva detto al telefono. Sean invece a me non aveva detto niente, neanche una parola. Sapeva come avrei reagito. Avevo già pensato di scappare di casa e prendere un volo per raggiungerlo ovunque fosse. La gelosia mi divorava. Il pensiero di lui con un'altra donna mi perseguitava persino nei sogni, per quello non mangiavo da quand'era partito. Mi fidavo di lui, erano le donne a preoccuparmi, perché alcune di loro erano proprio donne... adulte, non studentesse sedicenni come me. Non avrei ammesso nulla a mia madre, volevo farle capire che avevo la massima fiducia in Sean, e in un certo senso era così.

Mi misi davanti allo specchio della stanza d'albergo. Avevo mandato Sean al bar perché volevo vestirmi da sola. Prima di lasciare l'Inghilterra avevo provato quel vestito tre volte, ma non mi sentivo ancora sicura a indossarlo di fronte a lui. Portavo una minigonna nera di pelle, una maglia nera e rossa a righe che mi lasciava scoperta una spalla, calze a rete nere e scarpe col tacco rosse. I capelli permanentati da poco erano gonfi, e portavo un paio di enormi orecchini rossi a cerchio che si abbinavano ai braccialetti. Mi spruzzai un altro goccio di Coco Chanel, comprato all'aeroporto, presi la borsetta nera e me la misi a tracolla sulla spalla sinistra in modo che si appoggiasse sul fianco destro. Poi uscii dalla stanza.

Sean mi aveva vista nuda un sacco di volte. Avevamo fatto il bagno e la doccia insieme, aveva baciato ogni centimetro del mio corpo, ma non mi ero mai sentita così nervosa come quando lo raggiunsi a quel bar. Per la prima volta mi resi conto che gli uomini si giravano a guardarmi. Alcuni trentenni seduti a un tavolo all'ingresso si voltarono uno a uno verso di me. Uno mi fece l'occhiolino, il che mi rassicurò sul mio aspetto.

«*Hermosa*», sentii commentare. Che significava? L'avrei chiesto dopo al cameriere. Sean e Lennon erano al bar, girati dall'altra parte. Fu Marley a vedermi per primo.

«Cazzo, guardate George!», credo avesse esclamato.

Mi sembrò che tutti al bar si voltassero a guardarmi. Sean rimase a bocca aperta. Forse io e mamma avevamo raggiunto lo scopo. Lo osservai chiudere la bocca e deglutire. Jimmie gli diede una gomitata dallo sgabello su cui era seduta e lui si alzò e mi venne incontro. Si fermò davanti a me e con dolcezza mi accarezzò una guancia con la punta delle dita.

«Sei bellissima, G. Una fotomodella da prima pagina. Anzi, più bella».

Non riuscivo a parlare. Avevo la bocca secca e mi veniva da piangere, quindi non risposi e mi lasciai accompagnare al bar. Marley mi strinse in un abbraccio. Aveva un aspetto terribile. Era magro, emaciato, e aveva gli occhi infossati. Mia madre sarebbe impazzita a vederlo in quello stato.

«Guardate la mia sorellina, così cresciuta. Ora non possiamo più chiamarla Porge, vero Len? Forse nemmeno George. Quindi come ti chiamiamo?»

«Prova con Georgia, è il mio nome», risposi.

Non sembrava più lui. Parlava troppo e troppo in fretta. Non faceva che tirar su col naso, e per qualche ragione ebbi paura. Non so se di lui o per lui. Salutai Billy e Tom. Le loro ragazze non c'erano quella sera, li avrebbero raggiunti il weekend successivo e sarebbero rimaste per l'ultima settimana. Mamma stava cercando di convincere papà a farmi tornare per la fine del tour, ma era un segreto che tenevo per me. Non l'avevo neanche detto a Jim perché volevo fosse una sorpresa per Sean.

Quindici minuti dopo ci infilammo tutti nella limousine che ci aspettava fuori dall'hotel. Avevo bevuto un cocktail al bar e mi girava la testa, ma ciò non mi impedì di godermi un altro sorso di champagne quando Lennon ci riempì i bicchieri. Arrivammo al ristorante in dieci minuti. Ci aprirono le porte e ci accompagnarono a un grande tavolo al centro della sala. Lennon ci spiegò che era stata la casa discografica a organizzare tutto. Fino a quel momento il tour era stato un successo, i Carnage stavano ricevendo ottime recensioni e i fan si stavano accaparrando tutti i biglietti invenduti. La gente preferiva veder cantare loro piuttosto che i Kombat Rock.

Eravamo seduti da cinque minuti quando un ragazzo sui sedici anni si avvicinò per chiedere degli autografi. Dopo un po', una ragazza americana che sarebbe venuta al concerto più tardi fece lo stesso dopo. Cercai di non infastidirmi quando chiese una foto con Sean e non con il resto della band. Dopo una mezza dozzina di fotografie, la madre finalmente trascinò il suo grasso culo lontano dalla mia vista e Sean mi prese la mano sotto il tavolo e la strinse forte.

«Mi dispiace», sussurrò.

Feci spallucce e sorrisi. Adesso era famoso. Era per questo che avevano lavorato tanto negli ultimi anni. Cosa potevo dire? La ragazza era tornata al suo tavolo, mentre io ero con Sean che mi teneva la mano. Poteva anche essere nelle sue fantasie, ma per me era ben altro. Era la mia realtà, il mio futuro, e sarei stata io quella stretta a lui nella nostra stanza d'albergo. Inoltre avevamo bisogno di ragazze come quella che comprassero l'album, per poter dare il prima possibile il deposito per il mutuo della casa. Scommetto che lei non lo sapeva. Avrei dovuto esserle grata, invece non lo ero. Ero gelosa e odiavo me stessa per questo.

Raggiungemmo il luogo del concerto un'ora e mezza più tardi. Erano circa le sette di sera di venerdì. I Carnage erano attesi sul palco intorno alle otto e mezza, e i Kombat Rock alle nove e mezza, quindi ci restava un po' di tempo prima dello spettacolo. Non ero mai stata dietro le quinte di un evento così grande. Lennon si era offerto di procurarci i biglietti per i posti migliori, ma io odiavo sedermi ai concerti e Sean si era rifiutato di lasciarmi sola tra la folla, quindi avremmo visto il concerto dal lato del palco. Sentivo le farfalle nello stomaco quando ci fermammo sul retro dell'edificio e vedemmo la folla in coda. Ovviamente la maggior parte dei presenti era lì per i Kombat Rock, o KR, come alcuni li chiamavano, ma c'erano anche un sacco di magliette dei Carnage e di striscioni dedicati a loro.

Ci fecero entrare dalle porte sul retro e mi rilasciarono un pass. Aspettammo in uno stanzino mentre i ragazzi andarono a cambiarsi. La stanza era piuttosto affollata. Vincitori di concorsi che aspettavano di incontrare le band, uomini in giacca e cravatta che forse erano rappresentanti di case discografiche, giornalisti, fotografi e tante, tante donne. La cosa mi infastidì. Alcune erano belle, altre non troppo.

Un cameriere si avvicinò e chiese a me e Jimmie se volevamo qualcosa da bere. Ordinammo vodka e limonata e ce li portarono nel giro di due minuti. Sean tornò al mio fianco. Si era tolto la maglietta di Ben Sherman e se n'era messa una un po' vecchia di James Dean, ma portava ancora i jeans e le sue Dr Martin. Era bellissimo, ma per me lo era sempre. A giudicare dagli sguardi che le groupie gli lanciavano, non ero l'unica a pensarlo. Le occhiatacce che lanciavano a me e a Jim non erano passate inosservate. Una donna sui trentacinque, che mi squadrava da prima dell'arrivo di Sean, si avvicinò. Sean mi teneva un braccio attorno alla vita e si chinò a baciarmi la tempia mentre il cameriere portava a lui e al resto della band una birra.

«Allora, Sean, chi è la tua amichetta? È molto carina».

Lui sembrò irrigidirsi. Bevette un lungo sorso di birra prima di squadrarla da capo a piedi. «Questa è la mia ragazza, Gia. È venuta dall'Inghilterra per il weekend». Si voltò verso di me con un sorriso così sognante che per poco non mi sciolsi. «Vero, amore?». Mi diede un bacio sulle labbra e io mi sentii in imbarazzo. La bionda ossigenata rimase impalata a guardarci.

«Sì, tesoro, è così», risposi, fissando la donna.

Lei si passò la lingua sul labbro superiore e mi guardò dalla testa ai piedi. «Che dolce. Non dimenticarti di farti scrivere una giustificazione dai tuoi genitori quando torni a scuola la settimana prossima».

Le sorrisi educata. «Non mi scorderò! E lei si assicuri di avvisare la casa di riposo che stasera tornerà tardi, non vorrei che mandassero qualcuno a cercarla».

Non rispose. Si limitò a fissarmi coi suoi occhi di ghiaccio, come se cercasse di farsi venire in mente qualcosa da dire.

Marley mi comparve accanto. «Va' a farti fottere, Anna, e lascia in pace mia sorella. Trovati qualche cazzo da succhiare. Fra poco arriva Rocco con tutte le altre groupie e allora non avrai chance».

Fece una smorfia accompagnata da una risata. «Fottiti, Layton».

«No grazie, amore», rispose Marley. «Già fatto, e mi sono preso pure i pidocchi da te. Lurida puttana! Sparisci dalla mia vista prima che chiami la sicurezza per farti buttare fuori!».

Ci lanciò una terribile occhiata prima di alzare i tacchi. Giuro che le sue gambe erano alte quasi quanto me. Doveva essere più di un metro e ottanta e mi ricordava quella Brigitte moglie di Rocky, o fidanzata, non so.

«Chi cazzo era quella?», chiesi a Sean e Marley.

«È l'ex ragazza di Rocco», rispose Sean. «Lui l'ha sostituita con una più giovane, lei però segue ancora la band. Crede che scopandosi tutti quelli che circondano Rocco possa farlo ingelosire e tornare sui suoi passi, ma lui ha un sacco di carne fresca che gli gira intorno. Lei non gli interessa più».

Guardai Marley. «Ma tu l'hai scopata?».

Fece spallucce e si passò una mano sul naso. «Ero strafatto di coca, arrapato da morire, e lei non faceva che implorarmi. Mi ha attaccato i pidocchi, mi sono dovuto depilare il pube e astenere dal sesso per un paio di settimane. Sporca baldracca! Le sto lontano da allora. Non so come faccia a trovare sempre il pass per entrare dietro le quinte. La odiano tutti».

Scossi la testa alla rivelazione di Marley. Non mi importava della scopata, era la cocaina a preoccuparmi. Per forza era così magro: avevo sentito che faceva perdere peso, per questo piaceva ad Ashley.

«È per questo che sei conciato così, Marls? Perché ti fai di coca?»

«Be', grazie del complimento, George. Sono lusingato».

Alzai le spalle. «Sei magrissimo, ecco. Sono preoccupata e mamma darà di matto quando ti vedrà».

«Questo tour è stato duro per tutti noi. Anche il piccolo prodigio qui ha bisogno di un aiutino ogni tanto. Non sono l'unico».

Alzai gli occhi verso Sean, che sembrava sul punto di uccidere Marley. «Ti fai di coca?», gli chiesi. Fu il suo turno di fare spallucce. Si guardò attorno prima di rispondere.

«Solo una strisciolina ogni tanto, è difficile andare là fuori. Abbiamo tutti bisogno di un po' di carica che ci dia una mano. Non è niente, lo fanno tutti».

Non ero sorpresa, solo delusa che non me l'avesse detto. E che non avesse mai accennato a tutte le groupie che gli stavano attorno. Bevvi il mio drink senza dire niente.

Lennon comparve alla porta. «Ragazzi, andiamo, ho bisogno di voi per alcune fotografie e un'intervista per un giornale spagnolo».

Sean mi guardò. «Non ci metterò molto, stai vicino a Jimmie». Annuii e gli sorrisi, ma ero poco convinta. La fama non mi piaceva. Andava bene finché ero al suo fianco, ma odiavo che vedesse e facesse tutte queste cose senza di me.

Avevamo fatto tutto insieme per così tanto tempo che non potei fare a meno di pensare, per l'ennesima volta, che lo stavo perdendo.

«Facciamoci un altro drink», propose Jimmie. «Queste dannate groupie stanno iniziando a darmi sui nervi. Sono i *nostri* ragazzi, eppure ci guardano come se non avessimo nessun diritto di essere qui».

«Ignorale», le dissi. «La maggior parte di loro morirà di vecchiaia entro la fine della settimana». Scoppiò a ridere, e insieme raggiungemmo il bar.

Qualche minuto dopo si sollevò un mormorio, perché le star del tour, i Kombat Rock, entrarono nella stanza. Ci appoggiammo al bancone mentre salutavano i vincitori delle competizioni, sorridevano, posavano per le fotografie e firmavano autografi. I fan e tutti i membri della stampa vennero fatti uscire, e osservai le groupie circondare le star.

Rocco Taylor era il cantante della band. Era carino, ma non quanto Sean o Marley. Io e Jimmie lo osservammo fare il giro della stanza, baciare alcune donne e ignorarne altre, stringere la mano a qualche uomo in giacca e cravatta e abbracciarne altri. La prima band di apertura era sul palco e le loro canzoni risuonavano nella stanza dalle casse. Non erano male per essere una band del posto, ma i Carnage erano parecchi gradini più su.

All'improvviso Rocco urlò: «Qualcuno può abbassare questa merda? Mi fa sanguinare i timpani». Tutti risero. Tutti, eccetto me e Jimmie.

Che testa di cazzo!

Scommetto che la sua band non era così quando avevano quindici anni. Lo detestai all'istante e la mia espressione doveva mostrarlo, perché i suoi occhi mi oltrepassarono per poi tornare su di me.

«Allora gente, cos'abbiamo qui? Chi sono queste belle ragazze e perché nessuno me le ha presentate?»

«Troppo tardi, Rocco», gridò Anna l'ossigenata. «Sono già proprietà dei Carnage. Peccato».

Lui si voltò verso Anna. «Chi ha chiesto la tua opinione, stronza? Qualcuno la butti fuori», ordinò al suo entourage.

Ci fu un trambusto generale, poi la sicurezza comparve e chiese ad Anna di andarsene. Quando la scortarono fuori dalla bocca le uscirono i peggiori insulti e la situazione si fece tesa.

Rocco Taylor si piazzò di fronte a noi. «Allora, voi belle ragazze siete amiche dei Carnage. Non sono male, faranno strada».

Mentre parlava mi accarezzava un braccio con l'indice, su e giù. Volevo dirgli di fermarsi, ma era Rocco Taylor, una delle rockstar più famose al mondo.

«Come ti chiami tesoro?», mi chiese col suo accento americano. Non sapevo da dove venisse, ma sembrava la cadenza strascicata di un cowboy.

Deglutii prima di rispondere, ma la mia voce risultò stridula quando dissi: «George, e questa è la mia amica Jimmie».

«Ah ah, George e Jimmie. Ma guardate, ragazzi, non sono forse la George e la Jimmie più carine che abbiate mai visto in vita vostra?».

Un altro tizio, tatuato e con dei lunghi capelli neri, raggiunse Rocco e ci guardò con malizia masticando una gomma. Gettò un braccio attorno alle spalle del cantante. «Be', direi che sono carinissime».

Mi stavo cagando addosso. All'improvviso avvertii tutti i miei sedici anni e otto mesi e non un giorno di più. Il mio consueto coraggio svanì. Quelle erano vere e proprie rockstar, che dalle donne ottenevano ciò che volevano. Mi sentii a disagio e non potei fare a meno di notare che avevo la pelle d'oca e che i peli sulla mia nuca si erano rizzati. Era autentica paura, tutt'altro che desiderio nei confronti di quei due matti.

Rocco sollevò una mano per accarezzarmi una guancia. «Be', spero che i ragazzi dei Carnage vogliano condividere il bottino, perché non mi dispiacerebbe giocare un po' con te».

All'improvviso mi infuriai e gli allontanai la mano. «Non sono il giochino di nessuno. Sono la ragazza di Sean McCarthy!».

Nella stanza calò il silenzio. Chi diavolo credeva di essere? Non era neanche bello, e l'altro, Wayne Allen o come cavolo si chiamava, credo fosse il batterista, non solo era brutto come la morte, ma puzzava pure di fogna.

Stavo decidendo se dirglielo quando Lennon intervenne. «Rocco, Wayne, lasciate in pace mia sorella, e l'altra è la mia ragazza, quindi non pensateci neppure».

Prima che potessi reagire, lui mi prese con una mano e mi baciò sulla bocca.

Io lo spinsi via forte, e quando lo feci sentii Sean gridare: «G, che cazzo stai facendo?».

Lo guardai orripilata. «Fottuto animale, toglimi le mani di dosso!». Mi pulii la bocca con il dorso della mano. Rocco mi guardò severo. Sean era accanto a lui e mi guardava come se avessi perso la testa.

«Non è colpa sua, Maca. Ha visto solo la sexy rockstar che è in me e non ha saputo resistere. Meglio tenere la tua cagnolina sotto controllo».

Cosa?

La mia bocca si aprì ma non uscirono parole. Lui non aggiunse altro, si voltò e se ne andò. Che bastardo. Guardai Sean. Volevo piangere, ma non lì. Non mi andava di farlo davanti a tutta quella gente e mettere in imbarazzo non solo me stessa, ma anche Sean e la band.

«Che è successo?», chiese Sean.

Feci un respiro profondo. «Mi ha baciato, cazzo, ecco cos'è successo. È un verme e lo odio». Di certo Sean si accorse di com'ero agitata.

«Cazzo, G, non posso lasciarti sola neanche per cinque minuti?»

«Cosa? Non ho fatto niente! È lui che è venuto da me. Gli ho detto che stavo con te, ma lui mi ha baciata comunque».

«Non ha fatto niente, Maca, proprio niente». Jimmie mi difese.

Lui si fece sfuggire un sospiro. «Mi dispiace, non avrei dovuto lasciarti qui. È un cazzo di animale. Stai bene?».

No che non sto bene.

Ero spaventata, ferita e umiliata, ma non l'avrei ammesso di fronte a tutta quella gente. Quindi mi limitai ad annuire.

«Pulisciti la bocca, il tuo rossetto è sbavato». Indicò le mie labbra.

Avrei voluto andare in bagno a sistemarmi, ma avevo troppa paura ad allontanarmi da lui. All'improvviso desiderai avere venticinque anni e saper affrontare gente come Rocco Taylor.

Gliela farei vedere eccome!

Marley spalancò di colpo la porta della stanza. «Woohoo, Maca, questa sì che è roba buona. Dove l'hai trovata?».

Sean si voltò di colpo. Fantastico, la serata migliorava di minuto in minuto. Non avevo mai percepito la differenza di età fra me e Sean, ma in quel momento mi sentii una bambina immatura di fronte a una rockstar famosa. Il che non era poi così distante dalla realtà e faceva male, molto male.

Capitolo sei

Lennon trovò a me e a Jimmie due posti fantastici a lato del palco. La struttura ospitava circa trentamila persone ed era già quasi tutto pieno. I tecnici passarono le chitarre ai ragazzi e fornirono loro cavi, microfoni e auricolari. La musica di sottofondo si spense insieme alle luci.

Sean mi comparve davanti e disse: «Ti amo, Georgia Rae, fammi vedere le tette».

Non esitai. Mi alzai la maglietta e gli mostrai il mio nuovo reggiseno nero.

«Cazzo, piccola. Adesso mi tocca salire sul palco con un'erezione». Mi baciò di nuovo, poi il direttore artistico lo portò via.

La canzone d'apertura *Show me* faceva parte dell'album, così come le due successive. Subito dopo, Sean si rivolse al pubblico e disse che era felice di essere in Spagna. Un paio di mutandine volò nell'aria e atterrò sul palco.

Sean corse da Tom e prese una bacchetta, poi tornò indietro e la usò per raccoglierle. «Ehi, Marley, non ne hai un paio uguale? Sono tue?».

Tom diede un colpo alle percussioni per accompagnare la battuta di Sean e la folla scoppiò a ridere e fischiò.

Sentii una voce femminile gridare in un pessimo inglese: «Sposami, Maca». Seguirono altri fischi.

«Mi dispiace ragazze, ma sono impegnato». Voltò la testa verso di me e fece un sorriso che mi sciolse. Ero così orgogliosa in quel momento. Ce l'aveva fatta! Teneva la folla in pugno. Era nato per questo. Sembrava una vera star lassù, ed era mio da quando avevo undici anni. Lo amavo oltre misura.

Era amore.

Quello che provavamo era amore.

Amore vero, da adulti.

La band sfoderò tutte le canzoni del nuovo album e fece anche un paio di cover. Poi ringraziarono la folla e scesero dal palco mentre il pubblico chiedeva a gran voce altre canzoni. Sean venne dritto da me con un sorriso enorme stampato in faccia.

«Siamo andati bene?»

«Siete stati fantastici, tesoro, davvero fantastici. Tutti questi anni di lavoro finalmente vi stanno ripagando. Sono così orgogliosa di te».

Prese l'asciugamano che qualcuno gli aveva messo sulle spalle e si asciugò il sudore dal viso. «Non muoverti da qui, dobbiamo fare un breve bis». Mi baciò sulle labbra e tornò sul palco.

Credevo che il resto dei ragazzi lo avrebbe seguito, invece no. Le luci si riaccesero e Sean era sul palco da solo, seduto su uno sgabello con la sua chitarra acustica in mano. Pensai che se avesse suonato *Georgia on my mind* sarei scoppiata in lacrime mettendomi in ridicolo davanti a tutti. La folla urlò quando le luci si accesero. Suonò qualche nota e calò il silenzio.

«Voglio i tuoi bambini, Maca. Portami via e mettimi incinta», urlò una voce femminile.

Sean rise e scosse la testa, prima di alzare lo sguardo e sorridere. «Cara, fammi un favore. Dovresti apprezzare il fatto che io sia il tipo da una donna sola, e che ami la mia ragazza. La amo dal primo giorno che l'ho vista, quando lei era solo una bambina. Ma in questi anni ho avuto il piacere di vederla crescere, e trasformarsi in una donna bellissima, e per quanto ami fare concerti e suonare davanti a voi stasera, conto i giorni che mi separano dal riabbracciarla in Inghilterra».

Si levò un coro di fischi.

«Questa canzone... è per tutti coloro a cui manca la persona amata. Per quelli che, per qualunque ragione, non possono stare con la persona che più amano al mondo. Questa canzone è per la mia ragazza, Gia. Ti amo, piccola».

Appena sentii gli effetti sonori delle onde e della sirena di una barca, capii di che canzone si trattasse e non riuscii a frenare le lacrime. *Georgia* sarebbe stata la scelta più ovvia, ma questa era una canzone che aveva rielaborato lui. *English rose* dei Jam. Ora non mi importava più di chi mi vedeva piangere.

Len si avvicinò, mi appoggiò un braccio sulla spalla e mi sussurrò all'orecchio: «La prova da giorni. Temeva che la sua voce non fosse all'altezza».

Mi portai una mano al naso e scossi la testa. «Dev'essere pazzo. È meglio di Weller».

«È la stessa cosa che gli abbiamo detto noi, ma voleva che fosse perfetta per te».

«È più che perfetta, Len».

Restammo ad ascoltarla insieme. Jimmie si unì a noi e strinse Len attorno alla vita. Sean si alzò e il resto della band lo raggiunse sul palco per fare un inchino. Se questa era la reazione che ottenevano come band di supporto in un Paese straniero, allora chissà quale sarebbe stata l'accoglienza al loro ritorno in Inghilterra.

Sean scese dal palco e venne verso di me. Aveva gli occhi spalancati e le pupille dilatate. Avrei voluto essere io la causa della sua eccitazione, ma qualcosa mi disse che era colpa delle sostanze illegali. Tolse qualcosa alla canzone che mi aveva appena dedicato, ma nascosi la delusione e gli gettai le braccia al collo quando mi sollevò da terra per un abbraccio.

«Era bellissima, grazie», gli dissi quando mi rimise giù.

Andammo dietro il palco insieme, oltrepassando i ragazzi dei KR che stavano per entrare in scena. I Carnage accettarono le loro congratulazioni e gli augurarono buona fortuna. Tornammo nello stanzino perché i ragazzi volevano bere una birra. Era pieno zeppo di groupie e io mi sentii inadeguata di fronte a quelle donne sexy ed esperte. Avrei preferito andarmene, ma mi rendevo conto che Sean preferiva stare con i ragazzi e conoscere altra gente. Aveva appena bevuto un sorso di birra quando qualcuno della casa discografica parlò con Lennon e chiamò a raccolta tutti i ragazzi. Sean mi passò la sua birra.

«Rimani con Jimmie e non accettare drink da nessuno se non è un cameriere. Dobbiamo andare a fare qualche intervista, poi torneremo in hotel. Te lo prometto, okay?».

Annuii e gli sorrisi. I ragazzi si diressero verso la porta e io mi accorsi delle occhiate delle groupie.

Le odio!

Odiavo quelle donne. Non avevano un po' di rispetto per se stesse? Odiavo anche dover condividere Sean con le fan. Sarei stata lì solo tre notti, poi non l'avrei visto per due settimane. Dio, non vedevo l'ora che finissero gli esami, così poi avrei potuto fare quello che volevo. Mamma e papà non mi avrebbero fermata.

Jimmie si lasciò sfuggire un sospiro rassegnato. «Be', George, penso che ci siamo. I nostri ragazzi stanno per sfondare. Riesci a crederci? Esci con una rockstar famosa».

Per qualche ragione i miei occhi si riempirono di lacrime. Scossi la testa e lei mi appoggiò una mano sulle spalle quando si accorse del mio disagio.

«Non è famoso. È solo Sean… è solo il mio ragazzo».

«Non agitarti, George. Certo che è il tuo ragazzo, lo sarà sempre, ma le cose cambieranno. Aspetta che esca l'album e che inizino le tappe inglesi del tour. Tutta l'Inghilterra parlerà di loro. È per questo che si sono dati da fare per anni. Tutti quei giri ovunque. Tutti gli squallidi pub in cui li abbiamo accompagnati. Le prove nella casetta. Ora guardaci, George. Andiamo in giro con una limousine e alloggiamo al Ritz. Cazzo, siamo due sedicenni e pensa alla vita che presto faremo».

Sorrisi e annuii, scacciando la sensazione di disagio che quei cambiamenti mi portavano.

Ordinammo entrambe una vodka al bar e restammo lì a inventarci storie sulle groupie che affollavano la stanza. Stavano tutte aspettando il ritorno dei Kombat Rock.

Len tornò circa quaranta minuti dopo per controllarci. Apparentemente le interviste erano più di quelle che si aspettavano, quindi ci stavano mettendo più tempo. Quando Lennon si voltò per andarsene, un uomo in giacca e cravatta di una casa discografica gli disse qualcosa all'orecchio. Si voltarono entrambi verso di me, non pensavano che li stessi guardando. Le mie guance si infiammarono. Len abbassò gli occhi. Ovviamente parlavano di me, ma non so cosa stessero dicendo.

Mezz'ora dopo i ragazzi non erano ancora tornati e iniziavo a essere nervosa. I Kombat Rock avrebbero finito a breve il concerto, e non volevo trovarmi lì senza Sean quando Rocco fosse tornato. Non mi piaceva quel tipo. Mi metteva a disagio, ma non volevo rendere le cose difficili ai Carnage. Mancavano ancora due settimane di tour europeo, poi ci sarebbe stata una breve pausa prima delle tappe in Inghilterra, il che avrebbe significato un altro mese di concerti insieme ai KR. Se avessi creato problemi, Rocco avrebbe potuto cacciarli dal tour. Era l'ultima cosa di cui i ragazzi avevano bisogno, alla vigilia dell'uscita del loro album, quindi dovevo solo tenermi alla larga da quel tipo il più possibile.

Le canzoni risuonavano anche nella nostra stanza: erano già al bis. Fissai la porta, augurandomi di vedere Sean,

Marley o Lennon. Invece no, era Rocco, circondato da donne e ragazzine urlanti e mezze nude. Una di quelle gli era avvinghiata addosso mentre lui la trasportava nella stanza. Il suo top era abbassato e lui le stava succhiando un capezzolo. Quando oltrepassò la porta i suoi occhi incontrarono i miei. Mi voltai in fretta e ordinai un altro drink per me e Jimmie.

Fu allora che sentii la sua voce. «Bene bene, la piccola principessina di Maca. Non è ora di andare a letto? Non dovresti essere sotto le coperte con l'orsacchiotto?».

Haley, che cazzo ci fa qui?

Mi voltai e mi resi conto che era il suo capezzolo quello nella bocca di Rocco poco prima. La guardai dall'alto in basso: era in piedi accanto a lui, che le teneva un braccio attorno alla spalla.

«Oh, è decisamente ora di andare a letto per me, ma non angustiare il tuo piccolo cervellino. Maca tornerà presto, e allora ci infileremo sotto le coperte insieme e non avrò più bisogno di un orsacchiotto», risposi sorridendole dolcemente.

Mi squadrò per qualche istante, poi si rivolse a Rocco. «Sai che non hanno ancora diciott'anni? Non potrebbero bere».

«Già, ho sentito che sono minorenni. Questa però è una festa privata, non penso che la legge conti, altrimenti la maggior parte di noi verrebbe arrestata. Ora prendimi una birra, poi torna e fammi un pompino. Devo venirti in quella lurida bocca».

Jim mi diede una gomitata e parlò abbastanza forte perché Rocco sentisse. «Certe cose non cambiano mai, tipo Haley la troia che fa pompini dietro le quinte». Alzò il bicchiere verso di me, e insieme dicemmo «Salute» all'unisono, scoppiando a ridere.

«Fottetevi, puttane. Sei solo gelosa, Jimmie. Il tuo ragazzo è solo un portaborse, non è neanche una rockstar». Voltò i suoi occhi brillanti verso di me. «E il tuo? Non sarà mai all'altezza del mio Rocco».

«Oh, mi spiace, Puttanella. Rocco è il tuo ragazzo ora, vero?». Mi rivolsi a lui. «Scommetto che non vedi l'ora di presentarla a tua madre. Sai che si è passata mezza popolazione inglese? In confronto a lei, Anna è una suora e ha metà delle sue malattie».

Ci fu qualche risata da chi ci ascoltava. Rocco fece un ghigno.

«Be', per fortuna le donne mi piacciono zozze come lei e non succhiatrici di mini cazzi come te». Leccò la guancia di Haley la puttana.

Che maiale.

«Vuoi?», mi chiese.

«Neanche morta», risposi.

Mi squadrò da capo a piedi prima di andare a sedersi su un divano di pelle. «Prendimi questa birra, Puttanella, poi torna qui e inginocchiati».

Da idiota quale era, Puttanella fece quello che le venne ordinato, per di più con uno sguardo orgoglioso. In quel momento quasi mi dispiacque per lei, povera illusa. Notai che Rocco mi stava fissando.

Nonostante mi spaventasse a morte, restituii lo sguardo con determinazione.

«Sei un po' troppo presuntuosa, ragazzina, ma ti farò vedere... Ti farò vedere chi *cazzo* è il re qui dentro», disse sprezzante.

Scossi la testa e mi voltai verso la porta, quando vidi Marley. Billy lo seguiva e Sean e Lennon erano appena fuori. Sembrava che stessero litigando. Feci per raggiungerli, ma Marley mi prese fra le braccia e mi strinse.

«Sorellina, mi sei mancata. Non vedo l'ora di tornare in Inghilterra, profumi di casa».

Mi diede un bacio sulla guancia. Quello era mio fratello. Il Marley per cui stravedevo da quando ero nata. In quel momento non sembrava così alienato.

«Mi sei mancato anche tu, Marls. Non vedo l'ora che torniate tutti a casa».

Le braccia di Sean mi scivolarono lungo i fianchi e mi baciò la testa. «Andiamocene da qui, piccola».

Mi voltai verso di lui. «Che c'è che non va? Tutto bene?».

Annuì, ma mi accorsi che era arrabbiato.

Mi liberai dall'abbraccio di Marley e mi gettai al collo di Sean. «Quando vuoi sono pronta per andare. Come torniamo in hotel?»

«Alcune auto ci aspettano qui fuori».

«Bene, andiamo».

Sean strinse le mani dei ragazzi della sua e di altre band. Dopo aver salutato i miei fratelli e Jimmie, ci allontanammo, e intanto notai Rocco che mi fissava mentre si faceva fare un pompino da Haley la puttana.

Quando entrammo nella nostra stanza trovammo champagne con ghiaccio e petali di rosa sparsi sul letto. La vasca era piena d'acqua con le bolle. Ci spogliammo e saltammo dentro, con i bicchieri di champagne in mano. Dato che i rubinetti erano nel mezzo della vasca enorme, riuscimmo a sederci alle estremità opposte. Restammo in silenzio per un minuto, a guardarci l'un l'altro e a sorseggiare dai nostri bicchieri. Sean mi fece un pigro sorriso malizioso mentre i suoi occhi color cioccolato percorrevano il mio corpo.

«A cosa pensi?», domandai.

«Penso che avrei voluto spogliarti lentamente e guardarti con quella tua biancheria sexy addosso. Ma sono felice che tu sia qui, nuda, nella vasca con me. Mi sei mancata moltissimo, Gia. Non vedo l'ora di tornare a casa. Tuo padre è d'accordo che tu ci segua nel tour?».

Gli sorrisi. Nonostante ci conoscessimo da molto tempo, arrossivo ancora quando mi diceva qualcosa di sensuale. Lo facevamo da tanto, ma c'erano molte cose che ancora non sapevo. Conoscevo solo quello che lui mi aveva insegnato, ed ero felice che a lui bastasse. C'erano tutte queste donne che gli si gettavano addosso, ma lui desiderava me, ero io quella che gli mancava, quella con cui voleva tornare a casa.

«Penso che mio padre accetterà. Mi ha permesso di venire qui, sono sicura che Manchester o Liverpool non saranno un problema. Mi comporterò da figlia perfetta nelle prossime due settimane. Di solito riesco a convincerlo, soprattutto se mamma è dalla mia parte».

Si morse l'angolo sinistro del labbro inferiore. «Vieni qui», mi ordinò. Cazzo, la sua voce era sexy e gli occhi erano leggermente chiusi. Mi faceva impazzire quando mi guardava così. Lo raggiunsi a gattoni e mi inginocchiai fra le sue gambe aperte.

«Sai quella cosa di cui abbiamo parlato? Che hai detto che potremmo provare… che avresti fatto per me?».

Diventai rossa come un pomodoro e annuii.

«Be', pensavo che è tanto che non ci vediamo, e che lunedì riparti e non ci vedremo per altre due settimane. E dato che sono qui tutto pulito…».

«Sì».

«Sì?»

«Ti ho promesso un pompino. Versami altro champagne e avrai il tuo pompino». Sembravo sicura di me, in realtà non lo ero. Ne avevamo parlato, ma non avevo mai trovato il coraggio di farlo. Non sapevo perché, ma mi sembrava una cosa molto più intima del sesso. Sean mi aveva baciata laggiù molte volte. Sembrava piacergli, e a me piaceva eccome, ma non ero mai stata così coraggiosa da restituire il favore. Prima di partire avevo già deciso che quella sarebbe stata la notte giusta. Grazie al vino che avevo bevuto a cena, alla vodka dietro le quinte e allo champagne, mi sentivo una potenziale succhiatrice modello.

Merda, a dire il vero non ho idea di cosa devo fare.

«Che problema c'è, G? A cosa pensi?»

«Possiamo uscire da qui? Soffocherò se provo a fartelo nella vasca».

Sean rise e si inginocchiò. Mi mise la mano dietro la nuca e mi avvicinò per un bacio. «Ti amo, Georgia Rae Layton. Ti amo così tanto. Non vedo l'ora che tu finisca la scuola per poter stare sempre con te. Così potremo andare a dormire insieme e risvegliarci insieme ogni mattina. E verrai con me ovunque nel mondo. Ti voglio al mio fianco, sempre». Mi baciò con dolcezza sulle labbra mentre io inghiottii le lacrime. Poi mi guardò. «Ora muovi quel culetto sexy e fammi un pompino».

«Invitante», risposi scuotendo la testa.

Passammo il resto del venerdì notte e la maggior parte del sabato mattina a fare pratica. Dopo che Sean riuscì a malapena a contenere una risata al mio primo tentativo, capii che malgrado il nome non era tanto una questione di "pompare" e iniziai a padroneggiare la tecnica.

Capitolo sette

I ragazzi passarono il sabato pomeriggio a rilasciare interviste, quindi Sean mi prestò la sua carta di credito e mi mandò a fare shopping con Jimmie.

Sciocchino!

Tornammo in hotel con le borse piene di scarpe, borsette, profumi e qualche pensierino per Sean e Lennon. Erano quasi le sei e i ragazzi erano rientrati. Sean era seduto in fondo al letto, i gomiti appoggiati alle ginocchia, le mani unite. Quando entrai mi guardò male. Il mio primo pensiero fu che si fosse arrabbiato per i soldi spesi in abiti firmati, ma mi aveva detto di non farmi scrupoli.

«Bene, tesoro, ti sei divertita?». Mi sorrise poco convinto.

«Un sacco. Dovresti vedere quanti marchi ci sono qui. A mia madre piacerebbe molto. Ho preso solo qualche maglietta e ho speso circa cinquecento sterline. Va bene?».

Mi strinsi il labbro inferiore fra i denti mentre aspettavo una risposta. «Sì, va bene. Potevi spendere quello che volevi».

«Lo so, ma non mi andava di esagerare. Che c'è?»

«Cosa? Niente».

«Non dire bugie. Che succede?».

Mi guardò da dietro le scure e folte ciglia e il mio stomaco fece una piccola capovolta. Sembrava triste, ero sicura che qualunque cosa fosse non mi sarebbe piaciuta.

«Vieni a sederti, G».

Lasciai a terra le borse e lo raggiunsi sul letto. «Sean, mi stai spaventando. Che c'è che non va?».

Prese la mia mano sinistra fra le sue. «Piccola, i tizi della casa discografica che erano al concerto l'altra sera». Si fermò e fece un respiro profondo. «Non gli è piaciuto che dicessi che non sono sul mercato. Vogliono... vogliono che le ragazze vadano pazze per noi, e pensano che non dovremmo andare in giro a dire che siamo fidanzati. Non vogliono che ti dedichi canzoni o che parli di te sul palco. Insomma, posso dire "Questa canzone è per Georgia", ma non posso dire che è per la mia ragazza. Posso, ma loro preferirebbero di no».

Be', non mi sembra una cosa grave.

«Okay, be', non importa. Non mi aspetto che mi dedichi canzoni a ogni concerto. Non importa, davvero».

I suoi occhi incontrarono i miei, e capii che c'era dell'altro.

«E poi?».

Un altro sospiro profondo. «Non ti vogliono nel backstage prima dei concerti, quando ci sono la stampa e i fan».

«Perché? Ci sono tutte le groupie, perché non posso starci io?». Ricordai l'uomo elegante che la sera prima parlava con Lennon e mi guardava. Dovevano aver discusso di quello, e forse era il motivo per cui Sean e Lennon stavano litigando dopo lo show.

«Lo so, lo so, G. Gli ho risposto che se sei venuta fin qui per vedermi, non posso proibirti di stare con me dietro le quinte, ma hanno comunque detto di no. Lì sono ammesse solo le mogli, le fidanzate ufficiali e le famiglie». Si girò verso di me. I suoi occhi scuri dalle minuscole venature ambrate mi guardarono con intensità. Mi guardarono dentro, nel cuore e nell'anima.

«Cosa c'è, Sean? Cosa? Me lo dici?».

Scivolò giù dal letto e si inginocchiò. Oddio, cosa aveva fatto? Voleva implorarmi di perdonarlo per qualcosa?

«Sono andato anch'io per negozi. Mentre eri fuori, G».

«Sì?». Le mie parole erano un sussurro, perché riuscivo a malapena a respirare. Avevo così tanta paura di quello che mi avrebbe detto. Poi prese una scatoletta dal letto e la aprì.

Wow!

Volevo mia madre.

«Avrei aspettato di chiedere il permesso a tuo padre, di farlo una volta tornati in Inghilterra, ma non voglio che ti impediscano di venire dietro le quinte. Abbiamo sempre saputo che sarebbe successo, stiamo solo anticipando i tempi».

Volevo mio padre.

Volevo piangere.

«Georgia Rae Layton, ti amo dal primo momento che ti ho vista, con le tue mutandine rosa a pois. Sei il mio mondo. So che siamo giovani, ma ti amo, Gia. Voglio fare dei bellissimi bambini con te. So che avremo tutti contro, ma la gente non sa nulla di noi, non sa come ci sentiamo. Voglio invecchiare con te, G, e voglio sposarti. Ti prego, mi faresti l'onore di diventare mia moglie?».

È un anello.

Un grosso grasso anello con diamante.

L'ha comprato.

Per me!

Mi vuole sposare!

Mi asciugai una lacrima dalla guancia, non mi ero accorta che mi fosse sfuggita, e guardai prima l'anello e poi lui. Annuii.

I miei genitori mi avrebbero uccisa.

Forse anche i miei fratelli.

E poi avrebbero ucciso Sean.

Merda, mio padre e i miei fratelli.

Uccideranno Sean.
«Georgia?»
«Uhm?»
«Me la sto facendo sotto, G».
«Sì, sì, sì, certo che ti sposo. Sì!».
Mi asciugai altre lacrime dal viso, mentre mi faceva scivolare l'anello lungo il dito tremante. Andava benissimo. Mi guardai la mano.
«Ti piace?»
«Moltissimo. È oro bianco?»
«No. Platino con un diamante da due carati».
«Due carati? Sean, sarà costato una fortuna».
«Puoi ben dirlo!». Rise e non so perché lo fece, ma io risi con lui. Mi asciugò le lacrime con il palmo della mano e mi fece sedere sulle sue gambe a cavalcioni per baciarmi dolcemente. «Ma ti amo, quindi ne è valsa la pena. Specialmente ora che sei la maga dei pompini. Abbiamo cinquanta minuti prima di dover uscire per il concerto. C'è tempo per una sveltina?»
«Ritengo che un diamante da due carati valga pur qualcosa».
Facemmo la scopata più breve della storia. Entrai in doccia, mi cambiai e scesi al bar solo dieci minuti più tardi. Il resto dei ragazzi ci stava già aspettando e si lamentò del ritardo. Avevamo deciso di non dire a nessuno del nostro fidanzamento, solo ai rappresentanti della casa discografica. Sean voleva tornare in Inghilterra e parlare prima di tutto a mio padre, e io ero d'accordo. Più che d'accordo, perché ero terrorizzata al pensiero di quello che i miei fratelli avrebbero detto. Più riuscivamo a mantenere il segreto, meglio era.

Capitolo otto

Il rappresentante della casa discografica non fu felice del nostro fidanzamento e ci chiese di tenerlo segreto fino al lancio dell'album, il che ci andava benone. In cambio, accettò di non dire nulla al resto della band e mi permise di accedere al backstage prima e dopo i concerti.

Quei giorni in Spagna volarono, e presto ci ritrovammo di nuovo in aeroporto. La band partì per la Germania lo stesso pomeriggio e Sean promise di telefonarmi quella sera per aggiornarmi sul viaggio. Mentre ci baciavamo non riuscivo a trattenere le lacrime, e alla fine Jimmie e Lennon ci trascinarono via per farci imbarcare in tempo per il volo. Volevo disperatamente andarlo a trovare in Francia il weekend successivo, ma avevo l'esame per il diploma il lunedì mattina, quindi sapevo che mamma e papà non mi avrebbero permesso per niente al mondo di raggiungerlo, ma ci avrei provato comunque. Poi avrebbero iniziato a girare l'Inghilterra e l'album sarebbe uscito. E allora avremmo annunciato il nostro fidanzamento.

Fidanzati!

Avevo sedici anni, stavo per lasciare la scuola e per sposare Sean McCarthy, l'unico ragazzo che avessi mai amato.

Quando tornai a casa ero esausta. La sera chiacchierai con mamma e papà a tavola. Non avevo fame, ma i miei si erano dati parecchio da fare e avevano cucinato il salmone, il mio piatto preferito, quindi feci uno sforzo. Alla fine inventai una scusa e andai a fare la doccia. Mi lavai in fretta e furia, perché non volevo perdermi la chiamata di Sean. Mi misi in pigiama e mi sdraiai sul letto con la musica a basso volume per sentire il telefono.

Eravamo fortunati, avevamo quattro telefoni a casa, ma nessuno era nella mia stanza. Il più vicino era un fisso a ben cinque passi dalla camera. Tenni la porta aperta e cercai di fare lo stesso con i miei occhi. Ma dovevo aver perso la battaglia, perché il mio ricordo successivo fu la luce forte del sole, una coperta su di me, e la porta della camera chiusa. Guardai la sveglia della radio. Erano le sei e trentotto del mattino. Saltai giù dal letto e corsi di sotto. I miei erano seduti nel patio a bere il caffè.

«Buongiorno, principessa», disse papà alzando gli occhi dal giornale. Lo piegò e aprì le braccia per farmi sedere sulle sue gambe. Era la routine di una vita, ma dato che ultimamente mi alzavo molto più tardi del solito, lo vedevo di rado. Gli gettai le braccia al collo.

«Buongiorno, papà, mamma. Sean ha chiamato ieri sera?»

«No tesoro. Siamo andati a dormire alle undici e tu eri cotta, quindi ho spento la musica e ti ho coperta». Chinò la testa di lato. «Neanche Marley e Lennon hanno chiamato. Forse erano tutti troppo stanchi per il viaggio e sono andati a letto presto».

«Sì, forse». Ma sapevo che non era così. Sentivo che qualcosa non andava, ma finché non arrivò la telefonata, non avevo idea di come stessero le cose.

Non ricevetti notizie fino a giovedì sera. Avevo rinunciato per l'ennesima sera a sentire Sean e stavo per andare a letto, quando squillò il telefono. Lo fissai per qualche secondo, poi risposi.

«Pronto?»

«Georgia?».

Sentii una fitta al cuore, ogni battito mi faceva male. Trattenni il respiro.

«Sean? Che succede?»

«Ti amo, G».

Tutto mi crollò addosso, il mondo smise di esistere. Stava piangendo.

«Sean? Che succede?»

«Mi dispiace tantissimo, G. Ti amo, sappilo. Ricordatelo sempre».

«Sean, mi stai spaventando».

Piangevo anch'io. Volevo gridare. Volevo gridare perché non dicesse più quelle parole. Se non le avesse dette, non sarebbero state vere.

«Ti amo, G. Per sempre. Ovunque io sia, qualunque cosa stia per fare, ci sarai sempre e solo tu».

«Sean? Sean?».

Cadde la linea.

Strinsi la cornetta e mi lasciai scivolare lungo la parete. Le gambe non ressero, il cuore batteva così forte che lo sentivo martellare in tutto il corpo. La mia schiena rimbalzava alla sua eco mentre la premevo contro la carta da parati. Non so per quanto tempo rimasi così, finché mia madre mi raggiunse e si sedette accanto a me. Mi resi conto che il telefono stava squillando a vuoto fra le mie mani. Mamma prese la cornetta e la ripose sul ricevitore.

Ero paralizzata. Non sapevo cosa fosse successo, ma sapevo che era una cosa grave. Forse, se fossi rimasta così, mi sarei protetta dalla verità.

Sbagliavo.

«Cosa c'è? George? Che è successo a Sean?».

Scossi la testa e feci spallucce. «Non lo so, ma penso sia qualcosa di grave. Mamma, papà può recuperare il numero dell'albergo e parlare con Lennon? C'è qualcosa che non va e ho paura». Mi gettai fra le sue braccia. Ero terrorizzata, desideravo solo l'affetto di mia madre.

«Shhh, piccolina. Cosa ti ha detto? Frank, puoi salire?».

Papà arrivò in un baleno. «Che cazzo è successo? Chi era al telefono, Georgia? Chi ti ha fatta agitare, principessa?»

«Papà, per favore chiama Lennon. Non ricordo se sono in Francia o in Germania, in hotel o in pullman. Non ricordo, ma c'è qualcosa che non va. Sean piangeva e chiedeva scusa. Scopri cosa è successo papà, trovali per me, ti prego», lo implorai.

Papà era in ginocchio davanti a me e io gli afferrai la maglietta con i pugni. Sul mio viso scorrevano delle lacrime, ma non piangevo davvero. Ero isterica e non sapevo il perché.

«Calmati, principessa. Farò qualche telefonata. Conosci i ragazzi. Magari hanno bevuto troppo e basta. Vai a metterti a letto, risolverò tutto entro domani mattina».

Scossi la testa. «No, voglio aspettare sveglia. Non riuscirei a dormire. Devo sapere che sta bene, che stanno tutti bene».

Papà mi prese il viso fra le mani e mi baciò la fronte. Era mio padre, e io ero la sua principessa. Avrebbe sistemato tutto. Lo faceva sempre.

Mi infilai sotto la coperta del divano con la mamma. Papà fece alcune telefonate in quello che mi sembrò un tempo infinito, poi, verso le due del mattino, venne a sedersi sulla sua poltrona preferita con un caffè in mano.

«Ho lasciato messaggi ovunque, George. Alla casa discografica e agli avvocati. Sono atterrati in Francia stamattina. Hanno la serata libera e ho chiamato l'hotel, ma nessuno è nella loro stanza. Se qualcuno di loro avesse qualcosa che non va, Lennon avrebbe chiamato. So che l'avrebbe fatto».

Annuii, ma le sue parole non alleggerirono il mio nodo allo stomaco.

«George, andiamo metterci a letto. Papà starà vicino al telefono e ci avviserà se qualcuno richiama».

Mamma sembrava esausta, ma sapevo che non sarebbe

andata a dormire se non l'avessi fatto anch'io. Mi offrì la mano, la presi e la seguii su per le scale. Entrammo tutte e due nel mio letto e appoggiai la testa al suo petto come facevo da piccola, lasciando che il ritmo costante del suo cuore e il profumo familiare di Dior mi facessero addormentare.

Furono le urla di mio padre a svegliarmi. Il sole filtrava dalla finestra della mia stanza e battei le palpebre un po' di volte guardandomi attorno. Erano passate da poco le otto e un quarto. Ero riuscita a dormire parecchio. All'improvviso sentii dei singhiozzi. Era mia madre. Mi si strinse lo stomaco. Volai giù dal letto e mi fiondai in cucina, dove c'erano gli uomini di mio padre. Non so cosa facessero, ma lavoravano per lui da sempre. Papà era al telefono, camminava avanti e indietro in cucina, dove c'era anche Marcus, il suo avvocato. Nick, che ogni tanto gli faceva da autista, era accanto a lui. In piedi c'era Tony, l'addetto alla sicurezza in un paio di pub che mio padre aveva comprato di recente. In mezzo alla stanza, con le braccia attorno a mia madre che piangeva, c'era lo zio Fin, il fratello di papà. Nella stanza calò il silenzio quando entrai.

«Mamma?».

Papà si girò di scatto e mi guardò. Ero saltata giù dal letto in fretta e, dato che non mi aspettavo di trovare la casa piena di uomini, non avevo pensato che avevo addosso solo una maglietta e un paio di mutande. Arrossii: sapevo che papà si sarebbe arrabbiato. Era un tipo all'antica, badava anche a quello che mi mettevo in casa.

«Per l'amor di Dio, Georgia, vai a metterti qualcosa!».

«Che succede? Mamma, perché piangi?».

Papà si passò una mano fra i capelli. Portava ancora i vestiti del giorno prima e non si era fatto la barba.

«Mettiti addosso qualcosa, George, poi parliamo».

Mi voltai e mentre salivo le scale sentii Marcus dire: «Cosa le dirai?»

«Non ne ho idea», rispose papà, e un nodo di terrore mi strinse lo stomaco.

Mi infilai un paio di pantaloni da tuta e una maglia vecchia di Sean che non avevo mai lavato. Aveva più il mio odore del suo, ma avevo proibito a mamma di lavarla. Nel giro di un minuto ero già in cucina. Tutti gli occhi ero fissi su di me. Mamma era seduta al grande tavolo della cucina e stava bevendo un tè, mentre papà mi fece un cenno con la testa.

«Siediti, George. Dobbiamo parlare».

Scossi la testa. Ero così terrorizzata che i miei piedi erano immobilizzati a terra. Così tanti pensieri mi passavano per la testa.

«Papà, è morto uno dei ragazzi? Si tratta di Sean o Marley, papà?».

Venne verso di me e mi strinse fra le braccia, poi mi accompagnò al tavolo e mi fece sedere sulla sedia accanto a mamma. Lei mi prese la mano. Guardai prima lei e poi papà, che ora era seduto vicino a me dall'altro lato. Volevo sentire la loro risposta, sapere cos'era successo, ma allo stesso tempo ero spaventata. Se dovevano rovinare la mia vita perfetta, il mio amore perfetto, il mio futuro perfetto, allora non avrei mai voluto sentire le parole che mio padre si sforzava di trovare mentre continuava a passarsi la mano sulla barba.

«Georgia, ci sono dei problemi».

«No!», gridò papà a Marcus quando iniziò a parlare. «Ci penso io, tu tieni la bocca chiusa».

Mio padre era un omone alto più di un metro e novanta. Non gli avevo mai comprato delle camicie perché aveva bisogno di un collo troppo largo, e per la prima volta la sua presenza mi intimidì.

Prese la mia mano libera nella sua. «Ascolta, George, non c'è un modo semplice per dirtelo. Ci sono stati dei problemi durante il tour. I ragazzi sono arrivati a Parigi ieri sera, hanno fatto il check-in e hanno finito per dare una festa in piscina. Le cose sono sfuggite di mano e la festa si è trasferita nella stanza di Marley e Sean. Sono state fatte delle accuse e Sean e Marley sono stati arrestati».

«Cosa?»

«Li raggiungo oggi pomeriggio con Marcus e alcuni tizi della casa discografica per cercare di sistemare il casino».

«Arrestati per cosa? Cos'hanno fatto? Si tratta della droga?».

Papà guardò le nostre mani unite e io seguii il suo sguardo. Mamma mise la mano su quella di papà.

«Violenza sessuale, Georgia. Sono stati accusati entrambi di violenza sessuale e di una serie di altri reati minori».

Violenza sessuale?

«Cosa? Violenza sessuale? No, no, non è possibile! Stiamo parlando di Marley e Sean, papà. Non violenterebbero nessuno. Perché dovrebbero? Perché Sean dovrebbe?»

«Non conosco ancora i dettagli. Al telefono non ci dicono molto. Ecco perché ho bisogno di andare di persona».

Violenza sessuale!

Ero paralizzata. Cosa poteva essere successo per arrivare a un'accusa simile?

«Vengo con te».

«No», dissero i miei contemporaneamente.

«No, George, devi restare qui e prenderti cura della mamma. Sistemeremo tutto in un batter d'occhio. In più, ora sono chiusi in una cella alla stazione della polizia. Ci penso io, tu potrai raggiungermi la prossima settimana appena ti sarai tolta l'esame del diploma».

«No, no. Non posso aspettare così tanto. Voglio venire con te. Fanculo l'esame. Devo stare con Sean e Marley». Avevo un tono isterico.

«No, George. Non andrà così. Starai qui con la mamma. Discorso chiuso».

Non ribattei. Non sapevo cosa dire.

Sfregò il pollice sulla mia guancia, si chinò e mi diede un bacio sul naso prima di alzarsi e andare a farsi una doccia. Io rimasi seduta al tavolo, a fissare inebetita la mano di mamma sulla mia. Mi veniva da vomitare, ero spaventata e anche un po' arrabbiata e, per la prima volta in vita mia, dubitai del potere di mio padre di sistemare le cose. Il campanello all'ingresso suonò e io feci un salto sulla sedia. Mamma si alzò e mi mise una mano sulla spalla prima di andare ad aprire.

La sentii parlare a bassa voce con qualcuno, poi vidi entrare Jimmie.

«George», fu tutto quello che riuscì a dire prima che mi alzassi ad abbracciarla.

«Che casino, George. L'ho saputo solo stamattina e non volevo chiamarti nel caso in cui non ti avessero avvisato. È una *fottuta* stronza, non credo a una parola».

Per poco non mi esplose il cuore in petto.

Non volevo sapere altro.

Ma allo stesso tempo ne avevo bisogno.

Quindi domandai.

«Chi, Jim?».

Guardò me, poi mia madre, accigliandosi.

«Chi, Jim?», ripetei.

«Haley la puttana».

Un'ondata di nausea mi travolse e dovetti aggrapparmi al bordo del tavolo.

«È lei che dice di essere stata violentata? Come? Perché l'ha fatto? Era nella loro stanza, Jim?».

Jimmie si avvicinò a me. La mia mente sperava che non mentisse, ma il mio cuore la implorava di proteggermi dalla verità.

«Saliamo in camera, George».

Feci un sospiro profondo e la seguii di sopra. Stavo congelando, quindi saltai sotto il piumone e lei si unì a me.

«Non ti mentirò, George. È quello che mi ha detto Lennon. Ha detto che i ragazzi hanno lasciato la Spagna lunedì dopo di noi. Quella sera non avevano impegni e sono andati a una festa che Rocco ha dato nella sua stanza. Len ha detto che era pura follia. Donne, droghe, alcol… le solite cose dei KR. La stanza è diventata una fogna e la mattina dopo stavano tutti male».

«Anche Sean?». Non so perché lo chiesi. Conoscevo già la risposta.

«Incluso Sean. Hanno talmente esagerato che Lennon gli ha ordinato di rimanere in stanza la sera seguente e gli ha proibito di fare chiamate, così non avrebbero potuto ordinare altro alcol, droghe o ragazze. Mercoledì gli è stato permesso solo di fare le prove, e dopo il concerto sono tornati dritti in stanza. Giovedì mattina sono partiti per Parigi, e Marley e Lennon hanno litigato. Marls è andato al bar con Rocco e gli altri dei KR. Sean li ha raggiunti dopo un po' e hanno invaso l'area della piscina. Pare che Haley si sia presentata verso mezzogiorno e non abbia fatto altro che strusciarsi addosso a Sean e Marley. Sono tornati tutti in stanza per le sette, strafatti di coca e ubriachi. Poi Len dice che Haley ha dato di matto, andava in giro nuda a dire che Marley e Sean l'avevano violentata a turni e voleva chiamare la polizia. La direzione dell'hotel ha chiamato la polizia, tutti hanno rilasciato dichiarazioni e Maca e Marls sono stati portati via».

La ascoltavo, ma non registravo le sue parole.

L'ha portata nella sua camera.

La sua camera.

Stava ancora parlando quando saltai giù dal letto e corsi in bagno a svuotare il contenuto del mio stomaco nel gabinetto. Jimmie mi raggiunse e mi tenne la testa, e bagnò una salvietta per appoggiarla sulla mia nuca. Rimasi in ginocchio per qualche minuto, ad aspettare che la stanza smettesse di girare. Jim mi passò un bicchiere d'acqua. Mi sciacquai la bocca e sputai nel gabinetto, poi tornai a sedermi sul letto.

«Perché era nella loro camera?»

«Non lo so, George». So solo quello che ti ho raccontato, nient'altro. Len ci telefonerà appena avrà aggiornamenti. Non gli hanno ancora permesso di parlare coi ragazzi, ma ha detto che i rappresentanti della casa discografica hanno mandato i loro avvocati».

Annuii. «Sì, va anche papà. Perché era in camera loro, Jim? Non capisco proprio. A meno che non stessero scopando tutti».

«Smettila, George. Non farti questo, non finché non sapremo i dettagli. Stiamo parlando della Puttanella. Farebbe qualunque cosa per avere cinque minuti di fama, lo sai».

«Già, e so anche che corre dietro a Sean da secoli e che lui non avrebbe mai dovuto far entrare una ragazza nella sua stanza. Se è stato Marley a portarla, allora Sean sarebbe dovuto andare nella camera di Len, non rimanere con loro… con lei».

Ero furiosa! Dannazione!

Se voleva uno stile di vita rock and roll, allora fanculo, che lo avesse, ma io non sarei rimasta a casa a comportarmi da mogliettina diligente mentre lui si faceva le puttane e sniffava cocaina. Gli stava bene di essere finito in prigione. Non sarei andata da lui neanche morta, l'avrei lasciato patire. Mi spostai verso il cassetto del comodino, tirai fuori l'anello di fidanzamento e lo mostrai a Jimmie.

«Me l'ha chiesto, Jim. Sabato sera prima del concerto mi ha chiesto di sposarlo. L'avremmo tenuto segreto finché non fosse tornato a casa per chiedere il permesso a mio padre».

«Oh mio Dio, George. È enorme, mettitelo».

Non riuscivo, non in quel momento. Scossi la testa. «No, neanche morta! Non finché non mi darà la sua versione dei fatti. Deve guardarmi negli occhi e dirmi che con quella puttana non è successo niente. Fino ad allora, non voglio neanche sentirlo».

«Non essere sciocca, G. Non lo pensi davvero». Rise nervosa.

«Oh, lo penso eccome. Questo è solo l'inizio. Non hanno ancora sfondato e hanno già problemi di puttane e cocaina. Se è questo che vuole, prego. Non starò a casa ad aspettarlo mentre se la spassa».

«George, non è il tipo, ti ama e vuole sposarti. Non essere così severa, cazzo. Probabilmente è tutta colpa di Marley. L'hai visto nel weekend. Era così strafatto che non sapeva neanche cosa stesse facendo». Mentre parlava, sentivo un muro di cemento crescere attorno al mio cuore, mattone dopo mattone, per proteggerlo da quello che poteva succedere.

I giorni successivi furono i più duri che avessi mai affrontato nella vita. Mi avrebbero cambiata per sempre. Papà e gli avvocati tirarono fuori di prigione i ragazzi per il concerto di venerdì sera. Non ricevetti notizie da Sean per tutto il sabato, e papà mi chiamò nel pomeriggio per dirmi che Haley aveva ritirato le accuse e aveva ammesso di aver portato lei la droga nella camera.

I ragazzi non avrebbero cantato fino al mercoledì successivo a Stoccolma, quindi subito dopo il concerto di sabato sarebbero venuti a casa per un paio di giorni. Mi aspettavo che Sean mi chiamasse prima di partire, invece non lo avevo sentito ed ero sempre più furiosa.

Mamma, Jimmie e io andammo a cena in un ristorante

indiano sabato sera e bevemmo quattro bottiglie di vino. Io e Jimmie eravamo a posto, ma mia madre, magra e non abituata all'alcol, era parecchio allegra quando tornammo a casa e accendemmo la musica. Danzammo davanti alla stanza dei miei finché non collassammo sul divano, fra le risate. Io avevo il cuore spezzato ed ero triste. Mi sentivo come se Sean mi avesse abbandonata per iniziare una nuova vita, ma mi rifiutavo di confessare a qualcuno i miei sentimenti. Finsi di piangere di gioia, non per il cuore infranto.

La nostra porta d'ingresso si aprì intorno alle due del mattino. Mamma dormiva sulla poltrona di papà, io e Jimmie eravamo da una parte e dall'altra del divano, quando sentii delle labbra che mi sfioravano. Aprii gli occhi di scatto e mi ci volle qualche secondo per rendermi conto che era davvero lì e che non stavo sognando. Non so perché lo feci, ma mi spinsi con i talloni lontano da lui, ritirandomi nell'angolo del divano. Sean trattenne il respiro per qualche istante, e chiuse i grandi occhi color cioccolato, mentre le lunghe ciglia scure gli accarezzavano le guance.

«Georgia, mi dispiace tantissimo».

Incrociai le braccia al petto e annuii. Mamma si alzò dalla poltrona e abbracciò papà e Lennon. Marley era in cucina, seduto a fare colazione. I miei si scambiarono un'occhiata e poi guardarono mio fratello. Mi alzai e abbracciai Lennon, ma ignorai Marley.

«Be', ora siete tutti sani e salvi a casa. Vado a letto. Notte, notte».

«Georgia, aspetta! Dobbiamo parlare». Era stanco e adorabile e lo amavo così tanto, ma ero ferita.

«Dobbiamo?».

Si voltò verso mio padre. «Frank, ti dispiace se salgo nella stanza di Georgia per parlare?».

Papà mi guardò. «George?», chiese alzando un sopracciglio.

«Va bene», sbuffai. Sapevo che mi stavo comportando da mocciosa, ma in fondo lo ero: una sedicenne mocciosa. E davvero incazzata. Mi ero comportata da adulta in un mondo di adulti, ma in quel momento tutto mi stava crollando addosso. Reagivo alla situazione come avrebbe fatto qualsiasi sedicenne.

Mi gettai sul letto, sedendomi con la schiena contro la spalliera. Sean si appoggiò alla porta chiusa.

«Non l'ho fatto, G».

«Non lo penso, infatti».

«Allora perché sei così arrabbiata con me?»

«Perché era nella tua stanza, Sean?». Abbassò gli occhi e scosse la testa.

«Ero così ubriaco, G. Mi ero fatto due strisce di cocaina. Marley la voleva in stanza, ma lei non sarebbe entrata se non ci fossi stato anch'io».

«Perché?»

«Perché cosa?»

«Perché voleva che fossi presente?».

Fece qualche passo verso il mio letto. «G».

«Perché, Sean? Dimmelo». Si sedette sul bordo del letto e mi guardò.

«Voleva fare una cosa a tre».

Mi venne da vomitare. Non stavo piangendo, e non piangevo da quando mi aveva chiamata giovedì sera. Ero ferita, arrabbiata e scossa, ma non avevo più pianto. Lasciai solo che il muro crescesse sempre più alto attorno al mio cuore, uno strato per volta.

«Allora cos'è successo?».

Si passò una mano fra i capelli e io volevo fare lo stesso, ma non riuscii. Volevo solo che mi guardasse in faccia e mi dicesse la verità. Che mi dicesse che non l'aveva toccata, che non l'aveva sfiorata nemmeno con un dito. Mi sollevai e lo osservai per qualche istante, poi mi accorsi che i suoi capelli erano quasi perfettamente lisci. Rispetto a quando ci eravamo conosciuti erano un po' più lunghi e i pochi ricci che aveva non c'erano più.

Quando sono cresciuti? Quando sono spariti i suoi ricci?

Era una cosa insignificante, ma mi resi conto che stava cambiando. Da quando non facevo più parte delle sue giornate, non me ne ero resa conto. Quel ragazzo, di cui conoscevo ogni centimetro di pelle come se fosse la mia, era cambiato e l'aveva fatto senza di me.

«Ero così ubriaco».

No! Ti prego, no.

«Appena la porta si è chiusa alle mie spalle lei mi si è gettata addosso».

Oh, Sean!

«Ti è saltata addosso?».

Annuì e si coprì la faccia con le mani. Teneva i gomiti sulle ginocchia, e sedeva voltato verso di me. Era abbronzato, per via di tutto il tempo passato al sole nelle ultime settimane.

Al sole, in piscina, senza di me.

Ogni singolo battito del cuore mi faceva male. Mi risuonava nel corpo provocando dolore ovunque. Non volevo che facesse male. Non volevo sentirlo. Volevo solo che si fermasse.

«Come? Cosa vuoi dire?».

Stavolta scosse la testa. «Rocco aveva queste pillole. Io ne ho presa solo una, Marley due. Era… stavo benissimo. Abbiamo ballato per ore in piscina, tutto era perfetto e mi sentivo così eccitato».

«No, no, no! Vattene, vattene Sean! Non voglio sentire».

Il mio stupido cuore ingenuo da sedicenne aveva cessato di esistere, e qualcosa di duro e gelido stava piano piano prendendo il suo posto. Volevo che tacesse, che se ne andasse.

Adesso!

«Ti amo, G. Amo te! Nessun altro. Non ci sarà mai nessun altro. Ti prego ascoltami. Sono state le droghe. Non sono riuscito a fermarmi... Non riuscivo e basta».

Ora fu il mio turno di coprirmi la faccia con le mani. Volevo gridare. Piangere. Morire. Scesi dal letto, presi l'anello di fidanzamento da dove era nascosto e glielo restituii.

«Cosa fai? Non lo voglio, è tuo. L'ho preso per te, G. Ho parlato con tuo padre sul volo. A lui va bene. Lo sapeva, se l'aspettava. Mettilo... mettitelo, così possiamo scendere a dirlo a tutti. G, rimettiti l'anello, ti prego». Parlava così in fretta, ma io sentivo solo squilli di telefono, le urla di papà e quelle di Marley, e la porta di casa sbattere. Papà e Marls stavano ancora gridando, e io ero lì impalata con quello stupido anello sospeso fra pollice e indice. Avevo mangiato pochissimo durante il weekend e mi girava la testa. La stanza vorticava, mi veniva da vomitare. Poi la porta della mia stanza si aprì e vidi Jimmie. Ci guardò entrambi.

«Cos'hai fatto? Cosa. Hai. Fatto. Stupido coglione!». Si lanciò verso di lui, lo prese a calci e a pugni, e io ero lì, inebetita con l'anello in mano.

Lennon salì a dividerli. «Lascia stare, Jim. Lascia che risolvano la faccenda fra loro. È una cosa loro».

«Ci sono le foto... Ci sono le foto, coglione che non sei altro!», gridò Jimmie mentre cercava di divincolarsi dalle braccia di Lennon. Sean si alzò dal letto e guardò Len.

«Cosa? Di cosa parli? Che foto?»

«Ha scattato delle foto di quello che avete fatto. Foto di te e Marley che sniffate cocaina dalle sue tette. Le ha vendute ai giornali. Siete finiti su tutti i giornali della domenica, *coglione*!».

Il mondo smise di girare, l'ultima mattonella del muro si posò e il mio cuore smise di battere come faceva un tempo. Ora era al sicuro dietro quel muro, non sentiva, non amava, non si preoccupava più di nulla. Cercava solo di mantenermi in vita, e a me neanche importava se avesse smesso. I grandi occhi di Sean, venati d'oro, si voltarono verso i miei, ma io non riuscivo a metterli a fuoco. Sentii le gambe cedere, e il pavimento avvicinarsi.

Capitolo nove

Non svenni del tutto, ma ogni cosa si fece confusa e non avevo più forza nelle gambe. Ero consapevole delle urla. Sean mi adagiò sul letto. Mamma piangeva. Jimmie gridava e papà litigava con Sean. Io non vedevo altro che la faccia di Marley, davanti alla mia porta in lacrime.

Quell'immagine non mi avrebbe mai abbandonato.

Papà chiese a Sean di andarsene, cosa che lui fece, ma solo perché Len lo trascinò fuori dalla stanza. Non sapevo se fosse andato a casa o solo al piano di sotto. Non m'importava. Non volevo stargli vicino. Mamma mi preparò un tè caldo con lo zucchero, che in effetti mi fece sentire meglio.

Infine tutti lasciarono la stanza, tranne Jimmie e mia madre. Mi sdraiai sul fianco e mi accoccolai in posizione fetale, senza guardare nessuna delle due. Mamma parlava troppo. Poi si inginocchiò vicino al letto e mi accarezzò i capelli.

«Posso portarti qualcosa, Georgia? Da bere o da mangiare? Vuoi che accenda la musica?».

Scossi la testa. «No, mamma, sto bene. Mi lasciate sola? Grazie, ma sto bene davvero. Dovreste andare a dormire».

«Oh, George, nessuna di noi dormirà, il sole è quasi sorto e papà ha mandato Tony e Nick a prendere il giornale, per capire l'entità del danno».

Jimmie, accanto a me sul letto, continuava a muovere la gamba. Sapeva che non mi andava di parlare, di sentire o di vedere niente che avesse a che fare con le accuse e gli eventi degli ultimi giorni.

«Mamma, puoi fare una cosa per me?»

«Cosa, George?»

«Non voglio vedere quei giornali, né sapere cosa c'è scritto. Non voglio sentir parlare di loro e non voglio rivedere Sean».

«Georgia, piccola, non pensi che prima dovresti aspettare di scoprire cos'è successo? Potrebbe non essere niente. Sai che i giornali si inventano le cose».

«Mamma, per favore. Conosco Sean. Qualcosa è successo in quella stanza. Non sto dicendo che i ragazzi l'hanno violentata, perché non ci ho creduto neanche per un secondo, ma ieri non è riuscito a guardarmi negli occhi. Non ha ammesso né negato, e io non posso sopportarlo, mamma. Se fa cose a tre adesso, cosa farà quando saranno davvero famosi? È finita! Può fare la vita che ha sempre sognato e per cui ha faticato tanto. Mi ha delusa e non mi fido di lui. Non voglio più vederlo, mamma. Non posso». Ero stupita di non piangere.

Mamma mi baciò sulla guancia. «Oh, Georgia, mi dispiace così tanto. Vorrei poter sistemare le cose, tesoro».

«Puoi farlo nascondendomi tutto, mamma. Non voglio parlarne. Non voglio parlare della band, della loro musica o di quello che stanno facendo. Per quanto mi riguarda, non esistono».

Fu una reazione impulsiva, ma fu anche l'unica che il mio cervello da sedicenne elaborò in quel momento. Lo avrei tagliato fuori dalla mia vita finché non fossi stata in grado di affrontare il dolore.

Fece un sospiro. «Farò del mio meglio, George. Non sarà facile, ma ci proverò».

Si alzò e raggiunse la porta. Jimmie non disse nulla. So che credeva stessi esagerando, ma dovevo reagire così. Era l'unico modo per sopravvivere.

«George?», sussurrò come se stesse ascoltando i miei pensieri.

«Sì?»

«Ti voglio bene, George. Farò del mio meglio per non parlarne, ma sarà difficilissimo, e non voglio perdere la nostra amicizia se per caso mi sfuggisse qualcosa».

Scossi la testa. «Non mi perderai, Jim. Sei e sarai sempre la mia migliore amica. So che non sarà semplice, ma per favore fai quel che puoi per proteggermi. Non posso vederlo, Jim. Fa troppo male. E non voglio vedere quelle foto. Non voglio sapere cos'è successo quella notte, quindi ti prego, come amica... come mia migliore amica, cerca di aiutarmi».

«Ma certo. Lo farò, G. Se è quello che vuoi, ti proteggerò per sempre a meno che tu non mi chieda di smettere».

«Grazie».

Ci sdraiammo sul letto l'una vicino all'altra, finché gli uccelli non iniziarono a cantare e il sole non sorse, e poi ci addormentammo. Per il resto del mondo era solo il nascere di un nuovo giorno, ma per me era la fine della vita che conoscevo, e dovevo trovare un modo per costruirmene un'altra. Non avevo idea che persino respirare mi sarebbe costato uno sforzo immane. Quella notte la notizia mi sembrò dolorosa. Eppure non era niente. Mi sarei portata quel dolore sulle spalle ogni singolo giorno.

Le settimane successive furono un incubo. Domenica pomeriggio c'era la stampa fuori dai gradini di casa nostra. Prima cercarono di fare fotografie a Marley, poi a me. In qualche modo erano stati informati che ero la ragazza di Sean. Feci l'ultimo dei miei esami con Tony che mi accompagnava a scuola e mi riportava a casa, ma non uscii per altre ragioni. Sean restò seduto fuori per i pochi giorni che furono in Inghilterra. Si nascose in auto per non farsi vedere dalla stampa. Cosa sperava di ottenere? Telefonava a casa mia a tutte le ore e continuò a farlo anche quando andarono in Svezia per gli ultimi concerti del tour. Alla fine papà gli disse di non chiamare più e minacciò di cambiare numero.

Chiunque avesse detto «Purché se ne parli...» non aveva torno, perché il lancio dell'album dei ragazzi fu un successo mondiale. Uscirono molti titoli in prima pagina. La stampa si accampò fuori insieme a un sacco di giovani fan. La casa discografica dovette assumere delle guardie del corpo per i ragazzi. Erano tornati in Inghilterra, aspettavano l'inizio delle tappe nel Paese, e ogni volta che Marley cercava di uscire scoppiava un pandemonio assoluto. Io ricevetti una serie di lettere cariche d'odio e persino una piena di cacca di cane infilata nella cassetta della posta. Le ragazzine mi odiavano. Forse perché pensavano che fossi ancora la ragazza di Sean, oppure perché gli avevo spezzato il cuore. Stavo pagando il prezzo della fama della band senza raccoglierne alcun beneficio.

Ricevetti continue offerte dai giornali per vendere la mia storia. Volevano sapere tutto sulla mia vita. Mi offrirono persino di posare a seno nudo. Mio padre andò fuori di testa e io divenni una reclusa. Quel poco che sapevo della band era per via delle notizie che sentivo in TV. Avevo smesso di ascoltare la radio per evitare le loro canzoni. A dire il vero avevo smesso di ascoltare musica in generale, ma non potevo obbligare i miei a tenere la TV spenta. I miei erano bravissimi. Se capitava una notizia, giravano in fretta la pagina del giornale oppure cambiavano canale appena entravo nella stanza. A parte questo, non fu così difficile evitare ogni contatto con qualunque cosa riguardasse la band. Non leggevo i giornali, non sfogliavo riviste, lasciavo di rado la mia stanza. E continuai così per tutta l'estate.

Io e Jimmie non ci vedemmo molto perché lei stava girando il Paese con la band per stare vicina a Lennon. Ero gelosa, tantissimo, ma era un mio problema e sapevo di essere nel torto. Quando chiamava cercavo di essere allegra e chiacchierona, ma dentro mi sentivo morire ed ero così sola. Non parlavo con Marley da quando eravamo partite dalla Spagna, nemmeno nelle rare occasioni in cui tornava a casa. A volte mi svegliavo e lo trovavo davanti alla porta della mia stanza. Mi alzavo in silenzio e gli sbattevo la porta in faccia. Non avevo nulla da dirgli: mi aveva rovinato la vita. La vita perfetta che io e Sean avevamo progettato era finita, ed era tutta colpa di Marley, di Haley la Puttana e della droga. E non mi andava di affrontare l'argomento con mio fratello.

I miei genitori volevano disperatamente che tornassi a scuola a settembre e che iniziassi il livello avanzato. Ero riuscita a conseguire ottimi risultati al diploma della scuola secondaria e sapevo che continuare non sarebbe stato un problema. Eppure ero terrorizzata al pensiero di tornare a scuola, perché non sapevo che accoglienza avrei ricevuto. In più, sarei stata sola per la prima volta in tutta la mia esperienza alle superiori. Sarei stata solo Georgia Layton, non la ragazza di Sean McCarthy, e sapevo che un sacco di stronze sarebbero state al settimo cielo.

Alla fine accettai di fare un tentativo, e gli anni in cui non mi ero comportata da stronza con le altre ragazze della scuola mi ripagarono. Ci fu qualche commento perfido, ma più che altro la gente mi accettava per via dei legami che mi rimanevano con la band.

Passai i due anni successivi a studiare matematica e inglese, insieme a qualche corso di business. Ero sempre sui libri, e presto dimenticai il resto del mondo. L'unica persona con cui avevo ancora a che fare a scuola era Ashley. Lei aveva dovuto ripetere matematica e inglese perché non aveva superato l'anno precedente. Non frequentavamo nessun corso insieme, ma era bello avere almeno una persona con cui parlare a scuola. Mi proponeva di uscire con lei quasi ogni weekend, ma io rifiutavo sempre.

Non facevo che studiare, andare alla palestra che papà aveva appena rilevato a Brentwood o aiutare la mamma nel negozio che lui le aveva comprato sulla via principale del quartiere. Mamma aveva sempre avuto un ottimo gusto e amava i vestiti. Quando un giorno papà era tornato a casa dicendole che aveva aiutato un amico rilevando la sua attività, lei aveva ascoltato a malapena. Papà aveva un sacco di affari in giro, era difficile ricordarsi tutto, ma quando le spiegò che si trattava di un negozio di vestiti, lei fu tutta orecchie.

Il giorno successivo era un sabato, quindi mamma e io andammo a dare un'occhiata. Era un negozio abbastanza grande in un'ottima posizione, ma l'offerta era terribile. Vivevamo in un quartiere benestante, ma quei vestiti non erano del tipo che poteva interessare i clienti dell'esclusivo salone di bellezza o del negozio di mobili di marca lì accanto. Vendeva schifezze, anche di fascia economica. Solo il nome, Hollywood style, sarebbe bastato a scoraggiare la clientela che frequentava gli altri negozi della zona.

Quel pomeriggio stesso, mamma chiamò uno dei progettisti di papà per farsi dare qualche consiglio sui cambiamenti che si potevano effettuare. Ci mise un paio di mesi. Lo ristrutturò, lo ribattezzò e lo rifornì di marchi all'ultima moda.

Prima che finissi il college, stavamo gestendo insieme un business di successo e ci eravamo allargate al negozio di mobili accanto. Papà aveva in qualche modo convinto i proprietari a trasferirsi in un altro negozio che possedeva in fondo alla via. Aveva fatto diversi viaggi con la mamma, in Europa e in Asia, e nell'estate del 1987 aprimmo il nostro secondo punto vendita a Chingford. Mentre mamma si occupava dell'apertura del nuovo negozio, io presi in mano le redini di quello di Brentwood. Vendevamo vestiti, ma anche una vasta gamma di accessori, incluse scarpe, borse, sciarpe e occhiali da sole, e avevamo assunto sette ragazze.

Anche se non avevo vita sociale, mi mantenevo sempre impegnata e mi rimaneva poco tempo per pensare a quanto fossi morta dentro. Erano passati più di due anni dall'ultima volta che avevo visto Sean, ma faceva ancora male come se fossero passati solo cinque minuti. Avevo iniziato ad accettare il fatto che forse mi avrebbe fatto male per sempre, però non ero ancora pronta per affrontare il mondo. In quel periodo parlavo a stento con Marley, ma solo perché cercavo di essere educata a tavola durante il Natale. Qualche giorno prima delle feste, Lennon mi aveva chiesto se poteva invitare Sean a pranzo da noi, perché non aveva un posto in cui andare. Mi scusai con Lennon e risposi di no. Solo al pensiero di vederlo mi veniva da vomitare. Non perché lo detestassi, ma perché lo amavo ancora, moltissimo. Len disse che capiva, ma dubitavo che avesse anche solo una vaga idea.

* * *

Alla fine, nell'agosto del 1988, posi fine al mio isolamento sociale autoimposto e uscii per una bevuta con Ashley, dopo il lavoro. Ora lavorava per noi. Avevamo tre negozi e ne avremmo aperto un quarto a Epping prima di Natale. In ciascuno di essi avevamo dei manager, e io e la mamma passavamo la maggior parte del tempo con i buyer e con qualche designer indipendente che produceva vestiti esclusivamente per noi.

Il nostro assortimento includeva anche qualche collezione da uomo e intimo maschile e femminile. Avevo un ufficio sopra il negozio di Brentwood e presto mi sarei trasferita in un appartamento tutto mio. Gli affittuari che lo occupavano avevano già dato il preavviso e avevo convinto papà a lasciarmi andare. Ash voleva venire a vivere con me, ma io preferivo stare da sola. Così avrei potuto controllare la TV, la radio e tutto quello che poteva tenermi lontana da Sean e dalla band. Evitarli era diventata un'ossessione.

La band ormai era famosa in tutto il mondo. I miei genitori avevano venduto la casa di famiglia e comprato una fattoria appena fuori Brentwood. Lennon e Jimmie erano andati a vivere insieme e si sarebbero sposati l'anno seguente, mentre Marley risiedeva in città, almeno nel periodo in cui la band suonava nel Paese. Lo vedevo di rado. Jim e Lennon vivevano dietro l'angolo, quindi ricominciai a frequentarla regolarmente. Lavorava insieme a Len nell'amministrazione della band e lo seguiva nei suoi viaggi quando voleva. Cenavamo insieme o ci vedevamo almeno tre o quattro volte al mese ed erano sempre attenti a non nominare Sean e la band. Quel pomeriggio avevo chiamato Jim per invitarla a bere un drink di sera e ci saremmo viste al locale.

Quella sera avevo le mani sudate e quando entrammo nel wine bar mi veniva da vomitare. Ero felice che avessimo scelto un posto lussuoso ed elegante. Era l'opposto dei locali puzzolenti che frequentavo con la band. Era pieno di parrucche, spalline e giovani rampanti, eppure io pensavo a lui. Avevo quasi vent'anni e ancora mi tormentavo per un ragazzo che avevo conosciuto quando ne avevo undici. Mentre ci avvicinavamo al bar sentii un grido e notai che Jimmie era già lì. Quando ci vide saltò giù dal suo sgabello attorno a un tavolo alto. Sapeva che per me era un'occasione speciale. Negli ultimi anni avevo fatto impazzire i miei di preoccupazioni e sapevo che le avevano chiesto di fare il possibile per convincermi a uscire di casa. Ma Jimmie sapeva che niente avrebbe funzionato. Sapeva anche che avrei fatto le cose al momento giusto. E quel momento era arrivato.

Mi gettò le braccia al collo e mi sussurrò all'orecchio: «Sono così fottutamente orgogliosa di te, Georgia Layton. Davvero orgogliosa». Per poco non scoppiai a piangere, cosa che non mi ero permessa di fare da quell'orribile settimana in cui il mio mondo era crollato a pezzi.

Giovedì chiudevamo il negozio più tardi del solito, alle sette. Giusto il tempo di ritoccarci il trucco, agghindarci – come diceva mio padre – e camminare verso il wine bar ed erano le sette e mezza. Il locale era frequentato da gente di città che tornava dal lavoro, con doppiopetto e pettinature all'ultima moda.

Per niente il mio tipo!

Ci unimmo al tavolo di Jimmie, e lei ci versò un bicchiere di vino ciascuna da una bottiglia che teneva in fresco. Chiacchierammo e la scolammo nel giro di dieci minuti.

Ash si alzò e andò al bar a prenderne un'altra, e appena se ne andò Jimmie mi prese la mano.

«George, devo davvero parlarti, e riguarda l'argomento proibito».

Mi si strinse lo stomaco. «Lui, la band o altro?»

«Riguarda *quella* notte. Oggi ho scoperto alcune cose al lavoro, cose che dovresti davvero sapere».

«Cambierebbe qualcosa? Guarirebbe questo dolore terribile che mi stringe il petto? Mi renderebbe possibile sentire il suo nome, o anche solo pronunciarlo senza svenire?»

«Oh, George, fa ancora così male?».

Annuii. «Sì, ogni istante del giorno».

Mi strinse la mano. «Allora devi sentire quello che ho da dirti, perché anche lui è nello stesso stato».

Cazzo!

«Cosa?»

«È incasinato, G, davvero incasinato. Sul palco o davanti

a una telecamera è il solito Maca, ma appena lo show finisce non fa altro che pensare a te. Rilascia interviste, sorride alla stampa, dopo i concerti rimane alle feste per cinque minuti e poi va a casa. Ti ama ancora, George, e gli manchi tantissimo».

D'istinto portai la mano alla collanina d'argento che indossavo ancora. Era l'unica parte di lui a cui avevo permesso di rimanere nella mia vita, ed era solo perché non potevo vederla. Be', avrei potuto se mi fossi guardata allo specchio, ma era lì appesa da così tanto tempo che non la notavo nemmeno più. Faceva parte di me, della persona che ero, proprio come lui.

«Perché non me l'hai detto prima?». Mi girava la testa e non era colpa del vino.

«Perché era quello che volevi. Perché fino a oggi credevo avessi ragione. Credevo che avessi tutto il diritto di stare lontano da lui e che fosse la cosa migliore per te, ma ora non ne sono più così sicura».

Ashley tornò in quel momento con un'altra bottiglia di vino e una di champagne, che si sventolò davanti alla faccia.

«Questa, signore, è offerta dai gentiluomini al bar».

Un cameriere arrivò al nostro tavolo con tre flûte di champagne, stappò e ci riempì i bicchieri. Lo ringraziammo e ci voltammo per ringraziare i ragazzi al bar. Erano quattro. Uno sembrava appena uscito da un campo da golf, l'altro dalla palestra, gli altri due dall'ufficio. Degli ultimi due, uno era in giacca e cravatta, e l'altro portava un paio di pantaloni aderenti scuri e una camicia bianca. Le maniche erano arrotolate fino ai gomiti, era voltato di spalle. Non vedevo il suo viso, ma aveva un bel sedere e i capelli scuri lucenti. Erano lunghi, ma non dello stile corto sopra e lungo dietro che al momento sembrava piacere a tutti. Erano lunghi e tirati indietro. Era alto, molto alto, e aveva le spalle larghe. Sorrisi educatamente a tutti gli altri, mimai un cin cin con la bocca e sollevai il bicchiere verso di loro. Stavo per distogliere lo sguardo quando il ragazzo si voltò e i suoi occhi incontrarono i miei.

Cazzo!

Il mio cuore sobbalzò. Dopo tre anni, era come se mi stesse facendo sapere che esisteva, che era capace di fare molto di più che tenermi viva. Ma non volevo. Volevo concentrarmi solo su un compito: sopravvivere. Non volevo provare niente, men che meno reagire. I suoi occhi scuri rimasero incollati ai miei mentre io bevetti un sorso dal bicchiere. Mi sorrise con le sue labbra soffici e piene, e per la seconda volta il cuore si fermò nel petto per una frazione di secondo, per poi riprendere il suo ritmo regolare.

Cazzo!

Cazzo!

E cazzo!

«Cazzo, G, è carino». Jimmie mi diede una leggera gomitata e per poco non sputai, perché lo disse ad alta voce. Era proprio quello che pensavo.

Notai che si mise a ridere quando mi asciugai lo champagne dal mento, e le sue sopracciglia si sollevarono leggermente quando me lo leccai dalle dita. Scosse la testa e distolse lo sguardo e, per la prima volta in tre lunghi anni, sentii il desiderio attanagliarmi il petto e capii di dovermi tenere alla larga da lui. Neanche per sogno mi sarei fatta coinvolgere da uno che suscitava in me quel tipo di reazione.

Dopo aver bevuto champagne e vino, Ashley rimase al bar con alcuni amici, mentre io e Jimmie prendemmo un taxi e tornammo a casa sua. Lennon era davanti alla TV a guardare un video della band, e quando entrai nella sala eccolo lì, a riempire lo schermo in tutta la sua bellezza: l'amore della mia vita. La stanza iniziò a girare e per un attimo chiusi gli occhi, ma qualcosa dentro di me mi obbligò ad aprirli e a dare un'altra occhiata. Appena Len voltò la testa e mi vide, fece uscire la videocassetta dal registratore. Si alzò mentre staccavo gli occhi dallo schermo, che ormai era diventato blu. Mi fece un sorriso triste.

«Scusa, George, non sapevo che saresti passata di qui».

Alzai le spalle e feci un sospiro. «Non importa, Len. Non è colpa tua».

Allargò le braccia e io mi ci tuffai dentro. I miei fratelli erano tutti alti come mio padre, e amavo il senso di sicurezza che avvertivo quando ero fra le loro braccia. Purtroppo Sean era un mostro da cui papà e i miei fratelli non mi avrebbero potuto salvare. Avrei dovuto combattere quella battaglia da sola. «Come va, George? Devi davvero mettere su peso».

«Sì, grazie Len. Anch'io sono felice di vederti».

Mi baciò la fronte. «Taci, sono sempre felice di vederti. Lo sai! Vorrei solo vederti di più, più spesso. Quante volte a settimana vai in palestra adesso?».

Feci spallucce. «Be', siamo prese dal lavoro. Il nuovo negozio apre a Epping a fine settembre, quindi siamo state impegnate a comprare l'assortimento. Negli ultimi tempi sono riuscita ad andarci solo tre volte a settimana per un paio d'ore».

«Tre volte? Tutto qui? Devi mangiare di più, andare più spesso in palestra e lavorare meno».

Cercai di ribattere, ma Jimmie uscì dal bagno dove era stata rinchiusa da quando eravamo arrivate.

«Lasciala stare, Len. Sta benissimo. Stai benissimo, G. Magra come un chiodo, ma stai bene».

Scossi la testa e sprofondai nella poltrona. «Allora accendi il bollitore, Len, e prendi dei biscotti. Sto morendo di fame».

Mi tolsi le scarpe e incrociai le gambe. Jim si sedette sulla poltrona davanti a me e fece lo stesso.

La loro casa era del 1930, l'azienda di papà l'aveva ampliata e ristrutturata. Aveva una spaziosa finestra a golfo sul davanti e porte francesi sul retro che si affacciavano su un enorme giardino. Il loro matrimonio era fissato per il giugno dell'anno seguente e avrebbero provato subito ad avere un bambino. Odiavo ammettere che ero gelosa.

«Allora», dissi, cercando di sembrare più allegra di come mi sentivo in realtà. «Cosa dovevi dirmi?».

Len guardò Jimmie dal tavolo della cucina. «Gliel'hai detto?»

«Non ancora, ma lo farò adesso». Mi guardò cauta e fece un sospiro.

«Oggi stavo parlando al telefono con una coordinatrice dei Kombat Rocks. I Carnage andranno in tour negli Stati Uniti l'anno prossimo e la casa discografica vuole coinvolgere anche i KR per alcuni dei concerti. Insomma, da coglione quale è, Rocco rifiuta l'etichetta di cantante di supporto, anche se tecnicamente sarebbe proprio il suo ruolo, e vuole che l'evento venga passato come una specie di doppio concerto. Comunque, questa Carla con cui ho parlato mi ha detto che tutti lo odiano e non può credere che la casa discografica abbia messo insieme le due band dopo quello che Rocco ha fatto a Maca e a Marley. Allora le ho chiesto: cosa intendi?

«E lei ha detto che Rocco ha fatto prendere l'ecstasy ai ragazzi di proposito perché sapeva che li avrebbe fatti eccitare, poi ha convinto la Puttanella a tornare in stanza con loro così avrebbe potuto denunciarli per violenza sessuale e far loro delle foto… Tutto per vendicarsi di te».

Chiusi gli occhi e inghiottii la bile che continuava a salirmi in gola.

«La faccenda della violenza sessuale serviva a coinvolgere la polizia in modo da sbattere i Carnage fuori dal tour. Puttanella non ha mai avuto l'intenzione di andare fino in fondo, ecco perché quando tuo padre si è presentato offrendole diecimila sterline per ritirare le accuse era al settimo cielo. È stato…».

«Ehi, ehi, aspetta, papà le ha dato diecimila sterline?».

Lennon appoggiò tre tazze di tè sul tavolino. Mi chinai per raccogliere la mia. Sapevo che sarebbe stata bollente, ma avevo bisogno di tenermi impegnata mentre provavo a digerire le informazioni.

Len si alzò in piedi di fronte a me con le mani sui fianchi e disse: «Non lo sapevi?».

Scossi la testa. «No, non lo sapevo. Comunque continua, Jim», la incitai con un cenno della testa.

«Be', conosci il resto. Rocco ha mandato le copie delle fotografie ai giornali, dando per scontato che le immagini, insieme alle accuse di stupro, avrebbero levato di mezzo i Carnage e fatto rompere te e Sean». Fece spallucce. «Se ha realizzato metà dell'intento, riguardo all'altra metà ha ottenuto l'effetto contrario, perché ora i Carnage sono più popolari dei KR e Rocco è incazzato nero».

Mi guardò. Cosa si aspettava che dicessi? Ero veramente furiosa per il fatto che Rocco avesse complottato con Puttanella e raggiunto il suo scopo di separarci, ma quel che è stato è stato. Per me il problema non erano mai state le accuse di stupro, ma il fatto che Sean fosse tornato in stanza per fare una cosa a tre, che lei si fosse spogliata e fatta sniffare droga dal corpo.

«Be', grazie per avermelo detto, Jim. Se ti capita di incontrare uno di quei due coglioni, dagli un pugno in faccia da parte mia. Però lui era lì. Era in quella stanza a sniffarle coca dalle tette, quattro giorni dopo avermi dichiarato amore eterno e avermi chiesto di sposarlo. Ci sono anche le foto a dimostrarlo, quindi non cambia il fatto che era in stanza con quella puttana. Sono cambiate solo le circostanze che l'hanno portato a essere lì. E sì, sono arrabbiata che gli sia stato teso un tranello, ma questo dimostra solo quanto è stato facile per lui essere trascinato e tentato».

Mi chinai e affondai una mano nel contenitore dei biscotti, trovai alcuni Digestive al cioccolato e bevetti il mio tè. Avrei preferito rintanarmi in un angolino, ma feci quello che facevo da ormai tre anni. Soffocai i sentimenti e continuai la mia vita insignificante.

«Sai quanto ti ama, George? È talmente incasinato. Lo nasconde bene, sai. L'ho raccolto parecchie volte ubriaco e in lacrime, e la conversazione finisce sempre su di te».

Alzai le sopracciglia e guardai Lennon.

«E non ci sono state altre donne da quando abbiamo rotto? Nessun'altra?».

Len mi guardò come se fossi pazza. «Non ho mai detto questo, G. C'è stato del sesso, certo, ma non significava niente, quelle ragazze non significavano niente».

«Be', è qui che io e lui siamo diversi, perché quelle che si scopa per me significano eccome. Significano che ha voltato pagina, mentre io riesco a malapena a uscire di casa. Questa è stata la mia prima serata fuori in più di tre anni. Non guardo nemmeno gli altri ragazzi. Non ce la faccio, non ha senso, perché vedo soltanto lui. E va bene, è una mia scelta, ed è qualcosa con cui ho imparato a convivere».

Lennon si fece sfuggire un sospiro. «Perché non gli parli? Se organizzassi un incontro, gli parleresti?».

Scossi la testa. «Len, a parte viaggi di lavoro e riunioni, questa è stata la prima sera in cui ho fatto vita sociale da tre anni. Non guardo la TV. Non ascolto la radio. Non leggo riviste, e tutto perché il solo pensiero di sentir menzionare il suo nome, o di vedere per caso la sua faccia, o sentire la sua voce è troppo doloroso. Ma sto migliorando. Non fa meno male, ma finalmente riesco a gestire le mie emozioni. Stasera è stata dura per me, però ce l'ho fatta e voglio continuare così. Sentirlo o vederlo probabilmente mi farebbe ripartire da zero. Quindi no, non sono ancora pronta». Li guardai entrambi. «So che verrà al matrimonio l'anno prossimo e mi sto preparando psicologicamente a rivederlo quel giorno. Non prometto che lo guarderò in faccia e dubito fortemente che gli parlerò, ma farò del mio meglio per rimanere nella stessa stanza con lui, perché vi adoro entrambi e voglio rendervi felici».

Capitolo dieci

Tornai al wine bar con Ashley e ogni volta che vedevo il ragazzo alto, tenebroso e fico lui mi sorrideva, faceva un cenno di saluto e mandava al nostro tavolo una bottiglia di champagne, ma non faceva alcuno sforzo per venirmi a parlare. Dopo circa tre settimane, Ash mi convinse ad andare in un club dopo aver bevuto qualcosa. Mio padre aveva investito in un club nel West End di Londra, quindi gli avevo chiesto di farci inserire nella lista degli ospiti. Non avevo idea di cosa aspettarmi, ma ero decisa a fare un tentativo. ATF, come io e Ash l'avevamo ribattezzato, ci aveva mandato la sua solita bottiglia di champagne, e mentre stavamo per andarcene mi mise una mano attorno al polso tirandomi a sé.

«Goditi il resto della serata, Georgia».

Voltai la testa di scatto. Non solo perché ero sorpresa che sapesse come mi chiamavo, ma per quello che il suo tocco mi aveva trasmesso, per il tono della sua voce, per la sensazione del suo respiro sulla guancia e sul collo. In un attimo mi venne la pelle d'oca e capii all'istante che i miei capezzoli erano duri come la pietra. Fu piacevole e terrificante allo stesso tempo. Non poteva succedere. Non ero pronta. Quindi mi nascosi dietro il muro che circondava il mio cuore. Deglutii, lo guardai negli occhi e passai in rassegna il suo viso. Era bellissimo e molto più grande di me. Sembrava intorno ai trenta.

Non so dove la ritrovai, ma all'improvviso la Georgia quindicenne e sicura di sé ricomparve.

«Grazie per lo champagne, ma che io mi goda il resto

della serata o no, non ha un cazzo a che vedere con te. Ora levami le mani di dosso e non toccarmi, a meno che non sia io a dirtelo. Mai!». Mi divincolai dalla presa, ma la sua mano strinse più forte.

«Una micina così carina e dagli occhi così tristi. Chi ti ha ferita, Georgia? Chi ha spento la luce in quei bellissimi occhi blu, eh?».

Il mio primo istinto fu di dargli uno schiaffo, ma mi teneva stretta e io avevo bevuto una bottiglia di Moët, due Southern Comfort e limonata, quindi non ero sicura della precisione della mia mano sinistra.

«Lasciami il polso», dissi piano, digrignando i denti. Lui fece l'opposto e mi tirò contro il suo petto, appoggiandomi una mano dietro la schiena e stringendomi.

Cazzo!

Bella sensazione.

Bellissima.

La sua erezione mi premeva contro la pancia. Rimasi senza fiato e se ne accorse.

Alzò un sopracciglio e fece un ghigno.

Non sapevo se scappare o avvinghiarmi a lui nel bel mezzo del wine bar, di fronte a tutti.

«La prossima volta che entri nel mio bar, tu e io ci troveremo un angolino per sederci a chiacchierare. E tu, Micina, mi dirai tutto dello stronzo che ti ha resa così triste e arrabbiata».

Merda, è il proprietario?

Ecco perché non faceva che offrirci bottiglie di Moët. Di sicuro lo faceva per tutte le ragazze che gli piacevano. E io che mi ero illusa!

Continuai a guardarlo negli occhi. «Be', allora non verrò più qui. Meglio cercare un altro posto per farmi una bevuta».

Fece un passo indietro e mi guardò dall'alto in basso. «Tornerai. Altrimenti verrò io a cercarti. Ora fai come ti dico e vai a divertirti. La prossima volta che ci incontriamo voglio vedere un po' di luce in quegli occhioni». Mi voltò, mi diede una pacca sul sedere e mi lasciò andare.

Per due settimane evitai quel wine bar e obbligai Ashley ad accompagnarmi al pub in fondo alla strada. Non era un granché e per ben due volte sentii delle canzoni che mi parevano dei Carnage. Non avevo ascoltato nessuno degli ultimi singoli, ma avrei riconosciuto la voce di Sean ovunque. Mi ero chiusa nel bagno ad aspettare che le canzoni finissero, ma non eravamo mai rimaste molto. Dopo la fantastica notte in cui eravamo state nel nuovo locale di mio padre, avevo deciso che avevo anni di club da recuperare e da allora eravamo andate in tre posti diversi.

Ash era ancora indomabile come ai tempi della scuola e quando uscivamo le piaceva farsi qualche striscia di cocaina. Devo ammettere che mi unii a lei nelle ultime serate. Mi piaceva l'estasi momentanea e la sicurezza che mi dava. La nuova droga che andava in voga nei club era l'ecstasy, ma Sean e Jimmie mi avevano detto che faceva eccitare ed era l'ultima cosa di cui avevo bisogno. La mia libido era alle stelle dalla notte in cui ATF aveva premuto il suo pene contro di me. Per la prima volta, da quando ero entrata nell'età per pensare ai ragazzi in modo romantico o sexy, i miei pensieri non riguardavano Sean. Lui era sempre presente, ma in quel momento era in un angolino, nascosto dal sorriso, dalle labbra morbide e gli occhi scintillanti e scuri di ATF. Non sapevo ancora come si chiamasse e non intendevo tornare al wine bar per scoprirlo. Almeno non ancora.

Era un giovedì sera di metà settembre e quel sabato sarebbe stato il mio compleanno. Sarei uscita a bere qualcosa e poi sarei andata al club di mio padre con Ash, Jimmie e altre ragazze che lavoravano per noi al negozio. Ero stata tutto il giorno a West End con mia madre per una riunione e avevo appena chiamato il negozio di Brentwood per ritirare il vestito nuovo che avevo ordinato per sabato sera. Erano rimaste solo Ashley e Lorna e mancavano quindici minuti alla chiusura.

Ash aveva un aspetto terribile. «Tutto bene? Hai un'aria devastata».

Fece un sospiro profondo, scosse la testa e mi guardò accigliata. «Quando mi sono alzata stamattina avevo dei crampi fortissimi alla pancia. Preferisco andare a casa, infilarmi il pigiama e leggere Danielle Steel con la borsa dell'acqua calda».

Mestruazioni, che cosa odiosa. Anch'io ho sempre avuto dolori terribili e sapevo che non è il massimo stare in piedi tutto il giorno quando sembra che qualcuno ti stia strappando le budella.

«Prendi la borsa e vai a casa, tesoro. Chiudo io».

«Ah, George. Sei un mito. Non insisterò, grazie». Era davvero pallida.

«Vai! Apri alle dieci domani senza fretta. Di mattina non ci sono tanti clienti. Lascerò un avviso all'ingresso».

Ashley rientrò dalla porta sul retro con il suo ultimo acquisto di Louis Vuitton al braccio.

«Ash, ultimamente stai spendendo più del tuo stipendio in borse e scarpe».

«Nooo», sorrise. «Questa è falsa! L'ho presa la settimana scorsa. Non è male però, eh?»

«Ashley, se la vede mia madre ti caccia con una pedata nel sedere. Non portare roba falsa in negozio. Se vengono per i controlli, passeranno in rassegna tutta la nostra roba e saremo rovinati». Non volevo esagerare, ma mia madre sarebbe uscita di testa.

«Merda, George! Mi dispiace un sacco! Non ci avevo pensato».

Scossi la testa. «Vai a casa, leggiti il tuo libro e fatti una dormita, e non portare più quella borsa qui dentro».

Mi baciò sulla guancia e se ne andò.

«Lorna, fai la chiusura di cassa e vai anche tu».

Salii di sopra per controllare lo stato dei lavori nel mio appartamento. Tutto era finito eccetto le piastrelle in cucina e la tinteggiatura. Stavo scendendo le scale quando Lorna comparve in fondo.

«Ho chiamato Dave per chiedergli di passare a prendermi prima ed è qui, ma è appena entrato un cliente. Vuoi che aspetti?»

«No, vai pure. Ci penso io», dissi scendendo le scale.

«Okay, grazie George. Non dimenticarti di lasciare l'avviso all'ingresso e grazie per avermi lasciata uscire prima. A domani».

«Notte», dissi.

Ero fortunata con le impiegate di Brentwood. A Romford avevamo un sacco di problemi, ma le ragazze di Brentwood erano fantastiche. Nessuna meschinità o assenze per malattie, la squadra era sempre felice di lavorare qualche ora in più o di aprire prima se necessario. Raggiunsi l'area delle borse con un sorriso sul viso. Una persona era chinata a guardare qualcosa. Per fortuna si trattava di borse e non di scarpe, altrimenti sarei stata lì tutta la sera.

«Posso… che *cazzo* vuoi?»

«Gentile, Micina. È così che saluti un cliente?»

«Fuori dal mio negozio!». Mi ignorò.

«Voglio comprare una borsa per mia sorella. Sabato compie ventun anni. Qual è l'ultima moda? Louis? Gucci? Cosa piace alle ragazze?».

Cosa faccio, lo mando via o vendo?

Potrebbe trattarsi di cinquecento sterline.

Merda!

Cavolo!

Che palle!

«Louis... Quella che stavi guardando è arrivata in settimana».

«Allora la prendo. Vorrei anche un paio di occhiali da sole e una sciarpa, quelli che pensi siano più adatti a una ventunenne».

Chinai la testa di lato. «Tua sorella è molto fortunata».

E molto viziata.

«Ha tre fratelli maggiori, non so se la definirei fortunata».

«Io sì. Anch'io ho tre fratelli maggiori e mi considero molto fortunata. Li amo come nient'altro al mondo».

Perché gliel'ho detto?

Cavoli, deve comprare questa roba e andarsene!

Mi guardò per qualche secondo. «Sai che ti si illuminano gli occhi quando parli dei tuoi fratelli?».

Arrossii all'istante.

Oh, per l'amor del cielo, Georgia. Datti una calmata.

Scossi la testa e guardai la moquette sul pavimento, ma quando sentii le sue nocche sfiorarmi la guancia trasalii.

«Che ti è successo, Micina? Perché non vieni al wine bar e ti fai offrire da bere? Solo un drink, nient'altro, a meno che tu non lo voglia».

Avrei voluto appoggiarmi alla mano che mi toccava la guancia. Il suo pollice mi sfiorava dolcemente le labbra, ma non potevo... non volevo...

«Che colore vuoi per la sciarpa?».

Sorrise e sospirò, infilò le mani nelle tasche dei jeans chiari e oscillò sui talloni.

«Scegli tu, Micina. Mi andrà bene quello che va bene a te. Devi avere più o meno la stessa età di mia sorella, credo piacerà anche a lei».

Già, siamo più vicine di età di quanto immagini.

All'improvviso mi trasformai in mia madre e diventai una venditrice perfetta. Lo aiutai a scegliere un paio di occhiali da sole di Gucci, una sciarpa di Chanel e un portafogli di Louis Vuitton intonato alla borsa. Rimase lì con le mani in tasca, mentre mi osservava avvolgere i regali nella carta. Portava una maglietta bianca e una giacca bomber di camoscio e aveva un profumo divino. Forse Givenchy. Lo riconobbi perché lo portava anche mio fratello Bailey, ma era leggermente diverso, più floreale, un aroma di sapone o ammorbidente.

Chi gli lava le cose?, mi domandai.

«Allora, vieni a bere qualcosa con me? È solo un drink, Georgia, niente di più. Abbiamo bevuto nello stesso bar un sacco di volte, stavolta saremo insieme».

«Perché vuoi che beva qualcosa con te? Perché mi offri sempre champagne? Lo fai per tutte le clienti?»

«Certo che no, Micina. Andrei in bancarotta se offrissi una bottiglia di Moët a tutte le femmine che entrano nel mio locale».

«Allora perché proprio a me?»

«Perché mi va e perché mi sembri sempre così triste. La prima volta, quando l'ho offerto a te e alla tua amica, quella vistosa che lavora qui, l'hai bevuto e mi hai sorriso, poi sei scoppiata a ridere e ti sei sporcata il mento. E per una frazione di secondo mi sei sembrata felice. Volevo solo vedere di nuovo quella luce nei tuoi occhi».

Non volevo sapesse che sorridevo perché lo trovavo carino. Jimmie mi aveva letto nei pensieri e gli aveva dato voce.

Non volevo parlare con lui! Non volevo che fosse gentile con me! Non volevo che gli importasse! Volevo che fosse uno stronzo completo, e invece non lo era affatto.

«Perché ti importa se sono triste o contenta? Che differenza fa per te?»

«Perché il bar è mio e mi fa piacere che i miei clienti abituali siano felici. Allora, vieni a bere un cazzo di drink con me o no?». Sembrava seccato, ma il suo sguardo diceva l'opposto. Sollevò un sopracciglio e si allontanò dal punto in cui stavo avvolgendo il suo pacchetto.

«Dài, sai di averne voglia».

È vero. Ma accetterò?

«Un drink, Georgia. Un drink e un sacco di chiacchiere».

Lo guardai sospettosa.

«Oppure niente chiacchiere. Un drink e zero chiacchiere, se preferisci».

Era così gentile e così fottutamente sexy. Avevo giurato di non lasciarmi coinvolgere da qualcuno che suscitava in me quelle vecchie sensazioni sepolte da secoli. Negli ultimi tempi mi ero baciata con dei ragazzi a caso. Avevo persino permesso a uno di toccarmi le tette mentre ci baciavamo e aspettavamo che il mio taxi arrivasse. Rick, o Nick, credo si chiamasse, ma non avevo provato niente. Non aveva suscitato nulla in me. Invece il semplice fatto di essere lì, con un bancone fra noi, mi stava facendo uno strano effetto e non ero sicura di cosa fare. La mia boccaccia entrò in azione prima di collegarsi al cervello.

«Un drink. Ho la macchina dietro il negozio, preferisco prendere quella. Non mi va di tornare qui a piedi da sola».

Un enorme sorriso gli comparve sul volto, facendolo sembrare molto più giovane.

Ed ecco che parlai di nuovo a sproposito. «Quanti anni hai?».

Rise e scosse la testa. «Dove tieni le chiavi, Georgia? Ti porto l'auto qui davanti mentre chiudi».

Incrociai le braccia al petto mentre lo squadravo da capo a piedi, sapendo benissimo che non avrei ottenuto una risposta. Mi chinai per prendere le chiavi dalla borsa sotto il bancone e gliele lanciai.

Aspetta che veda la mia macchina.

Feci un cenno della testa verso il retro del negozio. «Da quella parte, svolta a sinistra nel corridoio. Non ti perderai».

Lo seguii verso le porte. Hilda, la mia Triumph Herald arancione scuro e nera era parcheggiata appena lì fuori. Lo guardai giocherellare con le chiavi fra le dita, poi fermarsi di colpo e scuotere la testa. Era chiaramente un suo gesto abituale. Mi aspettavo che si voltasse e dicesse qualcosa, invece continuò a camminare verso l'auto.

Chiusi la porta sul retro alle sue spalle, inserii l'allarme e tornai nel negozio.

Mi aspettava già accanto al marciapiedi. Sembrava un gigante, appoggiato alla mia macchinina, con le sue gambe lunghe e le mani ancora una volta in tasca. Mentre camminavo verso di lui mi venne in mente che non sapevo il suo nome. Be', non me l'aveva detto e non gli avrei fatto credere di essere interessata a scoprirlo. Aprì in silenzio la portiera del passeggero, mi fece entrare e la richiuse. Nella mia auto si sentivano i nostri odori mescolati, e non mi piaceva. Mi dava sui nervi.

Guidammo in silenzio per i pochi di minuti che ci separavano dal wine bar. Parcheggiò accanto a una Mercedes sportiva in un posteggio riservato, e saltò giù per raggiungere la mia portiera prima che avessi il tempo di slacciarmi la cintura di sicurezza. Aprì e mi offrì una mano. Lo ignorai e saltai giù senza aiuto, allungando una mano per riprendermi le chiavi. Chiusi l'auto, e lui mi prese la mano per entrare nel bar.

Era abbastanza affollato per essere un giovedì sera. Raggiungemmo il bancone, dove c'era un cameriere pronto a servirlo. Lui gli diede la borsa contenente i regali per sua sorella e chiese al barista, Steve, di portargliela in ufficio e di assicurarsi che la porta fosse chiusa a chiave. Poi andò dietro il bancone e si versò da solo del Jack Daniels con ghiaccio, e senza neanche chiedermelo mi preparò un Southern Comfort con la limonata. Volevo dirgli che preferivo una vodka, solo per dargli fastidio, ma rimasi in silenzio. Dopo aver parlato con un ragazzo dello staff e salutato i clienti, tornò dalla mia parte del bancone con i nostri drink e indicò con un cenno del capo un posto vuoto più in là. Lo seguii. Ci sedemmo sugli sgabelli che si affacciavano sul ripiano attaccato alla parete e, appena mi accomodai, lui si voltò verso di me e si avvicinò. Era così vicino che le mie ginocchia toccavano lo sgabello e le mie gambe erano fra le sue, che mi stringevano. Mi guardava con un'aria di sfida, come per invitarmi a obiettare, quindi non dissi nulla.

Steve ricomparve con le chiavi dell'ufficio e una pila di fogli. «Hai un sacco di messaggi, Cam, la maggior parte di Tamara, ma ce ne sono un paio di lavoro e uno di Tory».

Lui li prese, si infilò le chiavi in tasca e sfogliò i messaggi, poi scosse la testa e se li infilò in tasca.

«Scusa».

Feci spallucce. «Non c'è problema, gli affari sono affari».

«Vero», disse con un sorriso.

Fece mulinare il suo whisky con ghiaccio nel bicchiere e disse: «Be', Georgia, mi hai trascinato qui, ora vuoi parlarmi o cosa?».

Non dissi nulla: non volevo fargli capire che ero divertita. «Cosa vorresti sapere, Cam?».

Alzò un sopracciglio, sorpreso che conoscessi il suo nome. «Vorrei sapere qualcosa di te, Georgia. Dove sei nata? Dove sei cresciuta? Da quanto sei manager del negozio?».

Lo corressi. «Non sono una manager del negozio».

«Oh, scusa. Dal modo in cui parlavi alle ragazze pensavo fossi il loro capo».

«Lo sono», risposi. «Il negozio è di mia proprietà».

Appoggiò la schiena allo sgabello, mi studiò per un attimo, poi ingollò il drink e appoggiò il bicchiere con un po' troppa forza sulla mensola.

Qual è il problema?

«Credevo che la moglie di Frankie Layton fosse la proprietaria».

Come lo sa?

«Infatti è così, io sono la sua partner». Il suo cipiglio scomparve.

Cosa?

Credeva davvero che fossi sposata con Frank, mio padre? «E sono sua figlia».

La sua bocca si spalancò. La notizia non gli fece piacere.

«Sei la figlia di Frank?»

«Esatto».

Sospirò profondamente e si passò una mano fra i capelli. «Cazzo», sussurrò, poi scosse ancora la testa.

«È un problema?»

«Bevi il tuo drink, Georgia. Ho del lavoro da fare». Tirò fuori dalla tasca i messaggi e riprese a sfogliarli, ignorandomi completamente.

All'improvviso mi infuriai. Mi alzai dallo sgabello e gli gettai il mio drink in faccia. «Vai a farti fottere!», esclamai, prima di voltarmi e uscire dal bar.

Non so cosa mi successe quella sera, ma capii di aver perso il controllo di me stessa. Avevo dedotto che Cam non volesse conoscermi per via di qualche gossip che aveva letto su me e Sean. Erano circolate alcune storie odiose su alcol, droghe e sesso con minori che mi avevano coinvolta. Una volta ancora, Sean e la band avevano interferito con la mia vita e io non ne potevo davvero più.

* * *

Sabato sera festeggiai il mio compleanno facendomi due strisce di coca, sparandomi una pasticca di ecstasy e andando in un appartamento a Lewisham con un tipo di nome Tom per scoparlo fino a star male. Fu orribile, ma a lui piacque. Quando arrivò il taxi alle dieci della mattina seguente, lui mi implorò di rimanere e di dargli il mio numero. Quindi glielo diedi. Lo rividi cinque volte nelle due settimane successive e al quinto appuntamento mi disse che mi amava, e allora troncai. Mi piaceva sentire quel potere. Mi piaceva così tanto che per i sei mesi successivi quel comportamento divenne un'abitudine. Uscivo di testa dal giovedì alla domenica. Incontravo qualcuno, passavo le due settimane successive a offrirgli il sesso migliore che avesse mai fatto e cercavo di fare del mio meglio affinché mi dicesse quelle due paroline. E appena lo faceva, *bang*, lo scaricavo come un sacco di merda.

Ma non mi fermavo qui. Il mio comportamento distruttivo non aveva limiti. Soffrivo ed ero arrabbiata, volevo che gli altri si sentissero allo stesso modo, quindi portavo i ragazzi al Kings, il wine bar di Cam. Aspettavo sempre di tenerli per le palle, di farmeli strusciare addosso, e mi assicuravo sempre di essere vista da Cam. Ero una persona orribile, non mi riconoscevo più, ma ero in subbuglio e in missione. Potevo dare la colpa alla mia età, ma se dovevo essere onesta, sapevo che si trattava solo di vendetta. Volevo che anche gli altri provassero un po' del mio dolore, ma perché includessi Cam nei miei piani, di questo non ero sicura.

Avevo incontrato un certo Lee il sabato precedente, ma mi dava già il vomito perché non faceva che ripetermi quanto fossi bella. Forse ero migliorata, perché era il terzo ragazzo che portavo al Kings in tre settimane.

Cam era sempre educato con me, mi salutava e mi chiedeva come stavo. La mia risposta era sempre la stessa. «Fanculo».

Eppure non si scoraggiava. Settimana dopo settimana, mi osservava con la mia ultima conquista, con una certa tristezza negli occhi. Ero in piedi al bar con Lee, aspettando di essere servita, quando notai Cam che usciva dal suo ufficio. Mi vide e si avvicinò.

«Georgia, come stai?».

Io mi voltai dall'altra parte, ma Lee lo sentì, ci guardò entrambi e disse: «Fottiti, amico, sta con me».

Cam lo ignorò. «Georgia, come stai?», ripeté.

Lee era appena stato servito e teneva i nostri drink in mano. Li appoggiò sul bancone, si voltò verso Cam e disse: «Ascolta amico, fatti un favore, la ragazza è impegnata, sta con me, quindi *fottiti*».

So che fu una cosa orribile, ma a quel punto della mia vita ero una persona orribile. Guardai Lee, poi mi voltai verso Cam e gli gettai le braccia al collo. «Sto bene, Cam. E tu, tesoro?».

Lee mi prese per le spalle così forte che mi fece voltare verso il bar. Non vidi cosa successe dopo, ma deduco che uno di loro sferrò un pugno. Sentii del vetro rompersi e la gente muoversi in ogni direzione. Mi voltai e vidi due buttafuori afferrare Lee per le braccia e trascinarlo verso l'uscita.

«Georgia», mi chiamò.

«Fottiti, Lee, abbiamo chiuso», risposi.

Fredda.

Senza cuore.

Orribile.

Me stessa.

Ecco chi ero diventata. Ero in una spirale rivolta verso il basso e non sapevo come uscirne. Volevo salvarmi e soffrire allo stesso tempo. Non sapevo cosa preferivo. Non sapevo più nemmeno chi ero.

Poi Cam mi prese la mano e mi spinse verso il suo ufficio. Cercai di opporre resistenza puntando i tacchi delle scarpe e irrigidendo le gambe, ma lui era troppo forte. Non riuscivo nemmeno a divincolare la mano.

«Mollami!», gridai, ma lui non fece che stringere più forte e quasi mi scaraventò nell'ufficio.

Sbatté la porta e la chiuse a chiave dietro di noi. «Che *cazzo* stai facendo? Razza di idiota!», urlai. Quando lo guardai mi spaventai. Sembrava furioso. Raggiunse la sua scrivania, si versò circa mezzo bicchiere di Jack Daniels e poi rimase immobile per qualche secondo. Mi guardò con occhi severi. Respirava affannosamente e sembrava che avesse parecchie cose da dire. La sua rabbia era palpabile, ma non mi spaventò, anzi fece l'esatto contrario. Mi fece sentire al sicuro e mi eccitò.

Si portò il bicchiere alle labbra e ne ingollò il contenuto.

Cavolo, questa brucia.

«Quello che sto cercando di fare, Georgia, è tenere me e te fuori dai casini».

«Be', grazie mille, ma so prendermi cura di me stessa».

Si fece sfuggire una risata e scosse la testa come al solito.

«Perché? Dimmi perché, Micina, una settimana sì e una no entri qui dentro con un giocattolino diverso che ti lecca le scarpe e ti si incolla addosso? Perché? Perché lo fai? Stai cercando di farmi incazzare, o vuoi dimostrare qualcosa a te stessa?»

«Come ti ho già detto, quel che faccio non sono affari tuoi, e comunque perché ti fa incazzare se vengo qui con un ragazzo? Non te ne frega niente. L'hai reso perfettamente chiaro la sera che mi hai trascinata qui per un drink e poi mi hai ignorata quando hai scoperto chi ero. Quindi non dire che sono io che faccio incazzare *te*».

Con la schiena contro la porta, allungai una mano per girare la maniglia. Era chiusa e lui doveva avere la chiave. Persi la testa, presi la maniglia con entrambe le mani e cominciai a tirarla, scalciando verso la porta.

«Apri la cazzo di porta!», gridai.

Sentii la sua mano sulla spalla. Mi fece girare e, senza preavviso, portò la bocca alla mia. Io lo presi per i capelli e tirai più forte che potevo. Nonostante la forza del suo bacio, le sue labbra erano morbide e calde e sapeva di whisky, o bourbon, o qualunque cosa stesse bevendo. Erano buonissime. Per mesi avevo fatto del sesso anonimo e non avevo avuto nemmeno un orgasmo, ma in quel momento pensai di poter venire solo per l'eccitazione di quel bacio. Gli morsi piano il labbro inferiore e lui gemette nella mia bocca. Il suono per poco non mi fece cedere le gambe. Le sue mani grandi mi percorsero i fianchi, e i suoi pollici mi sfregarono i seni quando scese dalle ascelle alla vita. Le allargò sul bacino e poi sul sedere e si strinse contro di me.

Da dolce, il bacio si fece frenetico. Lingue, denti, labbra che lottavano per il controllo. Respiravo a malapena.

«*Cazzo*», mormorò nella mia bocca.

Quel giorno avevo avuto un pranzo di lavoro con mia madre e portavo ancora gli stessi vestiti. Una gonna di Chanel e una giacca con una camicetta dalle maniche a palloncino. Ma in quel momento fu ciò che portavo sotto la gonna a catturare la sua attenzione. Con le dita spostò l'orlo della mia gonna e io non aspettavo altro.

Tre, due, uno...

«Cazzo, Micina, porti le autoreggenti?».

Sorrisi. Chissà perché gli uomini impazziscono per le autoreggenti? «Certo, Tigre. E allora?».

Piegò le ginocchia per guardarmi dritto negli occhi. Anche se portavo i tacchi, era parecchi centimetri più alto di me.

«Fammele vedere».

«Cosa?»

«Alzati la gonna e fammi vedere le autoreggenti».

«Fottiti».

«Non dire parolacce, Micina, non è carino. Adesso alzati la gonna e fammi vedere cosa porti».

«Non se ne parla».

«Le hai messe per lui?»

«Chi?»

«Quel fottuto idiota con cui sei venuta qui».

«Smettila di dire parolacce, Tigre. Non è carino, e comunque non sono affari tuoi».

Mi portò con sé camminando all'indietro e si sedette sul bordo della sua scrivania. Tenendomi alla distanza di un braccio, mi sollevò la gonna fin sopra le cosce. Poi sembrò cambiare idea e l'abbassò. Mi si strinse lo stomaco di fronte a quella sensazione di rifiuto. Per la prima volta in quasi quattro anni, stavo per piangere.

Fece un passo verso di me, mi slacciò il bottone della gonna e abbassò la cerniera. Dato che mi stava un po' larga, grazie alla quantità di cocaina che sniffavo ogni weekend da sei mesi, scivolò silenziosamente a terra. E poi, la George sicura di sé comparve. Scavalcai la gonna e mi allontanai da lui, mi liberai della giacca e mi sfilai la camicetta da sopra la testa, restando davanti a lui con un completo intimo color rosa pallido La Perla. Mi misi le mani sui fianchi, aprii le gambe e lo guardai dritto negli occhi. Il suo sguardo non incontrò il mio, perché era impegnato altrove, e per un attimo persi la sicurezza. Sapevo di essere un po' troppo magra. Troppa droga, troppa ginnastica, troppa tristezza non mi regalavano appetito, ma a giudicare dalla sporgenza che gli si formò nei pantaloni, quel che vide gli piacque.

Le sue mani stringevano il bordo dell'enorme scrivania di quercia e le nocche erano bianche. I suoi occhi erano fissi sulle mie tette, che finalmente avevano deciso di non crescere più. Ero alta un metro e settantasei e portavo solo la quaranta, ma avevo ancora bisogno di una coppa E. Mi era difficile trovare dei vestiti che mi calzassero. Per fortuna potevo farmi modificare tutto dai miei sarti o farmeli fare su misura.

«Voltati», la voce roca di Cam mi fece sobbalzare. Finalmente mi guardò. Mi voltai lentamente, e quando gli diedi le spalle mi tolsi l'elastico dai capelli e me li scompigliai con le mani, lasciandoli cadere lungo la schiena.

«Gesù Cristo, Micina».

Voltai la testa. «Cosa, Tigre? Che c'è che non va?».

I suoi occhi scuri brillavano. Le guance erano arrossate e, a giudicare dalle dimensioni della tenda che aveva fra le gambe, doveva esserci un'intera tribù di Pellerossa laggiù. Trattenni un gemito.

«Vieni qui», ordinò.

«Per favore», dissi.

Si alzò. Era così alto che doveva essere quasi di due metri, aveva le spalle larghe e…

«Vieni. Qui».

Autoritario.

Mi voltai del tutto, feci un passo avanti e gli saltai addosso proprio quando qualcuno iniziò a bussare forte alla porta dell'ufficio.

«*Cazzo*», commentammo all'unisono.

«Cam, faresti meglio a uscire, amico. C'è un tipo fuori di testa che minaccia di sfasciare la macchina della tua ragazza».

Lo guardai. «Hilda... Lo ammazzo».

Cam alzò un sopracciglio, confuso. «Rimani qui, lo sistemo io».

Mi guardò da cima a fondo e andò a prendere una felpa nell'armadio. «Mettitela e rimani dove sei».

Aprì la porta facendo uno strano movimento della maniglia.

Cavolo, allora non c'era bisogno della chiave!

E poi uscì. Neanche morta sarei rimasta con le mani in mano mentre Hilda veniva sfasciata. Sapevo di meritarmelo, con il trattamento che avevo riservato a Lee, ma gli amici di mio padre ci avevano messo mesi a recuperare le parti per sistemarla. E ciò dopo i sei mesi che io e papà avevamo impiegato per trovare un'auto che valesse la pena di sistemare. Papà aveva insistito per regalarmi una macchina nuova, come aveva fatto con i miei fratelli quando avevano preso la patente, ma per qualche ragione sconosciuta io avevo sempre desiderato una Triumph Herald decappottabile arancione e nera con una striscia color noce. E dato che ero la principessina di papà, alla fine ottenni quello che desideravo.

Raggiunsi l'armadio di quercia all'angolo e trovai un paio di pantaloncini. Passai qualche secondo a sbirciare camicie e cravatte e ad annusare qua e là. Non potevo farne a meno: aveva un profumo delizioso. Mi ero appena tolta le scarpe e infilata i pantaloncini quando sentii le sirene. Qualcuno aveva chiamato la polizia, o magari peggio, un'ambulanza. Sfrecciai fuori dall'ufficio. Il bar era tranquillo. La maggior parte degli avventori stava osservando la scena in corso sulla strada. Mi feci largo tra la folla, a piedi nudi e con addosso solo la felpa, che per fortuna era enorme e mi copriva il sedere e la parte alta delle autoreggenti.

Dedussi che l'uomo a terra con addosso tre buttafuori di Cam fosse Lee, ma non riuscivo a vedere bene. Cam era in piedi davanti alla mia macchina, voltato di schiena, e parlava con un poliziotto. Calò il silenzio quando mi avvicinai.

Calpestai qualcosa di affilato e urlai dal dolore. «Ahi, merda!».

Cam si voltò di scatto.

Si passò una mano fra i capelli e scosse la testa. «Mi scusi un secondo», disse al poliziotto. Aveva un accento da East London più forte di quello di mio padre, e mi sembrò strano sentirlo parlare in modo tanto cordiale col poliziotto.

«Micina, ti ho detto di aspettare dentro. C'è vetro dappertutto. Dove sono le tue scarpe?»

«Cos'ha fatto a Hilda?»

«Chi cazzo è Hilda?»

«La mia macchina».

Rise.

«Che c'è da ridere?»

«La tua macchina si chiama Hilda?»

«Non fa ridere, è il suo nome. Cosa le ha fatto?».

Arrivò un'altra volante. Lo staff del bar iniziò a dire alla gente di rientrare o di tornare a casa.

«Finite i vostri drink, gente. Chiudo prima. Steve si ricorderà di voi e la prossima volta vi offrirà da bere da parte mia», disse Cam ad alta voce.

Merda, perderà dei soldi per colpa mia.

Il buttafuori si alzò da terra, e vidi Lee e i due poliziotti che l'avevano ammanettato e tirato su. Aveva un labbro rotto e il sangue al naso. Mi vide subito, più che altro vide cosa avevo addosso e il braccio di Cam sulla mia spalla.

Si gettò verso di me. «Puttana! Ti amavo, brutta puttana, ti amavo, cazzo! Perché mi hai portato qui per farmi questo?».

Non sapevo cosa dire. Di solito li mandavo a quel paese anche per telefono. Non vedevo mai le loro crisi. Be', quella sera la vidi in pieno e mi sentii in colpa. Negli ultimi sei mesi avevo mollato dieci ragazzi solo per potermi sentire meglio con me stessa, mentre in quel momento mi sentivo peggio di prima. Mi vergognavo. I miei genitori mi avrebbero biasimata e anche i miei fratelli. Neanche Jimmie mi avrebbe giustificata. Abbassai gli occhi e seguii con lo sguardo il sentiero d'erba verso la mia auto, la mia povera auto distrutta. I finestrini erano tutti rotti e il tettuccio era sfondato, il cofano e i fianchi ammaccati. La mia povera Hilda… E per quanto sapevo di meritarmelo, mi infuriai comunque.

«Bastardo! Cos'hai fatto alla mia macchina?». Mi lanciai verso di lui digrignando i denti, ma Cam mi afferrò prima che riuscissi a prenderlo. Poi la polizia trascinò via Lee.

«Sei una puttana, Georgia! Una puttana traditrice!».

«Sì, be', e tu sei una pessima scopata con il cazzo piccolo. Per forza ho cercato altrove».

Rimasi a guardarlo. Ero a piedi nudi, con addosso una felpa di dieci taglie più grande e le autoreggenti. Mi misi le mani sui fianchi e guardai la polizia che lo portava via. Poi mi voltai verso Cam, che era insieme a tre buttafuori e due poliziotti, e tutti ridevano a crepapelle.

«Cosa?», domandai confusa. «Non è divertente. Guardate la povera Hilda. Papà mi ucciderà».

Cam smise di ridere all'istante. «Merda», lo sentii sibilare. «Penso che ucciderà me, Micina».

Chinai la testa di lato. «Non preoccuparti, Tigre, ti proteggerò io». Gli feci l'occhiolino.

Capitolo undici

Dopo essere tornata nell'ufficio di Cam in punta di piedi, essermi infilata i suoi pantaloncini e aver passato mezz'ora a rilasciare una dichiarazione alla polizia, ero pronta per tornare a casa. Ero riuscita a tornarci prima che ci si fiondassero gli altri e avevo gettato i miei vestiti nell'armadio, imbarazzata per il comportamento frivolo che avevo avuto con Cam poco prima. Cosa volevo ottenere con il mio strip tease? Non era certo la mia intenzione quando mi aveva trascinata nel suo ufficio. All'inizio volevo saltargli addosso in un altro senso, ma c'era qualcosa in quel ragazzo. Qualcosa a cui non riuscivo a dire di no. Dovevo tenerlo sotto controllo. Non ero ancora pronta a provare niente. Quel muro attorno al mio cuore non era pronto a cadere. Dubitavo fortemente che a Cam interessasse altro se non il sesso, e temevo che invece avrei desiderato molto di più. Il mio cuore non sarebbe sopravvissuto a un'altra rottura.

Quando la polizia se ne andò, disse al signor King che si sarebbero tenuti in contatto. Io mi sedetti e iniziai a girare sempre più velocemente sulla grande poltrona di pelle dietro la scrivania di Cam mentre lui li accompagnava fuori. Mi venne in mente che aveva dato al wine bar il suo cognome, il vanitoso bastardo. Anche il club in cui mio padre aveva investito si chiamava King. Lasciai che questi pensieri mi vorticassero in testa, mentre continuavo a roteare sulla poltrona fissando il soffitto. Poi si fermò di colpo, e mi trovai davanti gli occhi scuri di Cam.

«Cosa fai?»

«Giro, dovresti provare. È divertente».

Gli angoli della bocca si atteggiarono a un leggero sorriso. Mi fece alzare, prese il mio posto, mi fece sedere sulle sue gambe e si mise a girare mentre mi stringeva un po' troppo forte. Sollevai le gambe, appoggiai i piedi sulle sue e mi accoccolai.

«Hai ragione».

«Sono una donna, per forza ho ragione».

Fece una grassa risata e io sorrisi.

«Oh, Micina, mi fai ridere».

«Perché? Non ho detto niente di ridicolo, è solo un dato di fatto».

«Davvero?».

Annuii. «Già».

Scosse la testa sorridendo, allungò una mano per afferrare la scrivania e fermò la poltrona. Restammo seduti in silenzio per qualche secondo, i miei occhi blu fissi nei suoi occhi scuri. Mi accarezzò la guancia e disegnò la linea del mento, poi tracciò quella delle mie labbra.

Mi sono scordata di respirare.

«Sei una vera spaccona. Perché una simile facciata, Micina? Sputi e ringhi, ma io non penso che questa sia la vera te».

Gli morsi il dito, forse con più forza del necessario. Scosse ancora la testa.

«Perché scuoti sempre la testa con me?».

Mi accarezzò il braccio salendo lungo la curva della spalla. «Sì?»

«Sì».

«Forse perché mi fai disperare».

«Mi conosci appena. Come potrei farti disperare?». Ero ferita o felice di avere un effetto su di lui? Volevo avere un effetto su di lui?

Dio, non lo so.

Non capivo nulla quando si trattava di lui. La mia vita poteva anche essere un disastro, ma era un disastro sul quale esercitavo un controllo, ed era così che volevo restasse. Non volevo che le mie emozioni fossero come le montagne russe. Anzi, al momento non ero pronta per nessun tipo di emozione. Negli ultimi anni ero sopravvissuta senza, e potevo farcela ancora per un po'.

«Mi fai disperare perché la tua è chiaramente una facciata. Vorrei solo che fossi te stessa, almeno per me».

«Perché? Che ti importa di chi sono con te?».

Mi prese una ciocca di capelli fra le dita. Era un gesto così semplice, ma per me fu una cosa intima. Sì, avevo fatto sesso con degli uomini, dieci a dire il vero, negli ultimi sei mesi, e alcuni avrebbero definito il sesso come l'atto supremo di intimità, ma per me non era così. Per me era un freddo atto di potere e controllo. Di rado lasciavo che mi baciassero, ci facevo sesso ma non c'era altro. Non possedevano nessuna parte di me. Non gli tenevo la mano a meno che non me la prendessero loro, senza lasciarmi scelta. Non toccavo, non leccavo e non succhiavo. Scopavo solo, ma lo facevo così bene che non ne avevano mai abbastanza, e lo facevo soltanto per sentire quelle due parole e provare il piacere di andarmene. Ma quel gesto, lui che giocava con i miei capelli, era più intimo di qualunque altra cosa avessi sperimentato di recente.

«Perché mi piaci, Micina. Mi piaci un sacco e vorrei conoscerti. Quella vera, non la gatta con gli artigli sfoderati per cui ti vuoi spacciare. La prima cosa che voglio sapere è chi ti ha ridotta così. Chi ti ha fatto questo? Cosa è successo... *uhmm*?». Sollevò un sopracciglio come se si aspettasse davvero una risposta.

Col cavolo! Non gli avrei raccontato i fatti miei solo per farmi guardare con pietà come facevano tutti da qualche anno. «Devo andare a casa. Chiederò a mio padre di far rimuovere la macchina domani mattina». Feci per alzarmi.

«Non andare! Non scappare via, Georgia. Rimani e parla con me». Mi trattenne guardandomi negli occhi, le mani sui miei fianchi. Dovevo andarmene. Non volevo che vedesse la vera me. Non potevo permettermelo. Non ero pronta. Avrei potuto non esserlo mai.

«Devo andare, Cam. Per favore lasciami andare». Scosse di nuovo la testa. «Stai scuotendo la testa».

«Perché mi stai facendo impazzire. Avresti fatto sesso con me, prima che quel cazzone desse fuori di matto? Se non ci avessero interrotti, avresti lasciato che ti scopassi?».

Le mie guance presero fuoco al pensiero del mio comportamento di prima. Feci di no con la testa. «No, Cam, tu non mi avresti scopata, ma forse io avrei scopato te».

Lasciò andare un sospiro, quasi un sibilo. «Prendi la tua roba, ti riporto a casa. E non preoccuparti della macchina, ho già chiamato qualcuno. Te la faccio sistemare io».

«Non sei obbligato. È solo colpa mia. Mi sono comportata da sciocca e ho avuto quello che meritavo».

«Forse», fece spallucce. «Ma vuoi dire a tuo padre quello che è successo? Vuoi che i suoi scagnozzi vadano a cercare quel cazzone? Mi pare che quel poveretto abbia già abbastanza problemi senza che Frank Layton metta una taglia sulle sue minuscole palle».

Il pensiero di Lee e del suo minuscolo pene e le palle inseguite da mio padre mi fece scoppiare a ridere.

Merda, ha ragione!

Meno mio padre sapeva sul danno alla macchina meglio era. Mi morsi l'interno del labbro.

«Okay, ma voglio la ricevuta delle spese. Voglio pagare il conto e assicurarmi che tu gli dica di trattarla bene, sta invecchiando e ha bisogno di essere curata con amore».

Si accigliò. «Chi?»
«Hilda».
«Ah, già, Hilda la Triumph Herald. Come ho potuto scordarmi?». Sorrise. Sembrava così giovane quando sorrideva, e di nuovo mi domandai quanti anni avesse. Forse ventinove o trenta.
«Quanti anni hai, Cam?»
«Sono vecchio come la mia lingua e un po' più vecchio dei miei denti», disse facendo spallucce e distogliendo lo sguardo.
«Mia nonna lo diceva sempre, ed è morta più o meno a ottant'anni. Hai la sua età?»
«Fottiti. Ti porto a casa».
Cam mi lasciò di fronte a casa e raggiungemmo l'accordo che avrebbe pagato la macchina se io avessi acconsentito a uscire con lui a cena sabato sera. Dissi di sì. Non potevo fare altrimenti. C'era qualcosa in lui che mi faceva venire voglia di frequentarlo e, per quanto ci provassi, non riuscivo a combatterla.

* * *

Sabato mattina feci la prova del vestito da damigella per il matrimonio di Jimmie. Avrebbe avuto tre damigelle e sua sorella maggiore, Keeley, sarebbe stata la testimone. Jim, da vecchia anima bizzarra che era, aveva scelto per noi degli abiti retrò in stile anni cinquanta favolosi. Erano semplici, color pesca, con un corpetto senza spalline, una fascia ampia color avorio intonata al colore dell'abito di Jimmie e una gonna lunga fino alle ginocchia, che aveva un sacco di sottogonne per dare la forma desiderata. L'abito di Jimmie aveva lo stesso stile ma, mentre il nostro non aveva spalline, il suo aveva del pizzo sul corpetto e le maniche a tre quarti, e un enorme fiocco sul retro della fascia in vita. Portavamo tutte dei veli corti in testa. Quello di Jim era più lungo e le copriva il viso. Le calzava a pennello, stava benissimo.

Mi beccai il solito rimprovero dalle sarte, Claude e Sally. Dovevo farmi stringere il vestito ogni volta che venivo alle prove, poi anche mia madre si unì al coro e iniziò a ripetermi che dovevo smetterla di allenarmi troppo, di lavorare troppo e uscire fino a tardi, e che dovevo mangiare di più. Aggiunse anche che non avrei mai trovato un marito in un club puzzolente.

«A dire il vero stasera ho un appuntamento, un tipo mi porta fuori a cena», dissi ad alta voce dalla mia posizione sul podio, in modo che Claude potesse infilare un ago dove voleva stringermi il vestito.

Mi punse la pelle.

«Ahi!», mi lamentai voltando la testa verso di lui. Chiedevamo a Claude e Sally per la maggior parte delle modifiche ai vestiti, e indirizzavamo loro un sacco di clienti che esigevano un servizio impeccabile. Per ringraziarci, ci offrivano dei servizi gratuiti.

Claude alzò gli occhi come a dire "ti ho toccata a malapena".

«Esce il sangue?», domandai.

«Oh, smettila di fare scenate, Georgia. Se non mi avessi sconcertato con l'ultima frase, non avrei sbagliato mira. Deduco che tu sia seria. Hai davvero un appuntamento stasera, con un uomo in carne e ossa? Non prendere in giro tua madre solo per tranquillizzarla».

La mia famiglia non aveva idea della vita che avevo fatto negli ultimi sei mesi. Non sapevano che prendevo gli uomini per le palle per il puro piacere di scaricarli appena parlavano d'amore. Per loro ero single, frequentavo feste e mi divertivo ogni weekend, che in parte era vero.

«Ti mentirei mai, Claude, o mentirei a mia madre?».

Si alzò con le mani sui fianchi, le sopracciglia sollevate e il broncio sulle labbra. Claude era l'eterosessuale più gay che avessi mai conosciuto e anche il sarto e lo stilista più dotato con cui avessi mai lavorato.

«Forse sì», disse con gli spilli fra i denti.

«Vero, ma in questa occasione sto dicendo la verità».

«E con chi esci? Qualcuno che conosciamo?», chiese Jimmie dalla sua posizione sul podio. La guardai e le sorrisi.

Glielo dico di fronte a mia madre?

Dio, non avrebbe più smesso di fare raccomandazioni.

Mamma avrebbe voluto incontrarlo e invitarlo al pranzo della domenica. Lei e Sally erano impegnate a cincischiare con la sorella di Jimmie a proposito del vestito di Julie, quindi risposi.

«Il signor ATF», dissi con un ghigno. Lei e Ash mi tormentavano da mesi a proposito di lui e io gli avevo sempre detto di non essere interessata. Ora stavo per uscirci a cena.

Jimmie rimase a bocca aperta. «Sul serio?»

«Sì, sul serio. Perché oggi tutti pensano che io dica bugie? È così assurdo che qualcuno mi porti fuori?»

«No», intervenne mia madre. «La cosa assurda è che tu possa accettare di uscire con qualcuno, e chi è ATF?». Mamma non se ne perdeva una.

«Oh, Bern, dovresti vederlo, è favoloso e sono mesi che fa il filo a George. Cosa ti ha fatto dire di sì alla fine, G?».

Feci spallucce.

Merda, cosa potevo dirle?

«Uhmm, ha speso duemila sterline in negozio, era il minimo che potessi fare».

«Il minimo davvero», disse mamma. «Be', chi è? Cosa sai di lui?».

Lanciai un'occhiataccia a Jim. Non mi andava che mamma conoscesse i dettagli, non ancora.

«È solo un tipo che abbiamo incontrato al wine bar. Mi ha offerto da bere. Poi è venuto in negozio una sera, dopo che avevo mandato Ashley a casa perché era malata, e l'ho aiutato a comprare alcune cose per il ventunesimo di sua sorella. Non lo vedevo da un sacco, poi l'ho incontrato giovedì sera e mi ha invitata a cena. Okay, vi basta?».

Claude batté le mani. «Non vedo l'ora che arrivi la prossima prova vestito per sentire i dettagli. Basta che non ti innamori e smetti di mangiare. Non fare altre modifiche al vestito. Sei fin troppo magra ora, signorina Layton».

* * *

Non riuscivo a credere a quanto fossi nervosa mentre mi preparavo per sabato sera. Nel pomeriggio mi feci la piega al salone accanto al negozio, poi a casa feci il bagno invece della doccia. C'erano lenzuola pulite sul mio letto e avevo acceso alcune candele qua e là. Non ero sicura di come si sarebbe svolta la serata, perché sapevo bene che qualunque cosa avessi deciso a priori poteva cambiare a causa di Cam.

Mi cambiai vestito tre volte prima di optare per un abitino stile anni settanta. Era svasato, di una bellissima tonalità di blu e con le maniche a campana. L'avevo comprato al mercato di Kensington insieme a un paio di scarpe bianche aperte sul tallone che si abbinavano alla perfezione. Mentre aspettavo Cam fumai una sigaretta. Non ero una fumatrice regolare, però ero nervosa. Avevo bevuto un paio di bicchieri di vino mentre mi preparavo, e un po' mi ero calmata, ma anche le sigarette aiutavano.

Suonò il campanello. Mi alzai dalla poltrona e contai fino a dieci. Non volevo sembrare impaziente. Guardai attraverso lo spioncino, che mio padre mi aveva fatto installare, ma vidi solo la sua schiena. Poi procedetti ad aprire le tre serrature, un'altra idea di mio padre, e spalancai la porta.

Si era girato e adesso era appoggiato allo stipite. Era grande, bello, affascinante. Portava un paio di pantaloni neri e una camicia bianca con le maniche arrotolate appena sotto il gomito. Si vedeva un accenno di collanina d'oro al collo, fra i peli neri che spuntavano sopra i bottoni. Portai d'istinto la mano alla gola, toccando la mia catenina, quella che avevo indossato negli ultimi sei anni.

Sean, no, non farmi questo, non adesso.

Sean!

Sean!

Sean!

Il mio cervello gridava: *Sono tutti come Sean, Georgia. Tutti quanti.*

Fanculo!

Fanculo!

Fanculo!

Dovetti scuotere la testa per interrompere lo scambio di battute che stava avendo luogo tra me e me. Cam rimase in silenzio a guardarmi.

«Ehi», dissi infine.

«Tutto bene?», chiese nel suo impeccabile dialetto East London. Parlava in modo stranissimo. Ci pensavo la sera prima, mentre mi sforzavo di non pensare a lui. Non pronunciava le H, e usava parole che la maggior parte dei ragazzi della nostra zona non usava. Chissà se aveva ricevuto un'educazione privata o aveva frequentato qualche scuola snob, nonostante le sue origini. Non che importasse. Chi proveniva dalla classe operaia aveva il diritto di frequentare qualunque scuola volesse, ma chi poteva permetterselo? Ero solo curiosa, ecco.

«Sei bellissima», disse sorridendo lievemente.

«Grazie, anche tu sembri proprio un fottuto allupato».

«Micina, sul serio? Sei tutta acchittata ma parli come un camionista».

«E come fai a sapere come parla un camionista, Cam?».

Mi aveva innervosita. Ero cresciuta con tre fratelli maggiori, per me erano solo parole. Al lavoro cercavo di controllarmi, ma altrove non troppo. Le parolacce mi scappavano, e poi stavo solo cercando di fargli un complimento.

«Ho dovuto chiedergli di andarsene dal bar in più di un'occasione. Non mi dispiace che vengano a bere qualcosa, ma non mi va che siano sboccati nel mio locale, e quando gli chiedo di andarsene tendono a essere un po' impertinenti».

«E io parlo come loro?».

Sospirò e scosse quella sua bellissima testa. «No, Georgia. Non so perché l'ho detto. È solo che hai un aspetto così femminile, e poi apri bocca e...».

«Be', mi sembra un ottimo esordio. Sei qui solo da due minuti e già scuoti la testa e mi rimproveri per le parolacce». Incrociai le braccia al petto e picchiettai il piede a terra mentre lo squadravo dalla testa ai piedi.

«Vuoi lasciar perdere e andare a cercare una fighettina per la serata?»

«No, non voglio. E poi anche le fighettine dicono le parolacce... Vieni qui».

Scossi la testa. «Tu mi vuoi, sei tu che devi venire, Tigre».

«Vedi quanto mi fai disperare? Per forza scuoto la testa. Fai mai quello che ti dicono?»

«No». Feci spallucce alzando le sopracciglia, e sfoderai il mio migliore sguardo di sfida.

Fece un sospiro e per un attimo forse pensò di scuotere la testa, poi venne verso di me. Mi ricordava un lupo, gli occhi puntati sulla preda mentre si avvicinava. Rimase in piedi il più vicino possibile, senza toccarmi. Io guardai dritto davanti a me, verso il suo petto, annusando il suo profumo, che mi faceva uno strano effetto. Usò il medio e l'indice per sollevarmi il mento, in modo che guardassi i suoi dolci occhi scuri. Non riuscii a resistere.

«Sto per baciarti, Georgia. Ti bacerò e poi andremo via, perché se non usciamo subito dopo il bacio ti trascinerò in stanza e ti scoperò fino a farti perdere i sensi per tutto il weekend».

Non ebbi occasione di replicare. Non riuscii neanche a pensare, prima che le sue labbra soffici e piene finissero sulle mie. Prima con dolcezza. Schiusi le labbra leggermente, sapeva di fresco e di menta e la sua lingua scivolò sul mio labbro inferiore prima di infilarsi nella bocca e danzare attorno alla mia. Alzai entrambe le mani e gli presi i capelli, lasciandomi sfuggire un piccolo gemito mentre la sua lingua passava all'interno del mio labbro inferiore. Quel gemito ottenne un evidente effetto su di lui, perché mi afferrò il sedere e mi strinse. Sentii la sua erezione premermi contro la pancia e gemetti di nuovo.

«Piantala di fare quel rumore, Georgia, prima che smetta di essere responsabile delle mie azioni».

Volevo rifarlo, ma se avesse voluto fare sesso non sapevo se sarei stata in grado di resistere. Non ero sicura di essere pronta a farlo con lui. Volevo che fosse diverso dal solito. Credevo di essere pronta ad avere una relazione con lui, se anche lui lo voleva, ma preferivo che la relazione fosse ufficiale prima che iniziassimo a scopare. Feci un passo indietro.

«Andiamo».

Si irrigidì e trattenne il respiro. Forse era per quello che avevo detto? Poi capii.

«Fuori, intendo. Usciamo».

Pensava che il mio fosse un invito a fare sesso.

Merda, ci è mancato poco.

Guidammo verso Londra e cenammo in un bellissimo ristorante italiano a Knightsbridge. Era molto elegante e c'erano un paio di fotografi all'esterno, quindi doveva essere un posto frequentato da celebrità. Per fortuna i paparazzi non erano interessati a noi. Lo staff però sembrava conoscere Cam. Lo salutarono per nome e fecero grandi feste accompagnandoci al tavolo. Ci sedemmo e iniziammo a chiacchierare, godendoci il cibo, il vino e la compagnia reciproca. Mi disse che abitava in un appartamento sopra il wine bar, il che ci rendeva vicini di casa. Aveva un appartamento anche a Islington e una casa a Stock, vicino a Billericay, ma non ci andava spesso per via degli impegni di lavoro. Non ero molto sicura di che impegni si trattasse, però. Alla mia domanda rispose in modo evasivo. Parlammo del mio lavoro. Gli spiegai di come era nato il nostro business e l'origine del nome *Vestiti con stile*, perché mio padre definiva sempre così quello che mamma indossava.

Il cuore iniziò a battermi un po' troppo forte quando mi chiese dei miei fratelli. Mi martellava in gola, rendendomi difficile respirare. Pensavo che stesse per venirmi un attacco di panico quando mi domandò cosa facevano Lennon e Marley. Fissai il tavolo cercando di controllare il ritmo del respiro, concentrandomi solo sul cibo che avevo nel piatto. Mossa sbagliata. Il pensiero del cibo aumentò la nausea e il timore di sentirmi male. Allungò una mano e prese la mia, che stringeva il tovagliolo con un pugno. Lui distese le dita.

«Georgia, non fa niente».

Alzai piano gli occhi, lui chinò la testa di lato e disse: «Non importa, non preoccuparti, piccola. Me lo dirai un'altra volta». La sua voce profonda era dolce e gentile, io annuii e il mio affanno si calmò.

Era ridicolo! Erano quasi quattro anni che non stavo con Sean. Non lo avevo mai più incrociato, eppure il solo pensiero di spiegare il coinvolgimento dei miei fratelli con i Carnage e la paura delle domande sulla band mi facevano entrare in panico.

Fottiti, Sean McCarthy! Fanculo a te e a quello che mi hai fatto.

Come capitava sempre quando pensavo a Sean, la mia mano finì sulle ali d'angelo d'argento che sostenevano la lettera G. Se ne stavano lì a ricordarmi silenziosamente quel che era stato, quella che io ero stata e ciò che avevo perduto. Ne avevo bisogno. Pur essendo doloroso, avevo bisogno di mantenere quel legame. Un silenzioso pezzo di lui, così vicino al mio cuore come niente lo era stato negli ultimi anni. Allontanai la mano da quella di Cam, presi il tovagliolo e mi coprii la bocca.

«Non posso… non posso dirtelo e non posso parlarne».

Annuì comprensivo.

Bevetti un lungo sorso di vino, finendo il bicchiere. «Mi dispiace».

Mi fece un lieve sorriso, ma i suoi occhi erano cupi. Sembrava preoccupato e io mi sentii una stronza totale. Ero a un appuntamento in un ristorante raffinato, quasi in lacrime per un tipo che mi aveva tradita quattro anni prima, e non c'era nulla che potessi fare per cambiare le cose. Non potevo cambiare i miei sentimenti. Amavo ancora Sean. Mi mancava tantissimo, lo desideravo, ma ancora non riuscivo a parlare di lui. Mancavano solo pochi mesi al matrimonio, e mi sarei ritrovata nella stessa chiesa insieme a lui. Poi mi sarei seduta nella stessa stanza per il ricevimento. Senza dubbio avrei passato l'intera giornata e la serata a sforzarmi di non guardarlo. Il solo pensiero di quel giorno e di quanto sarebbe stato doloroso mi mandava il sangue al cervello. E ancora una volta mi trovai a deglutire, per evitare che il cibo appena mangiato mi salisse in bocca e schizzasse nel piatto.

«Vuoi andare via, Georgia?», chiese Cam a bassa voce.

Annuii. Non volevo parlare, non ci riuscivo. Mi mancava il respiro. Avrei voluto piangere, almeno una volta. Forse le lacrime si sarebbero portate via il dolore.

Non notai neanche il gesto di Cam al cameriere, ma doveva averlo chiamato, perché arrivò con il conto in un istante. Cam lo pagò in contanti, poi si alzò e mi aiutò a infilare la giacca. Fu un perfetto gentiluomo. Dopo qualche secondo la macchina ci raggiunse all'esterno. Prima che il posteggiatore uscisse, Cam aveva già aperto la portiera del passeggero per farmi salire. Dopo avergli dato la mancia, prese le chiavi e scivolò accanto a me. Poi si immise silenziosamente nel traffico del sabato sera di quella zona elegante di Londra. Restammo in silenzio quasi fino al mio appartamento.

«Mi dispiace tantissimo per stasera, Cam. Il ristorante era splendido e il cibo delizioso. Mi dispiace che il mio stupido comportamento abbia rovinato l'atmosfera».

Tenne gli occhi puntati sulla strada e non disse nulla. Cam mi piaceva, era il primo ragazzo dopo Sean ad aver suscitato in me un interesse, e avevo appena perso ogni possibilità. Non avevo idea di come sistemare le cose.

Forse potremmo scopare?

Se ci fossimo tolti il pensiero della scopata, forse mi avrebbe aiutato a voltare pagina. Ero abbastanza sicura che Cam sarebbe stato fantastico a letto, e anche che mi avrebbe regalato l'orgasmo che desideravo tanto. Potevo anche fare da me. Avevo investito in un piccolo giochino che mi faceva venire da sola nel giro di pochi secondi, ma non avevo un orgasmo con un uomo da quasi quattro anni.

Dalla Spagna con Sean.

Sean!

Sean, maledetto Sean!

Quando Cam parcheggiò l'auto in un posteggio fuori dal mio appartamento mi lasciai sfuggire uno sbuffo di frustrazione che avrei voluto trattenere.

Infine si voltò verso di me. «Hai mai chiesto aiuto, Georgia?»

«Cosa? Che tipo di aiuto?»

«Aiuto psicologico? Per superare quello che ti è successo».

La mia mano toccò all'istante la catenella.

«Aiuto per superare qualunque cosa ti abbia fatto». Indicò con un cenno del mento il punto in cui poggiava la mia mano.

Cazzo, aveva pensato che fossi pazza.

Lo sono?

Ero completamente incasinata, quello lo sapevo, ma non credevo di essere pazza. Scelsi di ignorare il commento e la domanda.

«Vuoi salire per un caffè?»

«Vuoi davvero che venga?».

Annuii. Lo volevo. Non mi andava proprio di rimanere da sola. Ero così stanca di essere sola.

Quando Sean fece quel che fece in quella stanza, io persi non soltanto lui e la vita che avevamo progettato insieme, ma anche Jimmie, Lennon e Marley. All'improvviso mi fu strappato tutto. Vedevo ancora Len e Jim, ma avremmo potuto essere molto più vicini. Io sarei stata coinvolta con la band, avrei girato il mondo con loro e visto i miei fratelli e la mia migliore amica quasi ogni giorno. Invece l'ondata di fama della band se l'erano goduta loro e io me ne ero tornata zitta zitta a scuola da sola.

Mentre ero persa nei miei pensieri, Cam era uscito dall'auto, aveva fatto il giro e aperto la mia portiera. Lo guardai per qualche secondo prima di rendermi conto che aspettava che uscissi. Mi prese la mano, appoggiò l'altra sulla mia testa per non farmi sbattere uscendo, e mi guidò fuori dall'auto e lungo le scale di casa.

Papà insistette per far piazzare due porte blindate quando i suoi uomini avevano ristrutturato la casa. Si apriva la prima e si percorreva un breve corridoio prima di raggiungere la porta principale, che consentiva l'accesso al mio appartamento. Non era enorme, ma era tutto mio e l'avevo arredato secondo il mio gusto.

Mamma aveva proposto carta da parati a fiori e zoccoletti a metà parete, ma io preferivo una tinteggiatura semplice e un divano in pelle. Un Chesterfield, perché mi ricordava la casetta di quando eravamo piccoli. Solo il profumo della pelle bastava a stringermi lo stomaco ogni volta che entravo in casa. I miei avevano ancora quel vecchio divano su cui io e Sean avevamo fatto sesso più di una volta.

Sean!

Sean!

«Penso che tu abbia bisogno di un drink, non di caffè. Hai qualcosa qui?». La voce preoccupata di Cam interruppe i miei pensieri inappropriati.

«Scusa, come?». Ero seduta sullo sgabello della zona colazione e non sapevo come ci fossi arrivata.

Non aspettò una risposta, iniziò ad aprire gli armadietti finché non trovò una bottiglia di Drambuie che tenevo sempre per quando passava a trovarmi papà. Prese un paio di bicchieri da whisky dalla credenza e li riempì generosamente. Poi aggiunse del ghiaccio dal freezer. Appoggiò i bicchieri davanti a me, rimase in piedi dall'altro lato del bancone e si appoggiò sui gomiti, guardandomi. Poi sollevò il bicchiere.

«Salute?».

Era una domanda, non un brindisi. Presi il mio bicchiere e toccai il suo.

«Salute», dissi.

Mi guardò per un lungo istante. Sapevo che avrebbe parlato e che mi avrebbe fatto delle domande. Ed era giusto, dato che mi ero comportata da pazza. Mi aveva portata in un bel ristorante. Era stato impeccabile e aveva dimostrato la pazienza di un santo. Quindi era più che lecito che mi facesse delle domande. Sempre che io fossi riuscita a rispondere senza avere una crisi di nervi.

«Perché la porti se ti causa tanto dolore?».

Di che parla?

«La collana, perché la porti?». Alzai una mano, poi ci ripensai e l'abbassai.

Perspicace.

Mi si strinse lo stomaco e temetti di vomitare.

«Mi piaci davvero, Georgia, ma devo sapere contro cosa combatto. Contro chi combatto». Restò in silenzio per qualche secondo. «Non sono un pezzo di merda. Se si tratta di un ragazzo che è ancora in giro o con cui sei coinvolta, allora leverò i tacchi. Ti voglio, George, *cazzo* se ti voglio, ma devi venire da me perché lo desideri, e solo se sei single. Non mi piace condividere».

Sorseggiai il mio drink, sentendo il calore che mi scivolava lungo la gola e atterrava nella mia pancia in subbuglio. Lo guardai finire il suo bicchiere e versarsene un altro.

«Stai con qualcuno?».

Ah, sì o no?

Sean! Sì, sto con Sean ma solo nella mia testa. Nella vita vera sono sola, sola come un cane.

«Georgia?»

«No! No, non sto con nessuno. Non sto con un ragazzo da anni. Sono molto single».

«E tutti i ragazzi che porti al wine bar? Stavi con loro».

Feci spallucce. «No, non è così. Loro stavano con me, io no».

Chiuse gli occhi e fece un respiro profondo. «Vorrei che me lo dicessi. Che mi dicessi contro chi o cosa sto combattendo. Insomma, dammi un cazzo di aiuto, anche per noi, George. Cosa vuoi? Perché hai accettato di uscire con me stasera?».

Il cuore martellava contro le mie costole così forte che per poco non restai senza fiato. Chiusi gli occhi e pensai alla risposta. Decisi di essere onesta.

«Stasera sei stato gentile con me. Mi hai fatto sistemare la macchina, sentire al sicuro, e mi piaci. Volevo uscire con te per conoscerti, ma non posso parlarti di *lui*».

«Allora c'è qualcuno?».

Annuii in silenzio, e lui si passò una mano fra i capelli.

«Be', almeno è un inizio, George. Ascolta, forse potrei essere fuori luogo, ma devo chiedertelo. Non ha nulla a che fare coi tuoi fratelli, vero?».

Ora il mio stomaco faceva le capriole. Come lo sa?

«Ti hanno fatto qualcosa? Insomma, non ti hanno toccata o fatto del male, vero?».

Cosa?

«Cosa? No, no, certo che no! I miei fratelli sono... Adoro i miei fratelli. Che *cazzo* stai dicendo?»

«Tutte le volte che parlo di loro, almeno dei più giovani, dai di matto. Credevo fosse qualcosa a che vedere con loro, che ti avessero fatto del male. Mi dispiace se ho sbagliato, ma dovevo chiedertelo».

«Cacchio, Cam. Da che famiglia pensi che venga? Che persona credi che sia? Non c'entra niente».

«Allora che c'è, per l'amor del cielo? Mi sento perso, George. Tutto quello che dico è sbagliato oppure ti fa perdere nelle tue fantasie. O te ne vai con la testa per qualche secondo o ti manca il respiro. E io non so cos'ho fatto».

Mi sentii pessima. Mi piaceva, davvero, ma non avevo idea di quanto davvero volessi provarci.

Volevo andare oltre qualche appuntamento e qualche scopata?

Ero un casino e lui meritava di meglio.

«Si tratta di un ragazzo che non ho dimenticato. Non so se lo dimenticherò mai. Nessun altro si è mai avvicinato a me. Lee e gli altri nove con cui sono uscita negli ultimi sei mesi erano solo...». Alzai le spalle e mi guardai attorno mentre cercavo la parola giusta. «Erano una vendetta. Un ripiego. Ero io che cercavo di sentirmi meglio con me stessa. Io che mi comportavo da cattiva persona».

«Quindi anch'io sono una vendetta? Anch'io servo a farti sentire meglio?»

«No!», quasi gridai. Non era così e non volevo che lo pensasse. «No, Cam. È questo il problema. Mi piaci, sei il primo». Cazzo, temevo che avrei pianto. Per la prima volta in quattro anni, stavo davvero per piangere. Deglutii. «Sei il primo dopo di lui che mi ha fatto provare qualcosa. Gli altri non significavano niente, non provavo niente per loro. Ma tu sei diverso, e sto facendo fatica, perché non ho mai lasciato entrare nessuno nel mio cuore. Non mi sono permessa di provare niente. Non ho mai pianto... dopo di *lui*, nemmeno una volta».

Mi guardò confuso. «Quando è stato, quanto tempo fa?»

«Quasi quattro anni».

«Non piangi da quattro anni?»

«No», sussurrai.

Fece il giro del tavolo da colazione e si mise di fronte a me. Aprì le gambe piazzandole attorno alle mie in modo da avvicinarsi, poi mi prese fra le braccia, premendomi la testa contro il suo petto.

«Cosa ti ha fatto, piccola? Eh? Vorrei solo farti stare meglio».

Staccai la testa e lo guardai negli occhi. «Cam, mi piaci davvero, ma devi sapere, devi capire». Mi interruppi e feci spallucce mentre cercavo le parole giuste. «Esiste solo lui. Ci sarà sempre solo lui. Non c'è spazio per nessun altro. Qualunque cosa succeda fra noi, devi capire che il mio cuore è chiuso e che dentro c'è solo lui».

Chiuse gli occhi per un istante di troppo, come se gli avessi causato un dolore fisico. «Ma non mi conosci, Georgia. Non hai avuto occasione di conoscermi. Se mi lasci entrare, ti farò girare la testa, piccola». Mi fece un sorriso sexy e io non avevo dubbi che sarebbe riuscito a farmi girare la testa, così come altre parti di me. Ma non ero sicura che sarebbe riuscito a distruggere il muro che era così saldamente costruito attorno al mio cuore.

Capitolo dodici

Per quanto Cam mi facesse sentire eccitata, quel sabato sera non si fermò da me. Chiacchierammo ancora un po' e ci accordammo per vederci durante la settimana. Gli avevo dato il numero di telefono del negozio e anche quello di casa, e non aveva idea di che passo enorme fosse per me. Non davo il mio numero a nessuno, mai e poi mai.

Domenica andai a pranzo dai miei genitori e brontolai fra me e me quando mia madre, che stava strofinando i gradini del portico, mi vide arrivare nel taxi che avevo dovuto prendere per forza. Mamma si fermò e si appoggiò alla scopa, guardandomi mentre pagavo la corsa.

«Dov'è la tua auto, George?»

«Ciao, mamma. Questi sono per te». Le diedi un mazzo di garofani, i suoi fiori preferiti.

«Oh, grazie tesoro. Mmm, che profumo. Dov'è la tua auto?»

«L'ho lasciata da un amico ieri sera perché avevo bevuto troppo. Me la riporterà più tardi. Bailey è qui?», chiesi, notando la Range Rover nel vialetto. Mi incamminai verso casa prima che potesse fare altre domande sulla mia macchina.

«Sì, è da qualche parte a parlare di affari con papà».

La casa dove vivevano i miei era una fattoria trasformata in abitazione. Era bellissima, con i soffitti alti e le travi a vista. Avevano dovuto rispettare un sacco di norme per portare a termine i lavori e avevano chiamato alcuni specialisti, ma il risultato finale era spettacolare. La cosa che preferivo era il soppalco che circondava il piano di sopra.

I pavimenti di sotto erano in parte piastre lastricate originali, in parte di legno. Era lucido e moderno, ma caldo e accogliente allo stesso tempo.

Andai verso l'ufficio di mio padre perché sentivo le loro voci provenire da lì. Mi affacciai alla porta e vidi che entrambi erano seduti sul bordo della scrivania. Il pensiero di Cam e di quello che avevamo quasi fatto nel suo ufficio giovedì sera mi tornò in mente di colpo, facendomi arrossire. Papà beveva del whisky e Bailey ispezionava un fucile, probabilmente l'ultimo acquisto di mio padre. Aveva sempre avuto delle armi, gli piaceva cacciare e da quando si erano trasferiti aveva coltivato ancora di più la sua passione. La loro proprietà si estendeva per due ettari di terra. C'erano cervi, fagiani e un sacco di conigli. C'erano anche uno stagno enorme e una stalla, ed era lì che mamma teneva i suoi due cavalli. Be', uno era mio, ma ero molto negligente e non lo cavalcavo da due settimane.

«Ciao, principessa», disse papà appena mi vide. Spalancò le braccia e io mi ci buttai, inalando il suo profumo. Liquore, tabacco e dopobarba. Per quanti dopobarba firmati ricevesse, papà tornava sempre a usare il suo preferito, che mi piaceva tantissimo. Profumava di casa, sicurezza, amore, tranquillità. Quando ero piccola credevo che tutti i papà avessero quel profumo e lo adoravo. Mi tenne stretta. «Cazzo, Georgia, sei pelle e ossa. Che ti è successo? Tua madre deve davvero farti ingrassare».

«Grazie, papà. Ti voglio bene anch'io». Mi staccai e feci una carezza a Bailey. Mi girò la testa quando sentii l'odore del dopobarba di Givenchy. «Fratellone, Bailey, come va? Mi sei mancato. Hai un profumino…».

Mi strinse così forte che mi mancò il respiro. «Sorellina, come stai? È passato un sacco di tempo. Cazzo, sei uno scheletro».

«Bailey, le parolacce, per favore. È pur sempre domenica».

Ci voltammo verso la mamma e scoppiammo a ridere. Lei e mio padre erano cresciuti a Plaistow, nell'East London. Mio padre aveva ancora un forte accento di quelle parti, mentre mamma era più raffinata e ci correggeva sempre la grammatica. Io pronunciavo sempre le H e non usavo mai colloquialismi quando ero con lei. Quando viaggiavamo per lavoro, la gente pensava che venissimo da Londra, ma non aveva idea di dove di preciso, e non avrebbe mai sospettato delle sue origini umili. Io non ero affatto una persona snob, ma accanto a mamma non sembravo neanche una persona comune. Lontano da lei e dal lavoro, però, era tutta un'altra storia.

«Mamma, che differenza fa che giorno della settimana è? Le parolacce sono parolacce. Se al tuo amico lassù non piacciono, allora non gli piacciono in nessun giorno, non solo di domenica».

«Si chiama Dio, Bailey Michael Layton, o Nostro Signore, e tu dovresti essere più rispettoso. Francis, diglielo anche tu». Mamma era ancora una cattolica praticante, papà non molto. Eravamo stati tutti battezzati, e avevamo frequentato scuole cattoliche, ma nessuno di noi andava a messa se non per accontentare la mamma.

Il matrimonio di Jimmie e Lennon si sarebbe celebrato nella cattedrale di Brentwood e sapevo dai precedenti matrimoni di famiglia che sarebbe durato almeno un paio d'ore.

O almeno così mi sembrava. Quel matrimonio sarebbe stato penosamente lungo. Io e Sean insieme nella stessa chiesa, a guardare due delle persone che amiamo di più al mondo mentre si sposano. Be', per me sarebbe stata un'agonia. A lui probabilmente non sarebbe importato nulla. Eppure un po' di tempo prima Jimmie aveva detto che pensava ancora a me, e Len aveva aggiunto la storia delle ubriacature e dei pianti.

Quel che mi faceva più male in assoluto era il modo in cui aveva rinunciato a me. All'inizio chiamava spesso, ma solo per qualche settimana, poi aveva smesso di scrivermi e non si era più presentato a casa nostra mentre i ragazzi erano in Inghilterra. Forse se avesse insistito di più per convincermi che gli dispiaceva, le cose sarebbero andate diversamente. Forse me ne sarei fatta una ragione. Non lo so, era troppo doloroso pensarci. La sera precedente ero andata a letto chiedendomi se la giovane e immatura sedicenne non avesse avuto una reazione esagerata all'epoca.

Le mie aspettative di fedeltà e lealtà erano troppo alte?

Non ne avevo idea, e per il resto della giornata non ci avrei pensato. O almeno avrei cercato di non pensarci.

Il pranzo del sabato, come sempre quando cucinava la mamma, fu assolutamente perfetto. Nel pomeriggio Jimmie e Lennon si unirono a noi. Bailey sarebbe rimasto a casa dei miei perché si era lasciato da poco con la sua ragazza storica, Donna, e stava cercando una casa nuova. Anche se i miei fratelli vivevano tutti altrove, papà aveva fatto convertire una delle stalle in uno studio insonorizzato, ed era lì che ci trovavamo quella domenica. Appoggiai la testa sulle gambe di Bailey, sul vecchio divano Chesterfield che avevo impedito a papà di buttare. Len era seduto su un pouf, strimpellava con una vecchia chitarra acustica appartenuta a uno dei miei fratelli e Jim era sdraiata per terra, mentre sfogliava l'ennesima rivista di abiti da sposa. Bail mi passò lo spinello che stava fumando e io feci un tiro profondo. Strafarmi e rilassarmi con i miei fratelli era quello di cui avevo bisogno. Len si alzò, mi raggiunse e prese lo spinello.

«Che ne dici di condividere, sorellina?»

«Felice di farlo, fratellone, solo non avevo voglia di alzarmi».

«Pigrona».

«Già».

Si lasciò cadere sul pouf, fumò e riprese a suonare. La strimpellata si trasformò in una canzone vera. Jimmie rotolò sulla schiena e prese lo spinello da Len. Fece un tiro e scosse la testa. Dalla sua reazione dedussi che la canzone doveva essere dei Carnage, ma iniziavo a sentirmi intontita, quindi non ne feci un dramma. Jimmie aveva capito di cosa avevo bisogno e mi passò lo spinello. Feci un altro tiro, poi lo passai a Bails.

«Oh mio Dio, mi sono scordata di chiedertelo. Com'è andato l'appuntamento?», squittì Jimmie dal pavimento.

Bailey mi prese la testa con le mani affinché lo guardassi. «Finalmente ti sei rimessa in gioco, George?».

Feci spallucce e arrossii.

«Con chi sei uscita, G? Qualcuno che conosciamo?»

«Te l'ho detto, è uscita col tipo del wine bar», disse Jimmie a Len.

«Che wine bar?», chiese Bailey guardandomi.

«Quello di sua proprietà», intervenne ancora Jimmie, e io mi misi a sedere.

«Cazzo, George, l'hai detto senza neanche muovere le labbra», scherzò Bailey.

«Però! Uscire con il proprietario di un wine bar», aggiunse Lennon.

«È un wine bar, Len, non una rock band».

Len sollevò un sopracciglio. «Non era sarcasmo, George».

Feci un'alzata di spalle. Non sapevo perché l'avevo detto ad alta voce, ma era vero. Era solo un wine bar, niente se paragonato a una rock band.

«Quale?», chiese Bailey. «Che wine bar è?»

«King», risposi.

«Esci con Cameron King? Sul serio? *Cazzo*, George, papà lo sa?», chiese Lennon.

Come fa a conoscere Cam?

«Stai scherzando, Georgia? Non esci davvero con Cameron King».

«Sì, be', no. Siamo usciti ieri sera. Mi ha portata fuori a cena. Come lo conoscete voi due?».

Bailey fece per alzarsi, non mi piaceva il tono che aveva preso la conversazione.

«Georgia, tutti conoscono Cam. Sai chi è, vero?».

Scossi la testa.

«Cameron King possiede mezza Londra e la maggior parte dell'Essex. È nostro partner commerciale al King, ma solo perché sua cognata ci ha venduto la sua parte e lui non ha potuto farci niente. Papà lo sa? È pericoloso, George. Sul serio, dannatamente pericoloso». Bailey camminava avanti e indietro sul pavimento di fronte a me e io non capivo quale fosse il problema. Cam mi pareva un bravo ragazzo.

Perché non mi aveva detto di essere socio di papà?

E perché cazzo non mi ha detto di essere sposato?

«È sposato?». Jimmie mi leggeva sempre nei pensieri.

Bailey scosse la testa. «Lo era. È morta».

Cosa?

«Cosa? Com'è morta?».

Bailey si grattò la barbetta sul mento. «Non ricordo i dettagli. Era incinta, poi è successo un casino. Lei e il bambino sono morti, e lui è entrato in crisi. È uscito completamente di testa, ha iniziato a riprendersi solo nell'ultimo paio d'anni. Non ne sapevi niente?».

No, non lo sapevo. Mi aveva solo accennato di conoscere mio padre, ma forse immaginava che prima o poi l'avrei scoperto.

Voleva che lo scoprissi così?

Mi sentii un po' ferita, ma dopotutto nemmeno io ero stata del tutto sincera sul mio passato.

«È stato il nostro primo appuntamento, non è esattamente un argomento da primo incontro, no? "Vuoi del vino? E... ehi, ti ho già detto che mia moglie e mio figlio sono morti?"». Bailey smise di camminare avanti e indietro e mi guardò. «No, hai ragione. Ascolta, George, conosco quel tipo, e tu devi davvero stargli alla larga. Porta solo casini. Papà uscirà di testa, e comunque è molto più vecchio di te».

«Quanti anni ha?»

«Siete usciti insieme e non sai nemmeno quanti anni ha?».

Feci spallucce e scossi la testa. «Dimmelo e basta, Bailey. Quanti cazzo di anni ha?»

«Non ne sono sicuro, ma è più grande di me. Penso che ne abbia trenta o trentuno. È troppo vecchio per te, Georgia, e papà non sarà felice quando lo scoprirà. Cazzo, neanch'io lo sono».

«Che problemi ha papà con lui?»

«Le nostre strade si sono incrociate un po' di volte. Possiede qualche bar e club, ha le mani in pasta ovunque. Lui e sua moglie possedevano il Kings, e quando lei è morta è finito a sua sorella. Non ricordo il suo nome, ma è una vera stronza. Lo odia con tutto il cuore e lo biasima per la morte di sua sorella. E comunque si è presa la sua quota del club. King voleva comprare la sua parte, ma le non gliel'ha permesso. In pratica preferiva vendere a chiunque altro. Voleva vendicarsi, insomma. Abbiamo sentito che cercava un compratore, abbiamo fatto un'offerta e lei ha accettato, ma nel contratto abbiamo dovuto dichiarare che non avremmo venduto a lui per i prossimi dieci anni. Lui ha offerto a papà di tutto, ma il club va benone, quindi perché non dovremmo tenercelo? All'inizio ci ha minacciati, ma all'epoca era così incasinato che non l'abbiamo preso sul serio. E comunque lui ha poco a che fare con il bar. Di suo ha solo il nome, e lo stesso vale per noi. È di nostra proprietà, ma il club va avanti da solo. Abbiamo gente di cui ci fidiamo, e di certo anche lui, ma ti dico subito che papà non sarà contento di scoprire che esci con lui».

Non potevo crederci! Il mio cervello si muoveva al rallentatore. Ero troppo fatta per riflettere su quello che mi aveva detto, quindi mi lasciai andare sul divano e sbuffai. Jimmie si sistemò accanto a me.

«Be', tutte stronzate. Ti piace, G? Ieri sembravi emozionata, per l'appuntamento intendo».

«Emozionata è un po' troppo, Jim. E comunque ho rovinato tutto. Mi ha chiesto cosa facevano Marley e Lennon per lavoro e io ho avuto una crisi».

Jim mi prese una mano fra le sue. «Oh, George, mi dispiace. Tutto questo tempo. Dovresti davvero parlargli. Siete tutti e due così infelici. Se solo parlaste, anche se non volete tornare insieme, magari potreste risolvere alcuni dei vostri problemi e andare avanti».

Guardai le nostre dita intrecciate e mi resi conto di avere portato una mano alla catenella.

«Come sta, Jim?». Mai e poi mai negli ultimi quattro anni gliel'avevo chiesto, anche se desideravo disperatamente saperlo.

«È triste, George. Tira avanti. Scrive canzoni che parlano chiaramente di te. Beve troppo, si sniffa troppa coca e si scopa troppe donne, solo per provare a dimenticarti».

Lennon ci stava ascoltando. Mi passò uno spinello nuovo. «Vorrei davvero che vi parlaste prima del matrimonio, Porge. Non voglio che non vi godiate la giornata perché troppo preoccupati l'uno della presenza dell'altro».

«Starò bene». Non era vero. Anzi, sarebbe stato l'opposto, ma non volevo che Jim e Lennon si preoccupassero di come mi sarei sentita nella loro giornata speciale.

«Sono quattro anni che lo dici, G, e guardati. Sei magra come un fiammifero e ancora non sopporti di sentire il suo nome. Questa cosa fra voi è malata».

Bailey era sdraiato per terra con le gambe allungate in avanti e la testa appoggiata al pouf. «Scusami, George. Non mi ero reso conto che pensassi ancora così tanto a Sean».

«Shhh!», gli disse Jimmie. «Non facciamo mai il suo nome quando c'è Georgia».

«State scherzando, vero?». Ci guardò e io scossi la testa.

«Non facciamo il suo nome, non parliamo della band, non suoniamo musica».

Bailey si appoggiò ai gomiti. «Perché, Porge? Perché?». Il mio fratello più grande non c'era stato negli anni in cui io e Sean ci eravamo avvicinati. Non aveva idea del rapporto profondo che avevamo.

«Perché lo amo alla follia, Bails. Mi fa ancora così male. Tiro avanti a malapena».

«Oh, Georgia, mi dispiace. Non ne avevo idea. Sono il tuo fratello maggiore. Avrei dovuto starti vicino anziché lasciarmi distrarre da Donna. Mi dispiace tantissimo, piccolina». Mi tirò sul pavimento e mi fece sdraiare sulle sue gambe. Tutti nella stanza piangevano eccetto me.

«Che cavolo era?», chiesi quando sentimmo un rombo provenire dall'esterno.

Bailey si accigliò. «Non lo so».

«Oh cazzo».

Lennon si alzò e guardò me e Jimmie. Lei scosse leggermente la testa, e si sedettero insieme sul divano.

«Ah, è una moto. Dev'essere Marley. Cazzo, non ricordo neanche l'ultima volta che eravamo tutti insieme».

«Marley ha una moto?», chiesi. Non sapevo nulla del fratello a cui un tempo ero più affezionata. Non sapevo nemmeno che fosse in Inghilterra. Dovevo davvero cominciare a ricostruire un rapporto con lui. Mancavano meno di tre mesi al matrimonio, e non volevo che fra noi ci fosse astio quel giorno. Era da un po' di tempo che ci pensavo ormai e, già che era qui, poteva essere l' occasione giusta per un nuovo inizio. Il rumore del motore si era zittito.

«Prima andrà a salutare in casa. Arrotola, Bails», disse Lennon.

Arrotola, Bails.

Parlare di nuovo con mio fratello dopo quasi quattro anni sarebbe stato molto più facile da strafatta. Ridacchiai al pensiero.

Jimmie mi guardò e sorrise. «Ci sei ancora, Georgia?».

Ridacchiai di nuovo. «Cazzo, Jamie, penso di essere fuori».

Scoppiammo a ridere e ci buttammo l'una sull'altra come facevamo ai vecchi tempi. La porta dello studio si aprì di colpo ed entrarono Marley, Sean e due ragazze.

Il mio mondo smise di girare e, senza esitazioni, riflessioni o pensieri di alcun tipo, mi limitai a guardarlo e dissi in un singhiozzo: «No, oddio, no».

«Cazzo, Gia». Iniziò a camminare verso di me.

«*Fuori!*», gridò Bailey.

«Georgia!», disse lui.

«Fuori di qui, Maca».

«No, Bails, lasciami parlare con lei. G! Ti prego, possiamo parlare, G? Voglio solo parlare». Mi stava implorando.

Non sapevo cosa fare. I miei occhi si posarono sui suoi, sul naso, sul mento, su quel bellissimo viso che mi era mancato da morire.

«Cosa vuoi fare, George? Devo sbatterlo fuori o vuoi parlargli?».

Feci qualche respiro, cercando di stabilizzare la mia voce prima di chiedergli di rimanere.

«Chi cazzo è quella, Maca?», disse la ragazza in piedi alla porta. Era piccola, bionda e con due tette enormi.

Haley! Somiglia un sacco a Haley. Non ce la faccio.

«*Vattene!*», gridò alla ragazza. «*Vattene di qui!*», ringhiò.

Sembrò sbalordita, ma si voltò e se ne andò. I suoi occhi tornarono a fissarmi, spalancati e imploranti. «G, ti prego piccola. Parlami. Mi manchi da morire. Infinitamente».

«Vai via», sussurrai.

«No, G, no. Ti supplico, cinque minuti, ho così tante cose da dirti. Ti amo tantissimo, Gia».

«*Vai via, Sean, vattene!*», gridai.

Bailey si lanciò verso di lui.

«Fuori di qui. Le hai già fatto abbastanza male. Basta, Maca, basta. Altrimenti giuro che ti ammazzo con le mie stesse mani, figlio di puttana».

Mi alzai, ma la stanza prese a girare, quindi mi rimisi a sedere. Jimmie era accanto a me sul divano e singhiozzava. Len e Bailey stavano cercando di trascinare Sean fuori dalla porta, ma lui si dibatteva e faceva il mio nome. *Gridava* il mio nome.

A sinistra c'era Marley, in piedi da solo a piangere e scuotere la testa. Il mio cuore fece del suo meglio per rompersi in pezzi ancora più piccoli. Ma era così compresso dietro a quel muro che per quanto ci provasse rimaneva immobile come prima, duro come una pietra.

Volevo piangere.

Volevo andare da Marley e dirgli che non era colpa sua.

Volevo andare da Sean e dirgli che andava tutto bene, che lo perdonavo, che desideravo stare con lui.

Invece mi strinsi nelle braccia e iniziai a gridare, gridai a tutti quanti di andarsene. E alla fine, dopo tanto tempo, scoppiai a piangere. Jimmie mi strinse fra le braccia, poi arrivò anche mamma.

Fuori ci fu del trambusto. Sentivo i miei fratelli gridare. Sentivo le urla di papà, ma più di tutti sentivo Sean che chiamava il mio nome.

E io piangevo.

* * *

Il mio dottore disse che doveva succedere. Che mi ero tenuta tutto dentro per troppo tempo e che quello che accadde nei giorni successivi era più che normale. In pratica avevo avuto una specie di crisi di nervi. Avevo passato un paio di giorni nella mia stanza a casa dei miei a non fare altro che piangere. Poi altri due giorni a fissare il vuoto. Alla fine, il giovedì mi alzai e mi feci una doccia. Indossai un paio di pantaloni da tuta e una felpa e scesi di sotto. Ero un disastro. Mangiavo a malapena, avevo gli occhi gonfi e delle chiazze in faccia per il pianto, ma mi sentivo meglio.

Mamma mi aveva dato un paio di Valium domenica sera e lunedì, quindi i ricordi di quei giorni erano piuttosto confusi. Jim era venuta a trovarmi il martedì. Ash era stata un po' con me il martedì sera. Avevo chiesto a mia madre di chiamare Marley e chiedergli di venire da me il lunedì, ma non l'avevo più visto. Mi ero addormentata intorno alle dieci dopo la seconda visita di Ash il mercoledì. Quando mi ero svegliata alle due del mattino, lui era lì, seduto sulla sedia accanto al mio letto, a guardarmi dormire.

Per qualche ragione stavo morendo di freddo, quindi gli sorrisi e dissi: «Marley George Layton, per favore verresti qui a coccolarmi? Mi si stanno gelando le tette».

Lui mi sorrise e disse: «Cazzo, deve fare piuttosto freddo. Perché hai delle tette belle grosse laggiù».

Si tolse le scarpe e si sdraiò accanto a me, un gesto che aveva fatto tante volte in passato. Eravamo sul fianco, e io mi accoccolai a cucchiaio contro di lui.

«Non osare scoreggiare», gli dissi.

«Oh, per favore George. Sappiamo benissimo chi è la scoreggiona di famiglia».

«Già, certo Marls. Comunque, almeno le mie scoregge profumano di rose. Le tue sanno di morto».

«Udite udite, un culo Avon».

Restammo in silenzio dopo questo scambio di insulti, poi sussurrai: «Marls?»

«Porge?»

«Sono felice che tu sia qui».

«Sono felice che tu mi abbia voluto qui».

«Non stiamo mai più senza parlarci».

«Non c'è problema».

«Porge?»

«Marls?»

«Mi dispiace per tutto».

«Lo so, Marls. Ora dormiamo».

Dormii profondamente per tutta la notte con mio fratello accanto. Quando la mattina seguente mi svegliai, lui non c'era più, ma sentii di aver esaurito le lacrime e di poter tornare ad affrontare il mondo.

Quando entrai in cucina, mamma era seduta su uno sgabello al bancone a sfogliare le pagine di una rivista. «Grazie per esserti presa cura di me, mamma. Mi dispiace aver creato tanti problemi».

«Georgia, sei mia figlia, prendermi cura di te non sarà mai un problema. Sono tua madre, è il mio lavoro ed è un piacere farlo». La abbracciai e la baciai sulla guancia. «Hai ricevuto un sacco di chiamate qui e al negozio, e un ragazzo di nome Cam ti ha riportato le chiavi. Me le ha date Ash. Sono sul tavolo del corridoio».

Merda, Cam!

Avrei dovuto chiamarlo e spiegargli dov'ero stata tutta la settimana. Annuii mentre mamma mi comunicava i messaggi. Più che altro erano delle ragazze del lavoro.

Poi aggiunse: «Sean ha telefonato un paio di volte al giorno, ogni giorno. Mi ha implorato di lasciarlo venire qui, ma papà e Bailey non ne hanno voluto sapere. Tu cosa vuoi, George? Vuoi vederlo? Se ti fa agitare ancora, non penso sia una buona idea».

Mi guardò, aspettando una risposta mentre io sorseggiavo il mio caffè.

«Vederlo non mi farà agitare. Non penso che capiterà più. Non so perché ho reagito in quel modo, ma non succederà più».

«Io lo so», disse mamma. «È perché ti sei tenuta tutto dentro. Non puoi fare così, George. Devi aprirti, lasciarci entrare un po'. Ti amiamo, vogliamo tutti darti una mano ad andare avanti. Chi è questo Cam? Ash dice che è molto gentile».

Merda, come faccio a spiegarglielo?

«Lo è, mamma, ma non sono sicura che sia la persona giusta per me».

«Perché? Devi andare avanti, Georgia. Davvero. Sean non ha passato gli ultimi quattro anni a piangersi addosso, lo so. È sui giornali quasi tutti i giorni con una ragazza nuova al braccio e sono tutte bellissime... Sembrano delle zoccole, ma sono bellissime».

«Mamma! Ho detto che sono pronta per vederlo, non che voglio sapere di tutte le donne che si scopa. E per quanto riguarda Cam, Bailey non è contento. Lo conosce e mi ha detto di non rivederlo mai più».

«Bailey ha detto così?»
«Sì, mamma».
«Perché? Perché diavolo dovrebbe dire una cosa simile?»
«Perché è Cameron King, mamma, il tipo con cui sono uscita sabato sera è Cameron King».
Mamma rimase a bocca aperta.
«Oh, merda! Dannazione, Georgia. Tuo padre uscirà di testa».
Feci un lungo sospiro. Mia madre aveva detto una parolaccia. Pessimo segno.
«Sì, mamma, sono più o meno le parole di Bailey. Lui però non è stato così volgare». La guardai severa. Io avrei ricevuto una lavata di testa per quel linguaggio.
«Scusa, George. Sto solo dicendo le cose come stanno. Capisco l'attrazione. Cameron King è stupendo. Ma devi stare lontana da lui. È un tipo pericoloso, coinvolto in un sacco di cose. Organizza dei rave per ragazzi in mezzo ai campi».
Dove vuole arrivare?

«Mamma, Cam possiede un wine bar rispettabilissimo. Perché dovrebbe organizzare dei rave?»
«Per la droga, Georgia. Li organizza così i suoi uomini possono vendere la droga ai ragazzi. Papà pensa che io non ne sappia niente, ma è ovvio che lo so, non sono stupida».
«Cosa c'entra tutto questo con papà?»
«George, davvero, non sarai così sciocca da pensare che il nostro stile di vita derivi dall'azienda edile di tuo padre e da un paio di saloni d'auto, vero?».
La guardai confusa.
«Be', ha i club, i pub, la palestra e le case che affitta».
«George, sono tutte attività di facciata. Almeno la maggior parte. Papà ha molte fonti di guadagno, quelle che hai

appena menzionato, più un paio di bordelli e un sexy shop a Soho. È invischiato ovunque, George. Papà è una specie di faccendiere, è così che si è fatto ricco. Credevo che crescendo l'avessi capito».

Invece no. Quanto ero stupida?

«Credevo fosse un imprenditore. Mi aveva detto così quando ero piccola, che era un imprenditore». Certo, gli affari di papà erano loschi, altrimenti perché aveva un autista e almeno una guardia del corpo con sé? Ecco perché riusciva sempre a sistemare le cose. Come avevo fatto a non capirlo?

«Be', in un certo senso lo è. È solo che alcune delle sue imprese non sono esattamente legali. Ecco perché il nostro piccolo business è solo a nome tuo e mio. Non c'è niente che lo riconduca a tuo padre, ma a parte questo, per via dei suoi affari la sua strada si è incrociata con quella di Cameron King nel corso degli anni. Hanno discusso varie volte in passato, ora però credo che abbiano rapporti cordiali. Diciamo che sono uomini d'affari per aziende diverse. Una cerca di subentrare al posto dell'altra, ed entrambi vogliono essere i capi, anzi, i Signori del castello». Incrociò le braccia al petto.

«George, se tuo papà scoprisse che esci con Cam, le cose potrebbero mettersi male, e non è un eufemismo».

Cavolo! Tutto questo tempo... Per tutto questo tempo non mi ero concessa di provare niente per nessuno, e appena era successo, si trattava di una persona che i miei non avrebbero mai approvato. E poi Sean era ricomparso con la sosia della Puttanella al seguito. Per di più, Cam doveva sapere che avrei scoperto tutto, prima o poi.

Perché lui non mi aveva messa in guardia?

Perché non mi aveva parlato dei suoi rapporti con la mia famiglia?

«Mamma, siamo usciti solo una volta. Non è che abbiamo prenotato la chiesa per il matrimonio. Siamo solo usciti a cena».

Mamma mi mise una ciocca di capelli dietro l'orecchio e mi accarezzò una guancia con la punta delle dita. «Be', ovviamente hai avuto un certo effetto su di lui in quell'appuntamento. Ash dice che è passato al negozio due volte al giorno, ogni giorno, per sapere come stavi».

«Come diavolo faceva a sapere che non stavo bene?».

Fantastico!

Ora Cam sapeva della mia piccola crisi. Aveva già pensato che fossi pazza, dopo la mia performance di sabato sera. Non potei fare a meno di chiedermi se il fatto che mi fossi aperta anche solo un po' con lui non fosse stato il catalizzatore del mio crollo di nervi.

«Be', lunedì mattina ho chiamato Ash per dirle che questa settimana non saresti andata perché eri malata. Cam è passato al negozio lunedì pomeriggio a cercarti. Ha detto che ti aveva chiamata a casa domenica sera ma che non aveva risposto nessuno, quindi si era preoccupato. Lei gli ha spiegato che eri malata e che stavi da noi. Non ha telefonato qui per ovvie ragioni, ma ha chiamato in negozio ogni mattina e pomeriggio per avere aggiornamenti».

Indicò il tavolo della cucina con un cenno della testa. «Arrivano ogni giorno, da lunedì». Guardai il tavolo, che a dire il vero non era visibile a causa della dozzina di vasi di fiori che c'erano sopra.

«Merda!».

Per la prima volta mamma non mi sgridò per la parolaccia.

«Oh, ce ne sono altri», disse indicando il caminetto. «Ieri sono dovuta andare a comprare altri vasi».

C'erano almeno altri otto vasi che coprivano la bocca e

la mensola dell'enorme caminetto, ma questi erano diversi. Quelli sul tavolo erano grossi bouquet di fiori misti, mentre quelli del caminetto erano solo gigli di calla, i miei preferiti. Appena pensai a lui mi venne il solito giramento di testa, ma stavo bene.

Stavo bene.

Guardai la mamma.

«Sean?». Non so perché lo chiesi, lo sapevo già.

Annuì. «Vuole davvero vederti, George, ma papà non ne vuole sapere. Crede che tu abbia bisogno di tempo, vuole mandarti a fare una vacanza. Una settimana a Marbella o in Portogallo. Un po' di tempo lontano dal lavoro e da tutto questo», disse indicando i fiori. «Aspetta che scopra di Cam e ti spedirà da zia Kath in Australia per un anno».

Una vacanza non era male, ma prima dovevo schiarirmi le idee.

Cosa provavo per Cam ora che sapevo quel che sapevo?

Ero pronta per parlare con Sean?

«Oh, Georgia, sei tanto matura in alcune cose e tanto ingenua in altre. A volte dimentico che hai solo vent'anni. Tutto quello che è successo fra te e Sean. Eravate entrambi così giovani e io mi sento così in colpa. Avrei dovuto proteggerti di più. Forse avrei dovuto...». Iniziò a mordersi l'interno del labbro.

«Proteggermi da cosa, mamma? Dall'amore? Come si fa a proteggere qualcuno dall'amore?».

Deglutì.

«Non è l'amore il problema, George. È il dolore che ha causato quando sono subentrati le bugie e il tradimento. Eri così convinta che Sean fosse l'uomo della tua vita che io ti ho appoggiata».

«Mamma, ti prego, cerca di capire. Sean è l'uomo della mia vita. Non c'è né mai ci sarà nessun altro. È stato l'unico, fin dal giorno in cui ho posato gli occhi su di lui quando avevo undici anni, e non c'è niente che tu o gli altri possiate fare per cambiare le cose».

«Lo so, George. Ma ci sono cose che dovresti...». Scosse la testa. «So che lo ami ancora, e questo mi spaventa. Sapere che passerai la vita senza mai amare nessun altro in quel modo».

Feci spallucce. «Ce l'ho fatta per quattro anni».

«No, George. Sei solo sopravvissuta. Desidero di più per te. Voglio che ti innamori di nuovo, che ti sposi e che abbia dei bambini. Non voglio che ti limiti a esistere».

Mamma giocò con i miei capelli fra le dita e io pensai a Cam, Sean, Cam, Sean, Cam, e mi girò la testa.

«Ma non intendo dire che tu e Sean dovete tornare insieme, se lui ha intenzione di continuare a comportarsi così e pretende che tu lo accetti. Ti ho cresciuta perché tu avessi di meglio di così, George. So che i soldi e il potere di tuo padre attraggono le donne, donne che darebbero qualunque cosa pur di trovarsi al mio posto. Non sono un'ingenua. Sono sicura che tuo padre abbia commesso qualche scivolone, ma non l'ha mai fatto in modo palese. Non ho mai sentito neanche una voce sulle sue infedeltà, e il letto in cui torna ogni sera è ancora il nostro. Non so se Sean ne sarebbe capace. Non dubito che ti ami. Penso che ti ami oltre la ragione, ma non so se sia abbastanza forte da resistere alle tentazioni che troverà sul suo cammino».

Wow, mia madre non mi aveva mai espresso le sue preoccupazioni su Sean così apertamente. Forse se ne avessimo parlato quando avevo quindici anni sarei stata un po' più preparata a quello che mi aspettava.

Feci un lungo sospiro. Negli ultimi quattro anni mi ero così impegnata a isolarmi e a cercare di evitare ogni emozione... Avevo cercato di sopravvivere a ogni dolorosa giornata e non mi ero resa conto dell'effetto che tutto ciò aveva sulla gente che mi voleva bene. Amavo i miei genitori e odiavo l'idea di causargli tante preoccupazioni. Mamma era in ansia, glielo leggevo in faccia. Avevo la sensazione che volesse dirmi qualcos'altro, ma forse pensava che non ero pronta per sentirlo. Sbagliava, perché avrei dovuto ascoltare le sue parole tanto tempo prima.

«Mamma, non ho in programma di rimettermi con Sean». Per quanto lo desiderassi. «Non starei mai con lui sapendo che si fa le altre. Mi ucciderebbe. Come hai detto, mi hai cresciuta perché avessi di meglio. Spero un giorno di trovare qualcuno che mi ami e che si prenda cura di me, ma sarò sempre onesta fin dall'inizio. Dovranno sapere fin da subito che amerò sempre e soltanto Sean. Non posso cambiare le cose. È così e basta! Per favore, non preoccuparti per me, e hai ragione su questo piccolo episodio. Doveva succedere. Forse quattro anni fa, ma è successo ora, e finalmente sono riuscita a versarci sopra qualche lacrima. Sono pronta a guardare avanti, e ad ascoltare ancora la musica». Le sorrisi.

«Hmm, sarà un'impresa. Una canzone su due sembra essere della band, e la maggior parte parlano di te».

Cosa?

«In che senso parlano di me?»

«Be', non c'è scritto "Questa canzone è per Georgia", ma dato che sono quasi tutte scritte da Sean, e che lo conosco come conosco i miei figli, so che parlano di te. Quando ti sentirai pronta, ascoltane qualcuna. Ascolta le parole e capirai. Specialmente quella che si intitola *I got it wrong*, e l'altra, quella per cui hanno preso un sacco di premi».

Feci spallucce, non avevo idea di quale fosse. Non sapevo nulla della band e dei loro riconoscimenti, se non che ora erano molto famosi.

«Si chiama *With me*, George. È uno dei pochi lenti. È

bellissima. La voce di Sean… Insomma, quando sei pronta ascoltale».

Quando mamma mi riportò a casa con l'ordine di riposarmi per il resto della settimana e di non stancarmi nel weekend, mi girava la testa. La prima cosa che avevo in programma di fare era parlare con Cam. Un orribile pensiero mi ronzava per la testa e, prima di decidere dove indirizzare i miei sentimenti, dovevo scoprire se il suo era soltanto un gioco.

Mi sta usando per arrivare a mio padre?

Sta cercando di scoprire i miei segreti per usarli in qualche modo come leva?

Mi infilai un paio di jeans e delle Converse che avevo comprato durante un viaggio di lavoro in America con mia madre.

Lei le odiava, ma a me piaceva il fatto che non le portasse nessun altro. Indossai una felpa perché fuori faceva un po' freddo e mi truccai un po'. Una mattina senza piangere aveva migliorato il gonfiore degli occhi, ma in viso avevo ancora qualche macchia.

Scesi le scale e andai a dare un'occhiata alla macchina. Quando mamma mi aveva scaricata davanti casa avevo dovuto ignorarla, perché non sapeva che fosse danneggiata, men che meno che Cam l'avesse fatta riparare. Questa era una cosa che non capivo.

Perché l'aveva fatto?

Se mi stava usando per infastidire mio padre, non avrebbe dovuto trovare divertente il pensiero che papà scoprisse di avere una figlia a cui avevano sfasciato l'auto perché era una zoccola? Questi erano i pensieri che mi attraversarono la testa nei dieci minuti che impiegai per raggiungere il wine bar. L'auto di Cam era nel suo solito posteggio, ma il bar era chiuso. Erano solo le quattro del pomeriggio.

Merda, non ci avevo pensato.

Bussai all'ingresso e venne ad aprirmi uno dei buttafuori, che sembrava sorpreso di vedermi.

«Tutto bene, amore? Vieni, è in ufficio. Bussa prima di entrare, okay? Sono un paio d'ore che è al telefono».

Sorrisi a quell'uomo gigante. Era alto circa quanto Cam, ma molto più largo. Anzi, enorme. Il locale era vuoto se non per il barman che riforniva gli scaffali. Il signor Big e un altro buttafuori si stavano mangiando qualcosa al bar. Quando entrai mi guardarono. Mi sorrisero gentilmente e continuarono le loro conversazioni mentre io mi diressi verso l'ufficio sul retro. Avvicinandomi sentii la voce di Cam. Non sembrava contento.

«Non me ne frega un cazzo! È un coglione… No, ha avuto un sacco di occasioni e un sacco di tempo… No, Eddie, o la gente penserà che mi sto ammorbidendo. Ho cercato di essere corretto, ma voglio i miei soldi, e li voglio per venerdì… Be', prendi la sua fottuta macchina e qualunque altra cosa serva a raggiungere i trentamila poi… digli che è un dannato bastardo ed è fortunato che io non gli abbia addebitato gli interessi e che gli lasci attaccate le palle».

Cavolo, Cam arrabbiato fa paura ed è anche parecchio sexy. Bussai alla porta socchiusa.

«Un attimo», disse alla persona al telefono. «Avanti».

Spinsi piano la porta e lui rimase a bocca aperta quando mi vide. Sentii subito le farfalle nello stomaco e arrossii all'istante. Era seduto sulla grande poltrona girevole e portava i pantaloni di un completo grigio e una camicia azzurro chiaro. Le maniche erano arrotolate fino ai gomiti, la cravatta grigia era allentata e il primo bottone slacciato. Le sue gambe lunghe erano incrociate alle caviglie, i piedi appoggiati alla scrivania. Stava ciondolando avanti e indietro sulla poltrona, ma quando mi vide si fermò. Non aggiunse altro e, senza togliermi gli occhi di dosso, riattaccò il telefono.

«Micina», disse in un sussurro.

Credo di aver avuto un piccolo orgasmo. Gli sorrisi. Sì, quell'uomo mi faceva un certo effetto e speravo davvero che non mi stesse usando. Tirai fuori la George chiacchierona.

«Come cazzo stai, Tigre? Ti sono mancata?»

«Georgia! Sul serio, il linguaggio».

«Ehm, troppo tardi, temo. Soprattutto dopo quello che ti ho sentito dire al telefono».

Il suo comportamento cambiò in una frazione di secondo e raddrizzò la schiena sulla poltrona. «E cosa pensi di avermi sentito dire al telefono?».

Merda, non mi piace questo Cam... O forse un pochino sì.

«Ti ho sentito dire un sacco di parolacce, ecco tutto».

Tornò ad appoggiarsi allo schienale, senza smettere di guardarmi. «Sei dimagrita, Micina. Ti senti meglio?»

«Lo so, questa settimana ho perso peso, ma adesso mi sento meglio. Eri preoccupato?».

Non rispose alla domanda ma disse: «Vieni qui».

Ci pensai un secondo. Lui alzò un sopracciglio, sfidandomi a disubbidire.

«Yay, ci mettiamo a girare?».

Fece una grassa risata mentre mi stringeva a sé e annusava la pelle appena sotto l'orecchio. Mi si indurirono i capezzoli e mi venne la pelle d'oca. Il telefono squillò, lui allungò una mano, alzò la cornetta e la riattaccò. Poi aspettò qualche secondo, la sollevò e la mise sulla scrivania. Mi tenne alla distanza di un braccio e mi guardò.

«Sicura di star bene? Sembri stanca e molto triste». Le sue parole mi fecero sciogliere.

Feci un sospiro, ricordandomi del perché ero venuta. «Perché mi hai portata fuori sabato sera, Cam? Perché mi hai offerto champagne in passato? Perché mi hai fatto sistemare la macchina?».

Mi strinse attorno alla vita con il braccio destro. Distese la mano enorme sulla mia pancia, mentre mi posizionavo di sbieco sulle sue gambe. Sentivo il suo profumo. Dovetti sbattere le palpebre per rimanere concentrata.

«Mi piaci, George. Mi piaci dalla prima sera che ti ho vista entrare qui. Te l'ho già detto. Perché? Perché me lo chiedi?»

«Mi stai usando?»

«Di che cazzo parli? In che modo ti starei usando? Non ti sei neanche lasciata scopare».

Vero.

«Perché non mi hai raccontato dei tuoi rapporti d'affari con la mia famiglia?».

Si gonfiò le guance e fece un sospiro che mi spostò i capelli. Non riuscivo a staccare gli occhi dalle sue labbra morbide e piene.

«Micina», sussurrò, poi si fermò un secondo, mentre sfregava con l'indice il mio labbro inferiore, avanti e indietro. Per poco non gemetti.

Concentrati, Georgia!

«Non ti ho detto niente perché non so quanto sei informata sugli affari di tuo padre. Non volevo creare problemi».

«Perché avresti creato problemi?»

«Georgia, tuo padre è una persona molto riservata e io lo rispetto. È giusto che sia lui divulgare ogni informazione riguardante il suo lavoro, non io».

Eccolo di nuovo, con quelle parole ricercate e il suo accento comune.

«Ma io sono sua figlia».

«Be', lo so. Ma quando ti ho offerto da bere non avevo idea di chi fossi. L'ho capito solo la sera che sei venuta qui con me per un drink. Ecco perché... Ecco perché...».

«È per quello che mi hai ignorata? Che ti sei comportato in modo così strano?». Cazzo, e io che pensavo fosse per qualche pettegolezzo che aveva letto.

E gli ho persino lanciato il drink in faccia.

Oops!

«Quando mi hai detto chi eri... ho pensato fosse meglio lasciar perdere. Conosco tuo padre, George. È riservato e molto, molto protettivo nei confronti della sua famiglia. Non avevo idea che avesse una figlia. Sapevo dei maschi, ma avevo incontrato solo Bailey e lui è la copia di tuo padre. Deduco che gli altri due non lavorino per la fam... Oh, merda! Scusa! Non ti piace parlare di loro, vero? Scusami».

Mi sentii stranamente felice che gli fosse venuto in mente.

«Non riuscivo a non pensare a te, ma avevo deciso di tenermi alla larga. Preferisco che la mia testa rimanga attaccata alle spalle e, conoscendo tuo padre e tuo fratello, ho pensato che il modo migliore per salvarla fosse starti lontano». Mi accarezzò la guancia con le nocche e non potei fare a meno di appoggiarmi alla sua mano. «Però non ce l'ho fatta. Ogni due settimane venivi qui con un idiota diverso che ti si strusciava addosso e mi veniva voglia di prenderli tutti a pugni. Ma non volevo creare problemi. Né a te, né fra me e i Layton. La scorsa settimana, quando ti sei presentata con quel coglione, non sono riuscito a trattenermi».

Mi guardò dritto negli occhi e mi premette la sua erezione contro la coscia. «Micina, ce l'ho duro dalla prima volta che ho posato gli occhi su di te. Quando quel cretino mi ha detto che stavi con lui e ti ha messo le mani addosso in quel modo, ho perso la testa. Per fortuna c'era Benny a trattenermi, perché ero pronto ad ammazzarlo. E magari l'avessi fatto, dato che i danni alla tua auto mi sono costati duemila sterline».

Cosa?

«Duemila? Cam, non puoi pagare per me».

Mi ignorò. Lo faceva sempre, quando dicevo qualcosa che non gli piaceva sentire.

«Perché mi hai chiesto se ti stavo usando? Non capisco da dove ti sia uscita».

Ora mi sento in colpa. Dovrei dirgli la verità?

Feci un sospiro. «Credevo mi stessi usando per arrivare a mio padre. Bailey mi ha detto che non ti va giù che possieda una quota del King. Pensavo volessi arrivare a lui scoprendo qualche segreto da me e dicendoglielo. Dicendogli che ti eri scopato sua figlia».

Piegò la testa all'indietro e fece quella sua grassa risata. «Micina, pensi davvero che io desideri morire? Se mai riuscissi a scoparmi la figlia di Frankie Layton, l'ultima cosa che farei è dirglielo. Mi strapperebbe le palle e me le farebbe ingoiare».

La sua risata era contagiosa e mi fece ridacchiare come una femminuccia.

«Non essere ridicolo, Cam. Bailey lo farebbe molto prima di mio padre. È più giovane e più veloce», dissi, decisa.

Scosse leggermente la testa. «Be', preferirei uno di loro a quel pazzoide di tuo zio».

Mi aveva confusa. «Chi intendi, Fin?».

Mi guardò con occhi spalancati. «Sì, Fin». Cambiò subito argomento. «Micina?»

«Tigre?»

«Cosa stiamo facendo?», chiese a quel punto appena sotto l'orecchio e il mio corpo reagì all'istante. Avevo la pelle d'oca, i capezzoli si erano induriti al punto da farmi male e mi venne un brivido. E quel desiderio in mezzo alle gambe si fece un po' più forte.

Dio, ho bisogno di sesso!

«Cosa vorresti, Cam?»

«Vorrei stenderti qui sulla scrivania e poi nel mio letto, ma ci arriveremo, prima o poi».

«Sei molto sicuro di te, signor King».

«Di solito ottengo sempre quello che voglio, signorina Layton, e ora sei il mio obiettivo».

Per qualche ragione le sue parole fecero fare al mio stomaco una serie di acrobazie e non riuscii a rispondere. Quell'uomo mi confondeva. Era un maschio alfa, dominante, così diverso da quelli a cui ero abituata. Ero sempre io a comandare, ma con lui non sarebbe successo. Iniziavo a chiedermi se non fosse proprio ciò di cui avevo bisogno. Anziché pianificare come far innamorare qualcuno e come portarlo al punto da non poter più vivere senza di me, avevo bisogno di un uomo che prendesse il comando.

Perché non lasciarmi andare?

Perché non scoprire cosa sarebbe successo?

Me la sento di lanciarmi?

Poi c'era Sean. Certo che c'era lui. Per quanto fosse frustrante, sapevo che ci sarebbe sempre stato Sean. Mancavano dieci settimane al matrimonio. Dieci settimane per capire se potevo resistere a rimanere nella stessa stanza con lui. Cos'era meglio fare? Vederlo direttamente quel giorno o parlargli prima?

Sapevo che stavo facendo progressi. Avevo dimostrato di

riuscire a parlare di lui. Avevo persino ascoltato musica, ma non avevo sentito nessuna canzone dei Carnage alla radio e nemmeno visto la sua faccia in TV. Ma per il futuro, se una di quelle cose fosse accaduta non sapevo come avrei reagito. La maggior parte della gente non riusciva a capirmi. Nemmeno io ci riuscivo, dannazione. A meno che qualcuno di loro non avesse sperimentato quel tipo di amore struggente, ossessivo, che tormenta ogni secondo della tua vita, non avrebbero mai capito.

«Ti va di venire a cena a casa mia stasera? Cucino io. Così possiamo parlare, perché ho delle domande da farti», chiesi, e mi sentii affranta quando rispose di no.

«Sei stata male. Vieni tu a casa mia, ti nutro io, Micina».

Oh, perfetto allora. «Sai cucinare?»

«No! Non ho parlato di cucinare, ho detto solo che ti nutrirò io».

«Allora mi darai roba cruda?». Fece una risata meno sonora del solito.

«No, non ti darò roba cruda. Qui ho un ottimo chef. Possiamo ordinare dal menu e farcelo portare di sopra. Se non hai motivo di tornare a casa, perché non saliamo adesso?»

«Be', non sono vestita adeguatamente per una cena».

«Sei vestita benissimo. Ho sempre desiderato invitare a cena un ragazzino dodicenne con due tette enormi».

«Sai di aver detto una cavolata, vero?».

Ci pensò su per un secondo e io risi quando spalancò gli occhi. «Merda! No, no, non sono attratto dai ragazzini dodicenni. Nemmeno se hanno due tette come le tue o se ti somigliano. Cazzo! Non mi piacciono i maschi di nessuna età. Non…».

«Okay, okay, Cam, ho capito. Stavo solo scherzando».

Si passò una mano fra i capelli e i suoi occhi scuri si fissarono nei miei.

«Allora saliamo di sopra?», chiese, ma prima che potessi

replicare, l'altro telefono sulla sua scrivania si mise a squillare e lui rispose. «Fottiti», disse, e riattaccò. Si alzò e io scivolai giù dalle sue gambe.

«Come sei autorevole», dissi, sfregandogli il petto come se fossi impressionata dal potere che emanava, che a dire il vero mi eccitava da pazzi. Mi strinse a sé premendo l'erezione che ancora aveva nei pantaloni. Il gesto fece finire la cucitura dei jeans contro il mio clitoride e mi ritrovai a bocca aperta. La richiusi e deglutii.

«Oh, piccola, non ne hai idea».

Il suo alito era così caldo contro l'orecchio e il collo. Gli presi il sedere e lo avvicinai ancora di più. Ero tutta un fuoco e sapevo che mi stavo bagnando. Mi portò le mani ai capelli per tenermi la testa e mi guardò.

«Non provocarmi, Micina, altrimenti ti prenderò qui adesso sulla scrivania. Mi stai portando a un punto in cui non te lo chiederò di nuovo. Prenderò quello che voglio e basta».

Le sue parole mi fecero girare la testa.

Come potevano avere un effetto simile su di me?

Mi morsi il labbro inferiore. Lo desideravo, lì, sulla scrivania, ma dovevo schiarirmi le idee. Avevo delle domande che esigevano risposte, prima di fare passi avanti. Perché avevo paura che alla persona triste e compulsiva che ero non sarebbero interessate quelle risposte dopo il sesso, e volevo proteggermi da quella fine.

Capitolo tredici

Cam mi condusse per mano al bar. I buttafuori erano ancora seduti al bancone a parlare e si girarono entrambi a guardarci. Si concentrarono sulle nostre mani unite.

«Mi prendo il resto della serata libera, Benny. Rispondi tu al telefono e tieni d'occhio tutto. Non voglio essere disturbato a meno che non sia un'emergenza assoluta».

«E l'appuntamento con Eddie?», chiese il mostruoso gigante, Benny.

«Ci siamo sentiti per telefono. Voglio i miei soldi, Ben! Ho lasciato stare perché non volevo che perdesse la casa, ma la sua donna l'ha mollato perché ha scoperto dell'altra relazione. Quindi fanculo, voglio i miei quattrini». Mi guardò, portò la mia mano alle labbra e mi baciò il dorso. Benny si limitò a guardare, all'altro per poco non caddero gli occhi dalle orbite.

Perché?

«Fra poco chiamerò il telefono del bar per ordinare qualcosa». Mi guardò. «Andiamo».

«Cosa? Aspetta! Sali di sopra?», chiese Benny.

«No, Ben, vado nel fottuto Messico. Certo che salgo di sopra. Non mi aspetto che il cibo venga consegnato altrove».

Benny alzò le sopracciglia. In un altro sarebbero state nascoste dai capelli, ma Benny non ne aveva. Era pelato come il sedere di una Barbie e altrettanto rosa.

«Okay», disse scuotendo la testa.

Cam mi accompagnò verso una porta dietro il bar. Salimmo un piano di scale, aprì un'altra porta e ci trovammo in un corridoio che conduceva a un'ampia sala con annessa una zona cucina. Era tutto bianco, eccetto i divani di pelle nera. Il caminetto era enorme, in marmo bianco con una bocca di marmo nera. Mi lasciò la mano e andò ad accendere un interruttore, e il caminetto prese vita. Poi si voltò a guardarmi.

«Vedi? Sono bravo ad accendere le cose», disse facendo l'occhiolino, e io non riuscii a pensare a nessuna battuta.

«Parcheggia il tuo sederino. Cosa ti va di bere? Ho un paio di vini australiani in frigorifero che devo assaggiare per il nuovo ristorante, se ti va», disse aprendo un frigo pieno di vini.

«Li assaggio volentieri», risposi.

La cucina era tutta bianca, con un bancone di marmo nero come la bocca del caminetto. Versò il vino in un decanter, poi venne verso di me con due bicchieri in mano. Sorrise quando si accorse che lo stavo guardando.

«Mi stavi fissando il sedere, Micina?».

«A dire il vero non stavo guardando solo quello».

Sorrise. «Brava, l'onestà ripaga sempre. Cosa ti va di mangiare? Il menu è là». Indicò il tavolino da caffè. Lo presi e lo sfogliai.

«Tu cosa vorresti?». Domanda a doppio senso, ma io continuai a guardarlo con occhi innocenti, in attesa di una risposta. Si sedette in un angolo del divano, appoggiando un braccio allo schienale e tenendo il bicchiere di vino con l'altra mano. Si era tolto le scarpe e il piede destro era appoggiato sul ginocchio sinistro. Si portò il bicchiere alle labbra e, senza distogliere gli occhi da me, bevette un sorso.

«Vorrei te. Nuda nel mio letto con le gambe aperte, così posso vedere quanto sei bagnata. Voglio le tue mani legate alla mia testata del letto. Ti voglio così eccitata da sentire il tuo odore quando ti guarderò dal fondo. Riesco ad avvertire quanto tu sia vogliosa, e quanto tu voglia che lecchi, succhi e fotta ogni centimetro di te». Prese un altro sorso di vino mentre io mi sforzavo di non saltargli addosso e cavalcarlo. «Ma quello che prenderò è una bistecca, al sangue, con una patata al forno con la buccia. E tu cosa vorresti, Micina?».

Cazzo! Mi ero appena scordata tutto quello che avevo letto sul menu.

«Salmone», risposi.

Si accigliò e mi prese il menu di mano. «Qui non c'è il salmone».

«Oh, merda! Scusa, è che di solito prendo sempre il salmone. Ho pensato che...».

«No, no, non fa niente».

Prese il telefono senza fili appoggiato al tavolino e compose un numero. Io sorseggiai il vino, domandandomi cosa stesse facendo.

«Passami Gino... Sì, sono io. Passami Gino». Mi guardò. «Com'è il vino?»

«Delizioso, molto fresco, un po' più secco di quelli che bevo di solito, ma è buono».

Annuì in segno d'approvazione. «Brava, ben fatto».

Ehi, non sapevo fosse un test!

L'avrei fatto mulinare nel bicchiere, l'avrei annusato, avrei parlato di pesche ed erba, se era quel che si aspettava. Eppure sembrò soddisfatto della mia risposta.

«Perché non abbiamo salmone nel menu?», chiese a chiunque fosse dall'altra parte della cornetta, forse Gino. «Be', cercate meglio, voglio del salmone sul menu, anzi, voglio un paio di alternative di pesce. Non solo i gamberi... Che ne so, sei tu lo chef, fai il tuo lavoro. Possiamo anche essere nell'Essex, ma voglio qualcosa in più di un cocktail di gamberi, controfiletto e torte farcite alla ciliegia... No, non eliminarli dal menu. Ho detto solo che voglio più di così. Aspetta».

«Come ti piace la carne?», mi chiese.

«Cottura media», risposi.

«Due filetti, uno al sangue e uno a cottura media, entrambi con patate ripiene. Ho detto ripiene, impara l'inglese, okay?». Chiuse la comunicazione e gettò il telefono sul tavolino da caffè.

«Scusa, abbiamo iniziato da poco a servire da mangiare e questo è solo un menu di prova. Sto espandendo il wine bar al negozio qui di fianco. Avremo un vero ristorante à la carte per settembre, e cibo da servire anche nella zona bar».

«Fantastico», dissi sollevando il mio bicchiere. «Un brindisi a Cameron King e al suo regno in perenne espansione».

Sorrise e gli brillarono gli occhi. «Salute».

Fece tintinnare il bicchiere contro il mio e si protese verso di me. Il mio cuore batté forte tra le mura in cui era rinchiuso. Prese la bottiglia di vino e riempì entrambi i nostri bicchieri con un sorriso sulle labbra.

Stronzo, sa che credevo stesse per baciarmi.

Lo ringraziai per il vino e mi rivoltai verso di lui. «Quanti anni hai, Cam?». Non so perché glielo domandai. Ero curiosa. Sapevo che doveva averne almeno trenta. Era stato sposato e aveva quasi avuto una famiglia. Non gli avrei fatto domande a riguardo, però. Era troppo presto. Me l'avrebbe detto quando fosse stato pronto.

«Perché la mia età ti preoccupa tanto? Tu non mi hai detto quanti anni hai».

«Ne ho venti, non è un segreto». Sputò il vino ovunque,

e intendo proprio ovunque, sul tavolino, sul divano, sul tappeto, su di me. «Hai solo vent'anni?»

«Be', sì! Non lo sapevi?». Non ne sembrò felice. Si alzò e andò a prendere un asciugamano dalla cucina per pulire il divano e il tavolino. Poi uscì dalla stanza, lasciandomi sola.

Che diavolo significa?

Ero troppo giovane per lui? Quanti cavolo di anni aveva allora?

Ritornò con una maglietta.

«Scusa. Infilati questa, metto la tua in lavatrice».

Era in piedi proprio di fronte a me tra il divano e il tavolino, e fra noi c'erano solo pochi centimetri. Mi sfilai la felpa dalla testa e rimasi solo con il reggiseno. Cercò di trattenersi, poi perse la battaglia e mi guardò il petto. Con tre dita della mano mi accarezzò il collo, poi le infilò nel davanzale. Avevo i capezzoli così duri da farmi male. Abbassai gli occhi per guardare dove mi stava toccando. Prese il mio seno destro e strofinò il pollice sul capezzolo. Poi si abbassò e succhiò il capezzolo sinistro attraverso il reggiseno e io non potei fare a meno di piegare la testa all'indietro.

«Hai due tette fantastiche, per essere così magra».

Prima che riuscissi a pensare a una risposta appropriata, suonò un campanello e io feci un salto.

«Che palle», sussurrò guardandomi. Mi baciò la fronte e disse: «Ora ti do da mangiare».

Il cibo era fantastico, ma riuscii a mangiare solo metà di quello che avevo nel piatto. Cam si lamentò che non avevo mangiato abbastanza, poi però si gettò sul mio piatto e finì gli avanzi. Stappò una seconda bottiglia di vino, poi tornammo a sederci sul divano.

Quando eravamo seduti al bancone avevo notato dei vasi di fiori sul tavolo.

«Oh, a proposito, grazie dei fiori, sono bellissimi. Mamma è dovuta andare a comprare dei vasi nuovi per metterceli, e anche la macchina è perfetta. Non l'ho ancora controllata bene, ma mi pare che sia tutto a posto».

Mi sorrise. «Prego, Georgia. Volevo chiamarti per assicurarmi che stessi bene, ma temevo che rispondesse tuo padre. Non ero sicuro che gli avessi detto qualcosa di noi».

Scossi la testa. «No, lo sanno i miei fratelli. Be', Bailey e Lennon. Non ho ancora detto niente a Marley».

Incurvai le labbra in un lieve sorriso.

«Che c'è?»

«Mi piace il modo in cui ti brillano gli occhi quando parli dei tuoi fratelli». Il pensiero mi fece sorridere. Ero così felice che io e Marley avessimo ripreso a parlarci, volevo davvero organizzare una giornata solo per noi due.

«Amo i miei fratelli. Siamo sempre stati molto affiatati. È solo… è solo che gli ultimi anni sono stati pessimi. Bailey conviveva con Donna, e lei non era felice di quanto fossimo uniti, quindi lui aveva smesso di venire a cena. Ma ora si sono lasciati e lui è tornato a vivere alla fattoria con mamma e papà, a Shenfield. Vedo Lennon qualche volta, ora che non viaggia molto. A giugno sposerà la mia migliore amica, e le farò da damigella alle nozze. Vogliono subito mettere su famiglia, quindi spero che smetterà di viaggiare del tutto».

«Cosa fa?».

Posso rispondere. Posso rispondere…

«È il manager della band dei miei fratelli, anche se adesso sta iniziando a occuparsi degli aspetti più operativi, così non dovrà seguire la band in tour. Anche Jimmie, la sua fidanzata, lavora con loro. Finora ha viaggiato con lui, ma se avrà un bambino preferiscono non farlo».

Lui annuì e ascoltò. «Non posso credere che i tuoi fratelli si chiamino Lennon e Marley. Chi è l'appassionato di musica?».

Risi pensando a tutte le volte che avevo dovuto spiegare l'origine dei loro nomi alla gente. Per qualche ragione, pensai al divano Chesterfield nella casetta, e al ragazzo dagli occhi scuri più carino che avessi mai visto. Una lacrima mi scivolò lungo la guancia e mi affrettai ad asciugarla.

Cam non disse una parola. Aspettò solo una mia risposta.

«Papà... mio padre ama la musica, di ogni genere, e ha incoraggiato tutti noi. I miei fratelli sono tutti ottimi musicisti, con una bellissima voce. Io suono la chitarra e canto. Ho preso lezioni di piano, ma non sono molto brava a suonarlo. Bailey ha preso il nome da un tipo che produceva chitarre. Papà lo aveva incontrato a un festival negli anni Sessanta. Lennon e Marley, be', è ovvio. E per quanto riguarda me, *Georgia on my mind* è la canzone preferita di mio padre ed è cantata da Ray Charles. Per questo mi chiamo Georgia Rae».

Provai un po' di imbarazzo quando terminai la storia sull'origine dei nostri nomi inusuali.

«È un bellissimo nome». Mi mise una ciocca di capelli dietro le orecchie.

«Grazie», risposi.

Tornò al suo posto sul divano. «Allora, l'altro tuo fratello, Marley, anche lui è nella band?».

Per una frazione di secondo il mio cuore smise di battere, il sangue di scorrere, il cervello di funzionare, ma poi mi ripresi.

«Sì, sono...». Scossi la testa. Sapevo che erano famosi, ma non avevo idea quanto, perché erano quasi quattro anni che evitavo ogni informazione su di loro. Ma da quel poco che avevo intuito credevo fossero famosissimi.

«Sono i Carnage. La band dei miei fratelli si chiama Carnage».

La sua bocca si spalancò, ma per qualche istante non disse nulla.

Forse ne ha sentito parlare.

«Cazzo! Tuo fratello è *quel* Marley. Merda, non ne avevo idea. Mia sorella li adora. È andata a sentirli un po' di volte. Ho qui un paio dei loro album, sono davvero bravi».

Annuii. «Sì, se la cavano bene. Negli ultimi quattro anni ho visto Marls a malapena. Noi... io... ho avuto qualche problema, e non ci siamo più parlati, ma ieri sera è venuto a casa di mia madre ed è rimasto a dormire. Credo che ora abbiamo sistemato le cose».

Il cuore mi martellava nel petto. Non riuscivo a credere che stavo affrontando il discorso.

«È lui che ti ha ferita, George? È lui che ti ha regalato la collanina?». Indicò il mio collo e mi resi conto di avere la mano appoggiata proprio in quel punto, sulla lettera G. La abbassai e scossi la testa.

«No, no, non è stato lui, non di proposito. È complicato. Solo... non sono ancora pronta per parlarne». Poi mi venne in mente che non mi aveva ancora detto la sua età. «Quanti anni hai, Cam?».

Sbuffò e si guardò in giro. «Trenta. Non avevo idea che ne avessi solo venti. Cazzo! Per forza Bailey è uscito di testa. Credevo fossi sui venticinque».

«È un problema, allora? La mia età è un problema?».

Scosse la testa. All'improvviso sembrava molto giovane e vulnerabile, e mi guardò da dietro le ciglia scure. «La mia lo è?»

«No», dissi, come se avesse appena detto la cosa più ridicola del mondo.

«Adesso mi racconterai qualcosa della tua famiglia?», chiesi.

«Che vuoi sapere?».

Ci pensai su un attimo. «Come si chiama tua sorella?».

Incrociò le braccia al petto e appoggiò il bicchiere di vino nella piega del braccio. Era sulla difensiva o si stava solo mettendo comodo? «Mia sorella si chiama Tory e i miei fratelli Robbie e Josh. Nessun nome strano. Mia madre è scozzese, quindi sono tutti nomi tradizionali».

«Mi piacciono, sono carini. Che età hanno i tuoi fratelli?»

«Robbie trentaquattro, Josh ventotto e Tory ventuno».

«Sì, mi ricordo del compleanno di Tory, il ventiquattro settembre».

«Come lo sai?», chiese accigliato.

«Perché sei passato al negozio e le hai comprato un sacco di cose, ricordi? Mi hai detto che avrebbe compiuto ventiquattro anni quel sabato».

«Cazzo, hai buona memoria».

«Non proprio. È anche il mio compleanno».

«Ah sì?», chiese.

«Il mio compleanno è il ventiquattro settembre, proprio come tua sorella».

«Davvero?»

«No, ho mentito solo per fare conversazione perché mi stai annoiando a morte». Per un attimo si fece serio. «Ma è ovvio, idiota», risi, mentre lui rimase serio.

«Oh, Micina, pagherai per questo».

Merda!

Appoggiò il suo bicchiere, prese il mio, poi mi prese la mano e mi trascinò sul sofà, fra le sue gambe. Appoggiai le mani sul suo petto e lo guardai.

«Ti lascerai scopare stasera o cosa? Perché sono pronto a esplodere».

«Credevo mi avresti punita per averti chiamato idiota».

«Infatti. Lo farò! Prima però devo sapere se stasera scoperò».

«Be', dato che me lo chiedi così gentilmente… No, non scoperai».

«Cosa? Perché?».

Non sapevo il perché. Se avesse fatto la prima mossa senza chiedere, forse non sarei riuscita a fermarmi, ma dato che me lo aveva chiesto e che riuscivo a pensare lucidamente, capii di non essere pronta.

«Non sono pronta».

«Cazzo, Micina», disse guardandosi attorno. «Allora devo riportarti a casa».

Be', questo non è carino.

«Quindi la mia compagnia non è abbastanza per te. Se non scopiamo, non mi vuoi qui? Bene, Cam, buono a sapersi. E io che pensavo che fossi diverso dal coglione che metti sempre in mostra giù al bar».

Feci per alzarmi, ma lui mi prese per le spalle facendomi male. Eravamo entrambi inginocchiati, e ci guardavamo l'un l'altra. «Devo riportarti a casa perché non voglio essere accusato di stupro».

Stupro! Tutti i ricordi orribili che quella parola evocava mi riempirono la mente.

«Lasciami», dissi digrignando i denti.

«Che diavolo c'è che non va, Georgia?», chiese alzando la voce. «Sei così sexy con addosso la mia maglietta. Non so cosa stia succedendo fra noi. Sono un ragazzo di trent'anni. Non faccio giochini, tesoro. Se vuoi qualcuno da prendere in giro allora torna dal coglione che ti facevi al bar la settimana scorsa e stai lontana da me».

Cercai di divincolarmi, ma lui mi si avvinghiò, inchiodandomi le braccia ai lati del corpo.

«Lasciami andare, Cam. *Lasciami!*», gridai, mentre mi sforzavo di liberarmi.

«Cosa vuoi? Che cazzo vuoi da me?», gridò, stringendomi a sé e guardandomi dritta negli occhi. Sembrava furioso. Bene, perché anch'io lo ero. Nessuno mi aveva mai afferrata o strattonata in quel modo in vita mia. Io ero una principessa. Ero viziata ed ero cresciuta ottenendo sempre quello che volevo, eccetto Sean. L'unica reazione che mi venne spontanea fu quella di ribellarmi. Prima cercai di dargli una testata, ma lui si spostò e mi guardò con gli occhi spalancati.

«Che cazzo stai facendo?».

Era incredulo, poi mi resi conto che stava cercando di non ridere di fronte ai miei tentativi di divincolarmi o infliggergli dolore. Mi gettai all'indietro e lui non poté fare a meno di cadermi addosso. Alzai un ginocchio e gli sferrai un calcio nelle palle. Mi agitavo da una parte all'altra e urlavo. Devo averlo colpito in qualche modo, perché si piegò in due e rotolò sul fianco, concedendomi lo spazio per sfuggirgli. Scappai verso la porta, ma lui era più veloce di me e mi afferrò.

«Smettila!». Mi scosse per le spalle. «Smettila, cazzo! Che problemi hai?».

Gli mollai uno schiaffo in faccia e quasi svenni per lo shock quando me lo restituì. Non era forte, a dire il vero fu quasi un colpetto, ma nessuno mi aveva mai dato uno schiaffo in vita mia, a parte i miei fratelli.

«È questo che vuoi?», chiese. «Ti piace così?». Mi diede una leggera spinta al petto e io feci un passo indietro. «Fammi capire. Fammi capire qualcosa, Micina. Mi confondi. Stavamo passando una bellissima serata, una delle migliori che abbia trascorso insieme a una donna da anni, e poi ti ribelli così. Chi è stato? Chi ti ha conciata in questo modo? Devo saperlo, prima di ricominciare a mettere insieme i pezzi. Allora, *chi è stato*?». Mi stava gridando in faccia. Ogni volta che facevo un passo indietro, lui ne faceva uno in avanti. «Dimmelo», tuonò.

Non sapevo perché, ma nonostante la sua stazza, la sua forza e la sua assoluta mascolinità, non avevo la benché minima paura di lui. Provavo solo rabbia. Rabbia e tristezza, perché il ragazzo che amavo così tanto mi stava ancora devastando la vita.

«Sean!», gridai. «Sean», scoppiai a piangere inginocchiandomi a terra. «È sempre e soltanto Sean», singhiozzai, fuori controllo.

Lui si abbassò e mi fece sedere sulle sue gambe. «Finalmente», sussurrò fra i miei capelli. Mi baciò la testa, i capelli, le guance e le lacrime.

«Sfogati, Micina, fai uscire tutto. Non fa bene tenersi tutto dentro in quel modo, credimi, lo so. Sfogati e basta».

E lo feci. Credevo di aver pianto tutte le lacrime che avevo dentro da mia madre durante la settimana, invece no. Stavolta era diverso. Da mamma avevo pianto da sola. Qui stavo piangendo con qualcuno, e avevo ammesso per chi erano le mie lacrime. Finalmente stavo affrontando i miei demoni, e non mi limitavo ad accantonarli.

«Lo amo, Cam. Lo amo così tanto che fa male. Non so se potrò vivere il resto della mia vita così».

Mi baciò ancora i capelli. «Lo so, lo so, ma sistemeremo le cose. Te lo prometto».

Si alzò senza lasciarmi andare e mi portò nel suo letto. Mi fece sdraiare e iniziò a sbottonarmi i jeans.

«Cam», dissi fra le lacrime, «guarda come sono ridotta, non voglio fare sesso».

«Shhh, shhh, piccola. Non ti toccherò, te lo prometto. Voglio solo che tu stia comoda, okay?».

Annuii, troppo esausta per parlare. Mi abbassò i jeans, poi si tolse i vestiti e scivolò nel letto accanto a me con addosso solo i boxer. Mi strinse forte al petto mentre ci accoccolavamo a cucchiaio. Il mio cervello non elaborò altri pensieri, perché mi addormentai subito.

Capitolo quattordici

Proprio come avevo fatto la notte precedente con Marley, dormii profondamente fra le braccia di Cam. Mi svegliai il venerdì mattina per il profumo di caffè e aprii gli occhi alla vista deliziosa di Cam che entrava nella stanza con addosso soltanto un paio di boxer azzurri. Mi guardò con cautela e io provai imbarazzo e vergogna per la crisi di nervi che avevo avuto di fronte a lui la sera prima. Appoggiò il caffè sul comodino senza dire una parola. Mi misi a sedere, godendomi la vista delle sue braccia scoperte, del petto, degli addominali, delle gambe, di ogni parte nuda di lui, e devo dire che non c'era niente che non mi piacesse. Era un esemplare perfetto di maschio.

Si protese in avanti e mi mise una ciocca di capelli dietro le orecchie. «Buongiorno, Micina. Ti prego, non leccarti le labbra così. Altrimenti giuro che non sarò responsabile delle mie azioni».

Arrossii e sorrisi. Ero sbalordita che fosse tanto gentile e che non mi avesse buttata fuori a calci nel sedere, data la mia performance della sera prima.

«Grazie per il caffè».

Fece spallucce. «Prego. Non sapevo come lo prendessi». Sorrise per il doppio senso, poi continuò. «Quindi l'ho fatto come il mio, forte, con una spruzzata di latte e un po' di zucchero».

«Perfetto», risposi.

«Be', grazie, non sei male nemmeno tu, Micina». Mosse le sopracciglia su e giù, e io non potei fare a meno di ridere e di chiedermi cosa ci trovasse la mia famiglia di tanto spaventoso in lui.

«Allora, forse farei meglio ad affrontare subito la camminata della vergogna e tornare a casa».

Piegò la testa all'indietro, e capii che stava per dedicarmi la sua risata esplosiva. Non restai delusa.

Quando i suoi occhi incontrarono i miei, disse: «Cazzo, Micina, se avessimo fatto qualcosa di vergognoso qui dentro, non riusciresti ad andare da nessuna parte. Me ne assicurerei di persona».

«Oh, sei così sicuro di te».

Alzò le grandi spalle, facendomi spostare per un istante gli occhi verso il suo petto, per poi tornare su.

«Che posso dirti… Nessuno si è mai lamentato, anzi, di solito implorano il Love King per avere di più».

Per una frazione di secondo provai gelosia, ma cercai di scacciarla in fretta dalla mia testa. «Love King? Ti sei appena definito Love King? È raccapricciante quasi quanto la battuta sui dodicenni».

«Cavolo, non me la perdonerai mai, eh?», chiese sconsolato.

Sorrisi e scossi la testa. «Hmm, manterrò il segreto finché sarai gentile con me».

Mi guardò per qualche istante senza dire una parola. Poi mi accarezzò la guancia sinistra con la punta delle dita. E mi baciò dolcemente sulle labbra. Chiusi gli occhi e non li aprii neanche quando smise di baciarmi.

«Voglio essere molto più che gentile con te, Micina, ma ci arriveremo».

Le sue parole mi fecero aprire gli occhi.

«Oggi lavori?», domandò.

«No, mia madre mi ha proibito di lavorare almeno fino a lunedì. Devo fare la lavatrice».

«Wow, una vita sul filo del rasoio. Ti va di fare qualcosa di spericolato e uscire a pranzo con me? Voglio andare in un pub di Horndon. Ricevono ottime recensioni per il cibo, vorrei capire il perché di tutto il clamore».

* * *

Fu un pranzo piacevole. Benny ci fece da autista su una vecchia auto, che scoprii essere una Jag XJ-qualcosa. Era tutta pelle e legno di noce all'interno, molto vecchia e mascolina. Tenni il pensiero per me, dato che sembrava piuttosto suscettibile riguardo all'età, sua o mia. Oppure si trattava dei dieci anni di differenza fra noi? Non ne ero sicura. Il cibo era squisito e bevemmo un paio di bottiglie di vino. In nessun momento della giornata Cam menzionò la crisi della sera prima. Parlammo dei Paesi che avevamo visitato, di quelli che ci sarebbe piaciuto vedere. Mi disse che entrambi i suoi genitori erano morti. Aveva perso suo padre all'età di diciott'anni e la madre a venticinque. Mi ricordai di quello che mi era stato detto sulla moglie e sul bambino, ma non ne feci parola e non indagai. Fu eloquente, sempre con il suo solito accento. Aveva viaggiato tanto e sembrava colto. Era sexy, e fottutamente bello. Apprezzai ogni secondo della sua compagnia e ne rimasi terrorizzata. Il pensiero di poter davvero guardare avanti mi faceva battere il cuore alla velocità di un cavallo da corsa. Non dico che mi fossi innamorata di Cam, neanche lontanamente, ma forse avevo trovato qualcuno che suscitava in me un interesse. Qualcuno con cui mi andava di trascorrere del tempo. La mia pelle si incendiava con il semplice potere delle sue parole e appena mi toccava quasi prendevo fuoco. Finalmente avevo incontrato qualcuno con cui volevo fare sesso per il motivo giusto, ma sapevo che dovevo esserne totalmente sicura. Negli ultimi sei mesi ero stata una vera mangiauomini e avevo fatto sesso per le ragioni sbagliate. Quando fosse successo con Cam, volevo assicurarmi che fosse per un motivo giusto.

Non so dove ci aspettò Benny durante il nostro pranzo, ma appena Cam andò al bagno degli uomini, mi comparve al fianco.

«Dobbiamo farlo uscire di qui il prima possibile. Prendi il cappotto e preparati ad andar via appena esce».

Lo guardai accigliata, e il mio cuore accelerò i battiti quando notai il suo labbro superiore imperlato di sudore. «Perché? Cosa c'è che non va, Ben?»

«Preparati e basta, Georgia. C'è certa gente qui dentro che non voglio che incontri. Credimi!». Tornò al bar nella parte anteriore del locale, si sedette su uno sgabello e si voltò verso di me. Fece un cenno della testa indicando qualcosa alle mie spalle, e dedussi che Cam stava tornando. Mi alzai e mi infilai la giacca.

«Hai fretta di tornare a casa a lavare le tue mutandine sporche, Georgia? Stavo per proporti un drink al bar prima di andare via», mi sussurrò sul collo, e la sensazione del suo alito caldo mi diede un brivido. Non mi voltai. Ero una pessima bugiarda, non volevo che mi beccasse subito.

«Sono pienissima, Cam. Non mi entra più niente, ma grazie, il cibo era ottimo. Dovresti davvero mandare il tuo chef del Kings a farsi friggere».

Mi fece voltare verso di lui. Aveva un'espressione accigliata, e una lieve curva si formò sopra le sopracciglia, della forma di una bocca che sorride. Volevo allungare una mano e toccarla, ma qualcosa nei suoi occhi mi disse che non era contento dell'ultimo commento. «Che c'è che non va in Gino, il mio chef? È il migliore della zona sudest. Sono venuto qui per provare il menu, non la qualità del cuoco».

Gesù, competitivo il ragazzo.

«Era una battuta, Cam. Mandare lo chef a farsi friggere… l'hai capita?»

Chiuse gli occhi per un attimo, scuotendo la testa come al solito, e fece un lungo sospiro. «È una battuta orribile, Georgia».

«Non è vero, è divertentissima. Sei solo troppo vecchio per capire il mio umorismo».

Merda, il vino aveva iniziato a fare effetto e la bocca non comunicava più con il cervello.

«Stai cercando di farmi davvero arrabbiare, Micina? Perché sta funzionando». Mi baciò sulla bocca un po' troppo forte, mi prese per mano e mi accompagnò al bar dove Benny ci stava aspettando.

Lui si alzò e ci scortò all'uscita camminando al nostro fianco, come per farci scudo. Aprì la porta per noi. Stavo per fare un passo fuori quando sentii la voce di qualcuno.

«Ehi, King, non c'è bisogno di andartene per colpa nostra. Rimani e fatti una birra, te la dobbiamo, amico».

La sua mano strinse all'istante la mia, così forte che mi fece male, e si fermò di colpo.

«Cam, lascia stare», sentii grugnire Benny.

Mi voltai e guardai Cam. Serrava la mascella, mi guardava ma non mi vedeva davvero. Era come se il suo sguardo mi trapassasse e all'improvviso provai paura. L'istinto mi disse che dovevamo andarcene in fretta.

«Andiamo, Tigre. Puoi venire a casa mia e aiutarmi a lavare le mutande».

La mia voce aveva un tono innaturale, acuto.

Lui non batté ciglio. Un uomo più vecchio si avvicinò dall'altra parte del bar. Forse era sulla cinquantina, con i capelli grigi tirati indietro, la faccia rugosa e un'enorme cicatrice che correva lungo la guancia destra. Indossava un abito costoso, che in qualche modo stonava con la sua faccia e con l'orecchino che portava. Aveva un sigaro in bocca, eppure riuscì a fare un ghigno.

«Portala in macchina», disse Cam digrignando i denti.

«Cam, per favore...», dissi.

«Fai quello che dico e vai in macchina, Micina. Altrimenti giuro che ti ci trascino io».

«Cam, Robbie e Josh stanno arrivando. Andiamo. Possiamo occuparcene quando abbiamo i numeri, non così. Non tu da solo».

Non mosse la testa e spostò solo gli occhi verso Ben.

«Portala via».

Sapevo che non avrei vinto. L'uomo coi capelli grigi diede una pacca sulla schiena a Cam.

«Cam, che ci fai da queste parti? Non è il tuo solito territorio».

«Toglimi le mani di dosso, Terry».

«Be', sei gentile! Non ci vediamo da...».

Non finì la frase. Cam gli portò le mani alla gola. Lo sollevò da terra e lo trascinò fuori dal bar, dove la Jag ci aspettava. Non lo lasciò andare e lo sbatté sul cofano dell'auto, inchiodandolo con una mano sola. L'uomo cercò di divincolarsi dalla sua presa. Rimasi sconvolta quando Cam tirò fuori una pistola da dietro i jeans e la infilò nella bocca dell'uomo.

Una pistola.

Possiede una pistola.

La porta in giro.

Sapevo di essere rimasta a bocca aperta, e non potevo credere che l'avesse tirata fuori proprio davanti a me. L'altro tizio si lanciò fuori dalla porta del pub e Benny alzò un braccio per creare una barriera e bloccarlo.

«Non vuoi davvero invischiarti fra quei due, credimi».

Guardai Benny.

Farà qualcosa, vero?

Cam non gli avrebbe sparato, giusto?

Stava parlando all'orecchio dell'uomo, i denti erano digrignati, aveva la schiuma alla bocca. All'improvviso estrasse la pistola dalla sua bocca, lo prese di nuovo per la gola e lo gettò sul cemento del parcheggio.

Poi gli sparò due volte, una in ciascun ginocchio.

Gli sparò.

Rimasi paralizzata. Benny aprì la macchina e Cam mi fece salire sul sedile posteriore. Partimmo alla velocità della luce. Mi resi conto che stavo per vomitare.

«Ferma la macchina. Ferma la macchina, Ben».

«Continua a guidare, Ben. Non può uscire».

«Sto per...».

Troppo tardi, il pranzo si riversò sul sedile in pelle e per terra.

«*Merda!*», esclamò Benny.

«Continua a guidare. Ce ne occuperemo quando torneremo dalle nostre parti. Non mi fermo qui».

Mi rintanai in un angolino dell'auto, lontano dal mio vomito, lontano da lui.

Che cazzo era appena successo? È questo che significa essere un imprenditore?

Se quello era il suo comportamento abituale, non c'era da meravigliarsi che Bailey e la mamma lo consideravano pericoloso.

Cam fece per avvicinarsi a me, ma io allungai le mani per fermarlo.

«No, no, non toccarmi. Non osare toccarmi!».

Il mio tono calmo mi sorprese. Non ero affatto calma. Riuscivo a respirare a malapena, men che meno a guardarlo. Restammo in silenzio per il resto del percorso. Benny fermò la macchina sul retro del negozio, in modo che potessi salire direttamente nel mio appartamento. Non aspettai che mi venisse aperta la portiera. Non vedevo l'ora di andarmene da lì. Corsi su per le scale alla velocità della luce. Ben e Cam uscirono entrambi dall'auto. Mi voltai verso Benny, per scusarmi del casino che avevo combinato in macchina, e vidi Cam passargli la pistola. Mi girai di nuovo e cercai la chiave di casa nella borsa. Quando tirai fuori il mazzo, Cam me lo prese di mano.

«Ridammele, tu non entri».

Mi ignorò, aprì la porta principale e mi accompagnò dentro prendendomi per mano. Poi aprì la seconda porta e mi portò in sala. Mi scagliai su di lui.

«Vattene! Fuori da casa mia! Come ti sei permesso di coinvolgermi?».

Gridavo, cercavo di graffiarlo e calciavo. Mi prese per le braccia, inchiodandomele lungo i fianchi, poi mi trascinò nella mia stanza e mi gettò sul letto, schiacciandomi sotto il suo peso. Mi guardò dritta negli occhi.

«Puoi scalciare e ringhiare finché vuoi, Micina, ma non ti lascerò andare, e non me ne andrò finché non mi starai a sentire».

Vidi il suo pomo d'Adamo muoversi quando deglutì. Ero calma, ma aveva sparato a una persona e non riuscivo a digerirlo, per di più con una tale noncuranza, come se lo avesse già fatto mille volte.

Cazzo, andava in giro con una pistola. Se la portava sempre dietro? Perché?

«Mi dispiace tantissimo che tu fossi presente oggi. Avrei dovuto lasciar perdere. Pensare alla tua sicurezza. Non avrei mai dovuto metterti in pericolo in quel modo. È stata la cosa più stupida che abbia fatto in vita mia. Ma quando sarai calma e pronta per starmi a sentire, voglio spiegarti perché ho reagito in quel modo. Mi dispiace». Appoggiò la fronte alla mia. «Ti prego non avere paura di me, Micina. Mi farebbe male».

Non avevo paura. Non avevo mai pensato nemmeno per un secondo che potesse farmi del male. E non avevo neanche pensato di essermi trovata in pericolo. Restammo in silenzio per un minuto. Sentivo il suo cuore battermi contro il petto e mi confortò. Mi piaceva averlo vicino. Sarebbe stato un disastro se mi avesse lasciata sola quel pomeriggio.

Significa che sono una cattiva persona? È sbagliato desiderare la compagnia di quest'uomo, dopo quello che ha appena fatto?

«Se ti lascio andare le braccia mi caverai gli occhi, Micina?»

«No... Ma se non mi lasci andare e non ti levi subito, potrei pisciarmi addosso. Devo davvero andare al bagno».

«Georgia! Non è da signorina».

«Oh, scusami, Tigre. Non mi ero resa conto che infilare una pistola nella bocca di un tipo e gambizzarlo nel parcheggio di un cazzo di pub fosse da gentiluomo».

«Sei così sboccata, Micina. Ti infilerai nei casini uno di questi giorni».

Prima che avessi il tempo di rispondere, si strofinò contro di me.

«Specialmente con me, perché per qualche ragione quella tua boccuccia mi fa diventare di marmo».

Non so perché lo feci, ma lo baciai dolcemente sull'angolo sinistro della bocca. Lui sbatté le palpebre e mi guardò.

«Micina», sussurrò, e lo disse in un modo così sexy che senza esitare portai le labbra alle sue. Baciai l'angolo destro, poi il centro, dove le sue labbra perfette erano nascoste in parte da una barbetta scura che lo copriva fino al mento. Quella mattina non si era rasato, e due giorni di crescita erano perfetti. Così perfetti che mi venne voglia di passarci la lingua.

Lui mi baciò con dolcezza. La sua lingua si fece spazio fra le mie labbra, dapprima piano, poi con più forza, incoraggiandomi a lasciarlo entrare. E quando lo feci, be', per i successivi cinque minuti mi baciò come nessuno mi aveva mai baciata prima. Mi lasciò andare le braccia e portò le mani ai miei capelli. Io lo strinsi fra le gambe e lui premette più forte contro di me. Le sue mani scorrevano su e giù lungo il mio corpo, dalle ascelle ai fianchi, intorno alle cosce, alzandole, avvicinandomi a lui.

«Georgia, se stai per dirmi di fermarmi, fallo subito, perché fra pochi secondi ci non riuscirò più».

«Non voglio che ti fermi», ansimai.

Non voglio? Sto per farlo davvero?

Merda, penso di sì!

«Cam?»

«Sì, Micina?»

«Devo davvero pisciare». Rise, poi appoggiò la fronte alla mia e scivolò sul fianco, liberandomi.

«Vai pure, ma non stupirti se al tuo ritorno troverai solo una montagna di sperma, perché fra un minuto ti giuro che esplodo».

«*Bleah*, Cam, che schifo».

Era sdraiato accanto a me sul letto e fissava il soffitto.

«Vai al bagno, Georgia, e sbrigati, devo entrare dentro di te».

Cazzo!

Saltai giù dal letto e andai nel bagno della camera. Poi mi rinfrescai in fretta e mi lavai i denti. Avevo lasciato che mi baciasse con l'alito da vomito. Chissà che schifo. Poi, dato che portavo della biancheria carina – dopotutto sono figlia di mia madre –, decisi che sarei tornata in stanza senza vestiti. Mi guardai allo specchio. Avevo le guance arrossate, e finalmente avevo un aspetto decente, dopo la crisi della domenica precedente.

Cavolo, quella settimana non avevo avuto altro che crisi. Abbassai la testa e la scossi. Presto avrei dovuto fare la permanente, ma stavo aspettando che ci avvicinassimo al matrimonio il più possibile. Al momento i miei capelli erano ondulati, mi cadevano lunghi sulla schiena e sopra le tette. Li posizionai in modo da coprirmele e tornai in stanza, con addosso solo reggiseno e mutandine.

Aveva acceso una delle abat-jour e tirato le tende. Si era levato tutti i vestiti eccetto i boxer ed era sdraiato sul mio letto, appoggiato su un gomito. Mi sarebbe bastata qualche sfregatina nei punti giusti per venire solo guardandolo. Era così grande e virile, e sexy e… il mio cervello non trovava altre parole. Non riuscivo a pensare a niente, nemmeno a mettere un piede di fronte all'altro.

«Vieni qui», mi invitò muovendo le dita.

Sinistro, destro, sinistro, destro, pensai.

Mi misi a cavalcioni sopra di lui e lui si sedette. Iniziò a leccare dal centro dei miei seni, poi lungo il petto, il collo, sotto il mento, e mi infilò la lingua in bocca. Mi slacciò il reggiseno e io me lo feci scivolare lungo le braccia. Lui lo gettò a terra. Lo guardai prendere ciascun seno fra le mani e succhiare prima un capezzolo e poi l'altro. Piegai la testa all'indietro e mi lasciai sfuggire un gemito. Mi tenne sotto le ascelle sfregando i capezzoli con i pollici.

«Sei bellissima, Micina. Hai una pelle meravigliosa. Voglio leccarti tutta».

«Allora fallo», dissi sfregandomi contro di lui. «Leccami, Cam. Leccami, succhiami, e poi scopami. Ti voglio».

Mi gettò sul letto, si inginocchiò fra le mie gambe e mi

tolse le mutandine. Mi fece piegare le gambe, poi le allargò il più possibile. Alzò la gamba sinistra, fece scorrere la lingua nell'incavo del piede, poi mi baciò il polpaccio, proseguendo fino all'interno coscia.

«Sento il tuo odore, Micina. Sento quanto mi vuoi. Adesso assaggerò il tuo sapore».

Infilò un indice dentro di me, poi lo succhiò. Ripeté l'azione, ma stavolta mise il dito nella mia bocca.

«Senti che buon sapore?».

Annuii.

«Non muoverti», ordinò.

Come se volessi andare da qualche altra parte.

Scese dal letto e si tolse i boxer.

Mai e poi mai avevo visto un pene così grande.

Suppongo fosse proporzionato al resto del corpo. Si prese il pene in mano e si inginocchiò fra le mie gambe ancora aperte.

«Toccati. Sfregati il punto che ti fa eccitare di più».

Feci proprio come mi chiese e usai il dito medio per sfregarmi il clitoride. Non riuscivo a non guardare quello che stava facendo. Mentre muoveva la mano su e giù, notai la punta del suo pene diventare più lucida e umida e mi venne voglia di assaggiarlo. Non l'avevo fatto per nessuno se non per Sean.

Esci dalla mia testa, l'ultima cosa che voglio fare è pensarti.

Sì! Fanculo, Sean. Posso farcela. Posso voltare pagina.

Mi sollevai, mi protesi in avanti e lo presi in bocca.

Lui si sedette sui talloni. «Cazzo, Georgia, sei fantastica. Oh cazzo, sì…».

Mi teneva le mani fra i capelli, ma mi lasciò andare alla mia velocità. Presi in bocca solo la punta, perché sapevo che avrei faticato a ingoiare di più. Mi lasciò andare i capelli quando ne ebbi preso abbastanza tra le labbra, poi mi tirò su e mi infilò la lingua in bocca. Si staccò e mi guardò con un sorrisetto.

«È il mio nuovo sapore preferito al mondo». Non aspettò che chiedessi cosa e tornò a baciarmi. «Il mio sperma nella tua bocca. Niente avrà più un sapore tanto buono». Fece l'occhiolino e mi adagiò sul letto, affondando il viso fra le mie gambe. Infilò la lingua dentro di me e io gemetti, ma non fu nulla rispetto alla sensazione della sua lingua contro il mio clitoride mentre spingeva due dita dentro di me. Mi sollevai verso la sua bocca.

«Cazzo, Cam!».

Mi guardò da laggiù, con la barbetta umida e ricoperta dal mio liquido, e io non provai il minimo imbarazzo. «Voglio che tu mi venga in bocca, Micina. Voglio sentirti contrarre attorno alle mie dita e sentire il tuo clitoride pulsare quando mi verrai in faccia».

Wow!

«Pronta, Micina? Perché sto per far girare il mondo nell'altro senso». Spinse un terzo dito dentro di me e li arricciò. Poi mi premette la lingua sul clitoride e l'appiattì, e io esplosi, tremando e alzando le cosce dal letto. Volevo chiudere le gambe, ma lui non me lo permise, e l'orgasmo sembrò continuare all'infinito. Non ne avevo mai provato uno tanto forte. Non sapevo neanche che fosse possibile. Prima che avessi il tempo di riprendermi, stava risalendo lungo il mio corpo. Baciava, leccava e succhiava appena sopra i peli pubici, l'area sensibile nella piega delle gambe, poi l'ombelico e i seni, prestando particolare attenzione ai capezzoli con la lingua e i denti. E finalmente la bocca. Il suo viso e la barba erano bagnati e sapevano di me.

«Il mio secondo sapore preferito al mondo». Fece vorticare la lingua nella mia bocca. «La tua fica nella mia bocca».

«E che sapore ha la mia fica?», chiesi fra i baci.

«Ha un sapore perfetto, e non dire fica. Non è da signorina».

«L'hai detto tu».

«Micina, io *non* sono una signorina».

«Tigre, in questo momento non lo sono nemmeno io».

Fece un sorrisetto prima di sistemarsi fra le mie gambe. Lo guardai prendere il preservativo che doveva aver appoggiato poco prima sul comodino. Strappò il pacchetto e io non riuscii a scollargli gli occhi di dosso mentre lo spiegava lungo il pene più grande che avessi mai visto. Deglutii forte e se ne accorse.

«Faremo piano. Giuro che sarò delicato».

«Non penso che ci starà».

«Ce lo faremo stare, credimi. Lentamente, Micina. Scivolerò dentro con calma. Sei così bagnata che non sarà un problema».

Non ero convinta. Si stese su di me e usò le mani per guidarsi verso l'entrata. Cercai di rilassarmi, ma fallii miseramente. Quella cosa non ci sarebbe mai stata tutta intera senza creare danni permanenti. Mi baciò dolcemente sulle labbra.

«Sei bellissima, Georgia. Ci incastreremo alla perfezione».

Spinse piano dentro di me, poi spostò la bocca sulla mia mascella, sul collo, sui seni, finché non fui così eccitata che sollevai i fianchi per accoglierlo di più.

«Cazzo, Micina, sei fantastica».

Mi ci volle qualche secondo per abituarmi alla sensazione di averlo dentro di me. Non era fastidiosa, per niente, però era diversa. Non mi ero mai sentita tanto piena. Iniziò a entrare e uscire più in fretta e sapevo che non ci avrei messo molto a venire di nuovo. Muovemmo i fianchi all'unisono e trovammo un ritmo che andava bene a entrambi. Sentivo la sua bocca e i denti sulla pelle e non potei fare a meno di gemere.

È fantastico.

«Cam».

«Lo so… Lo so Micina. Lasciati andare. Lasciati andare per me».

Non so perché, ma ero molto vicina alle lacrime.

«Cam, ti prego, non posso… io, io…». Non terminai la frase, perché niente di quel che potevo dire avrebbe avuto un senso. Ci muovemmo l'uno contro l'altro ancora per pochi secondi. Poi lui mi guardò dritta negli occhi proprio mentre mi sfregava il clitoride e mi riempiva.

«Sto per venire, Micina. Sci fantastica. Mi stringi il cazzo troppo forte, non resisto più. Sei pronta? Puoi venire di nuovo per me?».

Annuii e strinsi le gambe attorno a lui ancora più forte. Lui mi fece scivolare una mano sotto il sedere per alzarmi i fianchi, senza mai interrompere il contatto visivo.

«Sì?», chiese ancora, e io feci un cenno affermativo con la testa.

Stavo esplodendo o mi stavo dissolvendo? L'orgasmo partì dalla punta dei piedi fino a raggiungere i capelli, poi si ripeté ancora e ancora. Mi aggrappai a lui singhiozzando. Non riuscii a farne a meno. Forse erano i quattro anni di frustrazione, dolore, dubbi, mescolati a tutte le emozioni che avevo trattenuto per tanto tempo. Non ne ero sicura. Non ero più sicura di niente, ma non riuscivo a fermare le lacrime. Cam era perfetto. Mi stringeva. Mi baciava e accarezzava, sussurrandomi quanto fossi bella e perfetta, e alla fine mi addormentai fra le sue braccia.

Capitolo quindici

Non so cosa mi fece svegliare. Forse era solo la sensazione della presenza di qualcuno. Avevo sognato Sean. Stavamo attraversando la campagna in groppa a una moto ed era così reale. Sentivo il vento fra i capelli e mi sembrava di stringerlo davvero tra le braccia, ma la parte più vivida era il suo profumo. Negli ultimi mesi della nostra relazione aveva iniziato a usare Paco Rabanne, e lo sentivo mentre tenevo la testa appoggiata alla sua schiena. Ogni tanto mi prendeva le mani, che tenevo appoggiate sul suo grembo. Quando lo faceva, io lo stringevo più forte e annusavo profondamente. Qualcosa mi trascinò via dalla perfetta e assoluta felicità del mio sogno e non ne fui sorpresa.

Ero sdraiata sotto le coperte, accoccolata sul fianco, e rimasi immobile per un istante. Sentivo il respiro leggero di qualcuno e un braccio che mi stringeva. Una mano grande era appoggiata sulla mia pancia e il petto era premuto contro la mia schiena. Il profumo di Sean, che al risveglio mi sembrava così reale, era stato rimpiazzato da un altro.

Cam. Cameron King era nel mio letto. La sera prima avevamo fatto del sesso da urlo e il solo pensiero mi faceva venire voglia di sfregargli contro il sedere, ma mi trattenni. Restai ferma a cercare di capire come mi sentivo. Piuttosto bene. Non lo avevo usato, in nessun modo, se non per due orgasmi eccellenti. Non provavo alcun desiderio di farlo innamorare di me per poi scaricarlo. Era gentile, mi trovavo bene con lui. Era il primo dopo Sean di cui apprezzavo davvero la compagnia. Il fatto che avesse l'aspetto di un dio greco e che scopasse alla perfezione era un bonus. Non sembrava cercare nulla di troppo serio, e di certo nemmeno io, quindi potevamo andare d'accordo. Poi però mi si strinse lo stomaco.

Ha sparato a qualcuno!

L'avevo visto sparare a un uomo in un parcheggio. Mi voltai verso di lui e mi trovai davanti un viso magnifico e un paio di occhi marroni che mi guardavano. Mi fece un leggero sorriso e qualcosa si mosse dentro di me. Mai e poi mai avrei aspettato altri quattro anni per avere un orgasmo con un uomo. Con lui avrei potuto rinchiudermi in una stanza per un mese intero e lasciare che mi scopasse fino allo svenimento, e non ne avrei ancora avuto abbastanza.

Puttana!

«Che ore sono?», chiesi con la voce roca del risveglio.

«È l'ora di lavarsi i denti».

Feci un verso che non aveva nulla di sexy. «Fottiti, Cam. È un suggerimento da cafone».

Mi guardò sbalordito. Vidi il suo pomo d'Adamo alzarsi e abbassarsi quando deglutì, e per una frazione di secondo pensai che si fosse offeso e stesse per piangere.

Poi disse: «Si chiamava Chantelle. Era mia moglie».

Oh.

Spalancai gli occhi quando mi resi conto che era uno di quei momenti in cui dovevo solo stare zitta e ascoltare.

«I nostri genitori erano migliori amici. Io avevo due anni più di lei e tutti davano per scontato che ci saremmo messi insieme. Suo padre possedeva alcune attività, come il mio. Lei era figlia unica, quindi suo padre non aveva maschi che potessero prendere le redini. Robbie era troppo vecchio per lei, Joshie troppo giovane. Quando papà è stato ucciso, Colin, suo padre, si offrì di darci una mano. Si assicurò che nessuno portasse via quello che mio padre aveva costruito, mentre io e Rob cercavamo di farci valere». Si mise a sedere e appoggiò la schiena alla testata del letto. Feci lo stesso, infilando il bordo della coperta sotto le ascelle. Incrociai le gambe e rimasi in ascolto.

«Georgia, credo che tu ormai abbia capito che non tutto quel che faccio è interamente alla luce del sole».

Ma dài.

Annuii e

«Io e tuo padre ci somigliamo molto nel modo in cui ci comportiamo e gestiamo gli affari. Siamo entrambi molto corretti, non ci prendiamo gioco di nessuno e quando possiamo cerchiamo sempre di aiutare le persone. Ma se qualcuno ci mette i bastoni fra le ruote, allora lo spazziamo via».

Annuii di nuovo.

«Chantelle e io ci fidanzammo quando avevo ventitré anni, nel periodo in cui a Colin fu diagnosticato il cancro. Accadde tutto così in fretta. C'era una famiglia di nome Riley. Erano quelli che comandavano nell'East End negli anni Sessanta, poi si trasferirono a Basildon e si fecero un nome lì. Quando mio padre fu ucciso, cercarono di subentrarci in un paio di posti in cui gestivamo la sicurezza, a Romford e Harlow. Mandavano gente nei club a fare casino e poi denunciavano i buttafuori alla polizia. Questa e una serie di altre cose. Comunque, tutto si placò quando si resero conto che Colin era con noi e che Rob e io non eravamo solo due ragazzini da prendere sotto gamba. Poi dissero a Colin che gli restavano pochi mesi di vita, e il suo desiderio più grande era vedere sua figlia sposata. Sapevo cosa dovevo fare. Le volevo bene, ma lei era... Be', era più un'amica per me, eppure ero pronto a dare alla nostra storia una possibilità. Colin visse un po' più a lungo di quello che ci aspettavamo e quando lui morì Chantelle era incinta di sei mesi. Questo fece scattare una serie di problemi. Lei aveva sofferto di pressione alta durante la gravidanza, e…». Alzò gli occhi al soffitto, si capiva che era in difficoltà.

«Non sono un angelo, Georgia. Non lo sono mai stato né mai lo sarò, ma mi dispiace per come l'ho trattata all'inizio del nostro matrimonio. Uscivo tutte le notti, mi facevo di coca e scopavo con altre donne. Lei non era stupida, lo sapeva, ma mi amava. Mi venerava, cazzo. Da sempre». Mi guardò con occhi vuoti, come se non fossi lì.

«Comunque, dopo che suo padre morì, lei andò in crisi e io mi resi conto che dovevo prendere in mano la situazione. Fu messa al riposo per tenere la pressione sotto controllo, e io cercavo di occuparmi di lei e dei Riley, che nel frattempo erano tornati alla carica».

Si portò una mano alla mascella e si sfregò con pollice e indice. Sembrò studiarmi per qualche secondo. Forse stava decidendo se dirmi quello che voleva dirmi.

«Uscii, George. Uscii un venerdì sera. Ero fuori di me, andai in giro per pub e scopai fino al sabato sera. Non la chiamai, nemmeno una volta, George. Zero telefonate a mia moglie, incinta e malata, per tutto il weekend, e la domenica non tornai neppure a casa per pranzo».

Si passò le mani fra i capelli e poi se le portò al viso. «Avevamo comprato casa a Shenfield, non lontano da dove tuo padre e tua madre vivono adesso. La prima cosa che notai furono le porte aperte. Chantelle non le avrebbe mai lasciate aperte. Le avevo fatte installare per la sua sicurezza e quella del bambino. Poi, quando parcheggiai, notai che la porta d'ingresso era stata sfondata. Corsi dentro casa urlando il suo nome. La trovai in camera da letto, legata a una sedia, bendata, con una sveglia che ticchettava legata addosso, era…». Scosse la testa, in un modo diverso dal solito. «Si era vomitata addosso ed era molto confusa. La slegai, la adagiai sul letto e poi chiamai un'ambulanza.

Nessuno l'aveva toccata, violentata o picchiata, ma quello che avevano fatto l'aveva terrorizzata».

Aveva un'espressione disperata quando mi guardò, ma cercò di continuare.

«Le avevano fatto credere di avere dell'esplosivo addosso. Credeva che sarebbe saltata in aria. Quando i paramedici arrivarono, le trovarono la pressione pericolosamente alta. Corsero in ospedale e le fecero un cesareo d'emergenza, e lui nacque morto, George. Non sopravvisse».

Rimasi in silenzio.

Non avevo parole. Non mi veniva in mente nulla da dire.

«Chantelle era sul tavolo operatorio e la pressione era così alta che le causava crisi continue. Alla fine tutti gli organi sono andati in cortocircuito ed è morta. Lei è morta, il mio bambino è morto, e con loro gran parte di me. Avrei dovuto morire io, non loro, erano così puri e innocenti, e invece non ci sono più per colpa mia».

Era in lacrime, ma non piangeva davvero. Mi stava solo raccontando la sua storia, con le lacrime che gli scivolavano lungo le guance. Mi accoccolai su di lui sedendomi sulle sue gambe. Lui mi strinse e mi baciò i capelli.

«L'uomo a cui ho sparato ieri era uno del gruppo. Quel giorno non era a casa mia, altrimenti sarebbe morto da tempo, ma è uno di quelli che facevano casino nei club. Quando lo arrestarono, lasciai perdere. Non avevo idea che fosse fuori, quindi ieri… ha capito cosa rischia».

«Allora sono stati i Riley a venire a casa tua?», chiesi.

«Sì, quella sera stanammo uno di loro e non ci volle molto per farlo confessare. Gli altri coinvolti erano scappati in Spagna e cercavano di tenere un profilo basso. Mi contattarono persino per dirmi che non avevano idea che le avrebbero provocato un aumento di pressione, che non volevano causare problemi e che erano dispiaciuti». Lo sentii fare spallucce. «Sono un bastardo, Georgia. Ho fatto un sacco di cose terribili in vita mia, ma ho delle regole. Tutte le persone con cui faccio affari, tuo padre, tuo zio, tuo fratello, abbiamo tutti le stesse regole. *Non* si coinvolgono le famiglie. Per niente al mondo, soprattutto le mogli incinte». Sospirò. «Capirono quello che gli sarebbe accaduto. Io non dovetti fare nulla, perché erano tutti così disgustati e allibiti da quello che avevano commesso che appena ricomparvero li fecero fuori. Tutti a parte Chris Riley, ma lo scovai io. E fu un piacere immenso occuparmi di lui. Terry era l'ultimo della lista, ed è stato fortunato che ieri ero con te e così di buon'umore. Quello che hai visto non è niente».

Cazzo!

Mio padre, i miei zii e mio fratello erano tutti coinvolti in questa storia?

In questo stile di vita? E io non ne sapevo niente?

Tenni la testa appoggiata al suo petto nudo. Mi teneva un braccio attorno alla vita e l'altro sulla spalla, mentre con la punta delle dita tracciava dei disegni sulla mia schiena.

Non sapevo cosa dire.

«Vuoi che vada via?», mi chiese.

Abbassò gli occhi per guardarmi.

Lo voglio?

All'improvviso mi sentii molto stanca e volevo solo tornare a dormire.

«Non lo so. Pensi che dovrei aver voglia che tu te ne vada?»

«Forse».

«Tu vuoi andare via?»

«No, voglio restare. Voglio che mi dici cosa pensi adesso che ti ho raccontato tutto».

Dannazione, argomento pesante per una domenica. Poi mi vennero in mente alcune cose.

«Com'è morto tuo padre?»

«È stato ucciso».

«In stile gangster?»

«Sì. Gli hanno sparato sui gradini di casa. La mia sorellina ha visto tutto. Era corsa ad aprirgli la porta, loro hanno tirato fuori una pistola e gli hanno piantato un proiettile in mezzo agli occhi».

«Cavolo, Cam».

«Adesso vuoi che me ne vada?»

«Se non do la risposta giusta mi spari?»

«Non fa ridere, Georgia».

«E le tue battute fanno ridere?».

Prima che potesse rispondere, gli brontolò la pancia. Tenevo ancora la testa contro il suo petto e sentii il brontolio.

Lo guardai con un ghigno. «Hai fame, Tigre? Ti è venuto appetito…?».

La sua bocca finì sulla mia e non finii la frase. Mi voltai e mi misi a cavalcioni su di lui. C'era il copriletto fra di noi, eppure sentivo la sua erezione. Gli misi le mani fra i capelli e lui fece lo stesso con me. Le labbra mi facevano male, specialmente quando sfregavano contro la sua barba. Mi staccai e lo guardai. Prima ci eravamo addormentati con una lampada accesa, e c'era abbastanza luce per vedere il bagliore dei suoi occhi.

«Credevo avessi fame», chiesi alzando un sopracciglio.

«Sto morendo, ma preferisco stare dentro di te, Micina».

«Hai un altro preservativo?»

«Non prendi la pillola?»

«Sì, ma non ti conosco abbastanza, Cam. Niente preservativo, niente sesso, mi dispiace ma è una mia regola».

Per qualche secondo parve seccato. «Non ho nulla, Georgia».

«Se lo dici tu».

«Eh? Pensi che mentirei su una cosa del genere?»

«Cam, io... No, non penso che lo faresti, ma io non faccio sesso senza preservativi».

«E se avessimo una relazione? Mi faresti ancora mettere il preservativo?»

«Io... No, forse no».

«Vorresti una relazione? Con me, insomma?»

Cazzo, eccoci, e io che pensavo fosse diverso.

«Cam, ascolta, stanotte abbiamo fatto sesso per la prima volta. Fra una settimana potremmo esserci stufati. Non possiamo vedere dove ci portano le cose?».

Si morse il labbro inferiore e non sembrò felice. «Io non sono d'accordo, Georgia Layton. Se facciamo sesso insieme, mi aspetto che tu non lo faccia con nessun altro».

Mi sentii in imbarazzo. Aveva tutto il diritto di pensare che io fossi una puttana. Avevo voglia di scendere dalle sue gambe, fare una scenata e dirgli di andarsene, ma come avrei potuto? Dopotutto era proprio così che mi ero comportata negli ultimi sei mesi.

«Non c'è nessun altro, Cam. Non ci sarà nessun altro finché ci frequenteremo. Non scopo in giro». Ora non mi andava più di fare sesso, avevo perso l'ispirazione. «Vuoi che ti prepari qualcosa da mangiare?», chiesi.

Appoggiò la fronte alla mia. «Ottimo, grazie Micina, e quando avremo finito, andremo a cercare un cazzo di preservativo e scoperemo ancora».

E andò così, per ben due volte.

Capitolo sedici

Le settimane successive furono impegnative. Lunedì tornai al lavoro e aiutai al negozio di Brentwood. Era metà marzo e la gente cercava vestiti per i matrimoni e per le corse dei cavalli. Mamma e io cercavamo di coprire tutti i punti vendita in quel momento dell'anno, di far sentire speciali i nostri clienti, perché lo erano davvero, e dargli le attenzioni che meritavano.

Io e Cam avevamo iniziato una relazione. Lui lavorava un sacco, ma trovava sempre del tempo per me. Durante la settimana uscivamo a cena o a pranzo. A volte andavo al wine bar e mi sedevo a chiacchierare con il suo staff e con i buttafuori, mentre aspettavo che finisse riunioni o telefonate nel suo ufficio. Se aveva appuntamenti altrove, aspettavo che tornasse. Poi ci facevamo mandare qualcosa da mangiare nel suo appartamento e passavamo la notte lì. Altre notti invece veniva lui da me dopo il lavoro. Entrava con le chiavi che gli avevo lasciato. In ogni caso, quando eravamo insieme facevamo del sesso da urlo. Sul serio. Roba da urlo. Lui era un dominatore a letto, creativo e premuroso.

Amavo il fatto che quando mi trovavo con lui non dovevo pensare. Potevo spegnere il cervello e godermi il momento. Il tempo trascorso con Cam era tempo in cui *non* pensavo a Sean. Questa non era l'unica ragione per cui mi piaceva passare del tempo con lui. Anzi, ogni volta che lo vedevo mi piaceva di più. Il problema era, come sempre, Sean. Sapevo di non dover paragonare i due, come mi aveva detto mia madre in diverse occasioni, perché nessuno sarebbe mai stato all'altezza del mio primo amore.

Lei era stata fortunata. Aveva sposato il suo primo amore. Il mio mi era stato strappato e non mi ero più ripresa da quello che avevo provato per lui. Per quanto Cam fosse affascinante, sexy e premuroso, non mi faceva battere il cuore come capitava quando pensavo a Sean. Quando eravamo distanti, non mi mancava da morire come Sean. Iniziavo a volergli bene, ma dal primo momento in cui avevo messo gli occhi su Sean avevo capito che il mio cuore sarebbe sempre stato suo. Era ancora così e nulla poteva cambiare le cose.

Cam di solito era impegnato il venerdì e il sabato sera e a me non importava. Potevo uscire con le amiche nei fine settimana. Il venerdì giravamo per club, mentre il sabato era flessibile. O andavamo in qualche club, oppure al wine bar e poi fuori per una cena indiana. A volte tornavo a casa all'alba e trovavo Cam nel mio letto, e mi andava bene così. A maggio mi accorsi che se non andavo io da lui, veniva lui da me. Eravamo passati dal vederci tre o quattro volte alla settimana a sei o anche sette notti di seguito. Mi piaceva, ma non lo volevo davvero. Mi ribellavo. Lui aveva iniziato a lamentarsi che andassi ancora a casa dei miei ogni domenica a pranzo. E se c'erano i miei fratelli, finivamo nello studio, strafatti o ubriachi, e rimanevamo lì fino al lunedì. Mi sarebbe davvero piaciuto che venisse con me, che partecipasse alle nostre riunioni di famiglia, ma avrebbe significato permettergli di entrare ancora di più nella mia vita e nel mio cuore e non ero sicura di essere pronta.

Cam mi piaceva davvero. Non ero a mio agio con quello che faceva per vivere, però non ero un'ipocrita. Ero stata allevata con soldi che provenivano per la maggior parte da attività illegali, quindi non potevo biasimare Cam per come aveva deciso di guadagnarsi il pane.

Avevamo accennato più volte alla possibilità di andare a vivere insieme, ma sentivo che per me era troppo presto. Ero troppo giovane. Mentalmente non stavo così bene da quattro anni, però non ero guarita. Passavo ancora la maggior parte del tempo col petto ancorato a quell'ultimo respiro, perché sapevo che se l'avessi lasciato uscire, sarei stata presa dal panico.

Comunque stavo meglio, molto meglio. Ascoltavo la musica, anche se non la loro. Ancora non riuscivo ad ascoltare la sua voce o le canzoni che potevano rivelarmi i suoi pensieri o sentimenti. Mi faceva male. Il cuore era ferito proprio come un tempo, solo che ero più brava a gestirlo. Ogni tanto mi domandavo se avrei passato così tutta la vita. A volte avevo pensieri suicidi, e immaginavo che sarei stata meglio da morta, piuttosto che viva e con questa sensazione di vuoto dentro di me. Ma da quando era arrivato Cam, ero riuscita a cavarmela molto meglio. Gliene ero grata e giorno dopo giorno i miei sentimenti per lui crescevano, però non ero pronta per la convivenza.

L'altro problema fra noi era mio padre. Lui non sapeva ancora della nostra relazione. O almeno così credevo. Mamma e Bailey mi avevano consigliato di dirglielo prima che lo venisse a sapere da qualcun altro, ma io non ero ancora sicura di cosa stessimo facendo. Cam mi piaceva molto, ma avevo l'impressione che io gli piacessi molto di più, e il mio vecchio istinto a scappare alla sola idea di quelle due paroline stava iniziando a tornare a galla. Avevo paura di sentirgliele dire. Forse un giorno le cose sarebbero cambiate, ma adesso era troppo presto.

Era un giovedì di inizio maggio ed ero fuori a cena con Cam, quando mi chiese che programmi avevo per la domenica successiva.

«È il compleanno di Ashley e andiamo al King. Papà ci

ha preso la sala VIP. Una limousine ci passa a prendere e poi ci raggiungeranno una cinquantina di persone».

Appoggiò forchetta e coltello. «Perché non me lo hai chiesto?»

«Pensavo lavorassi».

Non mi va di discutere ancora.

Lavorava sodo da una settimana e niente di quello che facevo sembrava piacergli.

«No. Perché non hai chiesto a me di sistemare la sala VIP per la festa di Ashley?»

«Be', perché...». Non mi andava davvero di parlare di questo.

Era una lotta fra lui e papà su chi aveva più potere al club?

«Cam, se avessi chiesto a te, mio padre e mio fratello si sarebbero domandati la stessa cosa. Bailey sa già che usciamo insieme, avrei solo complicato tutto. Quindi ho scelto la via più facile, quella che mi avrebbe creato meno problemi, o almeno così credevo, cazzo».

«C'è davvero bisogno di dire parolacce per enfatizzare la tua posizione?».

Bene, adesso fa lo snob.

«Non avere quell'aria di sufficienza, Cam. Sembri un vecchio coglione». Posai forchetta e coltello e lo guardai dritto negli occhi.

«Perché non hai ancora detto di noi a Frank?».

Feci spallucce. «Sto solo aspettando di capire come andranno le cose. Se non andiamo da nessuna parte, allora che senso ha creare problemi fra voi due?»

«È così?».

Alzai le sopracciglia, incerta del senso della domanda. «Se sta creando problemi?»

«No, Georgia. Stiamo andando da qualche parte? Eh?»

«Io mi sto divertendo e per me va bene così. Non so che pensieri abbia tu, se non che stasera mi sembri piuttosto incazzato con me».

Fece il suo solito cenno di dissenso con la testa e mi guardò. Sospirò e mi prese la mano. «Scusa, Micina. Non sono arrabbiato con te. Mi dispiace solo che tu non ti sia rivolta a me e che non mi abbia neanche accennato del compleanno di Ashley».

Okay, ora mi sentivo in colpa. Capivo che quello poteva averlo ferito. Sarebbe stato come se lui fosse venuto in uno dei miei negozi e avesse chiesto a un'altra commessa di aiutarlo, ignorandomi. Sospirai e cercai di spiegarmi meglio. «Ashley ne ha parlato a mia madre. Prima che avessi l'occasione di parlarne con qualcuno, mamma era già andata da papà a dirglielo. Non è un dramma, Cam». I miei occhi percorsero il suo bellissimo viso. «Perché non ti unisci a noi? Di certo puoi permetterti di prenderti un sabato sera libero ogni tanto, oppure puoi finire di lavorare e raggiungerci dopo».

Iniziava a mancarmi il sabato sera. Sarebbe stato carino passarne uno insieme.

Ingollò il suo bicchiere di vino. «Non saprei, potrei anche sentirmi a disagio, dato che sono un vecchio coglione».

«Non essere pungente».

«Wow, che parolona per una ragazzina così piccola».

Non so perché, ma quella frase mi irritò sul serio. Mi stava trattando come una bambina.

Non crede che io sia capace di usare parole difficili?

Presi il tovagliolo dalle gambe e lo gettai sul tavolo.

«Devo andare. Questa ragazzina così piccola ha sonno e mal di testa». Spinsi indietro la sedia un po' troppo forte per essere in un ristorante elegante come quello, presi la mia giacca e mi diressi alla porta.

Non sentii la sedia di Cam muoversi, dunque dedussi che restò seduto. Appena uscii, vidi Benny accendere la Jag al di là della strada. Mi raggiunse con il finestrino abbassato. «Bene, duchessa, salta dentro».

Avevo acceso una sigaretta. Non fumavo da secoli, ma mi aveva fatta così arrabbiare che ne sentii il bisogno.

«Fottiti, Ben. Non sono dell'umore. Mi sono appena sparata una cena con il tuo capo che si comportava da idiota... di nuovo. Non ho bisogno delle tue battute».

«Cazzo, George, mi stavo solo facendo una risata con te. Ignoralo, ha un sacco di cose per la testa al momento».

«Non mi interessa, Ben. Non mi interessa». Entrai nel vicolo accanto al ristorante e fumai la sigaretta. La spensi e aspettai cinque minuti, ma Cam non uscì.

Fanculo!

Se pensava che l'avrei aspettato, allora doveva ricredersi. Il vicolo portava alla strada parallela, ma era bloccato da una colonnina spartitraffico che fermava le auto, quindi proseguii in quella direzione. Ben non poteva vedermi dalla macchina e io accelerai il passo. Appena mi ritrovai sulla strada principale, fui così fortunata da fermare subito un taxi. Saltai a bordo, diedi all'autista l'indirizzo di Jimmie e sperai che non le dispiacesse ricevere una mia visita improvvisa. Chiesi al taxi di fermarsi al negozio di liquori e comprai un paio di bottiglie di vino. Se non avesse avuto voglia di farmi compagnia, allora sarei andata a casa mia a scolarmele da sola.

Suonai alla porta e appoggiai la fronte, in attesa. Ero così impegnata a ripercorrere nella mia mente la conversazione con Cam che non mi accorsi che venne aperta. Caddi in avanti e finii a sbattere contro il petto di qualcuno.

Capii subito.

In un istante.

In un nanosecondo.

Capii di chi era quel petto.

Prima mi prese per le spalle, e io fui assalita dal panico pensando che mi avrebbe spinta via, ma poi mi abbracciò dolcemente, mi annusò i capelli, baciò la testa e sussurrò al mio orecchio: «Ti amo, Georgia Rae, fammi vedere le tette».

Tutto prese a girare, il pavimento si aprì sotto di me e il muro che mi stringeva il cuore si volatilizzò in un istante. La persona che ero, quella che ero diventata negli ultimi quattro anni, si disintegrò in un milione di pezzi.

Avevo una bottiglia di vino in ciascuna mano. Per fortuna non mi caddero, e le strinsi così forte che mi facevano male le mani. Dovevo stringerle perché erano vere. Finché le tenevo in mano, sapevo di avere una qualche presa sulla realtà. Portai le braccia attorno al suo collo e mi strinsi a lui, inalando il suo profumo. Forse stavo sognando. Forse la porta si era aperta, ero caduta e avevo sbattuto la testa. Provai a muovere le bottiglie che tenevo in mano e il mio cervello registrò il rumore del vetro che sbatteva.

«Sai quanto tempo ho aspettato per tenerti così stretta? Quanto ho aspettato per affondare il viso nel tuo collo e sentire il tuo profumo?».

Non riuscivo a parlare. Se lo avessi fatto, temevo che sarebbe svanita la magia, che non sarebbe stato vero. Che lui non mi stesse stringendo davvero.

«Lo sai? Lo sai, Gia?».

Mi sentii morire. Solo Sean mi chiamava Gia. Nessun altro ci aveva mai nemmeno pensato.

«Quattro anni, G. Anzi, per essere precisi, quattro anni e undici giorni, e ogni singolo istante è stato un fottuto inferno». Con l'indice mi alzò il mento. Non potevo guardarlo, non potevo permettermelo.

E se stessi avendo la crisi del secolo, avessi perso comple-

tamente il senno e questo fosse solo il prodotto della mia immaginazione?

In quel caso, mi auguravo di essere pazza.

«Apri gli occhi, G. Devo vedere quei bellissimi occhi blu».

«Non posso», sussurrai, la voce udibile a malapena.

«Perché, G? Perché non puoi? Ho bisogno di vederli. Devo guardarli per cercare noi. Quando li guarderò, voglio riuscire a vedere me e te, sapere che esiste ancora un noi, Sean e Georgia. Siamo ancora noi, G?».

Molto lentamente aprii gli occhi, sognando il paradiso e temendo di vedere l'inferno. Ed erano lì. Quegli occhi marrone scuro venati d'oro, il mio piccolo angolo personale di paradiso, mi stavano guardando.

«Ecco la mia ragazza». Mi fece quel suo sorriso sbieco e io tremai. Era più alto di come lo ricordavo. Non alto quanto Cam, ma di sicuro ben sopra il metro e ottanta.

«Posso baciarti, G? Voglio baciarti. Devo baciarti, G. Posso?».

Annuii, anche se in quel momento la mia testa non era attaccata alle spalle, ma vorticava da qualche parte nella stratosfera. Prima che potessi pensare ad altro, la sua bocca fu sulla mia. Il bacio fu dolce e delicato, all'inizio le nostre bocche danzarono insieme, ma poi si fece profondo, le sue labbra premute contro le mie mi assaporavano. Gemette e lo feci anch'io. Mi prese le bottiglie di mano senza smettere di baciarmi. Tornò ad avvolgermi fra le sue braccia e le bottiglie sbatterono l'una contro l'altra, ricordandomi che era tutto vero. Era lì, io ero lì, ci stavamo baciando. Eravamo insieme, Sean e Georgia.

Alla fine smettemmo di baciarci ma restammo con le labbra appoggiate una sull'altra, bocca contro bocca a guardarci negli occhi. Delle lacrime gli scorrevano lungo il viso e mi resi conto che stavo piangendo anch'io. Sollevai le mani e gli sfiorai le guance.

«Dio, Gia, mi sei mancata così tanto».

«Non sei mai tornato per me, Sean. Mi hai lasciata andare. Non hai combattuto per me».

Si accigliò e si staccò per appoggiare le bottiglie sul tavolino dell'ingresso. Si voltò e mi guardò con le sopracciglia unite.

«Ho combattuto eccome, Georgia. L'ho fatto finché non mi hai rispedito le lettere. Finché non mi hai chiesto di smettere».

Tutto prese a girare. Il panico mi stringeva lo stomaco.

«Mi hai scritto delle lettere? Quando… No, Sean, non ho mai detto di smettere. No, non l'avrei…».

Non trovavo le parole per fargli capire che quello che mi stava dicendo non aveva senso.

«Georgia, sono andato da tua madre, ma non mi permettevano di vederti. Quindi restavo seduto in macchina fuori casa tua tutto il giorno e tutta la notte, ma poi ho dovuto riprendere il tour, e ho chiamato ogni giorno per settimane. Ho chiamato e ho continuato a scrivere. Ho spedito una marea di lettere. Ti ho mandato le canzoni che ho scritto per te. Ho scritto tutto quello che provavo per almeno un anno. Ho registrato dei video delle canzoni per fartele sentire. Ti ho mandato tutto, G».

Non credevo alle mie orecchie e continuavo a scuotere la testa. «No, no, dove? Dove sono finite?». Credevo di sentirmi male. «Dove le hai mandate? Devi aver sbagliato indirizzo». Cosa ridicola, dato che da ragazzini avevamo passato più tempo a casa mia che a casa sua. Conosceva il mio indirizzo meglio del suo. L'adrenalina mi faceva formicolare ogni terminazione nervosa. Ero così presa dal panico che a malapena riuscivo a respirare.

Mi sta mentendo?

Proprio quando desideravo che fosse qui, a stringermi tra le sue braccia, lui mi mentiva?

Perderò di nuovo tutto?

Sembrava devastato quanto me.

«Le hai rimandate indietro?». Stava scuotendo la testa. Era una domanda, non un'affermazione.

«No. No, Sean, mai! Non le ho mai ricevute. Non le ho mai neanche viste, come facevo a rimandarle indietro?». Tremavo così tanto che avevo la voce spezzata.

Dio, non riuscivo a respirare. Non capivo cosa stesse succedendo e mi sentivo soffocare.

«Sono tornate indietro ancora chiuse con un messaggio che diceva "Per favore non cercarmi più". Sono tornate tutte: le lettere, i biglietti, le poesie, i video. Tutto, Georgia. Mi hai detto di starti lontano perché non mi avresti mai perdonato». Si diede un forte pugno sul cuore mentre parlava digrignando i denti. «Volevo solo un'occasione, G. Una fottuta occasione per spiegarti. Per dirti che mi dispiaceva, che per me esistevi solo tu, che sarebbe sempre stato così».

Stavo facendo delle smorfie, mentre cercavo di parlare e dare un senso a quello che mi stava dicendo. Volevo urlare. Era un errore, non poteva essere successo davvero.

«No, Sean. No, non sono stata io! Non l'avrei mai fatto. Volevo vederti. Desideravo così tanto che tornassi da me che per poco non sono morta. Avevo il cuore spezzato. Il dolore… il dolore mi sta uccidendo, mi sta uccidendo, Sean». Scuotevo la testa e ansimavo, le gambe non mi sostenevano più. Lennon comparve in fondo al corridoio, dietro Sean.

«*Cazzo*… Jimmie!», sentii gridare.

«Non capisco, G. Allora chi è stato? Chi ci avrebbe fatto

una cosa del genere? Jimmie e Lennon sanno quanto ho provato... sanno che ho cercato disperatamente di vederti. Sanno delle telefonate e delle cose che ti ho spedito. Tu come facevi a non saperlo? Non possono essere stati tua madre e tuo padre...». Ansimava anche lui. Sembrava allibito quanto me. Qualcuno avrebbe dovuto spiegarci. Io da sola non riuscivo a capire. Non me ne facevo una ragione.

Tutto questo tempo, tutto il dolore, e lui mi stava aspettando.

Jimmie mi comparve di fianco all'improvviso. Io ero in ginocchio nel loro corridoio. Sean era seduto a gambe incrociate davanti a me, con la mia testa fra le mani...

«Piccola, che succede? Sean?», chiese lei.

Lui mi guardò e io pensai di essere sull'orlo di un attacco di panico, emettevo rumori che non mi sembravano umani.

«Gia». Non aggiunse altro. Mi tirò a sé facendomi sedere sulle sue gambe e stringendomi forte. Ripresi a respirare. L'aria riprese a riempirmi i polmoni. Lo guardai.

«Chi poteva desiderare di farci così del male? Chi?».

Jimmie si era inginocchiata accanto a noi e Lennon camminava avanti e indietro alle spalle di Sean.

Poi comparve Marley. «Che cazzo succede, George? Che c'è che non va?». Venne verso di noi. «Qualcuno può dirmi che cazzo sta succedendo?».

Anche Jimmie piangeva e non sapeva nemmeno cosa ci fosse che non andava.

«Le lettere, Jim? Tutte le lettere che mi hai detto che aveva ricevuto?».

Jimmie sembrò confusa. «Infatti». Mi guardò. «Tua mamma mi ha detto che ti agitavano così tanto che era meglio non parlartene».

No, no, non può essere vero.

Mamma era una delle mie migliori amiche, non mi avrebbe mai fatto una cosa simile. Sapeva quanto soffrivo. «No, no, Jim, non lo sapevo. Non ho mai visto una sola lettera».

«Cosa?»

«Mi ha detto che Sean aveva chiamato per un paio di settimane, ma che dopo la lavata di capo di mio padre aveva smesso».

«Georgia, giuro su Dio che ho chiamato a casa tua almeno quattro o cinque volte al giorno. Li ho implorati di lasciarmi parlare con te. In tutte le lettere ti ho scongiurato di vederci».

Oltre al rumore dei miei respiri e singhiozzi, nel corridoio c'era silenzio. Sean continuava ad accarezzarmi la schiena e i capelli con la punta delle dita per calmarmi. All'improvviso mi sembrò di non aver dormito per anni e di potermi finalmente lasciar andare.

Sean mi baciò la testa. «G, ti amo, piccola, ma hai un culo ossuto e il mio sta perdendo sensibilità».

Alzai gli occhi e ridacchiai. «Mi ami?»

«Certo che ti amo. Quante volte devo ripetertelo? Era così allora ed è così anche adesso. Ci sei solo tu, G. Sarà così per sempre». Si alzò senza lasciarmi andare e mi portò nel salotto di Jimmie e Len. Si sedette sul divano con me in braccio e mi sussurrò all'orecchio: «Sono stato senza di te per quattro dannati anni. Non succederà mai più. Potrei portarti in braccio per sempre».

Sorrisi, e dentro di me mi sentii come quando mi svegliavo dopo averlo sognato. Felice, avvolta dalle sue braccia e dal suo profumo. Ma poi, come dopo i sogni, la realtà piombò su di me. Mamma, la mia bellissima mamma, mi aveva tradita.

Len mi passò un bicchiere di vino e offrì a Sean quello che sembrava whisky.

Bevetti un sorso. «Devo parlare con la mamma. Non posso credere che mi abbia fatto una cosa del genere. Sapeva quanto fossi incasinata. Ne avevamo parlato tantissime volte, le avevo detto che ti amavo ancora e che ti avrei sempre amato. Non capisco». Guardai Marley, seduto sulla poltrona. «Tutto bene, fratellone?»

«Devo dire, sorellina, che sono d'accordo con te. Non è da mamma. Non è da lei, vero?». Scosse la testa e continuò a parlare come se fosse solo. «Non so se sto analizzando troppo, ma ora che ci penso, negli anni ha fatto il possibile per impedire a voi due di avere contatti. Io pensavo fosse per proteggerti, George. Poi, dopo quella domenica del mese scorso…». Sentii Sean trattenere il respiro e stringere un po' di più la presa. «Dopo la tua reazione di quel giorno, credevo avesse fatto la cosa giusta. Ma a volte si è comportata in maniera abbastanza irrazionale. Come quando mi ha detto di non darti il nostro indirizzo e si è infuriata quando l'hai scoperto. Ora mi fa pensare che avesse un piano preciso. E se ci fosse stato qualcosa in più del semplice proteggerti? Forse voleva nascondere quello che aveva fatto. Non lo so, sono solo supposizioni».

Di che stava parlando? Ero sempre più confusa.

«Non capisco, Marls. Che vuol dire darmi il nostro indirizzo? Non capisco».

«L'indirizzo mio e di Sean, mi ha chiesto di non dartelo perché temeva che ti presentassi a casa nostra. Diceva che avevi cercato di scoprire dove vivevamo in modo da poter pedinare Sean».

Ero sempre più attonita e furiosa. «Marley, non ho la minima idea di dove vivi e non sapevo nemmeno che vivessi con Sean».

Tutti restarono col fiato sospeso.

«George, non sei andata a casa dei ragazzi cercando di sorpassare la reception? Non hai urlato contro l'addetto della sicurezza e dato calci alle porte?».

Mi guardai attorno. Sean sembrava orripilato.

«Non ne sapevo nulla, piccola. Sei venuta nel nostro appartamento?».

Che diavolo sta succedendo?

«Siete sordi o solo fuori di testa? Non ho idea di dove viva Marley e non avevo idea che Sean vivesse con lui. Chi ti ha detto che ero stata lì a fare casino?».

Per un lungo istante ci fu silenzio e i miei fratelli e Jimmie si guardarono.

Jimmie fece spallucce. «Tua madre, George, ce l'ha detto tua madre».

Mi tremava la bocca mentre cercavo di spiegarmi il dolore e il senso di tradimento che provavo. Era uguale, se non peggio, a quello che avevo provato dopo l'apparente tradimento di Sean quattro anni prima. Affondai la testa nel suo petto.

«All'inizio le avevo detto che non volevo più sentirti. Lo ammetto. Non volevo più vedere le storie che circolavano sui giornali riguardo alla faccenda di Parigi. Ero stata molto chiara». Guardai Jimmie.

«Tu c'eri, Jim, sai in che stato ero». Mi rivolsi a Sean. «Mi dispiace, avrei dovuto darti retta, starti a sentire. Ora so che ho sbagliato, ma giuro che non sono mai stata a casa vostra. Non ho idea del perché si sia inventata quella storia o abbia mentito su una cosa simile. Perché mi ha fatto questo?».

La parola devastata non descrive neanche lontanamente come mi sentivo in quel momento.

«Oh, piccola», sussurrò Sean.

«Perché, Sean?». Li guardai tutti. «Perché mi ha fatto questo? Perché ha fatto questo a noi?». Non riuscivo a controllare i singhiozzi e Sean mi strinse di nuovo a sé, accarezzandomi e calmandomi.

Alla fine mi rassegnai di fronte a quello che dovevo fare. Mi alzai, e avvertii subito la mancanza di Sean.

«Devo chiamarla. Devo parlarle. Posso chiederle di venire qui?», domandai a Len e Jimmie.

Si guardarono. «Sono le dieci, George. Pensi che uscirà a quest'ora?».

Feci spallucce. «Non ha scelta».

Ribollivo di rabbia. Mamma mi aveva fatto questo? Avrebbe potuto alleviare anche di poco il mio dolore e non l'aveva fatto? Se ci aveva tenuti distanti di proposito, allora sapevo che il mio rapporto con lei era finito. Mi sarei allontanata da lei e dall'attività senza esitare. Se aveva davvero fatto una cosa tanto terribile e vergognosa, allora avevamo chiuso.

Andai in cucina, presi il telefono e con la mano tremante digitai il numero dei miei genitori. Rispose papà.

Anche lui c'entrava qualcosa?

«Papà, mi dispiace che sia così tardi, ma la mamma è lì?»

«Ciao, dolcezza. Come va? Sì che è qui. Ti voglio bene».

«Anch'io papà».

Le disse che ero io. Deglutii e mi inumidii le labbra, ma avevo la bocca secca.

«Ciao, Georgia. Che c'è che non va?».

Che c'è che non va? Che cazzo c'è che non va?

Da dove potevo iniziare? Volevo urlare, trascinarla lì dalla cornetta del telefono. Decisi di arrivare subito al sodo.

«Mamma, ho bisogno che mi raggiungi da Jimmie e Lens e ho bisogno che tu venga adesso. È urgente».

«Georgia, che succede? Qualcuno sta male?».

Qualcuno sta male?

Non ne hai idea, mamma!

«Sì, mamma, qualcuno sta male. Non voglio metterti l'ansia, ma devi venire il prima possibile». Attaccai prima che potesse aggiungere altro, e rimasi a fissare il telefono. Capii che Sean era lì, anche prima che le sue braccia mi stringessero e che mi baciasse in quel punto appena sotto l'orecchio. Mi girava la testa e mi appoggiai a lui.

«Abbiamo così tante cose di cui parlare, così tanto da chiarire. Ma ti giuro, Georgia, che passerò il resto della vita a recuperare questi anni persi con te. Nonostante quello che è successo da allora, tutto è iniziato a causa mia e per la mia stessa stupidità, e non ti farò mai più passare nulla del genere. Ti rivoglio, G. Ti voglio con me, così come avrebbe dovuto essere negli ultimi anni. Sean e Georgia, Georgia e Sean».

Mi voltai e lo guardai. Lui stava osservando la mia mano, che era sul collo, e me la spostò per accarezzare con le dita la collana, la mia G d'argento.

«La porti ancora?», chiese sfiorandomi una guancia con le nocche. «Sei arrossita, Georgia Rae?». Poi si leccò l'indice e me lo passò sul viso, producendo uno sfrigolio con la lingua come se la mia pelle glielo bruciasse.

«Sì, la porto ancora. È l'unico pezzo di te a cui ho permesso di rimanere nella mia vita negli ultimi quattro anni. Ti volevo vicino. Volevo sentirti, ma non volevo guardarti e ricordare quello che avevo perso».

Chiuse gli occhi come se quello che avevo detto fosse doloroso e annuì piano. «È un tale casino, G. Non ci crederai». Si sfilò la maglietta dalla testa. Era molto più muscoloso di come lo ricordavo, ma allora aveva solo diciotto anni, adesso ne aveva ventidue, ed era tonico da morire. Mi sollevò il mento con un dito. «Occhi in alto, G. Non volevo farti vedere gli addominali, anche se sarò felice di mostrarteli più tardi». Mi fece l'occhiolino. «Ma guarda qui». Indicò un tatuaggio sul suo petto. Era la replica esatta della mia collanina, la lettera G sostenuta da due ali d'angelo. «Volevo un pezzo di te... volevo che un pezzo di te restasse sempre con me, ma non potevo farmelo dove lo avrei visto tutti i giorni. Faceva male ogni volta che lo guardavo. Mi ricordava come avevo rovinato tutto e quello che avevo perso».

Mi coprii la bocca con la mano cercando di trattenere un singhiozzo. Non aveva senso, però. Avevo trattenuto le lacrime per troppo tempo. Ben quattro anni.

Mi strinse fra le braccia. «Ehi, ehi, ehi, va tutto bene. Siamo qui, G. Abbiamo ritrovato la strada. Siamo fatti per stare insieme. Niente ci separerà, adesso. Non ti perderò più».

Baciai il suo petto nudo e gli leccai via le lacrime dalla pelle.

Abbassò gli occhi. «Anche questo è per te». Voltò la testa in modo che potessi vedere il tatuaggio che dal collo gli scendeva lungo la spalla. Lo lessi ad alta voce: «Non c'è nessun'altra. Non c'è mai stata. Ci sarai sempre e solo tu». Lo sfiorai con le dita della mano destra.

«Viene da *With me*».

«Cos'è?», chiesi perplessa.

Lui scosse la testa sorridendo. «La nostra canzone più famosa, quella che ha vinto il disco di platino».

Deglutii e abbassai gli occhi. «Non conosco nessuna delle vostre canzoni, Sean. Non potevo ascoltarle. Non sono riuscita ad ascoltare la musica fino a un paio di mesi fa, e comunque mai nessuna delle tue canzoni. Non sopportavo l'idea di sapere i tuoi pensieri o sentimenti. Ho smesso di leggere le riviste e di ascoltare la radio. Se per caso ne suonavano una in un pub, andavo a nascondermi in bagno». Mi sentii un'idiota ad ammetterlo. «Mi faceva troppo male». Mi pulii il naso.

Lui mi prese e mi strinse forte. «Cazzo, piccola. Ho rovinato tutto. Mi dispiace».

Mi sembrò che la testa fluttuasse staccata dal corpo, appesantito da tutto quello che era successo fino a quel momento. Non sapevo cosa pensare.

È finita?

Senza parole, senza discussioni, mi stavo rimettendo con lui? Gli avrei permesso di tornare a far parte della mia vita? Prima che potessi pensare ad altro, suonarono alla porta.

Sean mi guardò. «Sean e Georgia, non ci distruggeranno più». Mi baciò sulla bocca, si rimise la maglietta, poi mi prese per mano e mi accompagnò verso il divano.

Capitolo diciassette

Mentre Len andava ad aprire la porta ci guardammo tutti. Mi accoccolai il più possibile vicino a Sean. Lui teneva un braccio dietro di me sullo schienale del divano e l'altro sulle sue gambe per tenermi la mano. Avevamo i palmi sudati.

Li sentii parlare in corridoio, sentii mio padre chiedere cosa c'era che non andava e se tutti stavano bene. Poi sentii la voce di Bailey quando entrò per primo nella stanza, si accigliò guardandosi in giro e posò gli occhi sulle nostre mani unite.

«Tutto bene?», mi chiese.

Annuii.

«Maca», disse a Sean, sedendosi accanto a me.

Il cuore mi schizzò in gola quando i miei entrarono in sala. Calò un silenzio assoluto. I nostri genitori ci guardarono tutti per capire se stavamo bene.

Papà strinse gli occhi e chiese: «Che succede, principessa? Hai spaventato a morte la mamma».

«Posso offrirvi qualcosa da bere?», chiese Len.

Non riuscivo a staccare gli occhi da mia madre. Di sicuro, vedendo me e Sean che ci tenevamo la mano aveva capito di cosa si trattava e il mio cuore si fermò. Il muro non si era ancora ricostruito. Il cuore non era tornato a nascondersi dalle emozioni e dai sentimenti. Era diverso dal dolore devastante che avevo provato con Sean. La rabbia mi ribolliva nello stomaco, e quello che prima era un fuocherello si stava trasformando in un inferno bruciante che faticavo a contenere.

Volevo davvero sfogarmi con qualcuno, sentivo il ritmo del respiro accelerare.

«Ehi», disse Sean. Lo guardai. «Calmati. Abbiamo tutto sotto controllo, okay? Siamo Sean e Georgia, ricordi? Non ci separeranno di nuovo».

Tornai a guardare i miei genitori. Erano seduti sul divano a due posti e Len offrì loro due bicchieri di whisky. Non riuscivo più a trattenermi. Dovevo parlare o sarei esplosa.

«Sei stata tu?», chiesi a mamma. Non urlai. Tenni la voce a un volume ragionevole e mi sembrò di essere abbastanza calma. Papà guardò lei e poi me. Mamma teneva gli occhi bassi.

«Che succede, George? Bern?»

«Sei. Stata. Tu?». Stavolta lo domandai a voce più alta, enfatizzando ogni parola.

Papà fissava la mamma. «Bern, che cazzo succede?»

«Glielo dico io?», chiesi, senza nemmeno cercare di nascondere il veleno nella mia voce.

Infine alzò gli occhi. Ingollò tutto il suo drink e fece un respiro profondo. «Ho fatto quello che ritenevo giusto». Mi alzai di scatto dalla sedia, ma Sean e Bailey mi trattennero.

«Come hai potuto? Come cazzo hai potuto?», gridai.

«Basta, Georgia. Qualcuno per favore può spiegarmi cosa sta succedendo qui?», tuonò mio padre.

«Tu lo sapevi? C'entri anche tu?»

«No!», urlò la mamma.

«C'entro in cosa? Non ho idea di cosa parli, tesoro».

«Mi hai tenuto nascoste le telefonate e le lettere di Sean? Gliele hai rispedite con un biglietto da parte mia con scritto di non contattarmi più? Hai raccontato in giro che ero stata da Marley per entrare a casa loro con la forza? Eh? Oppure è stata solo quella bugiarda, falsa e disonesta di tua moglie?».

Lo sguardo di mio padre mi disse che non ne sapeva niente. Poi guardò mia madre con un'espressione di orrore sul viso. «Bern?».

Mamma si tenne la testa fra le mani e la scosse. Guardò me e Sean. «Non è andata così. All'inizio volevo che tornaste insieme. Ma tu stavi così male, George, e avevi bisogno di tempo. Non potevo permettergli di parlarti. Non eri abbastanza forte e comunque all'inizio ti eri rifiutata».

Len andò in cucina e tornò con una bottiglia di Wild Turkey per riempire i bicchieri di tutti. Bailey mi teneva una mano sul ginocchio, Sean mi stringeva la mano. Eravamo tutti seduti sul bordo del divano. Presi il bicchiere dalle mani di Sean e ne bevetti un sorso. Len si rimise a sedere e mamma continuò.

«Sono tua madre, Georgia. È mio dovere tenerti al sicuro», disse con gli occhi sbarrati. Poi si rivolse a Sean. «Avevi spedito solo poche lettere fino ad allora». Deglutì e chiuse gli occhi per un istante. «Dopo qualche giorno gli avrei permesso di parlarti. Credevo fosse meglio aspettare che la band ripartisse per il tour e che vi parlaste per telefono. La distanza ti avrebbe tenuta al sicuro. Poi un giorno, quando George era a scuola per uno degli ultimi esami, è venuta una ragazza a bussare alla nostra porta. Non sapevo chi fosse… Comunque, voleva parlare con te, George. Voleva che sapessi che Sean ti aveva messo le corna con lei per due anni e che era rimasto con te solo perché temeva di essere buttato fuori dalla band. Disse che appena avessero ottenuto il successo sperato avrebbe rotto con te e iniziato una vita con lei». Deglutì e si inumidì le labbra. Vidi con la coda dell'occhio che Sean scuoteva la testa.

«Macché. Chi era? Come si chiamava?»

«Sean», mamma sospirò il suo nome. «Avevi appena spezzato il cuore di mia figlia in mille pezzi. Io… credetti alle sue parole e basta, senza assicurarmi che la storia fosse vera. All'epoca non eri proprio nelle mie grazie». Bevette un altro sorso. «Non raccontai dell'accaduto a nessun altro perché non volevo creare problemi alla band. Quindi decisi di starmene zitta. Georgia sembrava stare meglio, allora presi le tue lettere e le portai in una cassetta della posta. Credevo che dopo un po' non sarebbero più arrivate, o che il ritmo sarebbe rallentato, invece no. Alla fine ho rispedito tutto a Sean con un biglietto: "Per favore non contattarmi più. Ho voltato pagina, dovresti farlo anche tu"».

Fece spallucce.

Fece spallucce come se niente fosse. Come se non importasse.

Volevo darle un pugno. Volevo provocarle dolore fisico.

«Non ho più visto quella ragazza per molto tempo. Poi un paio di anni fa, quando voi due avete comprato il magazzino, ha chiamato per dire di aver sentito da amici che Georgia stava cercando di scoprire dove fosse, e che faceva un sacco di domande su Sean. Ero così preoccupata, perché tutto stava andando meglio. Tu… tu stavi meglio». Non credevo alle mie orecchie. «Tutto andava bene sul lavoro. Stavi ritrovando la fiducia in te stessa, ma quella chiamata mi ha fatta preoccupare. Quindi sono andata nel panico e ho chiesto a voi ragazzi di non menzionare il magazzino, né dove si trovasse». Scosse la testa. «Credevo di fare la cosa giusta».

Papà le prese la mano. «Avresti dovuto dircelo, avresti dovuto dire qualcosa, Bern».

«A chi? Se l'avessi raccontato a te o a Bailey, pensavo che avreste fatto qualcosa a Sean, e se l'avessi detto a Marley, Lennon o Jimmie temevo che quest'altra donna potesse creare dei problemi alla band».

«E io? perché non hai pensato di parlarne con me?»

«No, non potevo, George. Sei stata così fragile per tanto tempo, non potevo correre rischi. Sei mia figlia. Sei stata malissimo per quello che è successo tra Sean e quella ragazza nella stanza d'albergo. Temevo che scoprire una relazione parallela di due anni ti avrebbe uccisa. Pensavo che avresti commesso qualcosa di stupido. Dovevo proteggerti a ogni costo. Sono tua madre. È il mio dovere».

«Be', allora hai rovinato tutto. Non hai fatto altro che procurarmi infelicità per quattro anni», sbottai. Presi il bicchiere di Bailey e mi scolai il contenuto.

«Quello che non capisco però è tutta la faccenda di George che va a casa loro», disse Jimmie. «Da dove è uscita quella storia? Perché inventarsi una cosa del genere, Bern?»

«Be', è a quel punto che avrei dovuto sentire il campanello d'allarme e non so perché non è successo. Ricordate quell'articolo dell'anno scorso sul vostro matrimonio? Della domanda su George che ti faceva da damigella e se la presenza di Sean non sarebbe stata imbarazzante?». Jimmie annuì. Non avevo idea che il futuro matrimonio di Jimmie fosse finito sui giornali.

Cavolo, la band è *davvero così famosa?*

«Be', qualche giorno dopo questa Mandy, la tizia che diceva di essere la fidanzata segreta di Sean, ha telefonato a casa e mi ha detto che Georgia aveva scoperto dove vivevano i ragazzi e creato un sacco di problemi per salire da loro. Diceva di aver convinto la sicurezza a non chiamare la polizia, ma che George aveva chiaramente bisogno di uno psichiatra e che doveva essere tenuta lontana da Sean a tutti i costi. Altrimenti si sarebbe assicurata che lui la denunciasse».

«Giuro su Dio che non c'entro niente con questa storia», protestò Sean.

Mamma si grattò la testa. Era un gesto inusuale per lei, sempre così composta e perfetta.

«George, giravi sempre per club. Avevi perso peso e ti comportavi in modo strano. Credevo che stessi precipitando di nuovo in una crisi e mi sono chiesta se la causa non fosse il pensiero di rivedere Sean al matrimonio. Allora...», continuò sospirando, «ho chiesto a tutti di non dire niente. Con Jimmie e Marley avevamo deciso di aspettare che fossi tu a parlarcene. George, eravamo solo preoccupati per te», disse implorante. Come se avessi dovuto capire, accettare che era tutto per il mio bene.

Sean si passò una mano fra i capelli e guardò Marley. «Perché non mi hai detto niente?»

«Perché pensavo che saresti andato dritto da lei e che non fosse il caso. E pensavo fosse fragile, proprio come la mamma. Anche se non avevo mai sentito parlare della ragazza». Marley guardò mia madre. «Hai detto che è stata la guardia di sicurezza a chiamarti».

«Be', non potevo dirti di Mandy. Mi aveva fatto giurare di mantenere il segreto, e aveva detto che lei e Sean non erano ancora una coppia ufficiale perché aspettavano il matrimonio per non mandare in crisi Georgia. Credevo solo che fosse gentile», aggiunse con una risatina nervosa. Poi si rivolse a Sean. «Quando quella domenica ti sei presentato a casa nostra con quella ragazza sulla moto, la sua somiglianza con Mandy mi colpì. Ma quello che non riuscii a capire era: perché, se eri davvero così innamorato di questa Mandy, eri venuto da noi con la sua sosia? E tu, George, non facevi che ripetere che era uguale a *lei*. Questo mi ha fatto pensare che in realtà sapessi già di Mandy, quindi ho controllato tutti i ritagli di giornale che avevo».

«Ritagli di giornale?»

«Li ho tenuti da parte per te, George. Ho raccolto tutti gli articoli sui ragazzi, sperando che un giorno saresti riuscita a guardarli».

Si asciugò le lacrime dagli occhi e il suo gesto mi fece

tremare le labbra. Odiavo me stessa, perché mi dispiaceva che fosse agitata, e per il fatto di essere la responsabile delle sue lacrime. Stavo per sentirmi male, perché avevo capito come sarebbe stato il puzzle una volta che tutti i pezzi fossero stati rimessi insieme, ed era orribile. Orribile e crudele. Mi coprii la bocca con una mano mentre provavo una forte ondata di nausea.

«Ho tenuto le cose belle e anche quelle brutte, le foto, gli articoli, i testi delle canzoni e così via. Mi sono seduta a sfogliare le pagine finché non ho trovato la sua foto e ho capito che errore incredibile avevo commesso».

«Oh no, no, no. È stata lei. È quello che ha sempre voluto».

Guardai Jimmie, che era incredula.

«Puttanella?», chiese.

Annuii e mi voltai verso Sean. Lui non aveva ancora messo insieme i pezzi.

«È la ragazza dell'accusa di stupro», continuò la mamma.

Sean si alzò di scatto. «No, no, non ci credo! Non la vedo da quel giorno. Non c'è mai stato niente fra noi, G, lo giuro sulla mia vita».

Scossi la testa. «Lo so, lo so, ti credo».

Mi guardai attorno. «Cazzo. Wow!». La testa mi girava come una centrifuga, mentre pensavo a quello che Haley White ci aveva fatto.

«Mi odia proprio sul serio. Ha fatto di tutto per rovinarmi la vita e per tenerci distanti. Ho bisogno di bere».

Ero furiosa al punto da non riuscire a pensare. Dovevo bere, fumare una sigaretta, uno spinello, e mamma doveva scomparire dalla mia vista finché non avessi dato un senso a tutta la storia. Stavo per esplodere.

Capitolo diciotto

Il problema delle case con le stanze grandi è che non si riesce mai a fare un'uscita in grande stile. Non c'era nessuna porta da sbattere. Cosa che avrei desiderato fare, per dimostrare a tutti quanto ero arrabbiata. L'altro problema era che non c'erano stanze in cui potessi rinchiudermi a piangere.

Ed è proprio quello di cui ho bisogno ora.

Entrai in cucina a prendere il bicchiere di vino che avevo lasciato lì, mi versai da bere e mi appoggiai al bancone, osservando la mia famiglia riunita in sala. Len, Jim e Marley erano assorbiti nella conversazione. Bailey diede qualche pacca sulla schiena a Sean, gli disse qualcosa e gli strinse la mano. Poi guardai i miei genitori, ancora seduti l'uno accanto all'altra. Mamma cercava di spiegare qualcosa a papà. Lui le teneva la mano, e se la portò alla bocca per baciarne il palmo. Poi annuì, e insieme rivolsero gli occhi verso di me. Mamma si alzò per raggiungermi e nella stanza calò il silenzio. Bevetti un sorso di vino.

«Dobbiamo parlare, Georgia. Devi capire che l'ho fatto per amore e preoccupazione nei confronti di mia figlia. L'ho fatto per proteggerti».

Non volevo piangere, volevo essere forte, sprezzante e cattiva. Volevo dirle cose terribili. Invece dissi solo quello che mi passava per la testa, perché in quel momento non ero in grado di concentrarmi. «Capisco tutto, mamma, ma quello che hai dimenticato per tutto questo tempo è che sei anche mia amica, e gli amici non si nascondono nulla. Neanche se credono che causeranno dolore. Si dicono la verità, condividono i problemi, e sono sempre lì per te. Per aiutarti a raccogliere i pezzi e andare avanti».

«Be', anche Jimmie ti ha mentito. E con lei non mi sembri molto arrabbiata».

«Oh no, non provarci neanche. Sei stata tu a chiederle di non dirmi delle cose. Non mi ha mentito spudoratamente».

Sean comparve alle spalle di mia madre e si mise accanto a me, prendendomi le mani nelle sue.

«Mamma, ho passato una notte d'inferno e non mi va davvero più di parlare. Ho bisogno di tempo per pensare. Devo meditare sul fatto che negli ultimi quattro anni qualcuno ha fatto di tutto per rovinarmi la vita, ed è stato aiutato da te». Fece per dire qualcosa, ma io alzai la mano per zittirla. «Per favore vai via. Domani resterò a casa e forse anche la prossima settimana. Sono sicura che tu e Ash ve la caverete».

«Non farlo, George. Ti prego, parlami».

«Adesso non ci riesco, mamma. Dammi del tempo».

«Un giorno, Georgia, un giorno sarai madre e allora comprenderai le mie azioni».

Feci spallucce. «Chi lo sa?».

Sospirò, si voltò e andò via.

Papà mi abbracciò. «Non essere così dura con lei, principessa. Ti ama più della sua stessa vita. Credeva di fare la cosa giusta».

«Lo so, papà, lo so». Non trovai altre parole. Non mi andava di discutere con nessuno.

Strinse la mano a Sean. «Prenditi cura di lei, Maca».

Sean mi mise una mano sulla spalla e mi tirò a sé, baciandomi la fronte. «Lo farò, Frank, lo farò».

I miei se ne andarono e io volevo solo gettarmi sul divano, ma Sean mi afferrò quando feci per allontanarmi. Gli gettai le braccia al collo.

«Abbiamo bisogno di parlare, G».

«Non stasera, Sean. Sono esausta, voglio solo dormire».

Piegò le ginocchia in modo che fossimo alla stessa altezza. «Okay, ma domani parliamo».

«Bene», dissi. Mi tenne la mano mentre tornavamo in sala e mi misi a sedere accanto a Marley. Mi sdraiai appoggiando la testa sulle sue gambe. Sean mi sollevò le gambe e le mise sulle sue, mi tolse gli stivali e li gettò a terra. Poi iniziò a fare una cosa che mi piaceva da morire, e che sapeva mi avrebbe calmato. Mi massaggiò i piedi.

Marley mi guardò. «Bleah, George. Hai delle caccole enormi nel naso, sembrano sassi».

Gli sorrisi e scossi la testa. «Be', io nel tuo naso non vedo niente, hai le narici più pelose di quelle di papà».

Si portò una mano al naso. «Fottiti! Non ho le narici pelose».

Ci guardammo per qualche secondo. «È orribile quello che è successo fra te e la mamma, intenso e orribile. Ti voglio bene e mi dispiace tantissimo. È iniziato tutto perché ero allupato e volevo scoparmi…».

«No», mi affrettai a dire. «Non voglio sentire il suo nome».

«Be', come preferisci. Ma non avrei dovuto trascinare Maca in tutto questo. Non sarebbe successo niente».

Mi misi a sedere e Sean si strinse a me.

«Marls, quante volte devo ripetertelo? È stata colpa di entrambi, nessuno dei due sarebbe dovuto tornare in stanza con lei, sapevamo entrambi…».

«Basta, basta! Quella stronza mi ha già rovinato la vita abbastanza. Ora basta. Basta biasimarsi per quello che è successo. Quel che è stato è stato. La odio, e se le mettessi le mani addosso la picchierei a sangue, ma non lascerò più che le sue azioni mi divorino viva. Non le concederò più nulla di me».

Bailey era sdraiato sul divano a due posti che poco prima

era occupato dai miei, con le sue lunghe gambe smilze che penzolavano a terra. «Non posso credere che quella puttana l'abbia fatta franca fino adesso».

«Bails, ho appena detto che non mi va di parlarne».

«Posso rintracciarla se vuoi, George. Dammi il suo nome e la trovo».

«Bailey, vuoi smetterla?», sbottò Lennon. «Lascia stare. Come ha detto George, dobbiamo guardare avanti».

Bailey sbuffò e incrociò le braccia al petto. «Be', se non vuoi che lo faccia io, chiedi al tuo nuovo ragazzo, lui è bravissimo a scovare le persone».

Cam, cazzo!

Non mi era venuto in mente neanche una volta da quando ero entrata in casa. Nella stanza calò il silenzio. Sean rimase impietrito e io avevo troppa paura a guardarlo.

«Bails, stasera devi davvero tenere a freno quella boccaccia. Questi due hanno già abbastanza casini da sistemare senza che ti ci metta anche tu!», esclamò Lennon.

Mi venne la pelle d'oca. Sentivo che mi stava guardando, ma non mi voltai.

«Cazzo, volete tacere o cosa?». Marley saltò giù dal divano e andò in cucina a prendere la scorta d'erba di Lennon.

«Serviti pure, Marls».

«Certo, Len. Ovvio». Fece l'occhiolino e iniziò a prepararsi uno spinello sul tavolino in mezzo alla stanza. Lo accese, fece un tiro, lo passò a Bailey e se ne preparò un altro.

Mi ci vollero tre tiri per sentire qualche effetto, poi mi colpì come un muro di mattoni e non volevo fare altro che dormire. «Posso passare la notte qui, Jim?», chiesi.

«Certo, tesoro. La tua stanza è già pronta».

Non osai andare a casa. Probabilmente Cam era già lì ad aspettarmi.

Cam, cosa gli dirò?

Le cose erano andate benissimo nelle ultime due settimane, ma ora c'era Sean. Sean… che amavo con tutto il mio cuore. Mi sentivo completa solo a stare nella stessa stanza con lui, ma avevamo un sacco di cose da sistemare e, se volevamo tornare insieme, allora sarebbe stato giusto mettere fine al rapporto con Cam. Il mio cuore avvertì una piccola fitta. Oppure era senso di colpa nei confronti di Cam?

A un certo punto dovevo essermi addormentata, perché sentii qualcuno che mi portava in braccio su per le scale. Socchiusi gli occhi e mi accorsi di essere nella stanza degli ospiti. Sapevo che era stato Sean a portarmi lì perché sentivo il suo profumo. Mi mise giù, mi baciò la fronte e poi si sedette sul bordo del letto, scostandomi i capelli dal viso. Aprii gli occhi e incontrai i suoi, che mi erano mancati così tanto.

«Non andartene. Non voglio rimanere sola». Si alzò e si tolse i jeans, scalciando via le scarpe.

«Grazie al cazzo, e chi vuole andarsene?»

«Ma niente sesso, Sean. Voglio solo carezze».

«Gia, non… non ci pensavo neanche. Non è per quello che ho voluto rimanere». Mi guardò. Il vestito mi era salito lungo le gambe fasciate nei collant scuri. Lo guardai sistemarsi i boxer. «Okay, quello che voglio dire è che sono eccitato da matti, e ovviamente ce l'ho duro», disse sorridendo. «Ma mi conosci, G. Con te mi succede sempre, non è cambiato niente».

La sua onestà mi fece sorridere.

«Ma non si tratta di questo. Voglio stare con te. Non ti toccherò più se non mi vuoi, ma spero che non sia così. Perché voglio davvero, davvero toccarti. Ma lo capisco, hai un ragazzo adesso, è che…». Si guardò attorno in cerca delle parole giuste. «Cazzo, G. Ti prego, non dirmi che ci sono tanto vicino ma ti perderò di nuovo». Si rimise a sedere sul letto. L'unica luce della stanza proveniva dal lampione in vecchio stile che Jimmie e Lennon avevano fatto mettere sul loro viale d'ingresso, che emetteva una fioca luce dorata. Inconsciamente, allungai una mano per toccare la sua, per assicurarmi che non stessi sognando.

«Non riesco a credere che tu sia qui». La mia voce era un sussurro udibile a malapena. Intrecciò le dita alle mie. «Non riesco a credere che siamo insieme nella stessa stanza e che ci tocchiamo». Sentii le farfalle nello stomaco. Avevo bevuto qualche bicchiere di vino, mi girava la testa per l'erba e non volevo fare altro che accoccolarmi vicino a lui e dormire. La mattina dopo, a mente fresca, avrei pensato al da farsi. «Tira le tende e vieni a letto. Mi tolgo il vestito e metto la tua maglietta, quindi non guardare».

Chinò la testa di lato. «Io sto per spogliarmi, e sei tu che non puoi guardare. Ho visto che ti penzolava la lingua quando ti ho fatto vedere i tatuaggi in cucina».

«Non tirartela, rockstar. Ammiravo i tatuaggi, nient'altro. Niente che non avessi già visto, comunque».

Sorridendo, si alzò e si sfilò la maglietta. E sì, lo fissai, perché era tonico e muscoloso, ed era Sean, il *mio* ragazzo, lì in piedi davanti a me con addosso solo un paio di boxer. Mi passò la sua maglietta e mi alzai per levarmi il vestito. Portavo di rado i collant ormai. Di solito mettevo le calze a rete, specialmente quando dovevo vedere Cam, perché a lui piacevano. A dire il vero credo che lo facessero impazzire, quando uscivamo e sapeva che sotto le indossavo. Grugniva proprio, e si strusciava contro di me come una vera tigre.

Dovevo smettere di pensare a Cam. Era strano per me. In passato esisteva solo Sean. Conoscevo solo Sean. Da allora erano cambiate così tante cose, però. Chissà se saremmo potuti tornare come prima. In quel momento sembrava che non ci fossimo mai separati.

Persa nei miei pensieri, mi slacciai il reggiseno e lo lasciai cadere a terra. Quando mi resi conto di quello che avevo fatto, mi infilai in fretta la maglietta. Dio, aveva un profumo divino. Il profumo che avevo sognato per tanto tempo. Mi infilai sotto la coperta e Sean fece altrettanto. Ora la stanza era buia, ma i miei occhi si abituarono gradualmente.

«Vieni qui», sussurrò.

Mi accoccolai contro di lui, la testa sulla sua spalla, il suo braccio attorno a me, le nostre gambe intrecciate. Era così perfetto… come se gli ultimi anni non fossero mai esistiti. Sarebbe stato così facile lasciarmi trasportare, ma ora non ero più un'ingenua sedicenne. Avevo quasi ventun anni, e anche se per la maggior parte delle persone ero troppo giovane, scommetto che molti quarantenni non avevano passato le stesse vicissitudini che avevo avuto io nella mia giovane vita. E la prima cosa che avevo imparato da tutti i casini degli ultimi anni era che l'unica persona su cui potevo davvero contare era me stessa. Non avrei deluso me stessa. Dovevo proteggermi da quello che il domani avrebbe potuto portare.

Sean mi strinse e mi sussurrò tra i capelli: «Ti amo, Georgia Rae. Buonanotte e sogni d'oro».

Chiusi gli occhi e scivolai in un sonno profondo, sereno e senza sogni.

Quando mi svegliai era ancora buio. Non c'era l'orologio accanto a me, quindi capii che non ero nella mia stanza. Sentii una stretta allo stomaco quando il suo profumo invase i miei sensi, e in un istante mi ricordai dove e con chi ero. Sean, ero a letto con Sean. Il mio ragazzo, il mio bellissimo ragazzo, che avevo amato, che mi era mancato, e che avevo desiderato per tanto tempo. Mi voltai verso di lui. Studiai il suo viso al buio. Adesso era più bello, i suoi lineamenti erano più decisi di come li ricordavo. Il suo aspetto da ragazzino era ancora lì, ma la mascella era più marcata e aveva più barba. All'improvviso mi venne una voglia incontrollabile di toccarlo. Era sdraiato sul fianco, rivolto verso di me, con un braccio piegato sotto la testa e uno attorno a me. Allungai la mano e con la punta delle dita tracciai la linea delle sue sopracciglia, lo accarezzai sulle guance e sfiorai il contorno delle sue labbra. Sospirò dolcemente, e rimasi senza fiato quando sussurrò: «Gia».

Per un attimo pensai di averlo svegliato, ma rimasi immobile, smisi di toccarlo e capii che stava ancora dormendo. Dormiva e mi sognava. Stavo male al pensiero del tempo che avevamo perso. Avevo passato intere notti a sognarlo. Tutte le notti trascorse con altri uomini, sognavo lui. Mi chiesi se fosse stato lo stesso per lui, nonostante le belle donne che di certo si era scopato. Chissà se mi aveva immaginata per tutto il tempo. Se quelle ragazze avevano sentito sussurrare il mio nome. Se avevano chiesto chi ero e se gliene era importato qualcosa. Non volevo essere ossessionata dal pensiero delle sue donne, ma prima o poi gliel'avrei chiesto. Non *volevo*, ma *dovevo* sapere. Chissà se l'avrebbe fatto ogni donna.

«Parlami del tuo ragazzo».

Cavolo, non mi ero resa conto che aveva aperto gli occhi e mi stava guardando. Evidentemente stavamo pensando le stesse cose.

«È una cosa seria?».

Cosa dico? Lo è?

Più che seria, la consideravo importante. Cam era importante perché mi aveva aiutata ad andare avanti.

Sean accese l'abat-jour e ci ritrovammo l'uno di fronte all'altra, vicini.

«Devo saperlo, G. Se sei innamorata di un altro, se tutto questo...». Non trovava le parole. «Se è troppo tardi per noi, allora devo saperlo prima di illudermi, prima di iniziare...». Chiuse gli occhi. Spostò la mano dalla mia coscia alla nuca e mi avvicinò a sé. Mi baciò la fronte e appoggiò la sua alla mia. «Dimmelo, G, è troppo tardi? Dimmi di no, ti prego. Ti amo così tanto, ma se... se... cazzo, non riesco neanche a dirlo».

Gli presi il viso fra le mani. «Sean, come dice il tatuaggio, non c'è nessun altro, non c'è mai stato né mai ci sarà».

Anche lui mi prese il viso fra le mani. Eravamo così vicini che vedevo le macchioline dorate brillargli negli occhi scuri.

«Ti amo, Georgia Rae Layton, da morire. Ti regalerò il mondo, il mondo intero, ma prima devo baciarti». E lo fece, con dolcezza mi baciò le labbra chiuse. Poi spinse dentro la lingua, giocando con la mia e passandola sopra i denti, come se volesse assaporare ogni centimetro della mia bocca. Baciò, leccò, succhiò, mi mordicchiò le labbra e il collo. Poi mi fece salire a cavalcioni su di lui. Volevo gettargli le braccia al collo, ma lui me le tenne ferme lungo i fianchi. Afferrò il bordo della maglietta che indossavo e me la sfilò dalla testa per poi gettarla a terra. Con la punta delle dita di entrambe le mani mi accarezzò il viso, il collo e le scapole facendomi venire i brividi.

Non distolsi mai lo sguardo. Lui era concentrato, ma ogni tanto alzava gli occhi per guardarmi. Amore, brama, desiderio: c'era tutto. Le sue dita scesero sui miei seni. Tracciò dei cerchi intorno ai capezzoli e poi li afferrò. Mi guardò estasiato prima di spostare la bocca su quello destro, e io inarcai la schiena per offrirglielo. Poi passò al seno sinistro, ma stavolta sentii i denti. Non mi morse. Trascinò i denti e la lingua su di me, pizzicandomi con le dita. Inarcai la schiena fino a guardare il soffitto. Strinsi le gambe attorno a lui. Sean spostò le mani sotto il mio sedere e mi sollevò alzandosi dal letto, prima di rimettermi giù.

Ero sdraiata di lato. Sean si tolse i boxer. Volevo vedere,

ma non riuscivo a non guardarlo negli occhi. Si abbassò per sfilarmi le mutandine, piegandomi le ginocchia mentre le toglieva. Iniziai a chiudere le gambe e spostarmi sul letto, ma lui mi fermò. «No! No, G, lasciale aperte, voglio vederti».

Non esitai. Quell'uomo aveva baciato ogni centimetro del mio corpo. Mi aveva vista vomitare, fare pipì e mi aveva persino sorretta mentre la facevo in un cespuglio a lato della strada. Mi aveva portato i tamponi in bagno quando mi erano venute le mestruazioni all'improvviso. Mi aveva vista ubriaca e fatta. Mi si strinse il cuore al pensiero di tutte le cose che avevamo condiviso. Tutti i ricordi che avevo rinchiuso da qualche parte per tanto tempo mi sommersero. Lui era lì, inginocchiato fra le mie gambe aperte, che mi guardava negli occhi.

«Ho sognato questo momento così tante volte, G. Il tuo odore. Il tuo sapore. Ma ora che sei qui è molto meglio. Volevo prendermi il mio tempo, farlo durare il più possibile, ma adesso voglio solo entrare dentro di te. Cazzo, Georgia, voglio davvero entrare».

Non riuscii a dire niente. Allungai una mano verso di lui e lui la prese mentre saliva sopra di me, senza staccarmi gli occhi di dosso. Intrecciò le dita alle mie, portò le mani accanto alla mia testa e scivolò dritto dentro di me. Mi lasciai sfuggire un gemito leggero e chiusi gli occhi.

«Gia, sei fantastica, così perfetta». Mi baciò con dolcezza la bocca, le labbra e la lingua furono le uniche parti di noi a muoversi, mentre tutto il resto era immobile. Il nostro respiro era in sincronia. «Mi sei mancata. Mi è mancato tutto questo, così tanto, G. È tutto quello che voglio. Solo io e te. È come tornare a casa».

Gli sorrisi. «Bentornato».

Mi baciò sul naso e fece una piccola alzata di spalle. «Dicono che casa è dov'è il cuore, e il mio è sempre stato solo con te, G. Per sempre, il mio cuore sarà sempre tuo, nonostante tutto».

Mi morsi il labbro inferiore e cercai di trattenere un singhiozzo, ma non ci riuscii. Le lacrime mi scorrevano già lungo le guance, fin dentro le orecchie. Mi baciò gli occhi e leccò via le lacrime da entrambi i lati del collo. La stanza iniziò a oscillare e mi sentii contrarre attorno a lui. Premette la fronte contro la mia e ridacchiò. Fu il rumore più bello del mondo.

«Ti piace quando ti lecco il collo, piccola?».

Arrossii mentre mi leccava le clavicole e saliva verso il viso. Strinsi ancora i muscoli interni.

«Georgia, se continui a fare così verrò senza neanche muovermi. Te lo giuro piccola».

«Sean?», chiesi guardandolo negli occhi.

«Sì, Gia?»

«Fai l'amore con me, per favore?»

«Sarà un piacere, un assoluto piacere».

Cominciammo a muoverci all'unisono. Trovammo il nostro ritmo, e io sollevai i fianchi in modo da sentirlo in profondità. Amavo i versi che faceva. Mi fece scorrere le mani lungo i fianchi, le dita conficcate nel mio sedere, e i pollici sul bacino. Io lo graffiai sulle spalle e sulla schiena. Lo strinsi a me premendogli il sedere. Lo volevo dentro di me il più possibile. Non volevo niente fra di noi, nemmeno lo spazio per l'aria. Solo noi. Georgia e Sean, Sean e Georgia.

Il mio orgasmo iniziò come un'ondata di calore che dalla pancia si diffondeva nel sangue, sulla pelle, negli organi interni. Tutto bruciava. Ogni singola parte di me era un incendio, ma non sentivo dolore, solo piacere assoluto. Lo avvertivo in ogni cellula, in ogni poro, un piacere che non avevo mai provato prima. Chiamavo il suo nome e gli sussurravo che l'amavo, e lo sentii pronunciare parole simili.

In quello stesso momento, ci ritrovammo in silenzio e ci guardammo.

«Gia», mormorò il mio nome mentre esplose dentro di me, proprio quando il secondo orgasmo mi colpì, diverso dal primo. Fu breve, intenso, inatteso, e l'improvvisa liberazione mi fece gemere. Non riuscii a trattenere le lacrime. Quel tumulto di emozioni e la profondità dei miei sentimenti furono impossibili da trattenere. Poi, in un sussurro udibile a malapena, mi cantò una canzone. Una canzone che era uscita poco dopo che ci eravamo conosciuti, quando io ero solo una ragazzina, e lui il ragazzo che sapevo avrei amato per tutta la vita. Non la sentivo da tanto tempo. Erano solo poche parole ma, come facevamo sempre, le avevamo modificate leggermente. Cantò i primi versi di *Romeo and Juliet* dei Dire Straits.

«*Georgia Rae, when we made love you used to cry...*». Aspettò che io cantassi la mia parte. Cercai di trattenere un singhiozzo, ma alla fine cantai piangendo.

«*I said I love you like the stars above, I'll love you till I die*».

All'improvviso, trasportati dalla forza delle emozioni, piangemmo entrambi. Ci stringemmo l'uno all'altra, e tutto era come doveva essere. Sean e Georgia, Georgia e Sean, noi contro il resto del mondo.

Ci rimettemmo a dormire, con le braccia, le gambe, i corpi e le anime legate, tanto da non riuscire a dire dove finisse uno e iniziasse l'altra.

Capitolo diciannove

Passammo il venerdì mattina sdraiati nel letto della casa di mio fratello, a parlare. A dire il vero, Sean parlò, e io lo ascoltai mentre mi raccontava del successo della band, dei posti in cui era stato, e delle persone che aveva incontrato. Mi disse del magazzino che lui e Marley avevano comprato nella vecchia zona portuale di East London e di come, grazie all'aiuto dell'azienda di mio padre, l'avessero trasformato in un complesso di appartamenti di lusso. Sean e Marls ora condividevano un attico completo di giardino sul tetto. Mi disse che era tornato in contatto con suo padre e che ora avevano un rapporto decente.

Mi chiese della mia vita e del mio lavoro, ma stranamente sapeva già tutto quello che c'era da sapere. Avevamo gestito la nostra separazione nel modo opposto. Io avevo bloccato tutto, compresi i ricordi, mentre lui aveva fatto il possibile per reperire informazioni su di me. Sapeva del mio lavoro e del successo che avevamo avuto. Sapeva dei Paesi che avevo visitato, e sapeva anche che finalmente possedevo la mia auto dei sogni. Poi disse qualcosa di molto strano.

«Non hai idea di quanto è stato difficile trovarne una di quel colore. Sapevo che non ti saresti accontentata...», poi smise di parlare.

«Come sai di che colore è la mia macchina?»

«Da quando avevamo visto quell'auto su Kings Road anni fa, hai sempre detto di volerne una arancione e nera, ricordi?»

«Sì, ma come fai a sapere che adesso ce l'ho? Perché hai detto che è stato difficile trovarla di quel colore?»

«Te l'ho comprata io».
«Cosa?»
«Ti ho comprato la macchina, va bene?»
«Ma come? Perché? Non capisco».
«Quanti anni avevi, tredici o quattordici, quando mi hai detto che era l'auto dei tuoi sogni? Allora mi ero ripromesso, se mai la band avesse avuto successo, che te l'avrei comprata. Non ti ho mai detto nulla, nel caso in cui non me la fossi potuta permettere».
Mi guardò. Eravamo nudi, la sua testa sulle mie gambe e le mie dita che gli accarezzavano i capelli, proprio come un tempo. Eravamo identici ad allora, eppure completamente diversi.
«Jim mi ha detto che avevi passato il test e guidavi una Beamer che ti aveva preso tuo padre, e io sapevo che l'avresti odiata. Poi mi ha detto che Frank stava cercando un'auto vecchia per te e che non riusciva a trovarla». Distolse lo sguardo un momento, incerto se continuare. «Poi ha aggiunto che tuo padre non si stava dando troppo da fare, perché pensava che un'auto vecchia fosse pericolosa. Preferiva che guidassi qualcosa di sicuro, tipo un'auto tedesca, una Land Rover o simili». Fece spallucce. «Allora ho trovato la tua auto di quel colore disgustoso che ti piaceva, col cruscotto pacchiano in falso legno di noce, e l'ho fatta consegnare al salone di tuo padre a Epping. L'hanno sistemata e… conosci il resto».
Ero senza parole! «L'hai fatto per me? Ma non mi hai mai cercata. Non hai mai pensato "non mi importa se non vuole vedermi, la vedrò comunque?"»
«Un milione di volte, G, anzi di più. Sono rimasto seduto fuori dalla vecchia casa dei tuoi e per poco una notte non sono entrato. Volevo vederti dormire, poi però mi sono ricordato che Frank ha una pistola e non volevo che mi sparasse».

Per quanto mi sentissi triste, riuscii comunque a sorridere.

«Una volta sono andato al negozio, quello sulla via principale. Ho aspettato fuori per un po' e, proprio quando avevo trovato il coraggio di entrare a parlarti, ti ho vista arrivare con tua madre». Chiuse gli occhi e sorrise. «Eri così bella, così cresciuta. Indossavi un abito color crema e un paio di scarpe aperte sul tallone, mi ricordavi Audrey Hepburn, elegante come una signora». Mi guardò con gli occhi che brillavano. «Non avevi niente della Georgia che ricordavo, con gli anfibi, i pantaloni militari e le magliette dei Sex Pistols. Comunque, quando ho visto che c'era tua madre, ho capito che non aveva senso avvicinarmi».

Rimasi di nuovo sconcertata dalle sue parole. «Ho capito che giorno era. Avevo messo quel vestito per un pranzo di lavoro con la mamma e lei mi aveva detto di raccogliermi i capelli perché faceva molto Hepburn. Sean, era solo l'anno scorso, forse anche meno, l'estate scorsa».

«Lo so benissimo, G! Ci sono state altre volte, prima e dopo. Di solito passavo in macchina davanti al negozio. Non sapevo cosa fare. Avevo ricevuto il tuo biglietto, ricordi? Mi avevi chiesto di starti lontano».

Mi si strinse lo stomaco.

«Piccola, mi stai strappando i capelli».

Abbassai gli occhi verso la mano che gli stringeva una ciocca e lo lasciai. «Scusa, scusa. Ma se penso a cosa ci ha fatto quella… vorrei ucciderla. Avrei dovuto farlo anni fa, quando ti ha leccato la faccia».

Lui scoppiò a ridere.

«Che c'è da ridere?».

Le lacrime gli scorrevano sui lati del viso. «Quella sera l'hai conciata per le feste. C'erano ciocche di capelli ovunque, non ti avevo mai vista scattare così in fretta».

Non capivo perché stesse ridendo, avrei dovuto spaccarle la testa. Poi, come se mi leggesse nei pensieri, mi disse: «G, non pensarci neanche. Lascia perdere. Se continuiamo a pensarci, vincerà lei. Ammazzarla non è un'alternativa, quindi ignorala e basta. Siamo qui... siamo qui nudi, insieme, a parlare, ad amarci, nonostante quello che ha fatto. Siamo dove avremmo sempre dovuto essere, insieme».

Scossi la testa. «Ma sentitelo, un vero cantautore».

Con una mossa veloce mi spinse sul letto, inchiodandomi sotto di lui. «Non ho detto una cazzata, G. Parlavo sul serio. In un modo o nell'altro ci saremmo ritrovati. In un modo o nell'altro ti avrei riconquistata, a costo di morire».

Si passò una mano fra i capelli e poi intrecciò le dita alle mie. «Cazzo, G, non hai idea delle cose che mi sono passate per la testa, le cose che ho pensato di fare pur di rivederti. Con tutto quello che è successo nella mia vita, la band, i viaggi e la fottuta stampa sempre attaccata al culo, è stato un incubo. Alcune volte ho pensato di impazzire. Di finire letteralmente al manicomio».

Scrutai il suo viso, sentendomi triste e allo stesso tempo felice per il fatto che avesse provato le mie stesse emozioni negli ultimi anni.

Alla fine scendemmo in cucina intorno a mezzogiorno, ma solo perché Sean si lamentò che stava morendo di fame. Il mio stomaco era ancora troppo sconvolto per contemplare l'idea di mangiare.

Trovammo un bigliettino attaccato al frigorifero.

Buongiorno piccioncini.

Prendete quello che volete, fate la doccia, insomma quello che vi pare.

Restate quanto volete, siete sempre i benvenuti.

Non fate nulla che noi non faremmo, anche se a giudicare dai rumori che provenivano dalla vostra stanza stamattina presto il fatto è già avvenuto.

Vi amiamo e speriamo con tutto il cuore che possiate risolvere le cose.

Se volete nascondervi qui per un po', a noi va bene.

George, chiamami.

Maca, ho cancellato tutti i tuoi appuntamenti fino a mercoledì.

Con amore,

J & L

Il messaggio mi commosse, ma riuscii a trattenere le lacrime e mi misi a cercare una pentola per cucinare un toast con le uova a Sean. Era così naturale preparargli il tè proprio come piaceva a lui, forte e senza zucchero, e il toast dorato con il tuorlo d'uovo ancora crudo. Tre uova e tre fette di pane imburrate con un po' di salsa HP, in realtà. E per finire, una spruzzata di sale e pepe bianco, mai nero per Sean.

Si sedette e mi osservò in silenzio. Le sue labbra si incurvavano in un sorriso per ogni cosa che mi ricordavo. Quando gli servii il tutto, disse: «Vieni qui». Feci il giro del tavolo, mentre lui apriva le gambe per farmi spazio. Mi strinse forte attorno alla vita, e io gli gettai le braccia al collo.

«Hai una vaga idea di che effetto fa al mio cuore vedere che ti ricordi quelle cose?».

Sorrisi e feci cenno di no con la testa. «No, ma vedo che effetto fa sul tuo pene».

Aveva ancora addosso i boxer, e io la sua maglietta. Ci fece scivolare sotto le mani e mi afferrò il sedere, stringendomi più forte a sé.

«Georgia, piccola, non è vederti preparare uova e toast che me l'ha fatto venire duro. Il fatto che tu esisti mi basta». Chinò la testa di lato e mi fece quel sorrisetto sbieco, quello che mi aveva fatta innamorare di lui ben nove anni prima. «Ma vedere che ti ricordi esattamente come mi piacciono le uova sul toast, perfino i dettagli come il pepe e la salsa HP, mi ha fatto battere il cuore come non mi capitava da quattro lunghi anni solitari».

Non so perché lo dissi, ma lo feci senza pensare. «Be', sono sicura che le donne che ti preparavano uova e toast non ti sono mancate, e scommetto che questi anni sono stati tutto fuorché solitari».

Il suo viso si oscurò e all'improvviso mi pentii delle mie parole. Deglutì e mi accarezzò una guancia con il dorso della mano. «Oh, Georgia Rae, non hai idea. Non hai la più pallida idea». Mi strinse e mi annusò i capelli.

«Puzzo di uova fritte», mi lamentai.

«No, profumi di Gia. Profumi di casa. È il profumo che voglio sentire per il resto della vita».

«Mangia, prima che si raffreddi», dissi trattenendo le lacrime.

Mi diede una pacca sul sedere e io mi voltai a prendere la tazza di tè da dove l'avevo lasciata, vicino al bollitore. Poi tornai da lui, e lo guardai mangiare mentre sorseggiavo il tè.

«Perché non mangi, G?»

«Non penso che riuscirei a mandare giù del cibo».

«Perché, che c'è che non va?», chiese accigliato.

«Niente, solo... non so. Tutto questo». Indicai con un cenno me e lui. «Tu, io, mia madre, le circostanze. Mi gira la testa e mi si stringe lo stomaco. Non ho fame».

«Un morso al toast?», chiese.

«No», risposi.

«G, piccola, non offenderti, ma devi davvero mettere su un po' di peso».

Non mi offesi. Sapevo di essere troppo magra. Sono alta circa uno e settantacinque, e l'ultima volta che mi ero pesata superavo di poco i cinquanta chili, molto meno di due anni prima. Da quando avevo iniziato a uscire con Cam avevo guadagnato circa un chilo, ma dovevo aumentare ancora.

Cam, merda, devo parlargli.

Doveva essere preoccupatissimo per me, e comunque dovevo sistemare le cose fra noi. Non sapevo come avrebbe preso il fatto che avevo deciso di lasciarlo, e a dire il vero non sapevo neanche come l'avrei presa io.

«G, non ti ho innervosita col mio commento, vero?». Sean mi distrasse dal dilemma di Cam.

«Cosa? No, no. So che ho perso peso. Troppo lavoro, ginnastica, e vita notturna». Feci spallucce. «Ero anche più magra, ma Cam mi ha fatto bene, ho messo…». Mi fermai quando mi resi conto di cosa stavo dicendo.

«Allora, il tuo ragazzo si chiama Cam?», chiese guardandomi negli occhi.

Annuii. «Oggi devo chiamarlo, sarà preoccupato».

«Non ti fermerò». I suoi occhi avevano perso la luce.

«Devo chiamarlo, vederlo. È stato gentile con me, si chiederà dove sono stata tutta la notte».

«Vivete insieme?»

«No, ma ha la mia chiave. Ieri sera ero fuori con lui. Abbiamo discusso. L'ho lasciato al ristorante e ho preso un taxi per venire qui».

«Allora è lui che devo ringraziare se sei finita fra le mie braccia ieri notte?», chiese con un ghigno.

«Se è così che vuoi vederla, allora sì, è lui».

«G, quando si tratta di te e lui, non voglio vederla in nessun modo. Ma sai, siamo stati lontani per quattro anni, lo capisco. Non sopporto l'idea ma lo capisco».

Mi prese la mano e se la portò alle labbra, baciando prima il dorso, poi il palmo. Dopo leccò e baciò l'interno del mio polso. Si alzò dallo sgabello e mise il piatto e le posate nella lavastoviglie. Conoscevo Sean come le mie tasche, sapevo cosa stava per dire. «Vado al cesso. Fai la tua chiamata, poi raggiungimi in doccia».

Sorrisi e scossi la testa. «Ti entra da un orecchio e ti esce dall'altro. Certe cose non cambiano mai, eh?».

Fece un ghigno. «Che posso dirti, G? Sono fatto così».

Lo guardai uscire dalla cucina. Qualche secondo dopo, tornò e si mise in mezzo alle mie gambe. Mi sistemò una ciocca di capelli dietro le orecchie, e al suo tocco le mie ciglia e il mio stomaco svolazzarono. «Quando parlerai con Cam, sii gentile con lui. So benissimo quanto sia terribile perderti». Mi baciò dolcemente sulle labbra e poi se ne andò in bagno.

Aspettai un attimo, poi presi il telefono. Mi girava la testa. Per qualche ragione, mi venne in mente l'asciugatrice di mia madre nella casa vecchia. Quando vivevamo tutti lì, sembrava sempre piena di calzini. Una marea di calzini di diverse taglie e colori, che giravano e rigiravano. La mia testa era proprio in quello stato. Ciascuno di quei calzini rappresentava un pensiero che richiedeva la mia assoluta attenzione. Non sapevo da dove iniziare. Finii il mio tè e presi il telefono. Prima chiamai il mio appartamento per vedere se Cam era lì. Nessuno rispose, così lasciai scattare la segreteria e dissi il suo nome, ma ancora niente. Poi telefonai al suo appartamento, nessuna risposta, quindi lasciai un breve messaggio. Sapevo che non l'avrei trovato in nessuno dei primi due posti, stavo solo rimandando l'inevitabile. Era l'una di venerdì e c'era solo un posto dove poteva essere: il suo ufficio al wine bar. Rispose al secondo squillo.

«Parla».

Gentile.

Non era di buonumore. «Cam?»

«Micina? Cazzo! Dove cazzo sei finita? Non farmi mai

più una cosa del genere, capito? Mi sono preoccupato da morire. Dove sei?»

«Mi dispiace, sto bene. Avrei dovuto chiamarti ieri sera. Non volevo farti preoccupare».

«Dove sei? Vengo a prenderti».

«No, no, va tutto bene. Non ho bisogno che mi vieni a prendere».

«Stai bene? Mi sei mancata. Ho dormito a casa tua ieri notte, dovevo sentire il tuo profumo. È stato brutto risvegliarmi nel tuo letto da solo».

Il mio cuore fece un balzo nel petto. Ora che il muro protettivo di mattoni era stato abbattuto, mi sembrava che il mio cuore fosse toccato da tante altre cose oltre che da Sean. Questa piccola rivelazione mi travolse come un'onda.

Che significa?

Se gliel'avessi permesso, Cam sarebbe riuscito a farmi girare la testa?

«Georgia, ci sei ancora?»

«Sì, sì, sono ancora qui. Ascolta, Cam, dobbiamo parlare, ma non per telefono. Devo vederti».

«Be', ti ho appena detto che passo a prenderti, ma ho solo un'ora. Devo prendere un volo al City Airport alle quattro e mezza e non tornerò fino a lunedì».

«Be', allora aspetterò di vederti lunedì».

Lunedì va bene, almeno avrò un po' di tempo per respirare.

«Vorrei davvero vederti adesso, Micina. Manca un sacco a lunedì, voglio dimostrarti quanto mi dispiace di essermi comportato come uno stronzo ieri sera».

«Non posso, Cam. Non devi continuare a scusarti, io non avrei dovuto scappar via come una diva. Vai a prendere il tuo volo e chiamami quando rientri».

Per un minuto rimase in silenzio e io mi sentii davvero

perfida. Mi sarebbe piaciuto vederlo. Forse se ne andava da qualche parte oltreoceano, e provai una punta di gelosia. Durante la settimana non mi aveva accennato del viaggio, e nemmeno la sera prima quando avevamo parlato della festa di Ashley. Ero quasi infastidita. Avevamo litigato per la festa, quando sapeva benissimo che non sarebbe venuto comunque.

«Se potessi lasciar perdere, George, lo farei, ma ho avuto un imprevisto che riguarda la mia attività ad Amsterdam e devo andare a sistemare le cose. Ho scoperto che dovevo partire solo un paio d'ore fa».

«Non fa niente», mentii. «Pensa a risolvere il problema. Ci vediamo lunedì».

«Mi manchi, Micina. Buon weekend».

«Anche a te, Cam. Ciao».

«George, io… Niente. A lunedì».

Attaccai e mi chiesi perché volevo piangere di nuovo.

Raggiunsi il bagno senza far rumore e osservai Sean nella doccia. Era in piedi con l'acqua che gli scorreva sulla schiena. Gli cadeva sulla testa e gli rimbalzava sulle spalle. Guardava verso il soffitto e cantava con gli occhi chiusi. Sussultai e chiusi gli occhi per il desiderio che la sua voce roca mi suscitava in mezzo alle gambe, facendomi irrigidire i muscoli e accelerare il battito cardiaco. Non avevo mai sentito quella canzone prima, ma quando ascoltai le parole capii di che si trattava.

Ci ho provato, ci ho provato davvero, ma ci sei sempre stata solo tu.

Tutti questi anni, tutte queste lacrime. Sempre e solo tu.

Quel che abbiamo fatto e detto, è sempre nella mia mente.

Non c'è nessun'altra, non c'è mai stata. Sempre e solo tu.

Il sorriso più dolce, gli occhi più blu, il tuo sapore sulla mia lingua.

Sei nel mio cuore, nella mia mente, gli appartieni.
Le altre non contano, non sono come te.
Vorrei che fossi qui, il cuore fa male al pensiero di te.
Le altre non contano, non sono come te.
Quello che scrivono, sono solo bugie.
Perché ci sei sempre stata solo tu.
Sei l'unica che mi fa sentire completo, ma ti ho delusa, ho rovinato tutto.
La nostra vita era lì, e per una sciocchezza ho rovinato tutto.
Le mie bugie erano bianche, il cuore era nero.
Ho avuto quello che meritavo, quando non sei tornata.
Eppure…
Sei nel mio cuore, nella mia mente, gli appartieni.
Ti voglio al mio fianco, la vera te, perché il ricordo non è lo stesso.
Non mi resta niente, la mia vita è finita e posso solo biasimare me stesso.
Salgo sul palco, canto le mie canzoni, ma tutto quello che voglio sei tu, qui con me.
With me… With me… Always… With me.

Aprii la porta della doccia ed entrai accanto a lui. Aprì gli occhi e mi guardò, mentre l'acqua gli rimbalzava dalle spalle e dal petto ampio, e io assaporavo quegli istanti di felicità.

Mi scostò i capelli dal viso e cantò in un sussurro: «*With me… With me… With me…*». La sua bocca si posò sulla mia. Mi fece appoggiare la schiena alle piastrelle della doccia e si infilò dentro di me in una sola mossa. Lo avvolsi fra le gambe e lui mi sostenne tenendomi per il sedere e premendomi contro la parete. Poi si staccò per togliermi i capelli dalla faccia.

«Ti amo, Georgia Rae, e passerò il resto della vita a dimostrartelo».

Dopo la sessione nella doccia, continuammo a letto, quindi poi dovetti rifarmi una doccia veloce, che insistetti per fare da sola, per non ricominciare daccapo. Sistemammo il letto e poi saltammo nella Range Rover bianca di Sean, diretti al mio appartamento. Lì telefonò a Lennon per ringraziarlo e si misero d'accordo per uscire tutti insieme. Era da un po' che i ragazzi non si trovavano tutti insieme nel Paese, quindi volevano recuperare. Ecco perché si erano visti la sera prima, finché non ero comparsa io. Sean chiamò Marley per chiedergli se voleva unirsi a noi per cena e lui accettò. Famosi com'erano, pensavo che avrebbero scelto un ristorante raffinato nel West End o in città. Invece no, erano pur sempre Sean e i miei fratelli, e preferirono optare per il loro ristorante indiano preferito a Upminster, lo stesso in cui andavo quasi ogni sabato sera.

Per fortuna Cam non aveva lasciato prove della sua presenza a casa mia. Il letto era fatto e non c'erano i suoi vestiti in giro. Mi infilai dei jeans con una camicetta elegante e un paio di scarpe col tacco, raccolsi i capelli in uno chignon e mi truccai leggermente. Poi guidammo verso i Docklands, l'area portuale della zona est di Londra. Il quartiere era costituito da un enorme cantiere, con lavori in corso dappertutto. Ci fermammo di fronte a quello che sembrava un magazzino a ridosso dell'acqua. Era un vecchio edificio di mattoni a tre piani. Sean mi prese per mano e ci incamminammo verso una serie di porte di legno e vetro. Inserì un codice nel citofono ed entrammo nell'ingresso, dove c'era un portiere che faceva anche da addetto alla sicurezza, seduto dietro una specie di buco nel muro. Era di una certa età, forse sui sessanta, ma molto alto e muscoloso. Stava guardando la TV e quando entrammo si alzò.

«Ciao Ronnie, come va qui?»

«Tutto bene, Maca. Tutto bene. Marley è a casa, oggi non è andato da nessuna parte», sorrise guardando verso di me, mentre parlava col suo roco accento di East London.

«Questa è la mia ragazza, Georgia. Le darò un paio di chiavi e il codice d'ingresso, nel caso in cui tu la veda entrare e ti chieda chi è».

Quando mi chiamò la sua ragazza, sentii le farfalle nello stomaco.

Ronnie uscì dallo stanzino e venne a stringermi la mano. «Piacere di conoscerti, Georgia, era ora che si sistemasse con una ragazza come si deve. E non è niente se paragonato a Marley. Non so dove trovi le energie. Due o tre porcellone alla volta, l'ho visto...». Si interruppe, e immaginai che Sean gli stesse facendo un'occhiataccia.

«Piacere di conoscerti, Ronnie», dissi con un sorriso. «Farò due chiacchiere con mio fratello riguardo alla sua mancanza di valori. Non preoccuparti per lui!».

Guardò me e Sean, accigliato.

Sean mi strinse a sé. «Georgia è la sorella di Marley, Ron. L'hai appena messo nei casini». Ci voltammo e ci incamminammo verso gli ascensori, mentre Ron borbottava qualcosa che non riuscii a capire. L'ascensore era quello originario, con una gabbia in metallo che dovette aprire e richiudere a mano. Sean mi disse che c'era anche una vecchia scala a chiocciola in ferro, se non volevamo prendere l'ascensore.

L'appartamento era fantastico. Diverso dal posto in cui immaginavo vivesse una rockstar di ventidue anni. C'erano travi di legno sul soffitto e pareti in mattoni. Notai che i divani erano la replica esatta del Chesterfield della casina. Su uno era sdraiato Marley, che giocava a qualcosa con un joystick. Sembrava un licantropo a capo di una rivolta nell'antica Grecia, e non pareva cavarsela troppo bene, perché appena entrammo gettò il joystick e si mise a sedere.

«Marley, fratellone, come andiamo? C'è qualche ragazzetta nascosta che devo buttare fuori?»

«Di che cavolo parli, sorellina?», chiese alzandosi e stiracchiandosi, prima di avvolgermi in un abbraccio e baciarmi sulla fronte.

Sean andò a cercare dei vestiti puliti e disse: «Ho presentato G a Ronnie. Le ha raccontato della quantità di porcellone che ti porti qui, prima che riuscissi a dirgli che è tua sorella».

«Gentile, Ron», borbottò Marley, rimettendosi a sedere sul divano.

«Comunque che stronzo impudente, chi ha detto che sono porcellone?», disse, abbastanza forte perché Sean lo sentisse.

«Ehm, a dire il vero l'hai detto tu. Non ti ricordi che qualche settimana fa ne hai buttata fuori una perché secondo te le puzzava la fica?», disse Sean, tornando in sala.

Rimasi a bocca aperta. Indossava un paio di jeans neri e una maglietta bianca con lo scollo a V. Aveva anche una giacca di camoscio nera e un rosario di legno al collo. Sembrava proprio la rockstar famosa che era, e all'improvviso mi sentii inadeguata di fronte alla sua perfezione.

Venne da me con un sorrisetto, e alzando e abbassando le sopracciglia mi chiese: «Vuoi vedere la mia camera da letto?».

Alzai gli occhi al cielo e lui mi tirò a sé per darmi un bacio. «Non se vuoi uscire da qui prima della fine del secolo».

Mi baciò sulla bocca e mi strinse le chiappe. «Mi va bene, tanto per il resto della vita andrò dove sarai tu».

«Oh, vi prego, sto per vomitare. Sarà di nuovo così? Voi due che vi strusciate l'uno sull'altra come ai vecchi tempi?»

«Fottiti, Marls. Abbiamo quattro anni da recuperare. Sei solo geloso perché non riesci a tenerti una ragazza fissa».

«No, Maca. Non ne voglio una. Guarda che casino hai

combinato in quattro anni, a scrivere merdose canzoni d'amore e a piangere nella birra appena te ne bevevi più di due».

Mi morsi il labbro inferiore mentre cercavo di contenere un sorriso. Bene, ero felice che avesse sofferto. Il pensiero mi faceva sentire un po' meglio.

Sean mi guardò e alzò un sopracciglio. «Cosa ridi?»

«Niente», risposi scuotendo la testa.

* * *

Alla fine tornammo nell'Essex ed entro le otto eravamo seduti al ristorante indiano. Non so quando avevano prenotato il tavolo, ma ce n'era uno pronto per noi sul retro, in un angolino. Nonostante questo, i ragazzi passarono metà della serata a firmare autografi.

Ridemmo, scherzammo e parlammo proprio come un tempo, come cinque vecchi amici che si aggiornavano sulle loro vite.

Non c'erano rockstar tra noi, erano solo i miei due fratelli maggiori e il mio ragazzo, finché non tornammo alla macchina e si scatenò l'inferno. Qualcuno aveva chiamato la stampa. Io uscii per prima, con la testa voltata perché stavo parlando con Marley. Prima venni sbattuta in una direzione, poi nell'altra, mentre i flash delle macchine fotografiche mi accecavano. Attorno a me c'era il caos. Mi chiesero come mi chiamavo, che rapporto avevo con la band, se stavo tornando a casa per un'orgia con Sean e Marley. Rimasi disorientata.

Sean alle mie spalle gridò loro di farsi fottere. Poi Marley mi coprì con un braccio e mi scortò verso l'auto di Sean. Qualcuno, forse Sean, la aprì. Marley mi spinse sul sedile del passeggero, poi tornò a dare una mano a Sean, che era stato assalito dai paparazzi e da una serie di ragazzine urlanti. Feci un salto quando sentii il fracasso di un obiettivo contro il finestrino. Chiusi la portiera e abbassai la testa ignorando le domande. Sean raggiunse la macchina, ma poi non riuscì a entrare perché l'avevo bloccata. Cerco le chiavi in tasca, saltò dentro e richiuse la portiera.

Appena lo guardai capii che era furioso. «Cazzo, G, stai bene? Non ti hanno fatto male, vero? Stronzi».

«Sto bene, sono solo spaventata. Sono aggressivi».

«Non dirmelo, stanno anche peggiorando. Sicura che stai bene? La prossima volta gli faccio il culo. Alcuni sono proprio dei maiali».

Attorno a noi c'era ancora il caos, le macchine fotografiche scattavano e la gente picchiava sui finestrini chiedendo autografi. Accese la macchina e partì lentamente.

«Spostatevi, stupidi cretini!», gridò premendo il clacson. «Giuro che questa gente vuole morire».

Non so perché ma mi fece ridere, e quando riuscimmo a sfuggire agli «stupidi cretini» ci ritrovammo a ridere per niente.

«Dov'è Marley?», chiesi quando mi resi conto della sua assenza.

«È andato via con Len, stasera dorme da loro».

La notizia mi risvegliò le farfalle nello stomaco.

Mi guardò per un attimo, poi tornò a posare gli occhi sulla strada. «Volevo portarti a casa mia, ma quei coglioni sanno dove vivo. Probabilmente ci staranno già aspettando».

Continuai a fissare la strada davanti a me e lui mi prese la mano. «Va bene se stiamo da te?»

«Certo, anche se non è lussuosa come casa tua e all'ingresso non c'è un Ronnie».

Si portò la mia mano alla bocca e la baciò. «Purché ci sia tu, G, mi va bene anche se non hai la porta d'ingresso».

Risi. «Oh, quella ce l'ho. Anzi, ne ho due. I tipi di mio

padre si sono occupati della ristrutturazione. Ha insistito molto e sono sicura che se fosse stato per lui mi avrebbe fatto mettere anche un Ronnie».

Piegò la testa all'indietro e rise in un modo che mi sciolse. Raggiungemmo il mio appartamento sani e salvi e trascorremmo il resto della notte a fare l'amore nel mio letto, che odorava di Cam. Mi sentii una da due soldi, sporca, ma più che altro mi sentii in colpa. Mi addormentai fra le braccia di Sean, sognando i flash delle macchine fotografiche e di essere sbattuta a destra e a sinistra da due uomini alti con occhi e capelli scuri.

La mattina seguente fui svegliata dallo squillo del mio cellulare. Guardai la sveglia.

Merda, sono le undici e quarantacinque.

Sean era avvinghiato a me e non si era mosso, cercai di liberarmi e afferrai la cornetta prima di andare in cucina per mettere l'acqua a bollire.

«Pronto». La mia voce era secca e asciutta per la lunga dormita.

«Mi spiace, Micina, ti ho svegliato?». Quando sentii la voce di Cam il senso di colpa mi travolse. Guardai il mio corpo nudo e ripensai a tutti i modi in cui Sean mi aveva scopata la sera prima.

«Uhmm, sì, mi hai svegliata», dissi stiracchiandomi, cercando di mascherare la colpa nella voce.

«Hai fatto tardi ieri sera, piccola?»

«Non proprio, avevo solo bisogno di dormire».

Bugia.

«Che hai fatto ieri sera?»

«Sono andata all'indiano».

Verità.

«Ah, con chi?»
«Jimmie».
Mezza verità.

«Oh, niente Ashley?».
Merda!

Di solito esco sempre con Ash il venerdì sera.
Doppia merda!

Cavolo!

Alle tre dovevo andare dal parrucchiere e dalla truccatrice. «No, no, Ash si sta risparmiando per stasera».
«Già, la sua festa al club».
«Sì». Seguì qualche secondo di silenzio imbarazzante.
«Okay, be', dato che non mi sembri desiderosa di chiacchierare, riattacco. Scusa per averti svegliata, Micina».
Mi sentii una persona orribile.
Che vergogna.

«Cam».
Appena pronunciai il suo nome, mi resi conto che Sean era dietro di me. Mi voltai e me lo ritrovai davanti nudo, le braccia distese sopra la testa mentre toccava lo stipite della porta. Non era alto quanto Cam, ma passava comunque il metro e ottanta. Non era nemmeno altrettanto muscoloso, ma era perfettamente scolpito. Era favoloso: dai capelli scuri, che ora erano scompigliati, agli occhi e la pelle scura, a quella v perfetta all'altezza della vita, fino alle gambe toniche.
Il mio bellissimo ragazzo.
«Micina?».
Merda, Cam.

«Ci sentiamo lunedì», dissi.

Attaccò senza aggiungere altro. Mi voltai e guardai Sean, la cui erezione arrivava quasi all'ombelico. Lo raggiunsi, gli gettai le braccia al collo e lo baciai. Lui mi fece scivolare le mani sotto il sedere, mi sollevò e mi portò verso bancone della cucina, dove mi fece sedere rimanendo appoggiata con le gambe.

«Ehi», mi lamentai quando le mie natiche incontrarono la superficie fredda. «È gelido».

Mi fece un sorrisetto, che non raggiunse i suoi occhi. «Credevo che gli avessi parlato ieri».

Lo stomaco mi schizzò in gola, e prima di parlare deglutii. «L'ho fatto, è via per lavoro. Vorrei dirglielo faccia a faccia, ma torna solo lunedì, quindi mi tocca aspettare».

Mi fece avanzare verso di lui. Era in piedi, io lo avvolgevo fra le gambe ed eravamo entrambi nudi.

«Sono geloso. Non voglio che lo vedi lunedì».

«Perché sei geloso? Lo vedo per lasciarlo».

Fece spallucce e si sfregò il labbro inferiore con il pollice. «Non so, è il pensiero di te e lui insieme. Sono un cretino, vero?», chiese sfregandosi la nuca.

«Sei un cretino totale, tesoro».

Mi fece quel suo sorriso pigro e sbieco. «Ti amo», disse, poi mi riportò a letto.

Più tardi, gli raccontai della festa di Ashley al club di mio padre e gli domandai se voleva venire con me. Anche Jimmie e Lennon ci sarebbero andati, quindi telefonammo a Marley per chiedergli se gli andava di unirsi a noi. Anche se la festa era nell'area VIP, Sean chiamò le sue solite guardie del corpo. Dopo passò da Len a prendere Marley e andarono a casa a prepararsi per la serata. Ci saremmo ritrovati al club, perché io sarei andata in limousine con le ragazze. Appena se ne andò iniziò a mancarmi. Mi mancò a tal punto che dovetti abbracciarmi da sola e ripensare agli eventi delle ultime quarantott'ore. Il citofono mi riportò in vita. Sean aveva insistito affinché chiudessi a chiave entrambe le porte. Era preoccupato che i giornalisti scoprissero chi fossi e si presentassero fuori da casa mia. Anche se io non capivo perché mai dovessero interessarsi a me.

«Sì?», chiesi rispondendo.

«Apri la porta, G, mi si stanno spaccando le braccia». Era Ashley. Avevo completamente dimenticato che si sarebbe preparata a casa mia. Sarebbe uscita di testa alla notizia dei nostri ospiti della serata. Adorava i Carnage. Qualche volta le avevo procurato i biglietti per i loro concerti, ma mai i pass per il backstage, anche se mi aveva implorata. Odiavo il pensiero che vedesse Sean quando io non potevo, quindi mi inventavo sempre qualche scusa. Be', oggi mi sarei fatta perdonare con un regalo di compleanno che non avrebbe più dimenticato.

Aprii la porta a prova di bomba nucleare e andai verso l'ingresso. Non solo teneva in mano una borsa porta abiti e una sacca, ma anche una bottiglia di champagne. Le tolsi di mano alcune cose e l'abbracciai.

«Ero preoccupata per te, piccola, tua madre mi ha detto che sei un po' giù di morale. Credevo mi bidonassi. Ti ho chiamata un paio di volte ma non hai risposto. Che succede? I postumi della sbronza o cosa?».

Ashley aveva il tipo d'accento che faceva rivoltare lo stomaco a mia madre. Al negozio stava attenta a pronunciare sempre le H o a non usare espressioni gergali, ma appena fuori, parlava come una tipica ragazza dell'Essex. Proprio come avrei fatto io se mamma non mi fosse stata sempre col fiato sul collo a correggermi la pronuncia. Ogni tanto mi lasciavo andare, anche se mai quanto Ashley.

«Ash», dissi prendendola per le spalle. Era bionda quanto io ero scura, alta come me ma molto più formosa, e

quando uscivamo insieme non mi vergognavo ad ammettere che facevamo girare tutti gli uomini.
Si accigliò e mi guardò. «George».
«Ho delle notizie».
«Sì, bene, mi piaceranno?», chiese, nervosa.
«Non ne sono sicura, ma una parte sicuramente».
«Cazzo, Georgia, sputa il rospo e sbrigati».
«Sono tornata con Sean».
«Cosa... Sean la rockstar? Maca dei Carnage? Quello Sean?»
«Uh uh», fu tutto quello che riuscii a dire, mentre annuivo.
«*Cazzo*, e che mi dici di ATF?».
Okay, ora non sorridevo più.

Feci un sospiro. «Lo so. Mi sento in colpa. Sarà via fino a lunedì. A quel punto ci vedremo e romperò con lui».
«Wow, piccola, ancora con Sean... Cavolo, eri tu quella sui giornali di stamattina, all'uscita da un ristorante ieri sera?».
No! Le foto erano sui giornali?

«Cosa? Che giornali? Cosa c'era scritto?»
«Ah, a dire il vero ora che so che sei tu mi viene da ridere. Guardavi a terra, Marley da una parte e Sean dall'altra, mentre spingevano via i paparazzi. Il titolo diceva una roba tipo "Un'altra orgia per i Carnage stasera?". Forte! Hanno pensato che ti facessi tuo fratello, che... be', comunque...».
Dall'espressione sul mio viso si rese conto che non ero contenta. Presi il telefono e digitai il numero che Sean mi aveva scritto poco prima su un pezzo di carta.
Rispose Marley. «Fatto! Abbiamo scaricato il corpo nel Tamigi».

«Divertente, Marls. Un giorno ti ficcherai nei pasticci».

«Ciao, sorellina. Sono passate due ore e sei già qui che lo chiami, piccola ragazzina triste».

«È Georgia? Dammi il telefono», disse Sean.

«G?»

«Sean, quelle foto di ieri sera sono finite sui giornali. Dicono che stavo tornando a casa con te e Marley per un'orgia».

«Cazzo! Norman, il portinaio, quando siamo tornati ci ha detto che eravamo sul giornale, ma non ha aggiunto altro. Tutto bene, G?»

«Non proprio, ma cosa posso farci?»

«Niente. Te l'ho detto, la maggior parte sono dei maiali. Ti procurerò delle guardie del corpo. Se ci vedranno ancora insieme, sarà anche peggio e...», si interruppe.

«E cosa?»

«Ascolta, non spaventarti, ma alcune delle nostre fan sono un pochino... possessive. Tutte le ragazze a cui siamo stati legati hanno finito per ricevere qualche maltrattamento. Ma non preoccuparti, se ne occuperà Milo. Ti procurerò la migliore protezione. Nessuno ti avvicinerà, G».

«Ho davvero bisogno di una guardia del corpo?»

«Sì, G, non voglio correre rischi. Ci sono dei veri pazzi là fuori, non permetterò a nessuno di avvicinarti».

Non sapevo cosa dire.

«Mi manchi. Non vedo l'ora di vederti stasera», sussurrò al telefono.

«Per favoreeeeeee, vi siete appena lasciati. La vedrai fra poche ore, triste cazzone», disse Marley in sottofondo.

«Taci, Layton, testa di cazzo».

Sorrisi. Era una conversazione che avevo sentito un sacco di volte fra loro. Ashley mi guardava con un sorriso sul volto.

«Mi manchi anche tu».

«A che ora parti?»

«La limousine passa a prenderci alle nove, preparati e torna qui, se vuoi».

«Nah, goditi la tua amica, ci vediamo alla festa».

«Okay, a dopo».

«Ti amo, Georgia Rae, fammi vedere le tette», aggiunse.

«Maca, ti sento. È la mia sorellina, pervertito».

«Ti amo anch'io, Sean». Sorrisi divertita, mentre zittiva ancora mio fratello.

«Vai a prepararti, non vedo l'ora di vederti».

Riattaccai, altrimenti sarei rimasta al telefono per ore, proprio come un tempo. Appena misi fine alla chiamata, Ashley mi saltò addosso.

«George, devo dirtelo, piccola. Non ti ho mai vista così felice. Sei davvero innamorata di lui, eh?». Sembrò meravigliata, come se fosse una rivelazione.

Nessuno mi ha dato retta negli ultimi nove anni?

Amavo Sean McCarthy e sarebbe stato così per sempre. Niente avrebbe mai cambiato le cose.

«Lo amo, Ash, l'ho sempre amato».

Per un attimo non disse nulla, poi mi sorprese con un abbraccio.

«Sai cosa, piccola? Ti credo. Ce l'hai scritto in faccia. Sembri diversa. Come se ti si fosse accesa una luce da qualche parte».

Sorrisi. Sapevo cosa intendeva, perché mi sentivo proprio così. «Ash, ascolta, spero che non ti dispiaccia, ma stasera ho invitato anche Sean».

«Oh cazzo, Georgia, sul serio? Sean McCarthy viene alla mia festa di compleanno? Ha davvero detto di sì? Viene sul serio?»

«Sì, Ash, davvero, e viene anche Marley».

Gridò così forte che mi fecero male le orecchie.

«Georgia, oh mio Dio, i Carnage vengono alla mia festa stasera? Cazzo, sei l'amica migliore del mondo».

Credo proprio di averla fatta felice!

Capitolo venti

Alle otto di sera ero già vestita con un abitino corto di pelle nera e stivali di pelle alti fino al ginocchio. I capelli erano sciolti in una lunga massa di ricci danzanti, e delle professioniste mi avevano truccata alla perfezione. Mi ero scolata tre bicchieri di champagne e fatta due strisce di coca. Il fratello di Ashley le aveva procurato della roba di prima classe, insieme ad alcune pasticche di ecstasy che avremmo preso più tardi quella sera. Quando entrammo al King alle undici, mi sentivo in cima al mondo. Mi piaceva passare davanti a tutti quelli che aspettavano in coda.

Papà e Bailey mi avevano resa orgogliosa. La stanza era addobbata proprio come avevo chiesto, nei colori preferiti di Ashley: viola e argento. C'era un tavolo con gli spuntini e camerieri che giravano con champagne e altri spuntini. Jimmie era venuta in limousine con noi e mi aveva detto che i ragazzi si sarebbero fatti accompagnare dall'autista poco dopo, quindi sarebbero arrivati nel giro di un'ora.

Bailey mi comparve di fianco e mi abbracciò. Gli occhi delle amiche di Ashley si illuminarono quando videro il mio fratello maggiore.

«Come va, sorellina? Ho visto che ti hanno paparazzata ieri sera fuori dall'indiano. Ho chiamato qualche buttafuori in più, nel caso ci siano problemi stasera».

«Grazie, fratellone. I ragazzi porteranno le loro guardie del corpo. E grazie ancora per tutto questo, è fantastico».

«Nessun problema. Mamma ha passato tutto il pomeriggio qui a organizzare. Sai com'è. Però devo ammettere che non è male. Ha un ottimo gusto».

Lo stomaco mi si strinse un po' e mi sentii in colpa. Nonostante tutto, mamma si era impegnata per una mia amica. «Come sta?», gli chiesi, e lui fece spallucce.

«È davvero arrabbiata con se stessa per aver creduto alla storia di quella ragazza senza controllare».

«Tipico della mamma, Bails. Lei vede solo il buono in tutti. Pensa che tutti siano gentili come lei».

Annuì. «Esatto, ecco perché non dovresti prendertela troppo con lei. Ha fatto una stronzata. Succede a tutti, almeno una volta nella vita, ad alcuni anche di più».

«Già, lo so. Sistemerò tutto, te lo prometto».

«Bene. Ora divertiti e comportati bene, hai le pupille dilatate come dischi». Mi guardò strizzando gli occhi. «Ti tengo d'occhio, Georgia. Non fare queste cose in pubblico. Non sai mai chi ti sta guardando, specialmente ora che sei praticamente famosa». Mi diede un bacio sui capelli, baciò Jim sulla guancia e se ne andò.

«Merda, George, i tuoi fratelli sono bellissimi, persino tua madre e tuo padre sono ancora dei fighi».

«Bleah, Ash».

«Be', è vero. E adesso guarda, tuo fratello sposa Jimmie e anche lei è bellissima. La prossima generazione sarà perfetta». Io e Jimmie scuotemmo la testa e ridemmo. Ashley era su di giri. Di solito la chiamavamo mitragliatrice, perché parlava senza sosta.

La sala VIP aveva la sua pista di ballo che si affacciava sulla sala principale, con la stessa musica che risuonava da un sistema di casse nascosto. Il sabato sera era dedicato alla musica dance e io non riuscivo a stare ferma. Amavo ballare e, dopo tanti anni passati senza ascoltare la radio, ora non riuscivo a trattenermi. Non so se fosse per le droghe o perché sapevo che in un club non avrei sentito le canzoni dei Carnage. Comunque dovevo ballare e basta, e quella sera in particolare non mi importava quale fosse il motivo.

Anzi, mi sarebbe piaciuto ballare al ritmo di una canzone dei Carnage.

Io, Ash e Jimmie scendemmo sulla pista da ballo della sala principale, perché di sopra nessuno stava ballando. Eravamo arrivate presto, così Ash avrebbe salutato i suoi ospiti. La maggior parte della gente sarebbe arrivata dopo mezzanotte. Danzammo per quattro o cinque canzoni e, quando ci stancammo di respingere le attenzioni indesiderate di uomini sudati, tornammo di sopra. Appena arrivammo al bar capii che Sean era lì. Lo sentivo. Sentivo *lui*. Era come se lunghi fili elettrici partissero da lui e mi raggiungessero. Anche se non eravamo uniti, avvertivo la corrente, il richiamo, e pensavo o speravo che fosse così anche per lui.

Ashley aveva avvisato tutti i suoi amici che i ragazzi della band sarebbero stati presenti e aveva chiesto loro di non chiedere autografi e di trattarli come persone normali in una qualunque serata in un club. Non mi ero resa conto che per alcune donne significava poterli rimorchiare come avrebbero fatto con qualunque ragazzo di bell'aspetto. Vidi per primo Marley, che era più alto di Len ed era vicino a lui. Sean era in fondo al gruppo e sembrava ricevere la massima attenzione di Jill e Coral, le due amiche di Ashley che erano venute in limousine con noi. Erano entrambe vestite da zoccole da due soldi e non avevano fatto che parlare di Sean e Marley per tutta la sera. Gli avevo ricordato che Sean era il mio ragazzo, e loro mi avevano fatto un sorrisetto di sufficienza come a dire «ma certo che lo è, tesoro».

Perché avrebbero dovuto credermi?

Dopotutto avevano letto storie su di lui e Marley sulle riviste. Perché dovevano credere che avesse una ragazza? All'improvviso quella vecchia, familiare rabbia che provavo quando la band era agli inizi prese a bruciarmi dentro e strinsi i pugni. Jimmie se ne accorse subito.

«George, niente casini».

Non la guardai neanche. Mi limitai a raggiungerli. Jill teneva la mano sul petto di Sean, quindi la presi e la girai fino a farle male.

«Leva le tue manacce».

«Ehi, ehi, Georgia». Lennon mi raggiunse e mi prese il braccio.

Sean mi sorrise. «Georgia, tesoro, sei davvero una ragazzaccia». Aveva gli occhi lucidi e odorava di whisky. Lo amavo alla follia.

Milo, la guardia del corpo spagnola, comparve dal nulla e allontanò Jill e Coral.

Marley mi passò un bicchiere di champagne e disse: «Sorellina, cosa dobbiamo fare con quel tuo caratteraccio?». Scosse la testa.

«Non farai proprio niente», intervenne Sean. «Perché mi fa eccitare da matti quando tira fuori le unghie. La adoro».

Lennon e Marley scossero la testa.

«Voi due siete un incubo». Lennon mi guardò. «Ci siamo praticamente dovuti sedere su di lui per tenerlo fermo, quando ha visto un tipo che ti sfiorava sulla pista da ballo».

Sorrisi a Sean e gli gettai le braccia al collo. «Davvero, tesoro? Sei geloso?»

«Sì, te l'ho già detto stamattina. Odio il pensiero che parli con altri ragazzi, peggio ancora se ti toccano». Lo baciai con passione sulle labbra. «Sei bellissima, G, magnifica».

Prima che potessi rispondere, Ashley mi chiamò. «Ehi, George, vuoi farmi l'onore o cosa?».

Sorrisi per la sua schiettezza. «Certo, scusa, sono proprio maleducata».

Venne accanto a me e mi prese a braccetto. «Ashley, questo è il mio ragazzo, Sean, e questo è mio fratello Marley.

Lennon lo conosci già, e Jimmie è sempre Jimmie... Ragazzi, non so se vi ricordate di Ash dai tempi della scuola? Forse quando lei ha iniziato voi avevate già finito, ma comunque è una mia cara amica e collega, ed è anche la festeggiata. Ashley Morris».

«Buon compleanno cara», disse Sean baciandola sulla guancia.

«Wow! Cioè, grazie... E grazie per essere venuti. Vi adoro. Scusate, è la vostra serata libera, ma dovevo proprio dirvelo».

Sean sorrise e disse: «Nessun problema, grazie per l'invito».

Ma Ashley non stava più ascoltando. Guardava Marley, e Marley era incantato, con la bocca aperta.

Marl mi guardò, deglutì a fatica e tornò a guardare lei. «Buon compleanno, Ashley. Sei bellissima».

«Okaaay», disse Jimmie prendendomi sotto braccio. Io afferrai quello di Sean e ci voltammo nella direzione opposta per lasciare la coppietta colta dalla passione a chiacchierare. Io e Sean ci intrattenemmo con Jimmie e Lennon. C'era una fiumana di persone che si avvicinava per parlarci. Qualcuno della scuola, che a volte Sean ricordava, ma tutti quanti ricordavano lui e Marley, che adesso era al bancone a sbavare su Ash.

Dopo circa un'ora, Sean mi prese la mano e mi sussurrò all'orecchio: «Vieni a ballare con me». Mi trascinò in pista, mentre passava una delle mie canzoni preferite, quella dei Soul 11 Soul, *Back to life*.

Io e Sean avevamo ballato solo lenti insieme. Questa canzone era troppo veloce per un lento e troppo lenta per un ballo scatenato, ma ce la cavammo. Sean mi tirò a sé da dietro e io mi strinsi contro il suo petto. Tenne una mano aperta sul mio ventre e con l'altra mi spostò i capelli dalla spalla per mordicchiarmi la pelle nuda fino al collo. Sollevai un braccio e glielo misi attorno al collo, continuando a strusciare il sedere contro il suo pene duro.

«Cazzo, Gia, devo entrare dentro di te. Possiamo andare da qualche parte?».

Mi voltai verso di lui e lo abbracciai, persa per qualche istante nel suo sguardo. Poi lo presi per mano e andai a cercare Bailey. Per fortuna il suo ufficio era di sopra, e non fui costretta a trascinare Sean in mezzo alla folla del piano terra. Bussai alla porta e aprii prima di lasciarlo rispondere. Alzò la testa da alcuni documenti e mi sorrise.

«Cosa?», chiese, perché dai miei occhi capì che volevo qualcosa.

«Maca». Annuì a Sean.

«Fratellone?»

«Che c'è, George?»

«Questa stanza».

«Cosa?»

«Questa stanza. Possiamo prenderla in prestito per…».

«Venti minuti», intervenne Sean.

Bailey ci guardò perplesso.

«Mi stai davvero chiedendo di usare il mio ufficio per scopare mia sorella, Maca? Hai due palle così».

«Bail, ti prego, abbiamo un sacco di tempo da recuperare. Ti devo un favore enorme. Ti pregooooo», piagnucolai.

Sospirò e si alzò dalla scrivania gettandomi le chiavi. «Quindici minuti. E non fate casino. Voglio dieci biglietti per il backstage al prossimo concerto».

«Ottimo, amico, nessun problema. Te ne do anche venti, cinquanta se vuoi!», gridò Sean mentre Bailey se ne andava.

Chiusi la porta alle sue spalle. Quando mi voltai Sean si gettò su di me, la bocca contro la mia, la lingua affamata. Mi slacciò il vestito di pelle e, dato che non c'erano spalline, lo fece scivolare senza fatica fino a terra. Non portavo il reggiseno, quindi ero in piedi nell'ufficio di mio padre e mio fratello con addosso un paio di stivali fino alle ginocchia e mutandine di pizzo nere. Uscii dal vestito e Sean mi guardò.

«Quindici minuti, G. Cosa possiamo fare in quindici minuti?». Mi leccò l'interno del braccio e del gomito e mi venne la pelle d'oca. «Piegati sulla scrivania e scopri le chiappe».

Rabbrividii di puro desiderio. La cocaina mi rendeva sempre eccitata, quella sera più che mai. Mi ci volle solo qualche passo per raggiungere la scrivania, ma la sensazione delle mie cosce che sfregavano l'una contro l'altra e del pizzo delle mutande mi spinse vicina all'orgasmo. Lo desideravo da morire.

Feci esattamente quello che Sean mi aveva chiesto. Mi chinai in avanti e allargai le gambe, in attesa. Sentii la cerniera scendere e gemetti piano, incapace di fermare i fianchi dallo sfregare contro di lui. Mi prese i capelli con una mano, tirando abbastanza da farmi gemere più forte.

Poi si chinò su di me e disse: «Sto per scoparti, G. Ti scoperò forte e veloce fino a far vedere le stelle a entrambi, e poi, quando saremo a letto insieme, farò l'amore con te. Ti adorerò e recupererò gli anni persi, ma adesso… adesso abbiamo bisogno di questo». Mi spostò le mutandine di lato, e io mi premetti contro di lui. Sentii la punta del suo pene all'apertura del mio sedere, e per un attimo mi venne il panico pensando a cosa mi avrebbe voluto fare. «Shhh, piccola, rilassati».

Ogni cosa che diceva, ogni sua parola, mi spingeva verso l'orgasmo. «Voglio questo», picchiettò il mio sedere con le dita. «Non qui e non adesso, ma ti voglio in ogni modo, G, ogni fottuto centimetro di te».

Quando finì di parlare, mi strattonò i capelli e spinse dentro di me, il dito medio premuto contro il mio clitoride. Spostò la mano e mise le dita dentro di me insieme al pene, e mi sentii come se mi spaccasse in due. Uscii di testa. Un'altra spintina contro il clitoride mi bastò. Esplosi, e le gambe vennero meno sotto di me.

«Cazzo!», mi gridò nell'orecchio, e il suo liquido caldo mi invase.

Io e Sean non avevamo mai fatto sesso in quel modo prima, almeno fino a quella settimana. Avevo solo sedici anni l'ultima volta che eravamo stati insieme e non avevamo mai fatto altro che l'amore. Sean era sempre stato delicato e premuroso. Mi aveva insegnato senza mai forzarmi, non era mai stato brutale come quella sera. Quello invece era scopare, puro e semplice, e io ero sicura di amarlo ancora di più. Il fatto che non potesse aspettare di tornare a casa e che avessimo così bisogno di toccarci da trovare il coraggio di chiedere l'ufficio a mio fratello mi spingeva ad amarlo alla follia.

Ero a gambe aperte sotto di lui, sulla scrivania di Bailey. Sean si appoggiò sulla mia schiena.

«Non posso credere che l'abbiamo fatto. Mio fratello ci lavora, qui. Sono davvero una zoccola».

Sean ridacchiò. Sentii il suo petto e le sue spalle muoversi e il suo respiro caldo nelle orecchie, ma non disse nulla. Allungò la mano e prese una scatola di fazzoletti, ne tirò fuori un po' e me li passò. Ne prese un'altra manciata, mi baciò e uscì.

Usammo il bagno dell'ufficio, ci ripulimmo, ci vestimmo e aprimmo la porta. Bailey era seduto su uno sgabello al bar, parlava con qualcuno. Sean teneva una mano nella mia e le chiavi nell'altra, le fece penzolare sulla spalla di Bailey e disse: «Grazie, amico, ti siamo debitori».

Bailey si voltò sullo sgabello. Non interpretai subito il suo sguardo. Poi accaddero due cose contemporaneamente: Sean mi baciò sulla tempia e disse: «Vuoi bere qualcosa, piccola?», e la persona con cui Bailey stava parlando si alzò.

Cam!

Tutto nella stanza si fermò, oppure svanì: il baccano, la gente. Forse era troppo per il mio cervello. Non dimenticherò mai e poi mai lo sguardo sul suo viso. Inizialmente sorrise, poi si accigliò quando vide che Sean mi baciava e mi chiamava «piccola». Socchiuse la bocca leggermente. Vide la mano di Sean nella mia, poi ci guardò in faccia e rimase immobile per qualche secondo. Il mio sguardo si spostò su Bailey. Era nel panico. Dovevo dire qualcosa, ma avevo la bocca troppo secca e non riuscivo.

«Gia?», disse Sean. «Che c'è che non va?». L'affetto e la preoccupazione nella sua voce erano evidenti.

L'espressione di Cam cambiò completamente. Chiuse gli occhi per qualche secondo, poi mi guardò. Il dolore che esprimevano era tangibile, si girò e fece per andarsene.

«Cam?».

Si voltò di scatto. Bailey si mosse, incerto su quale sarebbe stata la sua reazione, ma Cam guardò Sean e gli tese la mano.

«Cameron King, comproprietario del locale».

Sean ovviamente aveva capito. «Sean McCarthy». Esitò come se stesse per aggiungere qualcosa, ma si trattenne.

Cam annuì, come se tutto fosse all'improvviso più chiaro. «Sei Sean? Il cantante dei Carnage. Ovvio».

Sean annuì, poi mi guardò. «Vi serve un minuto per parlare?». In quel momento non avrei potuto amarlo di più. Feci un cenno affermativo con la testa e lui mi baciò sulla guancia. «Dieci minuti, poi torno. Non me ne frega di quanto è grosso quello. Dieci minuti». Si voltò verso Cam e Bailey. «Vado a prendere qualcosa da bere al bar». Non finse. Non disse che era felice di conoscerlo, perché ovviamente non lo era. Si limitò a voltarsi e andare al bar dell'area VIP.

«Vi lascio soli». Bailey mi diede un bacio sulla guancia, si alzò e se ne andò.

«Cam, mi dispiace. Non volevo dirtelo al telefono. Credevo fossi via fino a lunedì. Volevo dirtelo allora, faccia a faccia». Il cuore mi batteva così forte che lo sentivo nella gola e nella testa.

«Sono rientrato prima per farti una sorpresa. Volevo vederti... volevo dirti... volevo dimostrarti quanto mi dispiaceva per il mio comportamento di giovedì sera. Giovedì, Micina, ricordi? Due sere fa, quando pensavo stupidamente che fossi impegnata in una relazione con me».

«Ero... ero...».

Mandò giù il drink che aveva in mano, poi mi guardò e scosse la testa. «Sean McCarthy. Perché non ci sono arrivato? Sapevo tutto di Sean, solo non avevo capito che fosse *quello* Sean. Non avevo nessuna chance, vero, contro il maledetto ventiduenne Dio del rock?»

«Cam, ti prego, non è così. Lo conosco da quando ho undici anni. Ci siamo messi insieme quando ne avevo tredici. È l'unico ragazzo che abbia mai amato».

Alle mie parole sembrò sconfitto. «Grazie, Micina, grazie mille». Poi si voltò e se ne andò. Rimasi lì finché non scomparve alla mia vista. Mi ci volle qualche istante per riprendermi e per capire perché quello che era successo aveva provocato un'orribile sensazione dentro di me. Ero la persona peggiore del mondo. A quel punto tornai da Sean.

Ash e Marley stavano praticamente facendo sesso sulla pista da ballo quando tornai nella zona VIP. Mancava solo la penetrazione fisica, ma a nessuno sembrava dare fastidio. Sean era al bar a parlare con Lennon, Jimmie e Bailey, e non sembrava per niente felice. Presi un bicchiere di champagne da una cameriera e lo raggiunsi.

«Ciao», dissi infilando una mano nella sua.

Senza neanche guardarmi, digrignò i denti e disse: «Cameron King. Il *fottuto* Cameron King, piccola. È quello il tuo Cam? Grazie per avermi avvertito. Allora, adesso ho bisogno del giubbotto antiproiettile? Devo aspettarmi di trovare la testa mozza di un cavallo nel letto?», chiese lasciandomi andare la mano.

«Credevo che questi due», continuò indicando i miei fratelli, «ti avessero avvertita di tenerti alla larga da un tipo come quello. Cazzo, piccola, è pericoloso».

Persi la pazienza. Non so perché sentii il bisogno di difendere Cam. Sapevo che era pericoloso, avevo visto di persona ciò di cui era capace. «Davvero, Sean? Più pericoloso di uno stupratore? Di una rockstar che fa le orge con mio fratello? Oppure sono più al sicuro con lui?».

I suoi occhi non abbandonarono i miei. Non sono sicura di cosa vi lessi, ma capii di aver parlato troppo.

«Touché, Gia. Touché». Fece tintinnare il bicchiere contro il mio, finì quello che stava bevendo, poi si diresse alla pista da ballo prendendo Jill per mano.

«Brava, George. Stasera c'è qualcuno che non hai fatto incazzare?»

«Fottiti, Len. Lui non c'era. Non ha il diritto di sindacare con chi sono uscita quando non stavamo insieme, ma se è questa la strada che vuole perseguire, posso iniziare a sfogliare i ritagli che mamma ha tenuto da parte per me e scoprire quante puttane si è scopato negli ultimi quattro anni». Presi un altro drink da una cameriera di passaggio.

«Già, perché questo sì che vi aiuterà ad andare avanti», commentò Bailey. «Ti dirò esattamente quello che ho appena detto a lui: se volete far funzionare le cose, allora dovete lasciarvi alle spalle il passato. Dimenticare quello che è successo prima, quando non eravate insieme, e concentrarvi su cosa avete ora».

Bailey aveva ragione, ma non volevo dargli retta. «Be', era proprio quello che volevo fare mettendo fine alla relazione con Cam. Sean non aveva il diritto di arrabbiarsi».

Bailey e Lennon scossero la testa, ma Lennon aveva qualcosa da aggiungere: «Per una volta, George, solo per una volta, smettila di punirlo. Gli hai dato dello stupratore! Smettila. Vogliamo bene a entrambi, odiavamo vedervi depressi, ma ne siamo rimasti fuori perché credevamo che un giorno avreste sistemato tutto e sareste tornati insieme. Ora è successo. Per favore cerca di fare del tuo meglio perché funzioni».

Mi morsi l'interno del labbro. Jimmie era rimasta in silenzio e io la guardai, chiedendole con gli occhi se aveva qualcosa da dire.

«Lo ami, George?»

«Certo che lo amo».

«Puoi vivere senza di lui?»

«Sai benissimo che non posso».

«Allora vai da lui, levagli quella sudicia di dosso e diglielo».

Mi voltai verso la pista da ballo. Jill metteva le mani ovunque, lui rideva e non faceva che spostarsele dal sedere, poi dalla faccia e di nuovo dal sedere.

Più lui si allontanava, più lei si avvicinava.

Poi mi guardò e gli lessi la disperazione negli occhi. Alzai le sopracciglia e incrociai le braccia al petto.

«No», dissi a Jim. «Lascialo soffrire ancora un po'».

Jill all'improvviso si avvicinò con la bocca e fu allora che scattai. «Ehi!». La presi per i capelli. «Leva i tacchi, amore».

Fece spallucce e si allontanò. «Dài, non puoi biasimarmi per averci provato», disse da sopra la spalla, ma io non la stavo ascoltando.

Sulle note di *I don't wanna lose you* di Gloria Estefan, Sean mi prese la mano e mi trascinò al centro della pista.

«Mi dispiace», dicemmo all'unisono.

«Sono uno stronzo geloso. È finita, hai rotto con lui, non ne parlerò più. Ti amo». Mi baciò dolcemente sulle labbra.

«Non avrei dovuto dire quelle cose. Sono stata perfida, non lo pensavo davvero. Ti amo anch'io», dissi ricambiando il bacio.

Mi sorrise. «Ascolta le parole, G. Ascolta le parole di questa canzone. Non voglio perderti mai più, in qualche modo supereremo tutto. Quello che abbiamo fa impallidire il resto. Romeo e Giulietta, Bonny e Clyde, Sandy e Danny, persino Baby e Jonny non sono all'altezza. Non potrebbero scrivere la nostra storia, non esistono abbastanza parole».

Una lacrima mi corse lungo la guancia e lui la leccò… Sì, la leccò via. «Andiamo a casa, così mi fai vedere le tette?», chiese con un ghigno.

«Sei proprio un seduttore, Maca».

«Lo pensi davvero? Abbastanza da entrarti nelle mutande dopo?»

«Ehm, tesoro, l'hai fatto meno di un'ora fa sulla scrivania di mio fratello».

Fece un'espressione orripilata. «Ah, eri tu? Credevo che fosse una tipa a caso che si era gettata su di me».

Smisi di ballare e appoggiai le mani sui fianchi. «Non è divertente».

«Sto scherzando. Sto solo scherzando. Dài, saluta i tuoi amici e andiamocene da qui».

«Casa mia o tua?», chiesi.

«Be', deduco che Marley non se ne andrà senza Ash, quindi andiamo da te».

Salutammo gli altri e uscimmo dalla porta sul retro, perché pareva esserci un gruppo di reporter davanti al locale.

Milo ci scortò fuori e saltò sulla Land Rover, già in attesa. Mi presentarono a Dave, l'autista, che ci accompagnò al mio appartamento nel cuore della notte. E per tutto il tragitto cercai di tenere le mani di Sean lontane dalle mie mutande.

Capitolo ventuno

«Una mezza verità è una bugia intera», ci diceva ogni tanto mio padre. Quelle parole mi ronzavano in testa da due settimane e non ero sicura del perché. A dire il vero, sapevo benissimo perché, e nella mia bugia ci stavo annegando. Mi sentivo in colpa per Cam. Non per quello che avevo fatto, né per il modo in cui avevo messo fine al rapporto, ma per il fatto che mi mancava tantissimo. Era dentro di me più di quanto mi fossi resa conto. Ero così concentrata sul proteggermi dai miei sentimenti per Sean da non accorgermi che quelli per Cam stavano prendendo piede.

Amavo Sean con una passione che sconfiggeva la logica. Nelle ultime due settimane avevamo trascorso ogni momento libero insieme e aveva condiviso il letto con me ogni singola notte. Ci eravamo sempre risvegliati insieme. Avevamo parlato, parlato e parlato e avevamo deciso di non perdere altro tempo. Stavamo già cercando casa. La stampa non aveva ancora scoperto dove abitavo, ma sapevano chi ero.

Il fine settimana precedente una rivista della domenica aveva dedicato la prima pagina alla nostra "Grande storia d'amore". Eravamo innamorati dall'infanzia e ci eravamo lasciati a causa della sua fama. Non menzionarono l'incidente dello stupro perché le accuse erano state ritirate, e i giornali erano stati minacciati di denuncia se ne avessero parlato senza specificare che era una storia fasulla. Dunque non venne più menzionata. Un gruppo di giornalisti si era accampato in fondo al viale dei miei e la casa era stata bombardata di telefonate e messaggi per me.

Fan violente continuavano a chiamare e per posta arrivavano messaggi pieni d'odio e minacce se non mi fossi fatta da parte. Sean era tutto loro, io dovevo stare alla larga. Alcune lettere invece erano molto dolci, ci dicevano che avevamo qualcosa di speciale e ci auguravano ogni bene. Altre erano assurde: foto di peni accompagnate da messaggi che mi dicevano quant'ero bella e che scommettevano che Sean non era dotato quanto loro. Alla fine, tutto quello che mi venne spedito a casa dei miei fu infilato in alcuni sacchi e mandato ad Andrea, l'assistente personale di Sean. Lei lo passò in rassegna e ci mandò solo le cose che potevano interessarci, che non erano molte. Tutta quella pubblicità aveva fatto miracoli per i nostri punti vendita. C'erano un sacco di nuovi clienti che compravano qualcosa di piccolo anche solo per vedere se io ero in negozio. E non c'ero mai.

Io e mamma ci eravamo incontrate a pranzo il martedì dopo che io e Sean ci eravamo rimessi insieme. Avevamo parlato di tutto e le avevo detto che la perdonavo. Non ero completamente sicura di averlo fatto, ma comprendevo le sue ragioni. Le dissi che avrei continuato a lavorare come prima, ma a due settimane dall'inizio della mia relazione con Sean, mi fu chiaro che era impossibile. Quindi, dopo una breve riunione a inizio settimana, promuovemmo Ashley come Area Manager, e inserimmo alcuni manager a tempo pieno in tutti e sei i negozi. Avevamo assunto una squadra amministrativa che si occupava anche dei conti e degli ordini, e due nuove responsabili degli acquisti. In pratica, io e mamma ormai facevamo parte del business solo nominalmente.

La band avrebbe fatto il giro degli Stati Uniti l'anno successivo e Sean mi aveva chiesto di andare con lui. Per via del matrimonio di Jimmie e Len, i Carnage si erano presi il mese di giugno di vacanza e avevano solo qualche comparsa televisiva per tutto il resto dell'estate.

I Carnage tornarono allo studio di registrazione ad agosto e iniziarono a incidere il nuovo album, che avrebbe dovuto uscire a marzo, in coincidenza con il tour statunitense. Sean e Marley avevano scritto qualche nuova canzone e a luglio si sarebbero visti più spesso per comporre le musiche entro settembre.

Tutto ciò significava un sacco di tempo libero per me e Sean, anche se quando gli veniva in mente una canzone spariva con Marley. Io avevo troppa paura di uscire a causa della stampa, quindi restavo a casa e passavo il resto del tempo a sentirmi in colpa perché mi mancava Cam. Era proprio quello che stavo facendo il venerdì, due settimane dopo averlo visto per l'ultima volta. Avevo appena finito di parlare al telefono con Jimmie. Il suo addio al nubilato sarebbe stato la settimana seguente: ventisei donne a Marbella, in Spagna, per cinque notti. Amiche, mamme, sorelle, cugine dai diciotto ai sessantacinque anni. Non vedevo l'ora. Forse Marbella avrebbe significato l'anonimato per me. Cinque giorni interi in cui nessuno sapeva chi ero. Due settimane di fama ed ero già esausta.

Suonò il citofono e mi si strinse lo stomaco: temevo che i paparazzi scoprissero il nostro nido d'amore. Stavano presidiando la casa di Sean e Marley ed erano confusi perché Sean non ci tornava mai. Si era fatto portare da Milo i vestiti, il necessario per il bagno e la chitarra, e ci eravamo rintanati da me in attesa che l'interesse nei miei confronti si fosse estinto, cosa che fino a quel momento non era successa. Appena sentii il citofono iniziarono a sudarmi le mani.

«Sì?», risposi, nervosa.

«Georgia?»

«Chi è?»

«Georgia cara, sono Benny. Il Benny di Cam. Pensi che possa entrare a fare due chiacchiere, piccola?».

Che diavolo vuole Benny?

All'improvviso divenni nervosa. Cam lo aveva mandato per uccidermi? Cam mi avrebbe uccisa? Mi disprezzava a tal punto?

«Che c'è, Ben? Perché vuoi parlare con me?»

«Georgia, ascolta, si tratta di Cam. Non voglio parlarne al citofono, tesoro. Ho bisogno solo di cinque minuti».

Ci pensai per qualche secondo. Dave era stato incaricato di sorvegliarmi quando Sean era fuori, e al momento era appostato nella sua Toyota quattro ruote.

«Esco io», dissi.

«Ottimo», rispose.

Sbirciai fuori dalla finestra, verso il parcheggio. Dave guardava Benny. Sembrava incerto sul da farsi. Uscii e aprii la porta. Alzai una mano in direzione di Dave per fargli sapere che andava tutto bene, poi mi rivolsi alla guardia del corpo di Cam.

«Che c'è, Ben? Cosa posso fare per te?»

«Georgia, ascolta, è un po' imbarazzante. So che adesso stai con quella rockstar e mi dispiace rompere, ma il mio capo è a pezzi e non so cosa fare. I suoi fratelli e sorelle hanno provato a rimetterlo in sesto, ma non vuole saperne. Alza il gomito e potrebbe far marciare un esercito con tutta la coca che si pippa da quando l'hai lasciato». Mi guardò implorante. «Ho paura tesoro, ho paura che si appenda per il collo».

Merda, e adesso?

Sapevo cosa volevo fare, ma Sean avrebbe dato di matto.

Forse potrei non dirglielo. Cavolo!

«Ben, se è ridotto così per colpa mia, forse sono l'ultima persona che vorrebbe vedere».

«Nah, penso che voglia vederti! Ne ha bisogno. Non darà

retta a nessun altro. Devi dirgli di ripigliarsi, altrimenti lo sbatteranno di nuovo in riabilitazione».

«Ci è già stato prima?»

«Sì, sì, due volte. Quando era giovane e quando ha perso Chantelle. In quel periodo era incasinato, poi suo fratello ha preso il comando e lui è andato in riabilitazione per sei mesi. Lo odiava, ma ora stanno discutendo proprio di questo. Gli hanno dato una settimana per riprendersi, poi lo faranno rinchiudere. Hanno ottenuto un'ordinanza dal tribunale in passato, non ha avuto scelta».

Dio! Che casino.

«Dov'è?». Non potevo credere che stavo considerando davvero l'idea.

«Nel suo appartamento sopra il bar».

Annuii. Glielo dovevo. Mi aveva salvata da me stessa, ora dovevo restituire il favore. «Lascia che mi metta le scarpe». Tornai in casa e mi infilai un paio di infradito, presi le chiavi e tornai fuori. Seguii Ben giù per le scale, poi andai da Dave, che era appoggiato alla sua macchina, e gli dissi che uscivo un attimo per andare a trovare un amico malato, che non ci avrei messo molto e non avevo bisogno di essere accompagnata. Saltai sulla Jag e cinque minuti dopo Ben stava aprendo la porta d'ingresso dell'appartamento di Cam. La musica era altissima ed esitai.

Ben fece un cenno della testa. «Vai tu, ti aspetto qui. Non ne sarà felice, ma non sapevo che altro fare». Devo essergli sembrata nervosa, perché aggiunse: «Starò qui, non vado da nessuna parte». Annuì per rassicurarmi.

Procedetti lungo il corridoio. L'appartamento era illuminato a giorno. Ogni luce era accesa. Quando entrai nella sala, rimasi colpita dal disordine. C'erano bottiglie vuote dappertutto, whisky, vino, birra. Il tavolino da caffè era ingombro, cosparso anche di una serie di piccoli sacchettini vuoti, forse di cocaina. Sul pavimento un vassoio con due strisce già pronte, accanto a una banconota da cinquanta arrotolata. C'era una puzza terribile. Più che altro alcol e vomito, ma anche una punta di fumo di sigaro. La canzone ricominciò, era *Fake* di Alexander O'Neal. Aveva un paio di suoi CD che di solito ascoltava in macchina. In cucina c'erano un paio di piatti con del cibo andato a male, una scatola della pizza e altre bottiglie.

Andai verso la stanza di Cam e sentii scorrere l'acqua. Camminai verso il bagno in punta di piedi e vidi che il cubicolo della doccia era aperto. Cam era seduto a terra, l'acqua gli rimbalzava addosso per poi cadere all'esterno, bagnando il pavimento. Accanto alla doccia e al water c'erano due macchie di vomito. Gettai una salvietta su entrambe. Lui non se ne accorse perché teneva gli occhi chiusi, aveva le gambe allungate davanti a sé, le braccia molli lungo i fianchi e la testa che gli penzolava in avanti. Era nudo.

Sembrava… piccolo, il che era ridicolo perché era muscoloso e alto quasi due metri. Eppure in quel momento sembrava minuscolo e fragile e mi sentii terribilmente in colpa. Rimasi a osservarlo per qualche istante con una mano davanti alla bocca, cercando di trattenere le lacrime. Era colpa mia. Ero una persona orribile. Tornai all'ingresso, chiesi a Ben di recuperare dei sacchi della spazzatura e iniziai a buttarci qualche bottiglia. Tornai in bagno e chiusi la porta. Poi andai a spegnere l'acqua della doccia.

Cam borbottò qualcosa e sollevò un braccio, in cerca di qualcosa o qualcuno.

Me?

Mi misi a cavalcioni su di lui e gli asciugai i capelli e il viso. Aveva la barba folta. Era scura, ma c'era qualche filo grigio. Alzai una mano e gli accarezzai il viso, e i suoi occhi si aprirono senza mettere a fuoco. Dischiuse le labbra, probabilmente cercando di inumidirle, poi aprì di nuovo gli occhi, chinò la testa di lato e mi fece un sorriso.

«Micina», sussurrò con voce flebile. «Ti amo».

Rimasi senza fiato. Gli presi il viso fra le mani. «Oh, Tigre, cosa ti sei fatto?»

«Ti amo», ripeté in un sussurro. Mi afferrò una ciocca di capelli, non forte, ma abbastanza da farmi alzare la testa per guardarlo. Annuì e disse ancora: «Ti amo».

Non sapevo cosa rispondere. Il mio cuore mi suggeriva di dirgli che lo amavo anch'io, ma la testa mi diceva di non essere così stupida. Amavo Sean. Solo Sean. Rabbrividì, e mi resi conto che dovevo farlo uscire dalla doccia e metterlo a letto. Gli staccai le spalle dalla parete e lo avvolsi in un asciugamano. Non volevo farlo scivolare, quindi chiamai Benny. Il volume della musica si abbassò e sentii delle voci, quindi chiamai ancora.

Cam sussurro: «No, non Benny, solo tu. Solo tu, Micina».

La porta che separava il bagno dalla stanza si aprì e la copia sputata di Cam apparve sulla soglia.

«Io… Scusa. Sono Georgia. Ha freddo. Non so da quanto tempo sia qui. Non riesco ad alzarlo da sola».

La copia di Cam indossava un completo. Si tolse la giacca e la gettò sul letto alle sue spalle.

«Spostati. Benny, muovi il culo».

Mi spostai agli ordini di quello che dedussi essere il fratello di Cam, che non si era presentato. La sagoma di Benny riempì lo spazio della porta. Forse si era dato da fare per mettere a posto, perché era sudato e la testa pelata scintillava.

«Attento al vomito, Ben», dissi uscendo dal bagno. Non c'era abbastanza spazio per tutti noi e comunque non mi sentivo la benvenuta. Per fortuna il letto di Cam era immacolato, quindi non dovetti cambiare le lenzuola. Gettai per terra i cuscini intonati alle lenzuola che avevamo comprato insieme un mese prima. Il pensiero mi fece sobbalzare il cuore nel petto.

«Sono cuscini, George. Abbiamo comprato cuscini e lenzuola abbinati. Non ci siamo sposati. Ripigliati», dissi a me stessa.

Benny e la copia di Cam entrarono nella stanza con le braccia di Cam in spalla, i piedi che strisciavano sul pavimento e solo per un attimo, per una frazione di secondo, il modo in cui lo sostenevano mi ricordava Gesù in croce. Lo lasciarono cadere malamente sul letto e io gli sollevai le gambe per coprirlo con il piumone.

«Rimani qui tu a sorvegliarlo?», chiese la copia di Cam, accigliandosi.

Mi guardai attorno per fare un po' di scena. Sapevo benissimo che stava parlando con me. «Io?», chiesi.

«Sì, tu! Resti qui tu a sistemare il casino che hai combinato?».

Cosa?

Scossi la testa. «E tu chi cazzo sei e con chi cazzo pensi di parlare?»

«Sono Robbie, il fratello di Cam. Suppongo che tu sia Georgia? E se suppongo bene, sto parlando con te».

«Sì, sono Georgia, ma non sono stata io. È lui il responsabile di se stesso».

Si mise le mani sui fianchi e annuì, lo stesso atteggiamento che assumeva Cam ogni tanto.

«L'hai ridotto tu così, Georgia. Sei la prima donna dopo Chantelle a cui ha permesso di avvicinarsi davvero. Sei la prima che ammette di amare. Era così felice e tu l'hai rovinato. L'hai scaricato per una rockstar. Sta peggio ora di quando ha perso moglie e figlio, ed è solo colpa tua. Quindi sì, sei tu la responsabile!».

Provavo vergogna. Non l'avevo fatto intenzionalmente. «Non lo sapevo».

«Non sapevi cosa?»

«Non sapevo che mi amasse. Non me l'aveva mai detto».

«No, perché apparentemente appena uno te lo dice tu lo molli. Sapeva che ti stavi avvicinando. Aveva un piano: ti avrebbe portata via per due settimane dopo il matrimonio di tuo fratello. Te l'avrebbe dimostrato. Ti avrebbe fatto capire che anche tu lo amavi». Smise di parlare quando Cam borbottò nel sonno. «Rimani o no, tesoro? È tutto quello che voglio sapere».

Voleva portarmi via? Sapeva che mi stavo innamorando di lui.

Lui lo sapeva, io invece no. O sì?

«Posso rimanere per un paio d'ore».

Non rispose e io andai a sedermi sul letto accanto a Cam.

«Bene, Ben. Farò venire qualcuno a pulire, ma per ora controlla solo le mensole e i cassetti qui e nel bagno, dovunque possa aver nascosto la roba o l'alcol. Faccio venire qualcuno a mettere dei lucchetti alla porta e io, Josh e Tory ci alterneremo per sorvegliarlo. Odia la riabilitazione, quindi stavo pensando di far venire qui un medico a controllarlo e, se va bene, possiamo farlo disintossicare qui».

Ben annuì. «Benissimo, Rob. Hai ragione, odia la riabilitazione. Tornarci lo ucciderebbe».

«Non capisco, Cam è alcolizzato, drogato o entrambe le cose?».

L'atteggiamento di Robbie cambiò completamente quando venne a sedersi sul letto e guardò Cam. «Non proprio. Non lo so, non sono un professionista. Cam di solito sta lontano dalle droghe, ma ogni tanto si fa qualche striscia e gli piace bere come a tutti, ma sa sempre quando è il momento di smettere, a parte quando soffre. In questi casi, li usa come fuga. Si perde nell'alcol e, quando non basta, si fa di coca striscia dopo striscia per tirarsi su. Come adesso». Alzò la testa e mi guardò, e fu come se mi vedesse per la prima volta. «Mi spiace per prima. Mi ha confidato che non gli avevi mai detto di amarlo, e che fin dall'inizio avevi ammesso di essere innamorata di un altro. Solo che non si aspettava che ci tornassi insieme».

«Nemmeno io», sussurrai. «Non ho mai voluto ferirlo. Volevo dirgli di Sean faccia a faccia, ma lui è partito per Amsterdam e lo avrei visto al suo ritorno. È rientrato prima e...». Chiusi gli occhi ripensando alle parole di Cam.

«Grazie, Micina, grazie mille», aveva detto, e quell'espressione nei suoi occhi quando si era reso conto di chi era Sean... Mi misi a piangere.

«È venuto al club, e io ci ero andata con Sean. Non volevo ferirlo. Mi dispiace tantissimo. Sono due settimane che penso a lui. Non so, non capisco cosa mi stia succedendo. Penso che possa avere ragione, forse lo amo. Non ne sono sicura».

Robbie mi guardò con lo stesso sguardo di Cam. «Be', puoi saperlo solo tu, Georgia, e fino a quel momento per favore non illudere mio fratello. Se ti accorgi che stai sbagliando e lo lasci ancora, penso che potrebbe restarci secco».

Non avevo una risposta. Non sapevo cosa pensare, cosa provare. Mi lasciarono sola con Cam mentre una specie di operazione militare avveniva attorno a noi. Il suo appartamento venne ripulito, e catenacci e serrature vennero installati sulla porta della stanza da letto. Benny passò al setaccio ogni comodino della camera e del bagno mentre Cam dormiva.

Notai che la fronte e il labbro superiore iniziavano a imperlarsi di sudore, quindi andai in bagno e feci scorrere dell'acqua fredda su un panno per rinfrescargli il viso e il collo. Si stiracchiò e mormorò qualcosa, ma non si svegliò. Andai in cucina a prendere una ciotola per riempirla d'acqua in modo da non dover fare avanti e indietro dal bagno con la pezza bagnata. Era tutto splendente e profumava di fresco. Robbie era ancora lì e parlava al cellulare. Benny e un altro buttafuori del bar erano seduti sugli sgabelli della cucina a mangiare un hamburger. Mi brontolò la pancia perché non avevo pranzato.

«Che ore sono, Ben?».

Guardò l'orologio. «Le sei e dieci».

Merda, ero lì da mezzogiorno. Dovevo tornare a casa.

«Ben, ascolta, Cam sta iniziando a sudare, vado a pulirgli la faccia un'altra volta, ma poi puoi portarmi a casa? Non posso andare in giro da sola, la stampa mi sta perseguitando».

Robbie aveva attaccato e mi guardava.

«Vai a sciacquarlo, dopo ti accompagno io. Il dottore verrà qui a dargli qualcosa per il sudore e i brividi».

Annuii, riempii la ciotola di acqua fredda e tornai in stanza. Stavolta quando lo pulii aprì gli occhi. Erano molto più vivi. Si inumidì le labbra secche con la lingua.

«Micina», sussurrò con la voce roca.

«Vuoi dell'acqua?», chiesi.

Scosse la testa. «Scotch».

Risi. «Neanche per sogno, Tigre. Acqua, tè, caffè, queste sono le tue scelte».

«Sei cattiva».

«Lo so».

«Ti amo».

«Lo so».

«Davvero?»

«Sì. Vuoi acqua o tè?». Il cuore mi martellava così forte nel petto che avevo mal di testa.

Sospirò. «Me lo servirai nuda?»

«Te lo verso sul pisello, se non ti calmi».

Fece una risatina. «Ecco la mia Micina arrabbiata».

«Non sono arrabbiata, Cam. Sono triste. Perché? Perché hai fatto tutto questo a te stesso?».

Chiuse gli occhi, e quando li riaprì aveva uno sguardo severo che per un attimo mi spaventò.

«Mi fa male la testa, puoi per favore prendermi delle pillole e un bicchiere d'acqua?».

Non feci domande sul suo cambiamento di tono. Era ferito, arrabbiato, e io ero la causa della sua sofferenza. Aveva il diritto di guardarmi come gli pareva.

«Posso portarti dell'acqua, ma niente pillole. Il dottore arriverà presto, non so cosa vorrà darti».

«Cosa? Dottore? Perché?». Fece per alzarsi, ma le sue gambe erano instabili, quindi barcollò e ricadde all'indietro. Chiamai Benny, ma fu Robbie ad aprire la porta.

«Torna a letto, Cam».

«Mi rinchiuderete ancora. Non torno in quel posto!», gridava Cam mentre Robbie cercava di riportarlo a letto. Benny li raggiunse e lo trattenne.

«Non fategli male!», gridai.

«Buttatela fuori!», tuonò Cam. «Fuori da qui! Non deve vedermi, Rob. Non deve vedermi così».

Iniziò a singhiozzare e io a piangere.

«Ti prego, Rob, ti prego non farmi rinchiudere».

Robbie lo sorreggeva. «Non lo farò, fratello, te lo prometto. Sta arrivando il dottore, e anche Joshie e Tor. Ci prenderemo cura di te qui. Non ti farò rinchiudere, starai meglio con noi».

Cam smise di ribellarsi e lasciò che il fratello lo sorreggesse, mentre io ero in un angolo a piangere di fronte al disastroso risultato delle mie azioni. Robbie mi guardò e con un cenno della testa mi chiese di uscire. Me ne andai. Non aspettai un passaggio. Lasciai l'appartamento e mi incamminai verso casa a testa bassa. Non perché speravo che la gente non mi avrebbe riconosciuta, bensì per la vergogna che provavo. Avevo spezzato il cuore di Cam. Si sentiva come mi sentivo io dopo Sean, e non me lo sarei mai perdonata. Quando riemersi dal vicolo sul retro, vidi le macchine di Sean, Len e mio padre che mi bloccavano la strada.

Cavolo, sono nei casini.

Dave era in piedi in fondo alle scale e quando mi vide fece un sospiro scuotendo la testa. «Grazie, Georgia, sono nella merda fino al collo per colpa tua».

Dannazione.

«Mi dispiace, Dave, ma se ti può consolare, io penso di esserci ancora di più».

Annuì. «Hai ragione, piccola. Sean è uscito di testa. Credo stiano per chiamare la polizia».

Merda!

Cavolo!

Corsi su per le scale e poi lungo il corridoio e mi ritrovai davanti la mia intera famiglia, più Jimmie, Ash, Sean e Milo. Per qualche secondo calò il silenzio. Sean era voltato di spalle. Si girò, mi guardò, e si portò le mani ai fianchi prima di abbassare la testa e liberare un lungo sospiro.

«Dove cazzo sei stata, George?», chiese Lennon, e papà si passò una mano fra i capelli per poi venire ad abbracciarmi.

«Principessa, mi hai fatto morire di paura. Non farlo mai più!».

Deglutii. «Scusa, papà». Tutti sembravano in ansia. Bailey era nel mezzo di una telefonata.

«Fin, è qui, richiama i ragazzi... No, sta bene. Ti faccio uno squillo dopo per aggiornarti. Ciao». Mi guardò con un'espressione rabbiosa. «Ci è mancato tanto così», disse alzando una mano e mostrando uno spazio minuscolo fra pollice e indice. «Fra poco avremmo buttato giù le porte a calci. Dave ha detto che eri andata via con Benny il pelato e che ci avresti messo poco. Sono passate sette ore, George. Sette... *fottute*... ore. Nessuno ha visto né te né King. Non hai chiamato. Non avevamo idea di dove fossi. Credevamo fosse impazzito di nuovo... che ti avesse rapita... ammazzata. Non lo sapevamo, dato che sei sparita da vera egoista senza dire una parola. Papà era pronto a far fuori qualcuno e mancava poco anche a Maca». Si fermò per riprendere il respiro. «Smetti mai di pensare solo a te stessa, George? Mai? Prima te ne vai chissà dove con Sean quando sei solo una bambina. Ti comporti da schizofrenica per quattro anni. Poi inizi a frequentare uno dei gangster più pericolosi dell'East End, la cui moglie è morta in circostanze misteriose. Alla fine abbiamo due settimane di pace dove tutti ci illudiamo di poter respirare perché sei tornata con Maca. E adesso che sei dove avresti sempre voluto essere, te ne esci con questa trovata. Che cazzo c'è che non va in te? Cosa vuoi? Lo sai, almeno? Hai quasi ventun anni, Georgia, è ora di crescere e di essere responsabile delle tue azioni e dell'effetto che hanno sugli altri».

Ero mortificata e le lacrime mi bagnavano le guance. Aveva ragione su tutta la linea. Ero una ragazzina viziata ed egoista e non tenevo in considerazione i sentimenti degli altri. Non avevo neanche il coraggio di guardare in faccia le persone che amavo di più al mondo.

«Mi dispiace, non volevo farvi preoccupare. Avevano bisogno di me per un'emergenza e ho perso la concezione del tempo. Scusatemi. Avrei dovuto chiamare. Avrei dovuto dire dov'ero o chiedere a Dave di venire con me, invece non l'ho fatto, mi dispiace». Poi andai dritta in bagno e aprii l'acqua bollente della doccia. Mi tolsi i vestiti ed entrai, regolando l'acqua al massimo del calore che riuscivo a sopportare. Volevo solo rannicchiarmi a piangere. Non volevo essere egoista, né ferire o far stare in pensiero qualcuno. Non sapevo che Cam mi amasse. Non mi ero resa conto che la mia famiglia si fosse preoccupata per me così a lungo. L'ignoranza è una difesa, oppure ero solo una stupida ventunenne viziata che pensava di sapere tutto?

Mi lasciai scivolare lungo la parete, portando le ginocchia al petto e abbracciandole.

Non so quanto tempo rimasi così, ma quando uscii, Sean era seduto sul bordo della vasca da bagno con un asciugamano. Si alzò, mi avvolse e mi strinse forte. Prese un altro asciugamano dallo scaffale e mi asciugò i capelli.

Avevo smesso di piangere, ma la mascella mi tremava ancora e sussurrai a Sean: «Mi dispiace tantissimo».

Mi baciò la fronte. «Andiamo a letto», si limitò a dire.

Salii sul letto e finii di asciugarmi i capelli mentre lo guardavo levarsi i vestiti. Si spogliò completamente, poi saltò sul letto e mi strinse a sé. Mi sentivo al sicuro, al caldo, amata, che era più di quello che meritavo.

«Ti va di raccontarmi?».

Scossi la testa. «Non ancora».

«Ero preoccupatissimo, G. Non penso di essere mai stato tanto in pensiero in vita mia. Non sapevo cosa fare, dove iniziare a cercarti. Quello che mi ha spaventato di più è stato vedere quanto tuo padre fosse in ansia».

«Sean?»

«Gia?»

«Fai l'amore con me?».

Mi baciò dolcemente sulle labbra mentre con le mani mi accarezzava i capelli. Mi stese a pancia in su e scivolò lungo il mio corpo. Iniziò a baciarmi i piedi, poi salì lungo le gambe, piegandomi le ginocchia e aprendole. Baciandomi, leccandomi e succhiandomi fino al mio primo orgasmo, poi si spostò verso la pancia e i seni. Morse dolcemente un capezzolo, poi si appoggiò al mio petto. Afferrai il suo pene e iniziai a muovere la mano. Mi accarezzò il labbro inferiore con il pollice, guardandomi negli occhi.

«Stringi le tette», sussurrò. Mi mise il pene fra le tette mentre io le stringevo come mi aveva ordinato, senza smettere di guardarmi. «Dio, sei bellissima adesso».

Feci un sorrisetto. Non volevo che fosse carino con me. Volevo che fosse brusco, che mi provocasse dolore.

«Sean?»

«Cosa?»

«Ho bisogno di te. Voglio che mi volti, sai... Quello di cui abbiamo parlato al club, nell'ufficio».

«Cosa? G, sei sicura?»

«Sì, lo voglio davvero».

Per un attimo rimase fermo a guardarmi, poi si spostò. «Voltati».

Saltò giù dal letto e andò in bagno. Tornò dopo pochi secondi e appoggiò qualcosa sul comodino. Prima si stese sopra di me accarezzandomi le braccia. Mi baciò la nuca e le spalle, poi scese lungo la spina dorsale e mi fece divaricare le gambe.

«Mettiti sulle ginocchia, piccola, sedere all'aria, e tieni le gambe aperte». Feci quello che mi diceva mentre con le dita continuava ad accarezzarmi la schiena, le natiche e la fessura nel mezzo. Usò le mani per divaricarla. Riuscivo a sentire i calli dovuti ad anni di chitarra, e tutte le sensazioni che mi provocava mi fecero gemere. Era Sean, l'unico per me. Mi leccò avanti e indietro, la lingua sopra il mio buco, mentre con il dito medio mi stimolava il clitoride.

«Cazzo, Sean».

«Ti piace, G?»

«Sì».

«Non ho il lubrificante, quindi userò la vaselina. Resta immobile per me».

Rimasi ferma mentre lo sentii aprire il barattolo di vaselina. Iniziò con un dito, lo girò in tondo sfregando.

«Apri di più le gambe, piccola, alza il sedere e rilassati. Sei bellissima adesso, davvero bellissima». Infilò un dito dentro di me e poi un altro. «Okay? Ti fa male?».

Mi morsi il labbro inferiore così forte che quando lo lasciai mi fece male, quindi lo succhiai per alleviare il dolore.

«Gia, ti fa male? Dimmelo e mi fermo».

«No, no».

Tirò fuori le dita e poi mi sfregò il pene contro il buco. Si fermò. «Ti amo, piccola. Dimmi se lo vuoi fare davvero, ti prego. Lo sai che ti amo? Non siamo obbligati, se non ti va».

Lo guardai da sopra la spalla. «Quando mai faccio qualcosa che non mi va?».

Mi fece l'occhiolino e quel suo sorriso da copertina. Mi prese i capelli e tirò. «Ti amo, Georgia Rae, ora ti scoperò il culo e ti farò gridare». Penetrò piano. «Cazzo, sei stretta». Mi sollevò finché non fui quasi seduta sulle sue ginocchia. Allungò una mano verso il clitoride. Teneva le labbra sul mio orecchio e mi piegò la testa di lato per farmi sentire il suo respiro caldo mentre parlava: «Hai il controllo, Georgia. Cavalcami, ma vai alla tua velocità, piccola».

Iniziai a muovermi piano su di lui, godendomi a pieno la sensazione. Era diverso, ma non male.

«Vuoi le mie dita nella fica?».

Dio, bastava quella parola a eccitarmi.

«Eh, G? Dimmelo, oppure mi fermo».

«No! Cioè sì! No, non fermarti. Sì, voglio le tue dita».

Ridacchiò. «Sei una ragazzaccia, Georgia Rae, e ti amo così tanto per quello che stai facendo. Ora vieni per me, perché non durerò a lungo, sei troppo bella, troppo stretta, non resisto». Mi infilò dentro le dita e fu una sensazione stranissima. Mi sentii piena, distesa, e quando premette la base della mano contro il clitoride fu troppo da sopportare. Ogni mio muscolo si strinse attorno al suo pene e alle sue dita. Piegai la testa all'indietro, lui mi morse una spalla, e io gemetti urlando il suo nome, cercando di alleviare l'intensità dell'orgasmo che non smetteva di scuotermi. Alla fine mi lasciai trasportare e sentii Sean che diceva: «Cazzo, sei fantastica, sto venendo, piccola, solo per te, sempre e solo per te».

Meno di un minuto dopo ci lasciammo cadere sul letto. Mi strinse, il suo petto contro la mia schiena, baciandomi la nuca e le spalle. Alla fine restammo sdraiati in silenzio e io ascoltai il ritmo del suo respiro sentendo il suo petto alzarsi e abbassarsi. Volevo che parlasse, che mi chiedesse della mia giornata, anche se non mi andava di raccontare. Mi baciò sui capelli.

«Vieni a fare la doccia con me».

Annuii, e lui mi prese per mano conducendomi nella doccia. Non aspettò che l'acqua si scaldasse per entrare. Gridai e lui rise, tirandomi contro il suo petto mentre l'acqua fredda ci fece rabbrividire entrambi e battere i denti. Finalmente iniziò a scaldarsi. Mi spostò i capelli bagnati dal viso e lo prese fra le mani, baciandomi gli occhi, il naso, poi con dolcezza le labbra, il mento, fino al seno e alla pancia. Si inginocchiò sul pavimento davanti a me, mi prese le mani e disse: «Ti amo, Georgia Rae, vuoi diventare mia moglie?».

Oh mio Dio. Avevo capito bene?

«Ti amo più della mia vita, *I love you like the stars above*». Alzò le sopracciglia e sorrise, aspettando che io cantassi la mia parte.

«*I'll love you till I die*», continuai.

«Come ti ho detto, Romeo e Giulietta impallidiscono in

confronto a noi, piccola. Non voglio aspettare. Se le altre persone non ci avessero separati, probabilmente saremmo già sposati e con un paio di bambini».

Mi guardò con quei suoi occhi scuri dalle venature dorate. Era la mia vita, il mio mondo, e qualunque sentimento credevo di provare per Cam, in quel momento era irrilevante. Forse amavo Cam. Non ne ero sicura, ma non m'importava. Il mio cuore sarebbe stato per sempre di Sean. Era così e basta, non potevo farci nulla.

Gli spostai i capelli dal viso e gli sorrisi. Annuii e dissi: «Sì, sì, certo che ti sposo».

Facemmo l'amore di nuovo prima di collassare sul letto e dormire per qualche ora. Mi svegliò più tardi scivolando dentro di me. Lo facemmo in silenzio, poi mi strinse forte al petto e gli raccontai della mia giornata. Gli dissi di Cam, di quanto mi sentivo in colpa. Che non sapevo che Cam mi amasse. Gli dissi che pensavo di amarlo a mia volta un pochino, e lui rispose che non importava, che capiva. Era geloso e lo odiava, ma capiva. Cam era stato presente quando avevo avuto bisogno di lui, era naturale che provassi dei sentimenti forti nei suoi confronti. Mi disse di tornare da lui e di aiutarlo a riprendersi come potevo, il che mi fece amare Sean ancora di più. Piansi e dissi che mi sentivo scoppiare il cuore per quanto lo amavo.

Poi, quando il sole stava per sorgere e gli uccellini avevano iniziato a cantare, decidemmo insieme che forse era meglio che non rivedessi più Cam. Avrebbe potuto illudersi e rimanerci ancora peggio una volta scoperto che io e Sean ci saremmo sposati. A Sean andava bene qualunque decisione, e io pensai che un taglio netto fosse la cosa migliore. Mi addormentai felice, soddisfatta e senza sensi di colpa.

Capitolo ventidue

Agosto 1999

Io e Sean eravamo seduti in una piccola caffetteria su Chapel Street, a Melbourne, in Australia. Ci eravamo appena goduti un enorme fritto misto e sorseggiavamo caffè osservando lo spettacolo e ascoltando i suoni di quella parte del Paese. Era una giornata gelida, ma luminosa e soleggiata. Quando eravamo arrivati, otto mesi prima, in una giornata bollente di trentotto gradi, non avevamo idea che l'Australia potesse essere tanto fredda. Viaggiavamo in lungo e in largo per il Paese dal nostro arrivo, avevamo visto le cascate del parco Kakadu e osservato il tramonto e l'alba ad Ayers Rock. Ci eravamo tuffati in mezzo agli squali in una grotta marina nell'Australia occidentale. Avevamo fatto surf a Bondi Beach e trascorso l'ultimo dell'anno su uno yacht nel porto di Sydney. Avevamo percorso in macchina la Great Ocean Road, fatto di nuovo surf a Bells Beach ed eravamo rimasti su una spiaggia al gelo a Phillip Island, a osservare una colonia di minuscoli pinguini tornare alla terraferma dopo una lunga giornata trascorsa a pescare. Nelle ultime tre settimane avevamo esplorato Melbourne e le zone circostanti.

Ci eravamo innamorati dell'Australia quando i Carnage ci erano passati in tour quasi due anni prima, e ci eravamo ripromessi di tornare a visitare l'intero Paese, non solo Sydney e Melbourne, dove la band aveva suonato. La gente era molto amichevole e gli scenari incredibilmente vasti, bellissimi. Victoria era lo Stato più piccolo, eppure poteva starci la Gran Bretagna intera.

Io e Sean eravamo lontani da casa e dalle nostre famiglie da quasi un anno. Avevamo deciso di prenderci un anno di pausa, di lasciarci alle spalle il caos dei Carnage e la fama che comportava, di viaggiare e cercare di avere un bambino.

Dopo che Sean mi aveva chiesto di sposarlo, avevamo tenuto la notizia segreta fino al matrimonio di Jimmie e Lennon, per non attirare l'attenzione su di noi. Le intrusioni della stampa erano senza sosta. A volte pubblicavano mezze verità, ma spesso erano assolute invenzioni e ci facevano soffrire. Noi cercavamo di ignorarle o di riderci sopra. Secondo i giornali, ci mollavamo ogni settimana e Sean aveva un sacco di storielle. Dicevano che era con donne diverse, quando in realtà era a casa o addirittura in un altro continente con me. La storia più assurda fu quella che io e Sean non avevamo bambini perché lui era gay e il matrimonio era solo una copertura. Quella ci portò più casini di tutte.

La vera ragione per cui aspettavamo ad avere bambini era che ci stavamo semplicemente godendo la vita. Amavamo viaggiare. Girare con la band era già abbastanza pesante da soli. E poi l'avevamo visto con i bambini di mio fratello.

Jimmie e Lennon avevano avuto un figlio nel primo anno di matrimonio, e secondo la tradizione Layton il suo nome aveva un collegamento con la musica. Quando il piccolo Jimmy nacque, tutti pensarono a un legame con il nome della mamma. La sua sorellina era nata diciotto mesi dopo e l'avevano chiamata Paige. Poi arrivò Ziggy, da Ziggy Stardust, o Marley, andavano bene entrambi. E l'anno prima era nato Harley, che prendeva il nome da Steve Harley, uno dei cantanti preferiti di mio padre.

Marley e Ash erano rimasti insieme, anche se la loro relazione non era neanche lontanamente felice o stabile come quella di Jim e Len. Si erano presi e mollati così tante volte negli ultimi dieci anni che avevo perso il conto, anche se ultimamente sembravano più sereni: la band girava meno e la stampa non era più così invadente. Si erano sposati e avevano tre bambini: un maschio di nome Joe, da Joe Strummer dei *Clash*, e due femmine, Connie, dalla cantante preferita di mia madre, Connie Francis, e Annie, da Annie Lennox. E poi c'erano i figli di Tom e Billy. A volte c'erano anche dieci bambini quando la band partiva per il tour, e quasi tutti si comportavano meglio dei membri della band. Dopo aver assistito in prima persona allo stress che comportava viaggiare con i bambini e alle limitazioni che imponevano a tutti, avevamo deciso di aspettare.

Avevamo finito per fare lo stesso con il matrimonio. Eravamo felici così, non avevamo fretta di rendere le cose ufficiali. Avevamo fatto qualche programma, ma la stampa aveva sempre scoperto tutto. L'ultima cosa che volevo era che qualche stronzo si intrufolasse al nostro giorno speciale. Avevo accettato che i paparazzi facessero parte della vita di Sean, ma non avevo mai digerito il modo in cui mi perseguitavano e assalivano ritenendo lecito farmi a pezzi. Il nostro matrimonio alla fine si era celebrato nell'ottobre del 1998. La band aveva appena finito il tour americano e tutti noi, inclusi i miei, Bailey e la sua nuova ragazza Sam, Billy, Tom e le loro famiglie, eravamo andati in Florida per delle meritate vacanze, e alla fine avevamo deciso d'impulso di sposarci.

Tutti quelli che desideravamo fossero presenti si trovavano per una volta nello stesso posto allo stesso momento, quindi avevamo contattato un giudice di pace e, dopo esserci procurati una licenza, ci eravamo sposati al tramonto sulla spiaggia di St. Pete, il ventisette del mese. Fu una cerimonia semplice. Avevamo scritto le nostre promesse reciproche, ed entrambi avevamo faticato a pronunciarle, data l'emozione del giorno. Sean, il genio lirico dei due, fece piangere tutti all'istante.

«Georgia Rae, ti amo. Ti amo dal giorno in cui ti ho vista appesa alle sbarre con quelle tue mutandine rosa. Avevi undici anni, mi hai rubato il cuore dal petto e il respiro dai polmoni. Mi sento completo solo quando sei con me. Mi possiedi, Gia, cuore, mente, corpo, anima. Completamente. *I love you like the stars above, and I will love you till I die.* Ma le parole che sto usando oggi, davanti ai nostri amici e familiari, non bastano. Come ti ho già detto in passato, non esistono parole che possano descrivere cosa significhi per me, cosa provo per te. Non esiste nessun altro. Non c'è mai stato. Sei sempre stata soltanto tu e passerò ogni minuto delle mie giornate ad amarti, adorarti e fare del mio meglio per renderti felice… per essere il marito che meriti. Ti amo, Georgia Rae. Vuoi diventare mia moglie?».

Dovette fermarsi due volte per riprendere compostezza. Vederlo piangere mentre dichiarava il suo amore per me mi stese. Cercai invano di non piangere. Per me, la cosa più incredibile era che non avevamo nemmeno confrontato le nostre promesse, eppure le avevamo pensate così simili. La mia era una versione accorciata di quella di Sean. Parlai fra i singhiozzi. «Sean, dal primo giorno in cui ti ho messo gli occhi addosso, ho capito subito che saresti stato il mio unico vero amore. Trascorrerò ogni singolo giorno a cercare di essere la moglie che meriti. Tu mi rendi una persona migliore. Senza di te, mi sento persa e incompleta. Ti prego, diventa mio marito, perché non c'è nessun altro, non c'è mai stato né mai ci sarà. Ti amo, Sean McCarthy, ti prego, sposami».

«Che c'è, G? A che pensi?». Sean mi guardò dall'altra parte del tavolo. Aveva tirato su il cappuccio della sua giacca di pelle. Quando eravamo arrivati in Australia si era rasato i suoi bellissimi capelli, e incredibilmente non lo avevano quasi mai riconosciuto durante tutto il viaggio. Anzi, per assurdo riconoscevano me. Avevo finito per firmare autografi e farmi scattare foto con i fan di Sean mentre lui si nascondeva in un negozio per turisti in pieno centro a Sydney. Ma da maggio aveva ricominciato a farseli crescere, e ogni tanto ci guardavano in modo strano, quindi aveva iniziato a portare cappelli o a coprirsi la testa con un cappuccio.

La pelle di Sean era scura per tutto il sole a cui eravamo stati esposti, sembrava quasi arabo con quel cappuccio in testa, che gli incorniciava la pelle e gli occhi scuri. Sentii le farfalle nello stomaco quando pensai che quell'uomo meraviglioso, amato e desiderato da milioni di uomini e donne su tutto il pianeta, era proprio mio marito. E sapevo quanto lui amava me. Avevamo trascorso quasi un anno di completo isolamento. Solo Sean e Georgia, Georgia e Sean, come avrebbe dovuto essere, e non potei fare a meno di sorridere.

«Stavo pensando al nostro matrimonio».

Il suo viso si illuminò. «Il giorno o la notte?».

Scossi la testa. Aveva appena compiuto trentadue anni, eppure era sempre un ragazzino.

«Ai nostri voti».

Spostò la sedia accanto a me e mi mise un braccio sulle spalle. «Credevo a ogni parola», disse, facendomi un sorriso.

«Lo so, e hai mantenuto le tue promesse».

«Anche tu. Io non potrei essere più felice, tu?». Ci pensai per qualche secondo, forse per qualche secondo di troppo. Per mio marito sono come un libro aperto, e ora il suo sorriso era svanito, le sopracciglia unite per la preoccupazione. Dovevo confessargli una cosa e non ero sicura di come avrebbe accolto la notizia. Ne avevamo parlato, ma non avevamo ancora preso una decisione.

«Cosa, G? Che c'è?»

«Ho finito le pillole».

«Pillole? Hai mal di testa?».

Risi. «No, le pillole contraccettive».

Spalancò gli occhi. «Ah, merda. Be', possiamo chiedere una prescrizione a qualche dottore di qui. Se è troppo difficile, faccio un paio di chiamate e le facciamo consegnare da FedEx».

«A giugno», aggiunsi, aspettando la sua reazione.

Era confuso. «Non ne hai bisogno fino a giugno?».

Sorrisi. Ero così nervosa per ciò che stavo per dirgli. «Le ho finite a giugno. È da allora che facciamo sesso non protetto».

Mi guardò per qualche secondo, poi il suo viso si illuminò con tutte le emozioni che avevo sperato di leggervi. «Vuoi un bambino?».

Dio, lo disse in modo così sexy che non potei fare altro che annuire come una stupida. Si alzò, gettò una banconota da venti sul tavolo, mi prese per mano e mi accompagnò sul marciapiedi per chiamare un taxi.

«Che fai?», chiesi ridendo.

«Andiamo in albergo a preparare le valigie, è ora di tornare a casa, G. Non voglio che affronti un viaggio così lungo con il mio bambino nella pancia. Non vi farà bene, quindi prima torniamo, prima possiamo metterci a produrre una versione mixata di te e di me». Aprì la portiera del taxi e mi fece entrare.

Appena il taxi si rimise in moto, Sean chiamò la compagnia jet privata e prenotò un volo per le sei della sera stessa. Giusto per assicurarsi che non fossi già incinta, chiese al taxi di fermarsi lungo la strada e comprò due test di gravidanza. Per fortuna mi scappava così tanta pipì che appena arrivammo in albergo andai in bagno, poi ci sedemmo sul bordo della doccia a fissare il test che tenevo in mano.

«E se fosse positivo? Mi obbligherai a stare qui per i prossimi nove mesi?».

Mi fece il suo sorriso sbilenco. «Be', prima ti bacerei fino a non farti sentire più le labbra, perché sarei l'uomo più felice del mondo, poi… non lo so. Continuerei a essere l'uomo più felice del mondo».

Sullo stick comparve una sola linea. Negativo.

Mi sentii un po' delusa, quindi lo guardai e feci spallucce. «Ci vorranno almeno sei mesi prima che il mio corpo si riprenda dalla pillola. Gennaio, ecco quando rimarrò incinta, ma andiamo a casa a provarci comunque».

Chinò la testa di lato. «Nahhh, proviamoci adesso».

Mi trascinò in stanza e mi saltò addosso, ma lo sguardo deluso alla vista della singola linea non mi sfuggì. Non ero preoccupata, prendevo la pillola da sedici anni, non mi aspettavo di essere già incinta. Inoltre, volevo godermi l'anno nuovo. Era la prima volta dopo anni che né Jimmie né Ash erano incinte a Natale, e potevamo festeggiare degnamente a New York, dove la band avrebbe tenuto un concerto speciale per accogliere l'anno 2000.

Circa trenta lunghissime ore dopo, eravamo tornati alla nostra casa a Hampstead, a nord ovest di Londra. Chiamai la mamma, Jimmie e Ash per avvisarle che ero a casa. Durante la settimana successiva lasciammo il letto di rado, non perché facessimo sesso di continuo, anche se ce ne fu abbastanza, ma a causa del volo e del fuso orario. Sean si occupava di lavoro al telefono, dal letto, mentre io dormivo.

* * *

Il weekend successivo era quello in cui saremmo dovuti rientrare, e mi ero completamente dimenticata che i ragazzi sarebbero andati a Parigi per suonare a qualche evento sportivo. Non mi andava di prendere un altro volo, quindi organizzai una notte fuori con Ashley e Jimmie. E guarda caso, la casa discografica dei ragazzi ci aveva mandato un invito per una festa in un club che avrebbe aperto a Shoreditch.

Ci incontrammo nell'attico a Docklands. I ragazzi lo avevano tenuto, e lo usavamo tutti quando ci serviva un posto in cui dormire dopo aver passato la notte fuori. Erano passati anni dall'ultima volta che ci eravamo agghindate così. Ci impiegammo un sacco di tempo: parlammo, bevemmo e ci aggiornammo su tutto. Da quando ero rientrata nel Paese ci eravamo sentite quasi tutti i giorni, ma non le vedevo da un anno, e quando ci incontrammo sfuggì qualche lacrima. Quando infine scendemmo dall'auto in cui Dave ci aspettava per accompagnarci, erano già le undici e mezza di sera ed eravamo quasi ubriache fradice.

Il club consisteva in un magazzino ristrutturato, simile alla maggior parte di quelli della zona est di Londra, ma era bellissimo. La musica era fica e le ragazze morivano dalla voglia di ballare. Io avevo fatto un test di gravidanza la mattina, giusto per essere sicura, e dato che era negativo mi ero fatta due strisce di coca con le ragazze prima di uscire. Iniziavo a sentirne gli effetti e non vedevo l'ora di scatenarmi. Il posto era pieno zeppo di celebrità, attori, modelli, calciatori, popstar e le solite modelle che frequentavano sempre quel tipo di feste. I camerieri giravano con una scorta infinita di champagne, e per tutto il resto c'era un bar gratuito. Mentre le ragazze erano ancora in pista, andai in bagno e sulla via del ritorno mi fermai a prendere dei bicchierini di tequila.

Ero in piedi ad aspettare di essere servita, quando fui percorsa da un brivido. Prima che potessi chiedermi chi l'aveva causato, una voce profonda mi disse all'orecchio: «Buonasera, Micina, spero che tu stia bene».

Mi si strinse lo stomaco per qualche secondo, poi la cocaina mi diede il coraggio di trovare la voce. Senza nemmeno voltarmi, dissi: «Tigre, come cazzo stai?»

«Sul serio, Micina? Non è per niente da signorina».

«Tigre, l'ho chiarito parecchi anni fa che non sono una fottuta signorina».

Per qualche secondo rimase in silenzio e io mi girai a guardarlo. Era fantastico. Indossava un abito nero con i risvolti di raso, camicia e cravatta di raso nere. Era così vicino che sentivo il suo profumo, portava ancora il vecchio Givenchy. Mi ricordai subito del mio letto nell'appartamento sopra il negozio e di tutte le cose che mi aveva fatto lì.

«Sei bellissima, Georgia, assolutamente fantastica».

«Nemmeno tu sei tanto male, Tigre. Come va? Mi sembri messo meglio dell'ultima volta che ti ho visto, questo è certo». Volevo accarezzargli il viso, far scorrere le mani sulla barba che vi era cresciuta. Gli stava davvero bene. «Mi piace la barba».

Ignorò il commento. «Ti devo delle scuse e un grazie».

Feci spallucce e ingollai il primo dei bicchierini che mi erano stati appoggiati davanti. «Niente grazie e niente scuse. Avresti fatto lo stesso per me».

Annuì. Ricordavo bene quel gesto. «Avrei fatto molto di più, se mi avessi concesso una chance».

«No, Cam. Mi dispiace per come sono andate a finire le cose e per il modo in cui l'hai scoperto. Ti prego, non farmi sentire peggio di come mi sono sentita negli ultimi anni».

Gonfiò le guance e fece un lungo sospiro. Lo sentii al lato del collo e mi resi subito conto che i miei capezzoli si erano dolorosamente rizzati. Dovevo allontanarmi da lui, ma prima che potessi farlo, lui mi tirò a sé. Alzai lo sguardo, pronta a chiedergli che cazzo stava facendo, quando una macchina fotografica mi scattò un flash in faccia.

«Cam, a che cazzo di gioco stai giocando?». Non aspettai la sua risposta, mi voltai per raggiungere le ragazze, prendendo un bicchiere di champagne da una cameriera lungo il percorso. Quando salii in pista l'avevo già finito, e trascorsi l'ora successiva a bere altro champagne e a ballare come una pazza.

Mentre mi muovevo, la mia mente vagava. L'unico tarlo nella mia vita era Cameron King e il senso di disagio che mi provocava quando pensavo a lui. Non avevo mai affrontato il sentimento che provavo per quell'uomo. Soffrivo davvero per il senso di colpa e per il dolore che gli avevo causato. Era sempre lì, costante, fluttuava nel mio subconscio. A volte arrivavo a sognarlo, e allora mi sentivo anche peggio. Ero sposata. Ero una moglie. La moglie di Sean.

Pensai alla vita che io e Sean avevamo condiviso negli ultimi dieci anni. Eravamo stati così fortunati a ritrovarci. Eravamo felici, tranquilli e ancora innamorati. Odiavo stare lontana da lui, specialmente se andava oltreoceano e io non potevo essere presente. I cellulari avevano reso le cose più semplici, ma nonostante lo sentissi almeno cinque volte al giorno, mi mancava comunque. Ecco perché facevo il possibile per seguirlo. Quel weekend ero troppo stanca, e lui sarebbe stato via solo una notte. Era un piccolo sacrificio in nome dello stile di vita che la band ci permetteva di condurre. Non solo i soldi e i beni materiali che ci consentiva di avere, ma le porte che ci apriva, i posti che avevamo visitato, la gente che avevamo incontrato. Avevamo presenziato a premiazioni sedendo allo stesso tavolo di Jagger e Richards. Eravamo stati alle prime dei film nella stessa stanza di De Niro. Avevo ballato un lento con il Primo ministro britannico a un evento di beneficenza e trascorso un'ora a parlare di musica con Nelson Mandela. Aveva l'entusiasmo e lo spirito di un tredicenne, e ancora oggi è il mio idolo. Io e Sean eravamo comparsi su copertine di riviste, insieme e separati. Ci avevano intervistati sulle nostre vite e si diceva che presto ci avrebbero contattati per una biografia, ma anche per un film che si sarebbe ispirato vagamente alle nostre vite. Non avevo idea del perché la gente fosse interessata a me. Ero solo la moglie di Sean. Negli ultimi anni avevo lavorato per alcuni enti di beneficenza, ma a parte questo ero rimasta sempre al fianco di Sean, amandolo ogni singolo minuto. Non avevo bisogno di altro.

Nonostante queste cose meravigliose, erano le serate come quella a mancarmi davvero. Una serata fuori con le ragazze, più semplice a dirsi che a farsi, essendo le mogli delle rockstar più famose al mondo. Dave ci aveva accompagnate e ci sorvegliava dal bar, per assicurarsi che andasse tutto bene. Era solo venuto ad avvisarci che dato che un sacco di celebrità se ne stavano andando, avrebbero aperto le porte alla gente comune, e forse sarebbe stato meglio che salissimo nell'area VIP per non essere assalite. La cosa strana era che mi consideravo ancora parte della gente comune. Quando parlavo con uno dei miei idoli avevo ancora la bocca impastata. Quando avevo incontrato Weller per la prima volta ero quasi venuta nelle mutande. Sean e Marley avevano una foto di me che lo fissavo ammirata mentre parlava con Lennon di non so cosa. Non mi era mai piaciuto, ma ero cresciuta ascoltando la sua musica e avevo sempre pensato che fosse uno dei cantanti migliori che l'Inghilterra avesse mai avuto.

Un altro flash mi distrasse dai miei pensieri.

«Fanculo», disse Ashley. «Dave ha ragione, andiamo di sopra».

Feci un cenno a Dave per avvisarlo che saremmo salite nella sala VIP, e ci prendemmo tutte la mano con Jimmie che faceva strada. All'ingresso ci avevano dato delle fascette, quindi entrammo senza problemi nella sala circondata da vetrate. Notai subito la presenza di Cam al bar e sbuffai tra me e me. Dal giorno in cui avevo cercato di aiutarlo non l'avevo mai incontrato, eppure aveva ancora un effetto sul mio corpo. Odiavo me stessa per questa reazione nei confronti di un altro uomo. Ero innamorata di mio marito. Bailey mi aveva detto che Cam aveva chiamato mio padre la mattina dopo aver incontrato me e Sean al King e gli aveva venduto subito la sua quota. Qualche tempo dopo, aveva incrociato Cam e lui gli aveva chiesto come stavo, se ero felice. Quell'informazione mi aveva fatto battere il cuore un pochino troppo forte, per essere una donna sposata con un altro. E ora eccolo lì, alto e affascinante, appoggiato al bancone del bar a chiacchierare con una donna dai capelli rossi che mi pareva un'attrice o una presentatrice televisiva. L'avevo già vista prima.

«Merda, G! Al bar c'è Mr ATF», disse Jimmie stringendomi la mano.

«Cazzo», aggiunse Ash. «È ancora lui. Guardalo, George, quell'uomo è puro sesso in carne e ossa».

«Sì, abbiamo parlato prima al bar. Ci hanno paparazzati insieme. Vedrete domani, quando cercherò di spiegare a Sean perché sarò sui giornali insieme al mio ex».

Un cameriere a petto nudo ci offrì altro champagne. Trovammo un tavolino alto libero, appoggiammo i nostri bicchieri e restammo in piedi a chiacchierare. Domandai dei miei nipoti, che non vedevo l'ora di stritolare, e confessai alle ragazze che avevo smesso di prendere la pillola e che stavamo cercando di avere un bambino. Strillarono esultanti.

«Be', era ora», disse Jimmie. «Credevo che ci fosse qualcosa che non andava e che non volessi dircelo. Stavo quasi per offrirti i miei ovuli, persino il mio utero!».

Rimasi sbalordita e i miei occhi si riempirono di lacrime. «Lo faresti davvero?», chiesi.

«Certo che lo farei. Perché ci avete messo tanto?»

«Puoi avere i miei ovuli», disse Ashley, «ma col cazzo che resto ancora incinta. Non lo farei per me, figuriamoci per qualcun altro».

Scoppiai a ridere di fronte alla sua sincerità. Anche lei aveva incontrato bella gente, eppure era sempre la stessa ragazzina selvaggia che avevo conosciuto a scuola quindici anni prima. Neanche la maternità l'aveva placata.

«Abbiamo aspettato perché amiamo il nostro stile di vita. Con tutto il rispetto per voi, ma so quant'è difficile quando i ragazzi sono in tour e dovete portarveli dietro o chiedere alla baby-sitter. Adesso che le cose si sono un po' calmate con la band, sono pronta… siamo pronti. Abbiamo fatto scorta di viaggi in quest'ultimo anno, ora siamo pronti per fare gli adulti». Sorrisi, incapace di trattenere la mia eccitazione all'idea di diventare mamma, di Sean che teneva in braccio il nostro bambino con il suo stesso ciuffo di capelli scuri. Non vedevo l'ora.

«Be', sono davvero felice per voi. Sarete dei genitori fantastici», disse Jimmie stringendomi.

«Cazzo, un piccolo Macabambino che corre qua e là, quello sì che sarà un bimbo figo, G. Insomma, Maca è magnifico, e se non mi piacesse tanto il pisello, non scaccerei nemmeno te dal letto, piccola».

«Grazie, Ash. Almeno credo».

«Che cavolo è un Macabambino?», chiese Jimmie.

«È quello che esce dopo il sesso non protetto con McCarthy». Ashley fece l'occhiolino. «E se sei fortunata, ti becchi anche un Macaorgasmo», aggiunse ridendo.

«Oh, sono più che fortunata, ragazze. Ho Macaorgasmi multipli da quando ho quattordici anni. Ero una zoccola minorenne».

«Macazoccola», dissero in coro, e scoppiammo tutte a ridere.

Dio, che bella sensazione. Una notte fuori con le mie cognate, che erano anche le mie migliori amiche. La vita non poteva essere migliore di così.

Facemmo un brindisi e chiacchierammo del più e del

meno per un po', poi tornammo a ballare le canzoni anni Ottanta e Novanta che martellavano nella sala.

«Devo fare pipì», disse Jimmie.

«Vengo anch'io», dissi. Quando ci avvicinammo al bagno della sala VIP trovammo la coda. Tornai da sola al bar e chiesi al barista se c'erano altri bagni.

«Sì. Qui fuori, gira a sinistra e usa il bagno del mio ufficio». Cam sollevò un paio di chiavi davanti alla mia faccia.

Mi voltai a guardarlo. «Il locale è tuo?»

«Sì».

Annuii, presi le chiavi e chiamai Ash e Jimmie.

L'ufficio di Cam era molto simile a quello del wine bar. Una stanza in vecchio stile che profumava di lui. Facemmo i turni al bagno e quando trovai il dopobarba di Cam sul bordo del lavandino non riuscii a resistere e me ne spruzzai un po' sul polso. Chiudemmo a chiave la porta e tornammo al bar. Fu in quel momento che la vidi.

All'inizio mi sentii mancare. Rabbrividii dalla punta dei piedi ai capelli e mi fermai di colpo. La guardai implorare i buttafuori della sala VIP, poi lo sbandamento finì. Riuscii a vederci benissimo e a pensare con altrettanta chiarezza. Ero viola di rabbia, anzi, più che viola. Lasciai cadere le chiavi e la mia borsa e quasi mi sembrò di volare, tanto mi mossi in fretta. Le balzai addosso in un secondo. Sentii Jimmie che chiamava il mio nome, poi uno sbuffo d'aria, poi nulla, se non il battito del mio cuore nelle orecchie. Con la mano sinistra la presi per i capelli e con la destra le sferrai un pugno. Cadde a terra e io mi gettai su di lei, sedendomi sul suo petto. Un altro pugno, e un altro ancora. Poi le alzai la testa e la feci sbattere sul pavimento. Non vedevo la sua faccia. Non vedevo niente. Non sentivo niente, continuavo a graffiare, dare pugni, tirarle pelle e capelli, finché qualcuno non mi sollevò.

Mi tornò la vista. Vidi un addetto alla sicurezza soccorrere una donna priva di sensi. Dave mi teneva un braccio, Cam l'altro. Jimmie era davanti a me e mi diceva di calmarmi. Ash fissava la donna sul pavimento, che ora aveva ripreso a muoversi. Cercò di alzarsi, e appena vidi una parte della sua faccia corsi di nuovo verso di lei. Urlavo qualcosa, ma non sapevo cosa. Le sferrai un destro perfetto sotto il mento e lei volò all'indietro e venne raccolta dal buttafuori.

Mi trascinarono nell'ufficio di Cam. Per tutto il tragitto mi divincolai, sputai e urlai parolacce. Avevo perso la testa. Gridavo a Cam di spararle, oppure di darmi una pistola, così avrei potuto spararle io. I miei occhi finirono su un paio di forbici sulla scrivania e feci per prenderle, dicendo a tutti che avrei tagliato la gola di quella puttana. Mai nella mia vita avevo provato una rabbia simile.

Venni tirata sulle gambe di qualcuno e dopo qualche secondo mi resi conto che era Cam. Sentivo il suo profumo. Smisi di dibattermi e cercai di calmare il respiro. Intorno a me c'era il caos, porte che si aprivano e chiudevano e gente che parlava.

«Devo portarla fuori da qui», disse Dave, «la fottuta stampa ci farà a pezzi».

«C'è una porta sul retro?», chiese Jimmie.

«Dov'è quella, l'avete buttata fuori? Perché se non la ammazza George, la ammazzo io!».

Vai, Ash!

«Restiamo qui un minuto. Non so in che stato sia, e lei ha ancora bisogno di darsi una calmata».

Sentii una porta aprirsi e qualcuno che diceva: «Capo, dice che vuole chiamare la polizia. Cosa vuoi che faccia?»

«Per l'amor del cielo», disse Cam.

«Dov'è?»

«Una delle bariste è con lei nella stanza del personale».

«Tenetela lì, scendo a parlarle. Vediamo se riesco a farle cambiare idea».

Per qualche minuto rimasi in silenzio.

«Se ti lascio andare, prometti di non uscire ancora di testa, Micina?», mi sussurrò all'orecchio.

Annuii e aprii gli occhi. Guardai i suoi.

Stava sorridendo. «Sei una donna folle, Georgia. Lo sai? Non ho mai visto una femmina tirare pugni simili».

«Succede, quando tre fratelli maggiori ti insegnano a difenderti», risposi tremante.

Allentò la presa e io guardai chi mi stava intorno. Jimmie era seduta sul bordo della scrivania di Cam e scuoteva la testa. Ash era seduta sul divano di pelle.

«Stai meglio, George? Io sì. Quella puttana se l'è cercata. Se non l'avessi presa a cazzotti tu, l'avrei fatto io. Attenzione, non l'avevo neanche riconosciuta, dimostra cinquant'anni. L'ho vista solo nelle foto sui giornali, ma rispetto ad allora è conciata da schifo».

Dave era al telefono, sembrava nervoso. «Nessuno dei vostri mariti risponde mài al cellulare?».

Sean rispondeva sempre e, prima che potessi parlare, Jimmie disse: «Len risponde a qualunque ora, nel caso sia un'emergenza mia o dei bambini».

«Marley non risponde mai, è un fottuto incubo», si lamentò Ash.

«Ti prego, non chiamarli». Guardai Dave, implorante. «È il cuore della notte, Sean si arrabbierà e anche Len».

«Georgia, se ti sbattono in galera, devo chiamare. Altrimenti mi taglia le palle».

«Non finirà dentro, ci penso io. Chi è questa ragazza? Perché ti fa incazzare tanto?», chiese Cam.

«Puttanella», rispondemmo tutte in coro.

Ash non l'aveva mai incontrata ma conosceva il soprannome.

«Ha accusato mio marito e mio fratello di stupro, poi ha raccontato a mia madre una serie di stronzate che hanno tenuto me e Sean lontani per anni». Tristezza era l'unica parola in grado di descrivere l'espressione che attraversò il viso di Cam. Mi spostai quando si alzò.

«Aspettate qui, me ne libero io. Poi potrete uscire dalla porta sul retro».

Tornò dopo venti minuti. «Cazzo, Georgia, ha la faccia devastata».

«Non è stata Georgia. È un cesso di natura», intervenne Ashley, e tutti scoppiammo a ridere, be', tutti tranne Cam. Fece una smorfia alle parole di Ash.

«L'ho convinta a non chiamare la polizia, le ho offerto un accesso permanente alla sala VIP del club, ma ho la sensazione che ti manderà il conto per un naso nuovo».

Feci spallucce. L'adrenalina incoraggiava la rabbia che mi pulsava ancora nelle vene. «Be', può andare a farsi fottere. Da me non avrà un soldo».

«Micina», disse Cam a bassa voce.

Dave cambiò posizione alle sue parole, chiaramente a disagio per il termine affettuoso di Cam.

«Bene, vado a portare l'auto sul retro, voi ragazze uscite quando siete pronte. Cam, grazie per aver sistemato le cose. Sono sicuro che Frank o Bailey ti contatteranno».

«Se lo racconti a papà o a Bailey ti mollo uno schiaffo, Dave», dissi.

«Georgia, tesoro, avevi un pubblico intero, la delicatezza non è mai stata il tuo forte. Non penso che avrò bisogno di dire niente a nessuno, ci penseranno i giornali. Ecco perché sarebbe meglio che fossi tu la prima a dirlo a Maca».

Cazzo!

Merda!

«Sì, sì, lo chiamerò. Potrà avvisare la casa discografica, o gli avvocati, per vedere se riusciamo a contenere i danni».

Probabilmente avrei creato a Sean un sacco di problemi per il mio comportamento, ma non ero pentita. In quel momento capivo la rabbia che Cam doveva aver provato quando aveva sparato a quell'uomo di fronte a me nel parcheggio del pub. Se avessi avuto una pistola, di sicuro avrei sparato a quella stronza. Forse dopo me ne sarei pentita, ma solo per i problemi in cui mi sarei ficcata.

Non ero certa se si trattasse delle droghe, dell'alcol o dell'adrenalina, ma non potei fare a meno di provare un po' di risentimento verso Sean. Tutto questo era iniziato per colpa sua, e se doveva riparare alle conseguenze delle mie azioni, allora pazienza.

Avevo sofferto per anni a causa delle sue azioni stupide e irresponsabili.

«Di' che sono stata io, non me ne frega un cazzo», aggiunse Ash, riportando la mia attenzione alla stanza.

Scossi la testa.

Cinque minuti dopo ci preparammo per andarcene. Le ragazze salutarono Cam e lo ringraziarono. Quando andai ad abbracciarlo disse: «Puoi fermarti un minuto, Georgia? Ti accompagno giù fra poco. Voglio solo scambiare due parole».

Guardai le ragazze e feci un cenno affermativo. «Vi raggiungo subito». Se ne andarono e io rimasi sola con Cam e con il mio cuore che martellava. Prima mi aveva portato un impacco di ghiaccio per le nocche della mano destra.

«Nonostante le circostanze, mi ha fatto davvero piacere vederti, Micina».

Gli sorrisi. «Anche a me, Cam».

Prese l'impacco dalle mie mani e lo appoggiò sulla scrivania, vicino a dov'era seduto. Poi mi prese la mano e mi baciò le nocche. «Sei ancora una Micina arrabbiata. Devi davvero imparare a controllare quel caratteraccio, piccola».

Il mio cuore saltò un battito alle sue parole, alla sensazione delle sue labbra sulla mia pelle, e capii che era ora di andarmene.

«Se lui non fosse tornato, sarei stato io? Saresti rimasta con me?».

Ritirai la mano e scossi la testa. «Non farò questo gioco, Cam. Sono passati dieci anni e sono sposata. Sto con Sean».

«Ma ho ancora un effetto su di te, vero? C'è ancora qualcosa. Lo sento, e mentiresti se lo negassi». Le sue erano affermazioni, non domande.

«Non importa cosa sento. Sono sposata con Sean. Amo Sean. Grazie Cam, per tutto quello che hai fatto stasera. Mi dispiace averti causato dei problemi al locale e mi dispiace per il passato. Devo andare», dissi.

«Mi amavi, Micina, almeno un po'?».

Non esitai. «Sì, Tigre, e penso di amarti ancora». Aprii la porta e feci un salto quando sbatté.

Mi prese per le spalle facendomi voltare e la sua bocca fu subito sulla mia. La sua lingua mi cercava, mi attaccava. Le sue mani erano ovunque. Sulle cosce, sui fianchi, poi attorno ai miei seni. Non offrii alcuna resistenza. Dapprima rimasi in piedi con le mani lungo i fianchi, poi gliele portai ai capelli, cercando di allontanarlo da me. Lui iniziò a farmi salire il vestito lungo le gambe e io smisi di allontanare la sua bocca e al contrario la premetti sulla mia. Il mio vestito mi era salito alla vita e lui spingeva contro di me. Anch'io spingevo. Mi morse un seno, forte, in modo quasi brutale, attraverso la seta del vestito. Io gli slacciai la cerniera dei pantaloni e ci infilai la mano. Era caldo, pulsante, enorme. Non usò le dita su di me perché non ne ebbe bisogno, ero già bagnata fradicia. Spostò le mutandine di lato e mi penetrò. Gridai per il dolore… e per il piacere assoluto. Mi sollevò da terra e io lo avvinghiai fra le gambe. A ogni colpo, la mia testa sbatteva contro la porta. Già al quarto colpo, sentii un orgasmo e tutto iniziò a stringersi.

«Cazzo, Micina, guardami. *Guardami*».

Lo guardai dritto negli occhi mentre scopavamo.

Forte.

Sporco.

Una scopata adulterina contro la porta del suo ufficio.

«Vieni! Vieni insieme a me, adesso, Micina. Vieni!». Affondò dentro di me ancora una, due volte, poi esplosi, producendo un suono che non era un grido, né un singhiozzo, né un gemito, ma un misto di tutti e tre. Con le lacrime agli occhi, Cam venne, schizzando un liquido caldo dentro di me. Lasciai cadere le gambe a terra, mi spostai, mi tirai giù il vestito e rimasi a guardarlo ansimante. Mi tremavano le gambe.

«Oddio… oddio, cos'ho fatto? Cos'ho fatto?», singhiozzai. Presi la borsa e uscii, ma lui era dietro di me.

«Da questa parte… da questa parte Georgia». Mi prese per il braccio accompagnandomi verso l'uscita d'emergenza, poi mi fece scendere una rampa di scale, per fermarsi di fronte a una porta.

«Dammi il tuo numero. Dobbiamo parlare».

«No. Niente numero. Non c'è bisogno di parlare, mai. Non sarebbe dovuto accadere».

«Mi ami, Micina! Sai che mi ami». Si passò una mano fra i lunghi capelli scuri. Doveva aver passato la quarantina, ma era ancora così affascinante, così dominante.

«Lo so, lo so benissimo, ma non fa differenza. Sto con Sean e lo amo. È stato un errore che non si ripeterà mai più. Stai lontano da me, Cam. Non provare a contattarmi. Ti prego, stai lontano».

Ancora una volta, avevo provocato quell'espressione di sconfitta sul suo viso. Lo oltrepassai e uscii, dirigendomi verso la Range Rover dove Dave e le ragazze mi stavano aspettando. Sbattei la portiera dietro di me.

«Andiamo», dissi. Tornammo all'attico in silenzio. Il silenzio più assordante della mia vita.

Capitolo ventitré

Dave parcheggiò davanti all'edificio e salì con noi in ascensore fino all'appartamento. Tornò a casa una volta che fummo dentro, sane e salve, ma ci ricordò che era reperibile ventiquattr'ore su ventiquattro, se ne avevamo bisogno.

Jim e Ash non mi avevano rivolto la parola sulla strada verso casa e io ero terrorizzata che avessero capito cos'era successo con Cam. Dovevo farmi una doccia. Odoravo di sesso! Sporco, osceno, adulterino, colpevole. Odoravo di Cam. Dovevo lavarlo via.

«Vado a farmi una doccia», dissi alle ragazze.

«George, aspetta, dobbiamo parlarti», disse Jimmie. Mi voltai e alla fine le guardai.

«Che c'è?», domandai con nonchalance.

«George, sono davvero preoccupata. Len non risponde al telefono, nemmeno Milo».

«Basta panico», intervenne Ash. «Si saranno ubriacati in qualche bar francese e non sentiranno il cellulare».

Mi si strinse lo stomaco. L'ultima volta che non ero riuscita a raggiungere Sean era stata la famosa notte con Haley.

Haley la puttana!

Al pensiero di quella stronza strinsi i pugni. Nonostante avessi sfogato la mia rabbia su di lei poco prima, c'erano ancora così tante cose che avrei voluto farle. Se Cam non mi avesse fermata, forse le avrei fatte. Cam e la gravità di quello che avevo fatto piombarono su di me all'improvviso. Deglutii bile e lacrime, che Jimmie interpretò come preoccupazione per i ragazzi. Ero preoccupata, certo, ma forse Ash aveva ragione e comunque non avevo il diritto di essere arrabbiata.

«Ash ha ragione, Jim. Ormai è quasi mattina. Il loro volo è tra poche ore, l'aereo atterra al City Airport, quindi saranno qui per pranzo. Lasciami fare una doccia e poi riproviamo a chiamare. Chiameremo l'hotel e li faremo svegliare, se necessario. Gli starebbe bene».

Appena entrai in doccia, permisi alle lacrime di scorrere e cercai di dare un senso alle mie azioni, ma non riuscivo.

Non avevano senso.

Perché l'ho fatto? Perché?

Che azione stupida, egoista.

E se la notizia fosse uscita!

No, dovevo smetterla di pensare. Non mi restava che dimenticare. Non dovevo pensarci più. Amavo Sean, volevo stare con lui, niente era cambiato in questo senso. La mia vita era con Sean. L'anno nuovo stavamo pensando di mettere su famiglia, non avrei lasciato che le mie azioni rovinassero tutto.

Poi capii.

Cazzo.

No!

Come ho potuto essere tanto stupida?

Non prendo la pillola.

E se Cam mi avesse messa incinta?

E se proprio in quel momento il suo sperma stesse salendo verso le mie ovaie?

Presi la spugna e la forzai dentro di me, girandola e rigirandola, cercando di lavare via ogni traccia di Cam dal mio corpo ma sapendo benissimo che sarebbe stato troppo tardi. Un pezzo di noi due poteva essersi già creato dentro di me.

Guardai il soffitto e chiusi gli occhi, lasciando che l'acqua mi martellasse sulla testa e sperando che lavasse via la mia vergogna e la mia colpa. Se non fosse stato così, allora avrei dovuto vivere con le conseguenze delle mie azioni imperdonabili.

La porta del cubicolo della doccia si aprì e venni distratta dai miei pensieri. Sean era nudo di fronte a me, aveva solo un sorriso e un'erezione enormi. Senza dire una parola, si chinò, mi succhiò il capezzolo sinistro, mi guardò e disse: «Buongiorno, Georgia Rae. Mi sei mancata un sacco, piccola».

Risi, gli gettai le braccia al collo e annusai il suo profumo. «Perché sei qui così presto?», chiesi.

«Volevamo solo tornare a casa. Len ha spostato i voli per partire dopo il concerto, ma non c'erano piloti disponibili, quindi abbiamo dovuto aspettare un po'. Ma ora siamo qui, con sei ore d'anticipo rispetto ai piani. Non sei felice di vedermi?», domandò, baciandomi il collo e la mascella.

«Certo che lo sono».

«Dimostramelo… dimostrami quanto sei felice».

E fra le lacrime silenziose e la vergogna, lo feci.

* * *

Quando mi svegliai più tardi quella mattina, il sole splendeva dalla finestra aperta e una brezza tiepida mi accarezzava la schiena nuda. Ero sdraiata di traverso sul letto, da sola. Scesi, e rimasi sorpresa per quanto mi sentissi bene. Niente postumi della sbornia, solo la bocca secca come la passera di una suora. Andai in cucina in cerca di caffè, e da lì sentii le loro chiacchiere e risate. Quando entrai in sala, Ash era seduta sul petto di Jimmie e stava offrendo una dimostrazione di quello che avevo fatto a Puttanella la sera prima.

Per un attimo mi fermai, poi dissi con la voce roca: «Sono cazzotti da femminuccia, Ash. Io ho fatto decisamente di peggio». Tutti gli occhi si voltarono verso di me.

Marley iniziò a battere piano le mani e disse: «Eccola qui, la regina del ring, She Ra. Ben fatto, George, sei su tutti i giornali».

Incrociai le braccia al petto e liberai un sospiro. Portavo solo i boxer di Sean e la maglietta che aveva la sera prima.

Guardai Len, il mio fratello sensibile. «Gli avvocati stanno facendo il possibile per contenere i danni. Dovresti davvero iscriverti a un gruppo per il controllo della rabbia, George».

«Col cazzo», disse Ash. Saltò giù da Jim e venne a darmi un bacio sulla guancia. «Quella puttana ha avuto quello che meritava. Se G non l'avesse menata, l'avrei fatto io». Mi mise un braccio attorno alle spalle. «È la mia eroina, e ha delle tette e delle gambe stupende. Se non ti amassi tanto, Marls, mi farei tua sorella».

«*Cazzo*, piccola, me l'hai fatto diventare duro. È sbagliato che il pensiero di te che ti fai mia sorella me lo faccia diventare duro?»

«Sì», rispondemmo in coro. Guardai Sean e lui allungò una mano verso di me, lo raggiunsi e mi fece sedere sulle sue gambe.

«Una notte, G. Vado via una notte e guarda in che casini ti infili». Mi venne la nausea e deglutii la bile che mi salì dallo stomaco. Non aveva idea dei casini in cui mi ero infilata. Nessuno ce l'aveva, solo io e Cam. Devo essere impallidita di colpo perché aggiunse: «Sto solo scherzando, piccola, non preoccuparti troppo. Avrei solo voluto assistere allo spettacolo».

«Puoi dirlo», aggiunse Marley. «Le lotte fra donne sono le migliori. Mi eccito sempre quando le guardo».

Scossi la testa e Ash gli mollò una pacca sul petto.

«Sei un maniaco, Marls. Lo sai?», chiesi.

«Sì, è così che piaccio alle donne. Non c'è niente di male a eccitarsi per due donne in azione. È sexy, vero piccola?». Ashley arrossì e sembrò mortificata.

«*Cosa?*», gridammo io e Jimmie all'unisono.

Ash fece spallucce. «Oh, tacete voi due. Non giudicate. È stata lei a iniziare con me. Marls si è eccitato e siamo andati in hotel per divertirci un po'».

«Divertirci da matti, piccola. Veramente uno spasso».

Ero incuriosita e all'improvviso eccitata. Mi appoggiai a Sean e mi accorsi che lo era anche lui.

«Ma a te andava bene, Ash? Marley con un'altra, intendo?», chiese Jimmie.

«Oh, non l'ha neanche toccato. Neanche morta gliel'avrei permesso. Be', un po' si sono toccati, ma solo perché si battevano per me», disse con un ghigno, alzando e abbassando le sopracciglia.

«*Merda!*», esclamò Sean, un po' troppo forte.

«Vedi? Te l'ho detto, Maca, è troppo sexy. Tutto quello che abbiamo fatto prima è una stronzata se paragonato a guardare la tua donna con un'altra. Non fraintendetemi, non lo permetterei mai a un maschio, ma vederla con un'altra ci ha fatti uscire di testa entrambi. Vero, piccola?».

Ashley annuì e ci guardò, in attesa di una nostra reazione.

Mi voltai verso Sean con le sopracciglia alzate. «Tutto quello che avete fatto prima?»

«G», disse, pronunciando la lettera in un sospiro. «Era più di dieci fottutissimi anni fa, e comunque che mi dici di questo?».

Allungò una mano dietro di sé, sollevò la copia di una rivista e lì, grande mezza pagina, c'era una foto di me che guardavo Cam. Il titolo recitava: *Moglie della rockstar Maca col ragazzaccio dell'East End! È la fine della coppia d'oro?*.

Mi sentii male. Avevo le guance in fiamme e la bocca così secca che non riuscii a rispondere, il che era un bene, perché nemmeno il mio cervello era in grado di elaborare una frase.

«Oh, Maca, è stata super fortunata che ci fosse ATF ieri sera. Ha calmato la puttana e l'ha convinta a non coinvolgere la polizia. G lo stava solo ringraziando». Sean guardò Ashley con le sopracciglia alzate.

«ATF?».

Merda!

«Alto, tenebroso, fico. Dài, Maca, sarai anche un uomo, ma devi ammettere che è un affascinante bastardo, anche se un po' stagionato».

Dio! Mi aveva appena tirata fuori dalla buca, e ora mi ci aveva rigettata in pieno. Non sapevo se baciarla o schiaffeggiarla.

«È vero?», chiese Sean.

«Quale parte?»

«Che l'ha convinta a non chiamare la polizia».

Annuii. «Non sapevo che fosse il proprietario del locale. Non lo vedevo da anni. Forse faceva comodo anche a lui evitare il coinvolgimento della polizia». Il cuore mi martellava così forte nel petto che temevo potesse sentirlo, ma non disse altro.

Alla fine ci facemmo tutti la doccia, ci vestimmo e andammo a casa dei miei per un barbecue domenicale. Avevano fatto da baby-sitter a tutti e sette i nipoti la notte precedente, eppure non sembravano per niente stanchi.

Bailey e la sua nuova ragazza, Samantha, una fotomodella, si unirono a noi. Era un weekend di agosto di festa nazionale e nessuno di noi aveva impegni per il lunedì. Ridemmo, chiacchierammo, bevemmo e fumammo erba fino al sorgere del sole, godendoci la nostra prima serata insieme dopo più di un anno.

Trascorsi le tre settimane successive a camminare sui carboni ardenti, in attesa che arrivassero le mestruazioni. I Carnage si stavano preparando a registrare un nuovo album, quindi ogni giorno all'ora di pranzo i ragazzi si ritiravano nello studio in fondo al nostro giardino. A volte finivano alle quattro, altre non li vedevamo fino alle nove, e anche quando tornava a casa, Sean era perso nel suo mondo, a lavorare sui testi. Mi sentivo un po' smarrita. Erano passati secoli dall'ultima volta che avevo avuto tutto quel tempo libero e ogni giorno si trascinava nell'attesa del mio ciclo. Il tempo trascorso a pensare mi portò ad alcune conclusioni.

Amavo la nostra casa a Hampstead e non mi ero mai resa conto di quanto fosse vicina al centro della città. Tuttavia quando avessimo avuto un bambino avrei preferito essere più vicina a mia madre e al resto della famiglia: vivevano tutti a un raggio di otto chilometri gli uni dagli altri. Quindi iniziai a cercare case in vendita nella campagna dell'Essex, vicino a dove vivevano i miei. Avevo lasciato il mio numero ad alcuni agenti e una lista di specifiche di quello che stavamo cercando. Grazie al successo di Sean, avevamo comprato casa in diversi Paesi. Eravamo fortunati, non conducevamo uno stile di vita sontuoso, ma avevamo i soldi per fare ciò che volevamo. Non dare limiti di budget a un agente immobiliare aveva significato ricevere chiamate ogni giorno.

«Pronto». Risposi al telefono mentre cercavo di decidere cosa indossare e cosa fare in un mercoledì piovoso.

«Buongiorno, potrei parlare con la signora McCarthy?».

Ero sempre prudente quando rispondevo. Mi era già successo che fossero giornalisti in cerca di una storia o pazzi fan che in qualche modo avevano recuperato il nostro numero.

«Chi è?», chiesi.

«Sono Vera White, dell'agenzia Blackthorn White and Co». Vera mi piaceva, era molto precisa, ma parlava come una camionista. Era sulla cinquantina e mi aveva fatta ridere fin dal nostro primo incontro, quando mi aveva detto che ero una stronza fortunata e che anche se era felicemente sposata sarebbe saltata addosso a mio marito volentieri, se mai avesse desiderato attenzioni da una donna più matura. Era anche una delle poche che mi avevano mostrato case che rispondevano alla maggior parte delle nostre necessità. Tuttavia, non avevamo ancora trovato quella giusta. Come era successo con la nostra casa di Hampstead, sapevo che l'avrei riconosciuta al primo sguardo.

«Salve, Vera, sono Georgia. Cosa posso fare per lei?»

«Oh, salve signora McCarthy. Ascolti, ho una proprietà che è appena stata messa sul mercato alla quale potrebbe essere interessata».

«Okay, mi può dare qualche dettaglio?»

«Certo. È una fattoria in stile georgiano completamente ristrutturata. Sono cinque ettari di terra all'interno dei cancelli di sicurezza, ed è circondata da un'alta recinzione tutt'attorno. Sono sei camere da letto, ciascuna con il proprio bagno privato, più altri due bagni, cinque sale, più una cinema, palestra, sauna, piscina interna, sala giochi, recinti e stalle per sei cavalli. C'è anche un cottage indipendente con tre stanze da letto. Se è interessata, posso spedirle una piantina e delle foto?», chiese speranzosa.

«Wow, è enorme».

«Vero», rispose. «E la cosa migliore è che si trova solo a cinque chilometri dalla casa dei suoi».

Adesso ero davvero interessata. «Okay, può farmela vedere?»

«Oggi pomeriggio le andrebbe bene?»

«Perfetto, anche se probabilmente porterò mia madre con me al posto di Sean. Ora è impegnato nello studio, ma se mi piace prometto che lo porterò per un secondo giro».

«Brava ragazza, prenda una penna così le do l'indirizzo».

Due ore dopo, camminavo nella casa dei miei sogni con mamma e Vera. Era perfetta. Grande ma non spropositata, e in giardino c'era abbastanza spazio perché Sean costruisse uno studio. Mi piaceva anche il fatto che ci fossero le stalle.

Avevo appena ripreso le lezioni di equitazione e non vedevo l'ora di comprarmi un cavallo mio. Mamma aveva ancora il suo, ma aveva venduto il mio cavallo anni prima. Sapevo che non sarei stata in grado di cavalcare durante la gravidanza, ma non sarei stata incinta per sempre. Visitammo la casa due volte e lasciammo che Vera ripetesse la sua tiritera sulla proprietà. La parte originaria risaliva ai primi dell'Ottocento ed era stata ampliata e ristrutturata nel corso degli anni, fino a una ristrutturazione consistente dieci anni prima. C'era bisogno di una cucina moderna e di rinnovare i bagni ma, a parte questo, bisognava solo ritoccare il colore ai muri e cambiare la moquette. Era il posto giusto, sapeva di casa.

In cucina, analizzammo i pro e i contro della proprietà e del prezzo. Stavo cercando di non dimostrare troppo entusiasmo e volevo riuscire a negoziare il prezzo iniziale, anche se tutto sommato era piuttosto ragionevole. Poi sentimmo il rumore di una porta che si chiudeva e di passi lungo il corridoio.

«Scusatemi, non sapevo che ci sarebbe stato qualcuno». Vera si voltò e Cam apparve alla porta.

Cosa?

Cam!

Cam in jeans, maglietta e un paio di infradito, incredibilmente bello e sexy. Oscillai sui piedi e mi mancò il respiro.

«Oh, Signor King! Mi dispiace, non sapevo che sarebbe stato a casa oggi. Stavo solo mostrando…».

I suoi occhi incontrarono i miei, e mi guardò come se volesse divorarmi proprio lì, davanti a mia madre e all'agente immobiliare. Il desiderio nei suoi occhi era inconfondibile e quando, con quella sua voce profonda, sussurrò «Micina», dovetti aggrapparmi al bancone di marmo.

«Scusi?», chiese Vera, e per poco non scoppiai a ridere. *Pensava parlasse con lei?*

Cam guardò Vera e mia madre. «Signora Layton, come sta? Spero che Frank stia bene».

Gli occhi di mia madre si spostarono da me a lui e viceversa. «Sto molto bene, grazie, Cameron. Stiamo bene tutti e due».

«Bene, molto bene. Me lo saluti».

«Lo farò».

Lui annuì. Parlò con Vera, guardando me. «Mi dispiace, Vera. Non sapevo l'avresti fatta vedere così presto».

«Mi aveva dato il permesso di muovermi subito».

«Certo, va benissimo».

«E che coincidenza che vi conosciate».

Nessuno di noi disse nulla per un momento. Mia madre fu la prima a rompere il silenzio. «Vera, perché non mi mostra di nuovo la piscina? Sarà perfetta quando il bambino diventerà un po' più grande». Mamma mi guardò scuotendo la testa. Non era una stupida e, anche se lo fosse stata, avrebbe dovuto essere sorda, ritardata e cieca per non notare lo scambio silenzioso fra me e Cam.

Cam venne verso di me. «Sei incinta?». Sembrava stesse per piangere.

Scossi la testa. «No, ma spero di esserlo l'anno prossimo». Non potevo dire che forse lo ero già, avrebbe pensato fosse suo.

Sollevò la mano e mi accarezzò la guancia con le nocche, e io mi appoggiai come una stupida. I miei occhi si riempirono di lacrime. «Perché, Micina? Perché lui?».

«Sono sua, Cam. Non ho altra scelta, il mio cuore appartiene a lui».

«Non tutto. So che c'è un pezzo per me, anche se piccolo, e se solo mi dessi una possibilità...».

Scossi la testa. «No. No, Cam. È troppo tardi per noi. Avresti dovuto incontrarmi quando avevo dieci anni per avere una chance».

«Non ti credo, Micina. Non fare un bambino con lui. Ti prego, aspetta un po' di tempo e pensaci. Pensa a cosa vuoi davvero. A chi vuoi davvero. Se sei davvero sua, allora perché hai scopato con me solo due settimane fa? Il tempo che abbiamo passato insieme... è lì, è tornato».

Le sue parole e il senso di colpa che provavo mi causarono dolore fisico. Erano lame gelide conficcate nel mio petto, proprio come meritavo.

«Ti voglio, Micina. Nessuno ha mai desiderato tanto qualcosa quanto io desidero te. Dammi una possibilità. Scegli me, lasciati andare, lascia che ti dimostri quanto può essere bello. Non ti farò mai del male. Non ti farò mai dubitare di me, neanche per un secondo».

Mi sfuggì un singhiozzo e delle grosse lacrime mi scivolarono lungo le guance.

Lui le asciugò con i pollici. «Ho comprato questa casa per te».

«Cosa?»

«Quella sera, quando abbiamo discusso al ristorante, quando mi sono comportato da coglione, avevo fatto un'offerta per questa casa perché sapevo che ti sarebbe piaciuta. Era vicino ai tuoi e c'erano le stalle. Mi avevi detto che volevi ricominciare ad andare a cavallo, che non avevi mai tempo di andare da tua madre a fare una cavalcata. Ho visto la casa, la posizione, le stalle, e ho capito subito che ti sarebbe piaciuta».

Scossi la testa incredula.

«Ero incasinato quella sera», continuò, «stavo negoziando per comprare questo posto e avevo un affare che stava fallendo ad Amsterdam. Qualcun altro stava offrendo per questa casa e sembrava che dovessi lasciare il Paese per un po'. Ecco perché ero di pessimo umore». Deglutì, e vidi il suo pomo d'Adamo alzarsi e abbassarsi quando mi guardò negli occhi.

«La mattina seguente l'altro offerente si ritirò, quindi mi aggiudicai la casa. Ecco perché rientrai da Amsterdam in anticipo e venni direttamente al club. Volevo dirti della casa, chiederti di venire a viverci con me».

Non credevo alle mie orecchie. Scossi la testa piangendo.

«Non posso... non ce la faccio, Cam. Non voglio più sentire! Ti prego... ti prego, lasciami in pace. Lascia che ami mio marito come merita».

Baciò entrambi i miei occhi. «Non posso, Micina, mi sta uccidendo. Non ti tormenterò, ma ogni volta che ti vedrò ti ricorderò di come poteva essere... di come dovrebbe essere». Appoggiò la fronte alla mia. «Compra la casa, vivi qui e sii felice, Micina». Si voltò e lasciò la stanza, e io mi diressi con le gambe tremanti al bagno più vicino, mi sciacquai la faccia con dell'acqua fredda e rimasi a lungo a fissarmi allo specchio. Sentii mia madre chiamare il mio nome, quindi tirai lo sciacquone, mi lavai le mani e tornai da lei, chiedendomi cosa diavolo avrei fatto ora. Avevo già chiamato Sean per dirgli che avevo trovato la casa dei nostri sogni e ci eravamo accordati perché la vedesse l'indomani mattina.

Possiamo vivere qui?

A Cam avrebbe davvero fatto piacere, oppure sarebbe stato male perché ero qui con Sean e non con lui?

Ma certo che sarebbe stato male.

Mia madre rimase allibita quando si accorse in che stato ero. Dissi a Vera che avevo mal di testa, mi accordai per vederci alle dieci la mattina seguente e poi ce ne andammo. Tremavo quando mi rimisi al volante della Range Rover. Cam era in piedi all'ingresso con le braccia incrociate. Mi guardava allontanarmi, una volta ancora.

«Mi dici cosa sta succedendo, Georgia?».

Iniziai a singhiozzare lungo il viale verso i cancelli e dovetti fermare l'auto perché non vedevo più niente. Mia madre si slacciò la cintura e mi strinse, accarezzandomi dolcemente i capelli. Non lo faceva da quando io e Sean ci eravamo lasciati.

Quando riuscii a riprendermi, dissi: «Oh, mamma, ho fatto una cosa terribile. Così terribile. Mi vergogno di me stessa. Amo Sean con tutto il cuore. Sai che è così, vero?»

«Sì, piccola, certo. Certo che lo so».

«Allora perché provo qualcosa per Cam? Perché ha ancora un effetto su di me? Perché ho lasciato che mi scopasse contro la porta del suo ufficio, tre settimane fa? Perché? Perché l'ho fatto?».

Era mia madre, volevo che avesse tutte le risposte, che mi dicesse che tutto sarebbe tornato come prima, che non ero una cattiva persona.

«Oh, Georgia... Sciocca, sciocca ragazzina! Cosa ti è passato per la testa? Dannazione».

Ci scambiammo di posto e mi accompagnò a casa sua. Versò a entrambe un bicchiere di vino mentre le raccontavo cos'era successo fra me e Cam quella notte. Le dissi quello che avevo appena scoperto della casa, poi sganciai la bomba: non prendevo più la pillola e con Cam non avevo usato protezione.

«Hai fatto un test di gravidanza?».

Scossi la testa. «Ne avevo fatto uno prima di uscire quella sera ed era negativo. Non ne ho ancora ripetuto un altro perché non voglio la falsa speranza che tutto andrà bene. E comunque ho fatto sesso con Sean, quella sera stessa». Ricominciai a piangere.

«Quando deve venirti il ciclo?», chiese.

«Fra due giorni».

«Be', meglio aspettare allora, ma se non ti viene nel giro di tre giorni fai il test. Poi penseremo a cosa fare».

Le sorrisi. «Penseremo?»

«Sei la mia bambina, George. Sono dalla tua parte, nonostante tutto. Tutti facciamo cose stupide a un certo punto della vita, piccola, credimi, non sei la prima donna che si trova in questa situazione e non sarai l'ultima».

Capitolo ventiquattro

Non dissi a Sean che Cam era il proprietario della casa che stavamo visitando, altrimenti mi avrebbe chiesto come facevo a saperlo, e a quel punto avrei dovuto confessare di averlo visto il giorno prima, oppure mi sarei dovuta inventare una bugia. Non volevo dirgliene più. O almeno era così che nel mio cervello da traditrice mi giustificavo per non avergli raccontato nulla.

Sean si innamorò a prima vista. Chiesi a Vera di lasciarcela visitare da soli.

L'avevo chiamata il giorno prima per dirle di non menzionare chi fosse il proprietario della casa o che lo avevamo incrociato. Il terrore di perdere una grossa commissione bastò per guadagnarmi il suo silenzio. Io e Sean eravamo a bordo piscina, mano nella mano.

«Che ne pensi, Georgia? Io la adoro, mi sento già a casa».

Non sapevo cosa dire.

Riuscirei a vivere qui? Oppure non dovrei neanche considerare questa casa?

«Non saprei, Sean. Ieri mi sentivo così, oggi non ne sono più sicura».

«Perché? Cos'è cambiato?».

Circa un milione di cose.

E se fossi incinta? Se il bambino fosse di Cam?

Avrei cresciuto quel bambino con un altro uomo, nella casa in cui lui aveva pianificato di vivere con me. Tutto era assurdo e sbagliato, ed era solo colpa mia. Ero un mostro.

Mentre mi agitavo, mi accorsi di un dolore sordo nella pancia.

«Georgia, cosa c'è che non ti piace oggi ma che ti piaceva ieri?»

«Non lo so! Non sono sicura! Non mi sento molto bene». Mi girava la testa. Ero così sopraffatta dalle mie azioni sbagliate che mi sentivo sull'orlo di un attacco di panico.

«Ho bisogno del bagno». Andai verso il bagno della piscina e Sean mi seguì. Non chiudevamo mai la porta, quindi la lasciai aperta mentre Sean continuava a parlare di come ottenere un permesso per costruire uno studio di registrazione nella tenuta. Mi sollevai la gonna, abbassai le mutandine e vidi che erano piene di sangue. Avevo il ciclo. Scoppiai a piangere. Sean fraintese completamente il motivo per cui piangevo, il che non fece che aggravare il mio senso di colpa e farmi piangere ancora di più.

«Gia, piccola, ti prego non piangere. È solo settembre, ci siamo detti sei mesi, ricordi? L'anno prossimo, è allora che rimarrai incinta, piccola. Ti prego, non piangere. Odio vederti piangere». Era in ginocchio davanti a me, mentre io ero seduta sul gabinetto nella casa di un uomo che alla fine non mi aveva messa incinta, e non sapevo se le mie fossero lacrime di gioia, pentimento, colpa o tristezza.

«Amo questa casa, G. Facciamo un'offerta e compriamola!». Era così felice ed eccitato che io mi soffiai il naso e annuii: sì.

* * *

I giorni successivi passarono in fretta. Portammo a termine l'acquisto della casa il primo dicembre, ma non avevamo intenzione di trasferirci fino all'anno seguente. Io volevo rinnovare cucina e bagni, e c'era bisogno di ridipingere le pareti. Volevo anche mettere la moquette nuova nelle stanze da letto, ed eravamo ancora in attesa del permesso per lo studio di Sean.

Festeggiammo il Natale con un cenone dai miei e alla vigilia del nuovo anno lasciammo tutti i nipoti con i miei genitori. Saremmo andati a New York, dove la band avrebbe dato un concerto speciale a Times Square.

Negli ultimi giorni non mi sentivo molto bene. Avevo saltato il ciclo di dicembre e speravo con tutta me stessa di essere rimasta incinta. Anzi, sapevo di esserlo. Conoscevo il mio corpo, ma avevo deciso di comprarmi un test di gravidanza per esserne sicura, prima di rinunciare a consumare alcol durante i festeggiamenti dell'anno nuovo. Feci il test appena arrivammo in hotel ed era positivo. Non riuscii a contenere la gioia. Per fortuna avevamo scaricato i ragazzi lungo il tragitto per qualche intervista, ed ero seduta a guardare mio marito in televisione quando le due linee comparvero sul test su cui avevo appena fatto pipì. Elaborai un piano.

New York a dicembre era gelida. Quella sera andammo a cena con tutta la band ed evitai di bere con la scusa di preservarmi per la serata seguente. Andammo a letto presto e passammo l'ultimo giorno dell'anno a poltrire in albergo e a fare shopping. Al rientro mi feci una manicure, una pedicure, trucco e parrucco in stanza, una cortesia del canale televisivo che mandava in onda lo spettacolo. I ragazzi avrebbero suonato per due ore, iniziando alle undici e mezza per scaldare la folla, poi avrebbero fatto il conto alla rovescia e continuato a suonare per le prime ore dell'anno duemila.

Arrivammo per le nove e fummo intervistati da vari canali televisivi che ci chiesero cosa significava per noi il nuovo millennio, e ci sbottonammo più del solito ammettendo che ci stavamo trasferendo in una casa nuova e che volevamo provare ad avere dei bambini. Aspettai che i ragazzi iniziassero a suonare, poi dissi al direttore del programma cosa volevo fare. Lui era al settimo cielo e fece annunciare in trasmissione di non cambiare canale perché sarebbe seguita una notizia molto importante sui Carnage. Non dissi nulla ad Ash o a Jim, e a cinque minuti alla mezzanotte, quando raggiunsi mio marito sul palco nella pausa fra due canzoni, tutti sembravano un po' confusi, ma Sean stette al gioco.

«Ehi, piccola», disse al microfono. «Questa è la mia bellissima moglie, New York. Guardatela, non è magnifica?».

La folla si scatenò e le guance mi bruciarono nonostante il freddo. Gli gettai le braccia al collo e lo baciai come se la mia vita dipendesse da quel bacio, e le urla della folla si fecero assordanti. Poi gli diedi il test di gravidanza e gli dissi all'orecchio: «Buon anno, tesoro, aspettiamo un bambino».

Guardò il test, registrò le parole che gli avevo appena detto e rimase a bocca aperta. C'era una telecamera puntata sulle nostre facce, ma noi non ce ne accorgemmo nemmeno. Avevamo occhi solo l'uno per l'altra. Sean scoppiò a piangere e mi baciò dolcemente. Alla gente a casa era stato detto cosa stava succedendo, ma la folla davanti a noi non ne aveva idea. Sean mi spostò al suo fianco e disse al microfono: «Mia moglie, la mia bellissima Gia, mi ha appena reso l'uomo più felice del pianeta. Gente, mi ha appena detto che...». Si interruppe, non capii se per accrescere l'attesa o per riguadagnare compostezza. «È incinta!», esclamò.

La folla impazzì. Jimmie, Ash e Lennon salirono sul palco con noi e con il resto dei ragazzi della band. Ci baciammo tutti, piangemmo, ci abbracciammo e iniziammo il conto alla rovescia per l'anno nuovo. Rimarrà per sempre uno dei momenti migliori della mia vita.

* * *

Continuammo a festeggiare in hotel, fino a tardi. Io non mi sentivo un granché e andai a letto intorno alle tre, lasciando Sean insieme ai ragazzi e ad alcune persone che non conoscevo. Venni svegliata verso le otto da qualcuno che bussava forte alla porta della suite. Guardai attraverso lo spioncino e vidi Milo e Dave che reggevano Sean. Aprii la porta e mi resi conto di come si era conciato mio marito: era ubriaco fradicio.

Mi sorrise. «Gia, piccolaaaa», cercò di cantare. «Sono così felice, felice, feliceee». Mi guardò e rise. «Insomma, hai capito».

«Parcheggiatelo sul letto». Mi feci da parte per far passare i ragazzi. Attraversarono la sala diretti verso la nostra stanza e lo scaricarono a faccia in giù sul letto. Stavano ansimando e si sedettero per qualche secondo.

«Ce la faremo a prendere il volo?», domandai.

«Cazzo ne so», risposero in coro, battendosi il cinque. Sorrisi.

«Volete un caffè o qualcosa da mangiare?»

«No, siamo a posto, George, l'abbiamo già bevuto. Magari fra un paio d'ore potresti provare a fargliene mandare giù uno. Non penso che possano trovare un altro volo per noi il primo dell'anno. Jet privato o no. Se non prendiamo questo, temo che rimarremo bloccati qui per qualche giorno».

Ero esausta e, prima di far riprendere mio marito dalla sbornia, avevo bisogno di un po' più di sonno. «Fino a che ora possiamo arrivare in aeroporto?»

«Le quattro circa, ma Marley è messo anche peggio di lui, per non parlare di Len».

Scossi la testa.

«Abbiamo persino dovuto trascinare Ash a letto», rise Dave.

«Be', chissà che bel volo sarà».

Dave annuì. «Pazienza. Tu stai bene, George? Sei pallida».

Non mi sentivo ancora in forma. Non ero mai stata incinta, e forse era normale. «Sto bene, grazie, Dave. Ho solo bisogno di dormire».

«Be', non provare ad alzarlo. Chiamami se hai bisogno di qualcosa e ora cerca di riposare». Ero commossa dalla sua preoccupazione. Lo ringraziai per avermi riportato mio marito e gli dissi di andare a farsi una dormita.

I ragazzi se ne andarono e io tolsi a Sean le Converse e gli slacciai i jeans, ma non riuscii a sfilarglieli, quindi mi accoccolai nel letto accanto a lui e riuscii a dormire per altre quattro ore. Fui svegliata dal rumore di Sean che vomitava in bagno. Be', almeno si era alzato e non l'aveva fatto a lato del letto, come era già successo più di una volta. Mi alzai a preparare del caffè per entrambi. Stavo morendo di fame, quindi chiamai il servizio in camera e ordinai un paio di panini con le uova, da sempre la cura migliore per le sbornie, con del succo d'arancia e del caffè come si deve. Sean riuscì a mangiare il suo e anche metà del mio. Non mi sentivo ancora bene e non mi piaceva l'idea di salire su un volo notturno con lo stomaco sottosopra.

«Devi mangiare di più, G. Finalmente potrò farti ingrassare un po'», disse sorridendomi. Non smetteva di sorridere da quando gli avevo dato la notizia del bambino.

«Adesso non ho fame, mi fa male lo stomaco».

«Te la senti di volare?»

«Sì, certo, solo che non voglio rimanere chiusa in bagno per tutto il volo».

Alla fine, sul volo riuscivo a malapena a respirare, figuriamoci a usare il bagno. Sean mi fece sdraiare su una poltrona coprendomi con una coperta e mi disse di dormire. Tutti erano in pieno doposbornia e molto silenziosi. Le luci della cabina erano soffuse e tutti sembravano dormire, anche se ogni tanto sentivo le porte del bagno aprirsi e chiudersi e qualcuno che vomitava. Non invidiavo la loro sbornia. Stavo male anche senza alcol. La pancia sembrava a posto, ma sentivo un dolore al fianco ed ero sudata.

Sean russava accanto a me. Ash e Marley erano seduti davanti a noi, Jimmie e Len dall'altra parte del corridoio. Milo e Dave erano nella parte anteriore insieme a Billy, Tom e alle loro mogli. Chiamai l'assistente di volo, Sara, che mi comparve al fianco come per magia. Quando eravamo saliti sull'aereo, Sean le aveva detto che ero incinta. Si inginocchiò accanto a me con un'espressione preoccupata sul viso. Sara aveva viaggiato con noi altre volte e mi era sempre piaciuta. Al contrario di altre ragazze, non aveva mai flirtato apertamente con Sean o con gli altri, quindi non mi era mai venuta voglia di tirarle un pugno in faccia.

«Tutto bene, signora McCarthy? È un po' pallida».

«Per favore, chiamami Georgia. Sì, sto bene. Sono solo un po' stanca. Sono andata a dormire alle tre, abbiamo festeggiato». Sorrise. «Già, ho visto la diretta TV, quando ha detto al signor... Sean che è incinta. A quest'ora penso che il video abbia fatto il giro del mondo. Devo dire che persino mio marito si è commosso, e io piangevo come una pazza, come sicuramente la maggior parte degli spettatori».

Mentre parlava mi vennero le lacrime agli occhi. «Sarete dei genitori fantastici. Siete fra le star con meno pretese con cui ho viaggiato. Alcuni sono dei veri stronzi».

Sì, penso di averne incontrato qualcuno nella mia vita.

«Allora, cosa posso portarti, Georgia? Che ne dici di un po' di tè e un biscotto?»

«Perfetto, forte e senza zucchero, grazie».

Quando salimmo sulla limousine stavo davvero malissimo. Il dolore al fianco era sempre più forte. Sudavo freddo. Erano le sette del mattino a Londra e io volevo solo andare a letto.

«Tutto bene, George?», chiese Jimmie.

Decisi di non mentire più. C'era qualcosa che non andava, forse dovevo andare all'ospedale e vedere un dottore. «A dire il vero non mi sento benissimo».

Il sorriso di Sean delle ultime trenta ore svanì di colpo. «Piccola, che c'è?». Mi toccò la fronte con il dorso della mano. «Merda, G, sei sudatissima».

Jimmie mi toccò e concordò, e appena l'auto si mise in moto mi venne un capogiro. Accostammo e vomitai sul bordo della strada. Mi girava la testa. Tornai in auto e Sean mi fece sedere sulle sue gambe. Marley disse all'autista di andare all'ospedale più vicino. Milo gli indicò la strada dal sedile posteriore. Per fortuna conosceva la zona.

Nei dieci minuti che ci vollero per arrivare al Newham General Hospital, capii che stavo sanguinando abbastanza da essermi macchiata i jeans. Stavo perdendo il bambino.

La limousine si fermò fuori dal pronto soccorso, Milo saltò giù e Sean cercò di uscire dall'auto tenendomi in braccio. Len era corso dentro a prendere una sedia a rotelle, ma Sean non mi fece sedere. Marley era andato avanti a chiedere aiuto. Mi diedero subito un letto dietro una tenda, e Sean si sedette tenendomi in braccio. Tremavo fortissimo e sentivo le gocce di sudore sul labbro superiore e lungo la spina dorsale. A quel punto credo di aver iniziato a perdere i sensi. Sentivo le braccia di Sean attorno a me, sentivo lui e altri che chiamavano il mio nome, ma io non riuscivo a rispondere.

Non so se si fosse trattato di secondi, minuti, ore o giorni quando cercai di riaprire gli occhi, e non so per quanto rimasi sveglia, prima che il sonno mi reclamasse ancora. Poi mi destai di colpo, perfettamente consapevole di trovarmi in una stanza d'ospedale. Mi guardai attorno. Ero attaccata a una flebo. Sean era seduto su una sedia accanto al mio letto. Teneva la mia mano destra fra le sue, la testa appoggiata alle nostre mani giunte. Avevo la bocca secca e mi bruciava la gola. La pancia mi faceva male come se avessi il ciclo. Rimasi immobile e in silenzio per qualche secondo, a domandarmi cosa poteva essermi successo. Sapevo che il mio bambino non c'era più, lo sapevo e basta. Iniziai a singhiozzare. Sean doveva essere devastato. Era così felice. Cercai di contenere i singhiozzi per non svegliarlo, ma fallii. Alzò la testa e mi guardò. Si sedette subito sul mio letto e mi strinse a sé.

«Mi dispiace tantissimo», dissi fra i singhiozzi.

«No, no, no. Gia, piccola, no. Non è colpa tua».

«Cos'è successo? Cos'è andato storto?», gli chiesi. Eravamo sdraiati l'uno di fianco all'altra sul letto, a guardarci. Sean si soffiò il naso e si coprì la bocca, cercando di nascondere il pianto. Fece un sospiro profondo.

«Era una gravidanza extrauterina», rispose con un'espressione disperata. «Per poco non perdevo anche te, G. Le membrane si erano rotte, avevi un'emorragia interna. Eri in stato di shock. Pensavo saresti morta». Singhiozzava. Cercai di confortarlo, ma non faceva che piangere e scuotere la testa. «Io ero al bar a ubriacarmi e tu avevi un'emorragia interna. Potevi morire in quella stanza d'albergo, da sola. Ero così malmesso sul volo che non mi ero neanche accorto di quanto stessi male. È stata Sara a dirmelo. Ti ho delusa, G. Mi dispiace così tanto».

Ero paralizzata, non avevo idea di cosa dirgli, quindi ci stringemmo e continuammo a piangere ancora per un po'. Alla fine Sean si rimise a dormire, mentre io rimasi sdraiata in silenzio a pensare a cosa significasse tutto ciò.

Posso ancora avere bambini?

Cosa mi hanno tolto?

La porta si aprì e arrivò un'infermiera. Mi portai un dito alle labbra per invitarla al silenzio.

«Sono felice che tu sia sveglia, Georgia. Come ti senti?». Feci spallucce e gli occhi mi si riempirono di lacrime.

«Potrò ancora avere bambini? Posso rimanere incinta?», chiesi mentre mi misurava la febbre e la pressione sanguigna. Ignorò la mia domanda e continuò a fare quello che stava facendo. Poi andò ai piedi del letto e controllò la mia cartella clinica.

«Il dottore arriverà fra poco per parlarvi», disse chinando la testa di lato. «Sei stata molto fortunata. Hai avuto bisogno di quattro unità di sangue durante l'operazione. Se non fossi arrivata in tempo, sarebbe potuto andare molto peggio. Ora cerca di dormire. Torno presto insieme al dottore».

Guardai i suoi occhi blu e dissi: «Ho appena perso il mio bambino. Come posso considerarmi fortunata?».

Di nuovo, mi ignorò e lasciò la stanza. Mi appoggiai al cuscino e piansi. Piansi per il mio bambino morto, piansi per Sean e la sua occasione mancata di diventare papà, piansi per il senso di colpa che provavo. Era colpa mia. Quella era la mia punizione... la punizione per aver tradito Sean e per essere stata una moglie bugiarda, adultera, puttana.

Due giorni dopo mi avrebbero dimessa, ma per due settimane sarei dovuta rimanere a letto, stancandomi il meno possibile. Per un mese non potevo guidare. Per tutte quelle ragioni e per il fatto che non volevo rimanere da sola con Sean, andai a stare dai miei genitori. Sean era impegnato nello studio di registrazione e sarebbe venuto ogni due notti a dormire con me. Stava lottando, a modo suo. Musica, scrittura dei testi per le nuove canzoni. Io passavo il tempo sul divano dei miei o nel mio letto. Ricevevo visite e assicuravo a tutti che stavo bene.

A quanto pare ero davvero stata fortunata. Le mie tube di Falloppio si erano rotte sul fianco sinistro e l'emorragia era durata un bel po'. Tuba e ovaia da quel lato erano state rimosse, ma non c'erano ragioni per cui non dovessi rimanere incinta di nuovo. C'era un lieve rischio di un'altra gravidanza extrauterina, ma mi avrebbero monitorata fin dall'inizio. Potevamo riprovarci dopo tre mesi, se ci sentivamo pronti emotivamente e fisicamente.

Sapevo di essere sotto osservazione, chi mi stava vicino temeva che mi chiudessi in me stessa come avevo fatto quando io e Sean ci eravamo lasciati. Quindi decisi di reagire nel modo opposto a quello che si aspettavano e mi imbarcai in un'impresa a dir poco frenetica. Appena potei riprendere a guidare, andai dritta alla casa nuova a controllare i lavori di ristrutturazione. Lavorai con la ditta di design che avevamo assunto per scegliere pittura e tessuti e comprai dei mobili nuovi. Ne avremmo dovuti prendere parecchi per riempire quella grande casa vuota. Presi anche due cavalli e assunsi un'addetta alle stalle, Jess, per prendersene cura.

Feci tutto da sola. Non mi consultai con Sean, non aspettai i suoi suggerimenti. Quando veniva a dormire da mia madre, praticamente lo ignoravo lamentando stanchezza e andando a letto presto. E quando mi raggiungeva fingevo di dormire. La mattina, prima che lui si svegliasse, sgattaiolavo fuori per andare alla casa nuova a farmi una cavalcata. Non tornavo fino a quando non ero sicura che se ne fosse andato.

Lo amavo e mi mancava da morire, ma dovevo superare tutto da sola. Dovevo soffrire, accettare la mia colpa per quello che era successo al bambino.

Dopo sei settimane, Sean mi chiese quando sarei tornata a casa. Gli dissi che non l'avrei fatto. Volevo essere vicina alla casa nuova e ai cavalli. Non mangiavo, dormivo poco, e non restavo mai ferma per più di cinque minuti di fila. Non volevo tempo per pensare, per sentire. Volevo solo tenermi impegnata. Per tutti, il campanello d'allarme era già scattato. Per me, stavo solo tirando avanti meglio che potevo. Sean mi lasciò fare per altre due settimane, poi, un sabato mattina presto, si presentò a casa di mia madre e mi disse di fare le valigie perché saremmo partiti per una vacanza.

«Non posso, devo controllare i cavalli».

«Ho parlato con Jess, può occuparsene lei. Fai i bagagli, Gia, torni a casa con me». Mi sedetti sul letto della mia vecchia stanza.

Lui mi raggiunse e prese la mia mano. «Mi manchi, piccola, e ti rivoglio a casa. Lunedì devo finire alcune cose allo studio, poi partiamo. Solo io e te per una settimana, due, un mese, non importa quanto. Sono stanco di essere lasciato da parte e guardarti scappare».

«Non sto scappando».

«Allora cosa stai facendo, Georgia? Vengo qui a dormire per starti vicino e tu non mi tocchi neanche. Non ti lasci sfiorare. Non parlo di sesso. Voglio solo stringerti, e voglio essere abbracciato».

Restai in silenzio. Non avevo niente da dire. Non sentivo nulla. Era il solo modo che conoscevo per affrontare le cose. Temevo che se mi fossi lasciata andare sarebbe stato troppo. Se avessi sfogato il dolore, ne sarei rimasta schiacciata.

«Georgia, non mangi, non dormi, non piangi neanche, sono tutti preoccupati per te».

«Sto affrontando le cose come posso», dissi a bassa voce, senza guardarlo.

«Buon per te, sono felice che tu stia bene. Ma io? Hai mai pensato a me?». Si alzò, raggiunse la finestra e rimase in piedi dandomi le spalle. Non ero sicura che si aspettasse una risposta.

«Mi manchi, G. Torno in una casa vuota e sento il tuo

profumo, ma tu non ci sei. Vengo qui per stare con te, ma tu non sei nemmeno qui. Sono perso, mi sento solo senza di te. Rivoglio mia moglie. Rivoglio la mia migliore amica. Dobbiamo affrontiamo questa cosa insieme». Volevo andare da lui, stringerlo forte, ma questo mi avrebbe consolata e non meritavo di essere consolata. Non meritavo lui. Perdere nostro figlio era la punizione per quello che avevo fatto con Cam, e non me lo sarei mai perdonata.

«Non so cosa sia peggio». La voce di Sean interruppe i miei pensieri. «In ospedale, quando hai iniziato a perdere i sensi e ti ho vista in preda alle convulsioni nel letto, ero terrorizzato. Ti hanno portata via di corsa e non mi hanno permesso di venire. Non volevo lasciarti andare, avevo troppa paura di non rivederti viva. Temevo di averti persa». Si voltò verso di me. «Ma questo, il modo in cui mi stai chiudendo fuori, fa male, G. Fa altrettanto male».

Rimasi a fissare il vuoto, non osando guardarlo, perché sapevo che altrimenti sarei andata da lui e ci saremmo abbracciati, e io mi sarei sentita meglio.

«Era anche il mio bambino!», gridò all'improvviso. «*Anch'io ho perso il mio bambino!* E pensavo di perdere anche te. Tu hai perso il tuo bambino, il nostro bambino, ma io pensavo di perdere molto, molto di più. Sei la mia vita, G, il mio mondo. La mia fottuta ragion d'essere».

Finalmente mi obbligai a guardarlo e la diga che avevo costruito si ruppe. L'angoscia nella sua voce, sul suo viso e nei suoi occhi mi fece a pezzi. Ero stata egoista, di nuovo. Io avevo perso un bambino ed era una cosa terribile, ma lui era rimasto impotente mentre io ero sotto i ferri. Aveva creduto di perdere anche me, e il pensiero di lui che aveva dovuto affrontare tutto da solo mi fece male. Iniziai a piangere.

Sean mi raggiunse sul letto e si inginocchiò davanti a me. «Abbracciami, Georgia, ti prego». Era disperato quanto me e avevo così tanto bisogno di lui. Ci sdraiammo insieme sul letto stringendoci, piangendo come avevamo fatto in ospedale.

«Io e te, G, solo Sean e Georgia. Tutto gira attorno a questo, a noi. Finché esiste un *noi* possiamo superare tutto, okay?».

Guardai i suoi bellissimi occhi marroni, che erano spenti, tristi e pieni di lacrime. «Mi dispiace tantissimo. Ti amo e mi dispiace».

Mi leccò via le lacrime e disse: «Non essere dispiaciuta, piccola, amami e basta, è tutto quello che voglio. Amami e lascia che io mi prenda cura di te. Lasciami fare il mio lavoro». Le sue labbra sfregarono leggermente sulle mie, e per la prima volta dopo quasi due mesi sentii nascere dentro di me il desiderio. Sean mi fece voltare a pancia in su e mi guardò. «Mi sei mancata tantissimo. Ci sono troppi vestiti fra noi, G. Ho bisogno di sentire la tua pelle sulla mia».

Non ero sicura che mi stesse chiedendo il permesso, ma annuii comunque. Si tolse la maglietta mentre io gli slacciavo i jeans. Lui si abbassò jeans e boxer e io mi tolsi la canottiera. Sean mi levò i pantaloni del pigiama. Accadde tutto in fretta, poi all'improvviso ci ritrovammo nudi e immobili. Lui era fra le mie cosce, l'erezione sopra il mio monte di Venere, le nostre mani erano ai lati della mia testa sul materasso, le dita intrecciate. I suoi occhi erano posati sul mio viso e volevo sentirlo dentro di me.

«Ti amo, Giorgia, non lasciarmi mai più».

Scossi la testa. «Mai, ti amo», sussurrai.

Appoggiò la fronte alla mia. «Posso entrare?»

«Certo, voglio sentirti». Era così, lo volevo. Desideravo che il suo mondo fosse perfetto.

Scivolò dentro di me. «Cazzo, mi sei mancata. Mi ero quasi dimenticato di quanto ci incastrassimo alla perfezione, di come sei perfetta».

Avrei voluto piangere ancora, perché non ero affatto perfetta, ma in quel momento sarei stata perfetta per lui.

Facemmo l'amore con tenerezza. Sean spinse piano e, quando gemetti e sentì i miei muscoli tendersi, sussurrò: «Insieme, piccola, insieme».

Ci guardammo negli occhi durante l'orgasmo. Quando mi ripresi piansi e lui mi fece quel suo sorriso sbilenco, il sorriso del ragazzo di cui mi ero innamorata, e sussurrò: «Georgia Rae, *when we made love you used to cry. You said...*». Aspettò che io finissi la nostra canzone.

«*I love you like the stars above, I'll love you till I die*». Sorridemmo piangendo.

«Ci saranno altri bambini, G. Non dimenticheremo questo, mai. Dovremo solo assicurarci di dare agli altri anche l'amore che avremmo dato a lui».

Dio quanto lo amavo, lo amavo da morire. Mi strinse mentre piangevo, poi facemmo di nuovo l'amore. Preparai i bagagli, ringraziai i miei genitori e tornai a Hampstead. Lungo il tragitto decidemmo di stare via solo una settimana, e durante quel periodo avremmo chiesto alla compagnia di traslochi di portare le nostre cose nella casa nuova, *Las Macas*, come l'avevamo battezzata.

Prenotammo una vacanza nella Repubblica Dominicana. Ci divertimmo, ci rilassammo e tornammo così in sintonia che decidemmo di fermarci un'altra settimana, e al ritorno in Inghilterra andammo direttamente alla casa nuova, per cominciare la nostra nuova vita nella campagna dell'Essex.

Sean era spesso a casa. L'album era finito e sarebbe uscito a fine aprile. I ragazzi decisero che per promuoverlo non c'era bisogno di un tour imponente. Ormai erano abbastanza famosi da poter vivere di rendita. Le prenotazioni avevano già assicurato il platino nella prima settimana. Tuttavia, non potevano rinunciare alle interviste e alle comparse in televisione, e il tour sarebbe stato un susseguirsi di date fra Inghilterra, America ed Europa, per le ultime due settimane di aprile e le prime due di maggio.

Sean mi sarebbe mancato, ma non sarei andata in Europa e in America con lui. Era troppo presto, troppo doloroso, e non volevamo attirare l'attenzione della stampa. I giornali si erano comportati piuttosto bene da quando era uscita la notizia dell'aborto e avevamo ricevuto un numero incalcolabile di lettere e biglietti da tutto il mondo. Passai molto tempo a leggerli mentre Sean non c'era. Molti messaggi provenivano da donne che avevano avuto una gravidanza extrauterina e che avevano avuto altri figli senza problemi. Risposi a tutti, e ringraziai le donne per avermi dedicato del tempo per rassicurarmi che tutto sarebbe andato bene in futuro. Non avevo alcun dubbio che sarebbe stato così.

Capitolo venticinque

Il volo di Sean arrivò a mezzogiorno di domenica quattordici maggio e andai a prenderlo all'aeroporto insieme a Milo. Ero così eccitata che quando l'aereo atterrò raggiunsi la pista saltellando, mentre aspettavo che gli sportelli si aprissero. Non sapeva che sarei andata e non vedevo l'ora di vedere la sua faccia. Era una giornata calda e soleggiata e Len batté le palpebre un po' di volte quando uscì. Mi guardò perplesso, ma io mi portai un dito alle labbra per chiedergli di stare zitto. Annuì e continuò a scendere le scale dell'aeroplano. Mi nascosi dietro Milo perché gli altri non rovinassero la sorpresa. Volevo che Sean sapesse quanto lo amavo. Lui amava i piccoli gesti e sapevo che non gli faceva piacere lasciarmi a casa. Era stato così premuroso da quando avevamo perso il piccolo M, – così avevamo chiamato il bambino che non era venuto al mondo –, e speravo di potergli dare una bella notizia appena fosse tornato a casa.

Comparve in cima alle scale e il mio cuore saltò un battito, prima di accelerare il triplo.

Sarà sempre così con lui?

Uscii dal mio nascondiglio e mi vide subito. Mi incamminai verso di lui e il suo viso si illuminò. Corse giù per le scale, incurante di chi stava spintonando, nella fattispecie Marley, che mi aveva vista e trovava divertente frapporsi. Alla fine saltò giù dal lato dalle scale e corse verso di me per prendermi in braccio e farmi girare.

Con un sorriso enorme mi disse: «Mi sei mancata, Georgia Rae, fammi vedere le tette».

Mi alzai la maglietta mettendo in mostra il reggiseno di pizzo rosso.

«Cazzo, piccola, mi sei mancata. Andiamo a prenderci una stanza da qualche parte».

Risi e scossi la testa. «No, voglio andare a casa».

Mi prese la mano e iniziò a camminare verso la macchina. «Be', allora sbrighiamoci».

Mentre Milo ci accompagnava a casa chiacchierammo del viaggio e, dato che era domenica e c'era poco traffico, arrivammo a casa nel giro di un'ora. Andammo dritti in camera da letto. Avevo un test di gravidanza pronto per essere usato. Anzi, ne avevo due. Sean era confuso quando lo portai in bagno.

«Dài, Georgia... prima scopiamo, poi ci facciamo la doccia. Devo essere dentro di te», si lamentò.

«Siediti». Indicai il bordo della vasca. Mi scappava la pipì e temevo di farmela addosso. Gli sollevai il test davanti al viso e gli si spalancarono gli occhi. Non disse una parola mentre facevo pipì, mi asciugavo e lavavo le mani. Poi mi sedetti accanto a lui sul bordo della vasca, in attesa che quel piccolo pezzo di plastica cambiasse le nostre vite.

Due linee.

Incinta.

Sean mi guardò, poi guardò ancora lo stick.

«G», sussurrò.

«Lo sapevo. Insomma, non ne ero sicura. Prima che partissi l'avevo immaginato, ma non volevo farti preoccupare».

«Incinta? Sei davvero incinta?»

«Sì, sono davvero incinta».

«Dobbiamo andare da un medico».

«Sì. Ho preso un appuntamento per domani alle undici».

«Da chi?».

Lo guardai ridacchiando. «Importa? Fa differenza?»

«Sì, io voglio andare solo dal dottor Richard Curtis».

Eh?

«Come fai a sapere chi è Richard Curtis?».

Quando mi sorrise, sembrò proprio il ragazzino tredicenne di allora. «Perché ho fatto qualche ricerca e ho letto che è il migliore sulla piazza. Voglio che tu e il bambino abbiate l'assistenza migliore».

Ero sbalordita. Il mio appuntamento era proprio con Richard Curtis.

«Ma ti ho detto solo adesso che sono incinta».

«Sì, ma sapevo che prima o poi sarebbe successo ancora e volevo assicurarmi di andare dal migliore». All'improvviso si accigliò, preoccupato di aver detto qualcosa di sbagliato, quando in realtà era l'opposto.

«Tesoro, va bene, non devi giustificarti. Sono solo...». Iniziai a piangere. Ero davvero la donna più fortunata del mondo. «Non potrei amarti più di quanto ti amo adesso».

Mi accarezzò una guancia. Alzò le sopracciglia e sorrise sussurrando: «Avremo un bambino, Signora McCarthy».

Sorrisi come una stupida. Non riuscivo a contenermi. «Ebbene sì, signor McCarthy».

«Scopiamo».

«Ottima idea».

* * *

Lunedì a mezzogiorno la mia gravidanza era stata confermata ed ero sdraiata a pancia in su, in attesa di un'ecografia. Ero un fascio di nervi. Io e Sean non avevamo mai alluso al fatto che qualcosa potesse andare storto.

Non può succedere ancora, vero?

Avevo appena saltato il mio secondo ciclo e, in base a tutte le ricerche che avevo fatto, se si fosse trattato di un'altra gravidanza extrauterina avrei dovuto sentirne gli effetti. E io stavo bene, molto bene. In effetti, con il piccolo M ero stata male fin dall'inizio, ma stavolta, a parte un po' di nausea la mattina, ero in ottima forma.

Notai che la macchina dell'ecografia che avevano portato in stanza era transvaginale, la stessa che avevano utilizzato quando ero stata in ospedale.

«È quella che devono infilare?», chiese Sean, seduto accanto a me che mi teneva la mano.

Annuii.

«Ti va bene?», chiese, e io feci spallucce.

«Dev'essere fatto. A te va bene?».

Scosse la testa. «Non proprio. Odio che un altro uomo sappia cosa c'è là dentro».

Non riuscii a trattenere un sorriso. Sean McCarthy, dio del rock e cantante dei Carnage, il cui viso e corpo erano apparsi sulle copertine di un sacco di riviste, con tutte le donne mezze nude che gli si strusciavano addosso, non amava l'idea di un dottore che visitava sua moglie incinta.

«È il suo lavoro, Sean. Per quanto lo riguarda, la mia passera è uguale a quella di qualunque altra donna».

Sorrise. «Ma figurati, la tua passera è speciale. È piccola, stretta, perfetta, ed è solo mia. È meglio che lo tenga a mente».

Sospirai. «Sean, ha cinquant'anni. Non gli interessa la mia passera, e smettila di dire cose sexy, altrimenti mi eccito».

«Non ti conviene».

La porta si aprì ed entrò il dottor Curtis. Con i suoi ricci capelli grigi e il papillon giallo, fece svanire ogni tipo di desiderio e tornai a essere nervosa. Un lenzuolo mi copriva dalla vita in giù. Prima osservammo il dottore infilare un preservativo sulla bacchetta e versarci sopra del lubrificante. All'improvviso mi venne da ridere e quando Sean emise un piccolo rumore lo guardai. Stringeva le labbra come per trattenere una risata. Gli lanciai un'occhiataccia.

«Okay, ora vediamo quando questo piccolino verrà al mondo. Rilassati, Georgia, e apri le ginocchia».

Mi veniva da piangere. Avevo il terrore che i nostri sogni ci sarebbero stati strappati via di nuovo. Sean mi strinse forte la mano e lo guardai. Sui nostri volti non c'era traccia di sorrisi. Non guardammo né il dottore né l'infermiera. Non guardammo neanche lo schermo. Ci guardammo solo l'un l'altra.

«Ti amo, G, tantissimo», sussurrò Sean, e una lacrima mi scivolò lungo la guancia atterrando nell'orecchio. Sentimmo un fruscio, poi la stanza si riempì del suono del battito cardiaco del nostro bambino, forte e chiaro.

«Eccolo qui… proprio qui».

Ci voltammo entrambi, ma sullo schermo non sembrava esserci nulla se non un minuscolo fagiolino pulsante. Tornammo a guardarci, scoppiando a ridere e a piangere allo stesso tempo.

«Perfetto», disse il dottore, e dopo aver dettato alcune misurazioni all'infermiera ci disse che il bambino sarebbe nato la vigilia di Natale, lo stesso giorno in cui avevo detto a Sean che sarebbe diventato papà l'ultima volta. Ci rassicurò: tutto stava andando come doveva andare ed ero incinta di otto settimane. Mi fissò un altro appuntamento dopo quattro settimane e mi disse di chiamare per qualunque preoccupazione. Io e Sean tornammo alla macchina saltellando di gioia lungo Harley Street.

«Sto morendo di fame», mi lamentai appena seduta.

«Lo sospettavo. Per fortuna ho prenotato un tavolo per pranzo».

«Davvero? Dove?»

«Un ristorante italiano a Knightsbridge che mi ha consigliato tua madre. Le ho detto che saremmo venuti in città per un appuntamento, e che volevo portarti in un posto carino perché ero stato via e ti volevo viziare».

Sorrisi. Avevamo deciso di non comunicare la notizia a nessuno per un altro paio di settimane. Dopo aver dovuto affrontare la perdita del bambino pubblicamente, volevamo rimanere discreti fino al quarto mese.

«Ti amo», dissi mentre guidava.

«Io di più», rispose, prendendomi la mano e baciandola.

Parcheggiammo nel posteggio del ristorante e la mia portiera si aprì prima che Sean potesse fare il giro della macchina. Quando uscii, lo sentii dire al posteggiatore: «Ci penso io, amico, tu parcheggia e basta». Gli gettò le chiavi e mi prese le mani per aiutarmi a scendere sulla pedana della Range Rover, baciandomi dolcemente sulle labbra e guidandomi verso il ristorante. Appena entrammo, ci imbattemmo in Cam e in una meravigliosa ragazza dai capelli rossi che stavano uscendo. Sean doveva averlo visto, perché la presa attorno alla mia mano si irrigidì. Cam si fermò di colpo e sentii il suo sguardo su di me, anche quando distolsi gli occhi per guardare Sean.

Cam parlò per primo. «Sean, Georgia, come state?».

Sean si fermò e mi lasciò la mano per stringere quella di Cam. «Bene, molto bene».

Sean si girò verso di me, io gli sorrisi e voltai la testa verso Cam, anche se non riuscii a guardarlo negli occhi. Non con Sean e la rossa che mi guardavano, quindi mi limitai a sorridere e a dire che stavo bene.

«Come stanno i tuoi, Georgia?»

«Stanno bene, grazie». Alzai gli occhi un secondo verso di lui e la ragazza.

«Tamara, questi sono Sean e Georgia McCarthy. Sicuramente saprai che Sean è il cantante dei Carnage. Il papà di Georgia è un mio vecchio socio in affari, e questi due hanno comprato la mia casa nell'Essex l'anno scorso».

Cazzo.

«Cosa?», disse Sean con una risata nervosa, e Cam mi guardò per una frazione di secondo, prima di rendersi conto di cosa aveva fatto.

Troppo tardi.

«Be', sì, scusa. Non lo sapevi? Quella è la mia vecchia casa, spero che... spero che vi ci troviate bene».

Sean annuiva. «Sì, sì, è stupenda e non potremmo essere più felici. Comunque, è stato un piacere incrociarti, ora però dobbiamo andare. Abbiamo una prenotazione e siamo in ritardo».

Feci del mio meglio per sorridere a Cam e alla rossa, poi seguii Sean e il Maître D al nostro tavolo. Mi ricordai all'improvviso che quello era il ristorante dove Cam mi aveva portata tanto tempo prima.

Appena ci sedemmo, Sean ordinò un doppio bourbon e Coca-Cola e rivolse lo sguardo verso di me. A quel punto capii di essere nei pasticci. Ecco il problema delle bugie e delle mezze verità, tornano sempre a "morderti il sedere". La squadra di avvocati di Sean si era occupata dell'acquisto della casa. Doveva aver firmato qualche documento, ma non aveva mai menzionato nulla, quindi non lo avevo fatto neanche io.

«Lo sapevi? E non pensare neanche di mentirmi».

Annuii e deglutii.

«Lo sapevi e hai lasciato che la comprassimo? Hai lasciato che ci trasferissimo nella vecchia casa del tuo ex? Perché? Perché cazzo l'hai fatto? Perché non me l'hai detto?».

Il cameriere ci portò i nostri drink. Sean ingollò il suo di colpo e ne ordinò subito un altro.

«Non lo sapevo… non all'inizio. L'ho visitata, mi è piaciuta e ti ho chiamato. Mi sono accordata perché venissi a vederla. È allora che l'ho scoperto, ma ti avevo già avvisato e sapevo che ti sarebbe piaciuta».

«E allora perché cazzo non me l'hai detto in quel momento?».

Feci spallucce, perché ero una bugiarda, falsa, puttana traditrice. «Il posto ti era piaciuto così tanto il giorno dopo che temevo ti sarebbe passata la voglia».

«È il tuo ex, G. Certo che mi sarebbe passata la voglia. A te andrebbe bene che ti portassi a vivere in casa di Haley senza dirtelo?».

Gli gettai la mia acqua frizzante in faccia e mi alzai per andarmene.

«Georgia, torna qui».

Nel ristorante calò il silenzio.

«Fottiti», gli dissi da sopra le spalle mentre uscivo.

Cam stava facendo salire la rossa su un taxi. Rimasi a guardare il posteggiatore che portava un'auto sportiva scura. Non sapevo che auto fosse, ma l'uomo uscì e diede a Cam le chiavi. Chiesi all'altro posteggiatore di chiamarmi un taxi. Pensavo che Sean mi avrebbe raggiunta mentre aspettavo.

Poi Cam mi comparve di fianco. «Micina», disse in un sospiro, come faceva sempre. «Mi dispiace. Vi ho fatti litigare?».

Feci una risata ironica. «Va tutto bene, Cam, vai via».

I suoi occhi mi penetrarono l'anima.

«Sicura? Hai bisogno di un passaggio?»

«Cam, per favore, vattene».

Annuì, ma non si mosse. Per un po' fissai dritto davanti a me, alla fine mi decisi a guardarlo. «Ti prego, Cam. Fallo per me, vai via».

Se ne andò.

Cambiai idea sul taxi e decisi che se Sean fosse rimasto a ubriacarsi, allora potevo prendere io l'auto e tornare a casa. Me la portarono e mi sedetti al posto di guida, e vidi Sean uscire dal ristorante e salire alla mia destra. Non mi guardò e tornammo a casa senza scambiare una parola. Appena tornati si rinchiuse nel suo studio e lo sentii rovistare nell'armadio dei documenti. Lo lasciai fare per cinque minuti, poi lo raggiunsi. C'erano carte sparse ovunque. Sean era appoggiato a un cassetto aperto e beveva dalla bottiglia di Wild Turkey. Mi guardò negli occhi con disprezzo.

«Che stai facendo?», gli chiesi.

«Cerco i documenti di questa casa. C'è il suo nome? Se c'è, perché non l'ho visto?».

«Il suo nome c'era. Credevo te ne saresti accorto e avresti detto qualcosa, invece no, quindi non ho sollevato l'argomento. Ho sbagliato e mi dispiace. Mi dispiace da morire». Era vero. Non avremmo mai dovuto acquistare quella casa senza che Sean sapesse chi era il proprietario precedente. Il silenzio aveva causato più problemi delle parole. Aveva rovinato quella che doveva essere una giornata perfetta e potevo solo biasimare me stessa.

«Hai idea della figura di merda che mi hai fatto fare davanti a lui prima? Il *fottuto* Cameron King, il tuo ex gangster?».

Scossi la testa. «Mi dispiace, avrei dovuto dirtelo. Non mi ero resa conto che sarebbe stato tanto importante per te».

«Non mentire, G. Sai benissimo quanto sarebbe stata importante questa piccola informazione. Ecco perché me l'hai tenuta nascosta. Ecco perché sei stata zitta».

Non riuscivo a guardarlo. Era vero. Sapevo che Sean non si sarebbe trasferito in quella casa se avesse saputo che era di Cam.

«Ma quello che non capisco, Georgia, quello che non

capisco è… se sapevi che era casa sua, se lo sapevi, allora perché cazzo ci sei voluta venire? Perché vivere nella casa del tuo ex amante?». Bevette un sorso dalla bottiglia e mi guardò. «Eh? Dimmelo, G. Volevi sentirti vicina a lui? È il tuo ex, o vi siete visti per tutti questi anni, facendovela alle mie spalle? Il bambino è mio?»

«Fottiti, adesso sei ridicolo».

«Ah sì? Allora spiegamelo, cazzo. Perché sei voluta venire qui?», gridò gettando la bottiglia contro il muro. Pezzi di vetro volarono dappertutto. Scossi la testa e mi voltai per andarmene. «Brava, vai via. Vai a rintanarti in un angolino da qualche parte. Isolati dal mondo e fai finta che non stia succedendo niente. Non è la cosa che sai fare meglio? Devo chiamare mammina e papino perché vengano a prendere la loro principessina, perché la perfida rockstar sta distruggendo casa?».

Continuai a camminare. Mi sentivo esausta, spossata dal peso del senso di colpa che mi portavo sulle spalle da un anno. Vedere Cam e il panico che avevo provato quando aveva svelato di essere il precedente proprietario di casa nostra mi dimostrarono quanto amavo Sean. Non riuscirò mai a capire perché feci quel che feci, ma il pensiero di Sean che soffriva per colpa mia mi soffocava. Avrei dovuto infuriarmi quando aveva detto che il bambino non era suo, ma potevo? Non ne avevo il diritto, e per quanto vedere Cam mi avesse causato un qualche non identificato turbamento quel giorno, riuscii a scacciarlo in un istante. Perdere il bambino era stato un campanello d'allarme per me. Amavo Sean oltre misura. La mia vita era e sarebbe stata per sempre con Sean e in quel momento ero terrorizzata al pensiero di avere rovinato tutto.

Capitolo ventisei

Quando mi svegliai era buio. Mi squillava il cellulare e avevo un bisogno impellente di fare pipì. Mi misi a sedere sul letto e mi accorsi che Sean era seduto sulla poltrona della stanza. L'abat-jour era accesa al fianco del letto e lui era lì che mi fissava. Indice e pollice gli sostenevano il mento, il gomito era appoggiato al bracciolo della poltrona e la caviglia sinistra sul ginocchio destro. Mi alzai sulle gambe instabili ed entrai in bagno. Il bagno in cui eravamo seduti il giorno prima, così felici, così uniti nel nostro amore e pieni di speranza nella nuova vita che avevamo concepito. Mi si strinse lo stomaco. Era tutta colpa mia, potevo solo sperare che Sean mi perdonasse. Usai il bagno, mi lavai le mani e tornai in camera da letto.

«Vieni qui», mi disse. Lo raggiunsi e rimasi in piedi davanti a lui.

«C'è qualcosa fra te e Cameron King?».

Il cuore mi batteva così forte che lo sentivo in gola. «Ti amo, sto con te e starò sempre con te».

«Non è quello che ti ho chiesto, Gia».

«No, Sean, non c'è niente fra me e Cameron King. Ti amo. Non ho detto niente sulla casa perché entrambi ce ne eravamo innamorati e mi sembrava il posto giusto per noi. Se ci fosse stato qualcosa fra me e Cam, pensi che mi sarei trasferita qui? Credi davvero che io sia quel tipo di donna?».

Sì, lo sono.

Senza dire una parola, mi tirò a sé. Mi sedetti a cavalcioni sulle sue gambe. «Mi dispiace per quello che ho detto di Haley e del bambino che non era mio, ho esagerato».

I miei occhi si riempirono di lacrime. «Mi dispiace per tutto. È colpa mia, non avrei dovuto nasconderti niente, avrei dovuto essere onesta e darti la possibilità di scegliere. Dovevamo decidere insieme».

«Non piangere. Odio quando piangi». Avvicinò il mio viso al suo e mi baciò dolcemente sulle labbra. Gli portai le mani ai capelli e lo baciai più forte, premendo contro il suo pene. Lui mi afferrò il sedere mentre lo avvolgevo fra le gambe e mi portò in braccio al letto. Mi fece sdraiare e mi spogliò. Quando fui completamente nuda, si tolse tutti i vestiti e mi aprì le gambe fino a farmi appoggiare i piedi ai lati del letto. Si inginocchiò e mi baciò dal ginocchio all'interno delle cosce. Fece scorrere il naso fra il clitoride e la mia apertura, poi, con le dita di entrambe le mani, mi divaricò le labbra e mi leccò il clitoride.

«Sai di buono, G. Non c'è nulla di meglio del tuo odore e del tuo sapore quando sei eccitata». Si allungò per prendere un cuscino e lo posizionò accanto a me.

«Mettilo sotto i fianchi, voglio che mi guardi. Voglio vedere la tua faccia quando vieni». Feci come mi ordinò. «Hai una fica bellissima, Georgia, ed è mia, tutta mia».

Iniziò a girare attorno al clitoride con il pollice. Fece scivolare indice e medio dentro di me, e anulare e mignolo nell'ano. Inarcai la schiena e mi spinsi più forte contro di lui, senza mai smettere di guardarlo.

«Scopami, scopami le dita. Voglio sentirti venire sulla mia mano. Ne ho bisogno, G», disse digrignando i denti. Chinò la testa e mi leccò il clitoride un po' di volte, poi si sollevò con le dita ancora dentro di me e iniziò ad accarezzarsi. La vista era così eccitante che venni all'istante, e dopo qualche altro colpo lui mi schizzò sulla pancia.

Più tardi facemmo un lungo bagno insieme, ripetendoci entrambi quanto fossimo dispiaciuti. Parlammo del bambino e di come, dopo la nascita, avremmo provato subito ad averne un secondo. Avevamo sempre desiderato essere dei genitori giovani, ma ci eravamo così goduti la vita che non avevamo fatto che rimandare. Quello era il momento giusto, nessuno dei due voleva aspettare oltre.

Mentre facevamo l'amore e il bagno insieme, il telefono di casa e i cellulari avevano squillato così tante volte che iniziavo a preoccuparmi. Quindi saltai fuori dalla vasca e presi entrambi i telefoni. L'ultima delle mille chiamate senza risposta era di Lennon e lo richiamai per primo. Mi strinsi nell'accappatoio. Era successo qualcosa, me lo sentivo.

«Cazzo, George. Dov'eri? Maca è con te? Perché non rispondete?»

«Eravamo impegnati, che succede?». Tornai in bagno e mi sedetti sul bordo della vasca, ammirando il petto di mio marito e il suo tatuaggio con le mie iniziali. Tracciai con le dita la G e sorrisi quando lui rabbrividì.

«Che cazzo è successo oggi?».

Merda, qualcuno ci aveva visti dal ginecologo?

«Cosa? Niente. Perché?»

«Siete stati al Decadenza a Knightsbridge?».

Mi si strinse lo stomaco.

«Sì, perché?»

«Be', secondo le voci, tu e Sean avete incrociato Cameron King, e Sean non era affatto felice perché, sempre secondo le voci, hai avuto una storia con lui l'anno scorso. Ricordi le foto che erano uscite sul giornale?».

Annuii e guardai Sean, che al momento mi succhiava il dito con cui gli avevo accarezzato la pelle. Sospirai. «Sì, mi ricordo».

«Be', la faccenda uscirà domani sui giornali. La casa discografica ha rimbalzato le domande per tutto il pomeriggio. La storia dice così: l'anno scorso hai avuto una relazione con Cam perché Sean è gay e tu volevi un bambino. Cam ti ha messa incinta, ma tu hai perso il bambino, quindi adesso hai ripreso a frequentare Cam per rimanere di nuovo incinta. Tu e Sean l'avete visto oggi al Decadenza. Sean era furioso, avete discusso, gli hai gettato un drink in faccia e sei andata via. Fuori dal ristorante, Cam ti ha dichiarato amore eterno e tu sei salita in auto con lui, e adesso tu e Sean state divorziando».

«Wow». Non riuscii a trattenere un sorriso. «E tu ci credi, vero Len?»

«Non è questo che conta, George. È quello che pubblicheranno. Ora avrai la stampa attaccata al culo. Dimenticavo, ci sono delle foto. Non so come, ma ci sono foto di te e Sean che entrate nel ristorante e di te e Cam che parlate fuori».

Merda, non ho mai detto a Sean che ho parlato con Cam.

«George?»

«Sì, ti ho sentito».

«Va tutto bene fra te e Sean? Non c'è nulla di vero qui?».

Feci un sospiro. «Certo che no, Len. Siamo andati a pranzo e abbiamo incrociato Cam con una ragazza. Io e Sean abbiamo discusso per un'altra cosa, e sì, gli ho gettato un bicchiere d'acqua in faccia, ma non era niente. Va tutto bene. Anzi, abbiamo passato la serata a fare pace col sesso. Ecco perché non abbiamo risposto al telefono. Dillo alla cazzo di stampa».

«Che cazzo succede, George?». Sean si mise a sedere nella vasca.

Cercai di sembrare indifferente. «Qualcuno ha avvisato la stampa della nostra litigata al ristorante, hanno fatto due più due ed è uscito ventisette», risposi.

«E il resto, Georgia? Cam che ti parla fuori?», chiese Len.

Dovevo affrontare la situazione, quindi risposi guardando Sean dritto negli occhi. «Cam stava aspettando che gli portassero la macchina quando sono uscita. Mi ha chiesto se stavo bene e se avevo bisogno di un passaggio. Tutto qui! Non c'è altro».

«Se ne sei sicura».

«Ne sono sicura, Len».

«Ottimo, ti voglio bene, sorellina. Adesso passami Maca».

«Ti voglio bene anch'io, fratellone». Passai il telefono a Sean, che non mi aveva tolto gli occhi di dosso e non aveva battuto ciglio quando avevo confessato di aver parlato con Cam fuori dal ristorante.

«Len?», fu tutto quello che disse. Mi prese una mano e mi accarezzò le nocche con il pollice.

«È stata una litigata sciocca per niente. Ho detto una cosa che non avrei dovuto dire e, sai com'è tua sorella, mi ha gettato dell'acqua in faccia». Poi restò a sentire Len in silenzio.

«Len, che rimanga fra noi. Georgia lo dirà a Jim a tempo debito, ma è incinta, e non vogliamo avere casini. Fai sparire questa storia». Rimase ancora in silenzio. Il mio cuore si gonfiò d'amore per mio marito: nonostante la storia fosse un insieme di balle, il suo primo pensiero era stato per me e il nostro bambino.

«All'inizio, amico, solo otto settimane. Grazie». Mi fece un cenno per chiedermi se stavo bene. Annuii, poi lo lasciai parlare e scesi di sotto a preparargli un drink. Per fortuna c'era più di una bottiglia di Wild Turkey in casa, altrimenti avrebbe leccato le gocce dai muri dello studio. Quando tornai di sopra con bottiglia e bicchiere, era uscito dal bagno e aveva un asciugamano avvolto intorno ai fianchi. Era in piedi appoggiato alla porta fra il bagno e la camera e fissava il nostro letto.

«Mi dispiace non averti detto che ho parlato con Cam fuori dal ristorante. Non ci ho neanche pensato finché non ne ha parlato Len».

Scosse la testa e senza guardarmi disse: «Lo sapevo già, vi ho visti».

«Cosa?».

Il mio cuore fece un balzo nel petto.

«Vi ho osservati. Ti ho seguita e vi ho osservati. L'ho visto che veniva da te, e ho visto te che scuotevi la testa». Poi si girò verso di me.

«Perché? Perché hai guardato?». Fece spallucce, e il mento gli tremò leggermente quando parlò.

«Volevo che scegliessi me. Volevo che lo mandassi via e scegliessi me, quindi sono rimasto in disparte per vedere cos'avresti fatto. Avevo paura che te ne andassi con lui».

Rimasi senza fiato.

Ero una pessima moglie. Non meritavo quell'uomo. Mi sentivo male. Il vortice di pensieri che avevo in testa per poco non mi fece perdere l'equilibrio. Appoggiai bottiglia e bicchiere sul comò. «Cosa? No, Sean, non l'avrei mai fatto. Perché l'hai pensato?»

«Perché c'è qualcosa nell'aria, G. Una volta mi hai detto che credevi di amarlo», rispose. «Penso di conoscerti meglio di quanto tu conosci te stessa. *So* che lo amavi. L'ho capito quella sera alla festa di Ashley, appena ci eravamo rimessi insieme. L'ho capito quando l'hai guardato, e anche quando ho visto la vostra foto sui giornali l'anno scorso. Ce n'erano di più di quelle che ti ho mostrato, erano centinaia, e le ho viste tutte». Ero in piedi di fronte a lui, e sollevò una mano per accarezzarmi la guancia. «Ho capito che era vero quando ieri non riuscivi a guardarlo negli occhi. Lo ami, G, è semplice. Quindi sono rimasto a guardare e ho aspettato all'ingresso del ristorante. Ti ho lasciata scegliere e ho sperato e pregato che scegliessi me, o che almeno non decidessi di tornare a casa con lui».

«L'ho lasciato per te. Perché avrei dovuto scegliere lui? Ti amo Sean. Sono *innamorata* di te, non c'è nessun altro, non c'è mai stato né ci sarà». Sfiorai il tatuaggio sul suo collo, con le parole della canzone che aveva scritto per me: le parole che entrambi avevamo incluso nei nostri voti nuziali. Lui mi prese la mano e baciò l'anello.

«Lo so. Gli hai detto di andarsene, ma ho visto quanto stavi male».

Mi sfuggì un sospiro. Odiavo che dubitasse del mio amore per lui. «No, non stavo male perché era una scelta difficile. Non volevo ferirlo. È sempre stato gentile con me, Sean. Nonostante la sua reputazione, Cam è una brava persona, gli ho solo chiesto di lasciarmi in pace. Non lo volevo. Non lo voglio. Ho scelto te. Qualunque sentimento provassi per lui, l'amore per te l'ha cancellato».

Mi strinse a sé. «Se mi avessi lasciato, se avessi scelto lui, non sarei sopravvissuto, G. Tanto valeva uccidermi». Mi baciò i capelli, la fronte, le tempie, gli occhi, il naso, le guance, poi scese lungo la mascella e la bocca. Mi succhiò il labbro inferiore, poi mi baciò con passione, mettendomi le mani nei capelli. Io lo baciai con ancora più passione e gli levai l'asciugamano di dosso, il suo pene era già duro e iniziai ad accarezzarlo. Sfregai il pollice sulla sua punta e mi accorsi che era già bagnata. Lui mi slacciò l'accappatoio e infilò una mano per prendermi il seno sinistro. Gli baciai il collo e il petto, poi scivolai in basso e mi inginocchiai di fronte a lui. Gli accarezzai le natiche fino all'interno coscia. Alzai gli occhi e lui mi scostò i capelli dal viso. Prima lo presi in mano, poi lo guidai in bocca, ruotando la lingua sulla sua punta e spingendola contro la fessura. Chiuse gli occhi per qualche secondo, poi però riprese a guardarmi.

«È uno dei panorami migliori che abbia mai visto. Sei

così bella, Georgia. Ti amo. Ti amo da morire». Lo presi in bocca più in profondità che potevo e gli strinsi i testicoli con la mano. Erano duri. Feci scorrere le dita sulla fessura fra le natiche e gli premetti due dita sull'apertura, senza entrare.

«Cazzo», sibilò fra i denti. Piegò leggermente le ginocchia spingendosi verso le mie dita. Gli portai le dita dell'altra mano alla bocca e lui le leccò per bagnarle. Spostai la mano fra le sue gambe e ripercorsi la strada verso l'ingresso, ma stavolta non mi fermai. Infilai le dita dentro di lui, che piegò le ginocchia.

«Ah, cazzo, G, cazzo».

Spinsi di più e lui si abbassò ancora. Si prese il pene in mano e con l'altra mi prese per i capelli, spingendosi dentro la mia bocca. Premetti le dita ancora più in profondità e lui venne all'istante, in bocca, sul mio mento, sulle tette e gridò: «Cazzo, piccola!». Lo guardai, il suo sperma che mi sgocciolava dalla bocca. «Cazzo, mi rimangio quello che ho detto. Vederti col mio sperma in faccia è decisamente il panorama più bello che esista».

Si inginocchiò e mi pulì con la lingua e per poco non mi venne un orgasmo al pensiero di quello che stava facendo. Mi voltò e mi scopò, forte e in fretta sul pavimento, a pecorina. Mi fece venire fortissimo, premendomi le dita di una mano sul clitoride e infilandone due dell'altra nel sedere, spingendo forte da dietro.

Capitolo ventisette

I giorni successivi furono assurdi. Le storie che pubblicarono su di noi erano al di là del ridicolo, e per fermare le intrusioni dei giornalisti ci toccò assumere altri addetti alla sicurezza in casa. Dato che li minacciammo di violazione di domicilio, non si avventurarono mai oltre i cancelli, ma cercare di entrare e uscire di casa era impossibile. Alla fine, Sean chiamò tutta la mia famiglia di domenica per annunciare la gravidanza e i miei scoppiarono a piangere. Sean disse loro che era preoccupato per lo stress che la situazione poteva causare a me e al bambino. A dire il vero, non ero molto stressata. Quelle storie mi facevano ridere e sapevo che Sean e io eravamo una coppia solida. Eravamo più vicini che mai e io non ero mai stata più felice o più innamorata.

Se solo la stampa ci avesse lasciati in pace.

Sean si preoccupava che io potessi essere ferita in qualche assalto di paparazzi. Avevamo rilasciato una dichiarazione e invitato un fotografo e un giornalista a casa nostra per un'intervista, perché ci facessero delle domande sulle voci che giravano e un paio di foto insieme, ma l'interesse non si era ancora esaurito. Persino Cam aveva rilasciato una dichiarazione, negando categoricamente tutte le accuse.

Poi un sabato, mentre la mia famiglia era a pranzo a casa nostra, Len ricevette una chiamata dagli uffici della band. A quanto pare, Haley era uscita dalla tana e stava cercando di far girare una storia sulle riviste scandalistiche: confermava che Sean era gay e che anzi, era coinvolto da tempo in una relazione con Marley.

Da allora in famiglia iniziammo a prenderli in giro.

Len si rivolse subito agli avvocati. L'anno prima, quando l'avevo presa a botte, gli avvocati avevano accettato di pagarle la ricostruzione del naso. Apparentemente gliel'avevo rotto in diversi punti, insieme a uno zigomo. Aveva giurato che non avrebbe venduto più storie su di noi alla stampa. Il resto della serata trascorse a pensare come denunciare lei e le riviste che pubblicavano le sue dichiarazioni. Ora che lei era coinvolta non ridevo più. Volevo solo scappare e nascondermi e, come se mi stesse leggendo nei pensieri, mio padre disse: «Maca, perché non andate a casa nostra in Portogallo per un paio di settimane? Restate lontani finché i pettegolezzi non si calmano».

Sean si mordicchiava il labbro inferiore e mi guardava. «Puoi volare?».

Feci spallucce. «Posso chiamare i dottori domani e chiedere, ma sono abbastanza sicura di sì. Non è un volo lungo».

«Non dimenticatevi che avete un servizio fotografico lunedì», disse Len. «Non penso sia una buona idea annullarlo. Fatevi fotografare, mostrate un fronte unito, poi sparite per un paio di settimane. Posso occuparmi io di disdire gli altri impegni».

«Portogallo sia!». Sean mi sorrise. Ero seduta in un punto sotto il sole. Era una bella giornata, la mia famiglia era al completo, ero incinta di un bambino sano e amavo mio marito oltre misura. Tutto quello che Sean e io desideravamo si era realizzato, anzi, molto di più. I Carnage avevano più successo di quello che avremmo mai creduto possibile. I quattro ragazzi di una band che suonava nella casetta dietro casa nostra adesso erano conosciuti in tutto il mondo. Stavamo vivendo un sogno e non avrei permesso a Puttanella di rovinarmi ancora la vita.

Anziché affrontare la stampa ai cancelli, la mia famiglia

si fermò a dormire il sabato sera, ed ero felice averli tutti in giro per casa a ridere e chiacchierare, i bambini che giocavano e urlavano. Usarono la piscina e persino il suono degli schizzi d'acqua quando si tuffavano mi faceva sorridere. La sera eravamo tutti in piscina, eccetto le mie nipoti più piccole, che dormivano profondamente nelle loro carrozzine, dove potevamo vederle. Mamma era in cucina con Sam, la compagna di Bailey, a cucinare solo Dio sapeva cosa per tutti noi. Di solito ordinavamo da mangiare fuori, ma sarebbe stato complicato con la ventina di fotografi parcheggiati ai cancelli.

Uscii dalla piscina e vidi Sean con Ziggy sulle spalle. Stava lanciando un frisbee a suo fratello Jimmy, che era sulle spalle di Lennon, e al cugino Joe, sulle spalle di Marley. Connie, Annie e Paige stavano usando mio padre e Bailey come trampolino per gettarsi in acqua. Non potei fare a meno di notare la somiglianza fra me e Paige. La mia famiglia me l'aveva sempre detto, ma fino a quel momento non me n'ero mai accorta. Era alta per la sua età, e magra. Aveva la pelle scura come Len, ma dei magnifici occhi blu. Quando ero piccola pensavo che i miei occhi stonassero sulla mia pelle olivastra e i capelli castani, ma su Paige stavano benissimo. D'istinto mi portai la mano alla pancia e mi domandai se stavo aspettando un bambino o una bambina. Dopo quello che era successo con la mia ultima gravidanza, volevo solo un bambino sano e sono sicura che Sean pensava la stessa cosa. Alzai la testa: Paige stava gridando, mio padre la lanciava in aria e Bailey la prendeva. Lui e Sam avevano avuto un bambino da un paio di mesi, si chiamava Freddie ed era in cucina con mia madre e Sam, nell'ovetto. Mentre guardavo i bambini giocare, mi venne in mente che Sean e io non eravamo molto più grandi dei miei nipoti quando ci eravamo conosciuti.

Eravamo davvero così giovani?

Undici e tredici anni, eppure... avevamo capito entrambi a prima vista che provavamo qualcosa di unico.

Quante persone sul pianeta erano così fortunate?

Quante avevano un legame simile?

Figuriamoci sposarsi, mettere su famiglia e fare una vita come la nostra. Be', in alcuni momenti era stata dura, quattro anni di separazione, il mio stupido errore con Cam, la perdita del bambino... Ma in fondo eravamo stati fortunati. Eravamo sopravvissuti a tutte le sfide che la vita ci aveva lanciato e ci amavamo ancora in un modo che la maggior parte della gente non poteva capire. Persino le nostre famiglie ci prendevano in giro per come i nostri sentimenti erano rimasti intensi nel corso degli anni. Guardai Sean, perché sapevo che anche lui stava guardando me.

Sembrava disorientato mentre camminava nell'acqua. Ziggy era ancora sulle sue spalle. «A cosa pensi, G? Stai bene?».

Prima che potessi rispondere, Ziggy gridò: «Voglio scendere, zia Porge, ho fame».

Sean lo fece scendere e io presi un asciugamano per avvolgerlo. Raggiungemmo una sdraio e ci mettemmo a fare il solletico a Ziggy, che rideva a crepapelle mentre lo asciugavamo.

«No, no, Maca». Non riusciva neanche a parlare. Era sfinito dalla sua battaglia. «Digli di smettere, zia G, digli di smettere!». Mi gettò le braccia magre attorno al collo e si appese, premendo una guancia contro la mia.

Sean si fermò e ci guardò. «Sarai una mamma fantastica, Georgia».

I nostri occhi si riempirono di lacrime.

«Hai un bambino nella pancia, zia G? Dev'essere proprio piccolo, perché la tua pancia non è grande come quella di Sam quando c'era dentro Freddie». Scoppiammo a ridere e spiegammo che il nostro bambino era ancora molto piccolo e che aveva ancora tanta strada da fare prima di conoscere Ziggy dopo Natale. Poi mi resi conto che sia io che Sean ci riferivamo al bambino come a un *lui*. Ziggy scappò e andò a cercare del cibo e, mentre lo guardavamo correre via, entrambi gli gridammo di camminare e non correre.

Sean si voltò verso di me. «Pensi sia maschio?».

Annuii. Non so perché, negli ultimi minuti, ero diventata sicura al cento per cento che fosse maschio.

«Anch'io», sussurrò Sean. «E non vedo l'ora di conoscerlo».

Ci sorridemmo e, con la sua mano sulla mia pancia, non ci rendemmo più conto del rumore che ci circondava. Ci avvicinammo l'uno all'altra e ci baciammo dolcemente. Le nostre labbra si sfiorarono appena.

«Ti amo così tanto, Georgia Rae. Nostro figlio è fortunato ad averti per mamma, e io sono fortunato ad averti per moglie».

Prima che potessi rispondere, mia madre e Ziggy ci gridarono di andare a prendere qualcosa da mangiare, quindi sorrisi e lasciai che Sean mi guidasse verso il patio, dove avevano preparato un banchetto fatto di avanzi del nostro frigorifero. Mangiammo, bevemmo e festeggiammo la gravidanza nel rumoroso stile Layton. I bambini vennero messi a letto, mentre noi adulti ci intrattenemmo fino alle prime ore della domenica a parlare, ridere e ricordare le storie della nostra vita di adolescenti. Andai a letto felice e contenta, grata per la mia numerosa e affiatata famiglia, senza immaginare che quella sarebbe stata l'ultima volta che eravamo tutti insieme e che le dinamiche sarebbero cambiate, frantumandosi irreparabilmente prima della fine dell'anno.

Capitolo ventotto

Il nostro servizio fotografico venne completato lunedì mattina, e più tardi ci portarono in elicottero da casa nostra a un jet privato che ci aspettava al City Airport di Londra. Da lì, saremmo arrivati direttamente all'aeroporto di Faro, in Portogallo. Passò a prenderci una limousine, che Sean guidò fino a villa Albufeira, la residenza dei miei genitori. Passammo un'intera settimana a fare poco altro che dormire, nuotare, mangiare e fare tanto sesso, che non era mai abbastanza per saziare la mia nuova libidine. Sean era al settimo cielo perché avevo sempre voglia di lui. Poteva anche essere una delle star più famose del pianeta, ma ci conoscevamo da quasi vent'anni, quindici dei quali di esperienze sessuali condivise, quindi anche per noi ogni tanto le cose erano normali. Solo perché eravamo ricchi e famosi, non necessariamente la nostra vita sessuale doveva essere sempre eccitante al massimo. Non eravamo diversi dalle altre coppie che stavano insieme da vent'anni. Eppure in quel periodo le cose erano più eccitanti che mai, ed essere soli a casa dei miei, lontani da tutto ciò che le riviste potevano dire di noi, aveva incendiato l'atmosfera.

Un giorno, poco dopo una settimana dal nostro arrivo, stavamo passeggiando sulla spiaggia alle sette del mattino. Era giugno e il sole si faceva sempre più forte. Di solito ci alzavamo presto, facevamo dell'ottimo sesso mattutino, poi una doccia veloce e una passeggiata sulla spiaggia, prima di tornare a fare colazione e altro sesso.

Quel giorno era un po' nuvoloso e quando un'onda dell'Atlantico mi bagnò i piedi rabbrividii. Sean mi appoggiò un braccio sulle spalle e mi strinse a sé mentre camminavamo. Io gli lasciai scivolare un braccio lungo la schiena e lo guardai con un sorriso.

«Che c'è?», chiese.

«Vuoi essere il mio ragazzo, Maca?». Mi fece il suo bellissimo sorriso impudente. Quello che conoscevo da così tanto. Il mio sorriso.

«Uhmm, dipende, Georgia Rae».

«Da cosa?». Smisi di camminare e incrociai le braccia al petto. Indossavo una maglietta con sopra il logo dei Carnage, un iris rosso a forma di cuore con una pupilla nera che piangeva lacrime di sangue. Sean, Lennon e Marley avevano elaborato il disegno in un pomeriggio piovoso nella casetta, e ormai quell'immagine era celebre quanto la M a doppio arco di McDonald's. La portavo perché era di Sean, ma mi stava larga. I miei seni diventavano ogni giorno più grandi, e negli ultimi giorni dovevo lasciare aperto anche l'ultimo bottone dei pantaloncini, perché iniziavano a starmi stretti.

Guardai Sean con le sopracciglia alzate, in attesa di una risposta alla mia domanda. Iniziai a picchiettare il piede a terra.

«Sarò il tuo ragazzo, G, ma solo se mi fai vedere le tette».

Risi e mi guardai attorno sulla spiaggia deserta per assicurarmi che fossimo soli, poi sollevai la maglietta. Non portavo il reggiseno, quindi mi vide le poppe nella loro nuda gloria. Mi piaceva quello sguardo.

«Cazzo, Georgia, sono sempre più grandi, sarà un bambino ben nutrito».

Mi avvicinò a sé, chinò la testa e mi succhiò il capezzolo destro. Si inginocchiò e mi baciò la pancia stringendomi attorno ai fianchi. «Ora ascolta, omino. Tua madre ha un gran bel paio di tette, e so che quando le guarderai penserai solo al latte, ma dovrai comunque condividerle con me. Mi assicurerò che siano tue alle ore dei pasti, ma per il resto del tempo quelle ragazze saranno tutte mie. Capito?». Annuì, come se davvero avesse sentito una risposta. «Bene».

Gli scostai i capelli dal viso e guardai quei suoi occhi scuri dalle venature dorate. «Che stai facendo?»

«Una chiacchierata padre-figlio».

«Be', potresti per favore non parlare delle mie tette con lui? Parlate di musica, di calcio, o delle tette di qualcun altro, ma non le mie».

Sorrise. «Be', figliolo, le cose stanno così: tua zia Sam ha un balcone pazzesco, e lo faceva vedere a tutti per vivere, poi zio Bails ha detto basta».

«Sean!», esclamai. «Non possiamo dire cose del genere al nostro bambino, e comunque che ti importa del balcone di Sam?».

Si mise a ridere e si alzò, prendendomi in braccio. Io lo strinsi fra le gambe. «Sto solo scherzando, le tette di Sam sono finte. Non contano. Le tue invece sono vere e perfette».

Ci guardammo per un lungo istante e, nonostante avessimo fatto l'amore solo un'ora prima, mi sentivo ardere dal desiderio per lui.

«Ti amo», sussurrai.

«Io ti amo di più, adesso torniamo a casa e spogliamoci, piccola. Me l'hai fatto diventare di nuovo duro».

Scivolai lungo il suo corpo finché i miei piedi non toccarono la sabbia. Camminammo lungo la spiaggia verso la villa, fermandoci in una piccola panetteria lungo il percorso per prendere del pane fresco.

Più tardi quel pomeriggio, mentre ero sdraiata all'ombra a leggere un libro, il cellulare di Sean squillò. Lui era sulla sdraio accanto a me, sotto il sole, che finalmente da qualche ora aveva fatto capolino dalle nubi.

Da quando eravamo arrivati avevamo risposto solo alle

telefonate della famiglia, e Sean mimò con la bocca «Len», rispondendo alla chiamata con un «Ehi, che c'è?». Il sorriso gli scomparve all'istante. «Cosa?». Si alzò e mi prese la mano, trascinandomi con sé in casa. «Cazzo, sì, era stamattina». Mi guardò. Portavo solo il pezzo sotto del bikini e nient'altro. «Possiamo minacciarli?». Si passò una mano fra i capelli e capii che si trattava di un altro problema con i giornalisti. «Sì, sì, capisco». Raggiunse la porta di casa, la chiuse a chiave e abbassò le tende. «Be', se sanno che siamo qui, possono anche venire a casa nostra». Mi guardò ancora. «No, saremo pronti fra un paio d'ore. Vedi quello che puoi fare e fammi sapere». Non aspettai di sentire il resto. Andai in camera e iniziai a fare i bagagli. Non avevamo portato molto, perché dalle vacanze precedenti avevamo già una scorta di vestiti e prodotti da bagno in casa.

Mentre gettavo le mie cose in una valigia Louis Vuitton, sentii gli occhi di Sean su di me. Mi abbracciò da dietro e mi baciò proprio sotto l'orecchio, facendomi venire la pelle d'oca.

«Ti succederà sempre così quando ti bacerò in questo punto?».

Voltai la testa e gli sorrisi. «Finché mi batterà il cuore, reagirò sempre così con te».

Si premette contro il mio sedere. «Me l'hai fatto venire duro», mi sussurrò all'orecchio, e mi sembrò che mi stessero per scoppiare i capezzoli.

«E tu mi hai fatta bagnare, ma smettila di evitare l'argomento. Che c'è che non va? Perché andiamo via?».

Sospirò, si sedette sul letto e mi fece sedere sulle sue gambe. «Qualcuno ci ha scattato delle foto mentre eravamo in spiaggia stamattina».

«Cosa? E come? La spiaggia era deserta».

«Non lo so. Hanno obiettivi potentissimi, potevano essere ovunque».

Be', se un fotografo ci aveva scattato delle foto, di sicuro altri erano in arrivo. Ero felice di andare a casa.

«Be', è stata una bella vacanza inattesa, e almeno stavolta non sono foto di noi due che litighiamo», dissi baciandogli la punta del naso.

«No, stavolta sono foto di me che ti succhio il capezzolo e ti bacio la pancia».

«Cazzo!»

«Già, cazzo! Len dice che nelle foto non ti si vedono le tette, ma non è questo il punto. Ora la storia della gravidanza ha iniziato a girare».

«Almeno adesso sanno che ami me e non Marley». Rise e alzò un sopracciglio.

«Sì, è vero». Restò in silenzio per qualche secondo tracciando sentieri casuali sulla mia schiena.

«Mi dispiace, G, è ridicolo. Perché non vanno a tormentare qualcun altro? I Beckham, per esempio, e non ci lasciano in pace?»

«Non dirlo neanche per scherzo. Non augurerei a nessuno questo casino».

«Chissà cosa faranno quando ci sarà il bambino. Sono preoccupato. Mi verrebbe voglia di tornare in Australia e lasciarmi queste stronzate alle spalle». Non ne posso più. Non ne posso davvero più».

«Sean, fra un paio di settimane sarà il turno di qualcun altro. So che adesso sono insopportabili, ma non puoi dargliela vinta. Odieresti l'isolamento e alla fine odieresti anche me e il bambino perché ne siamo la causa».

«Non dire stronzate! Farei qualunque cosa per voi due. Voglio che siate al sicuro, G, entrambi. Farei qualunque cosa, anche lasciare la band, se necessario».

Ci guardammo per qualche istante in silenzio, contemplando le intrusioni future della stampa nelle nostre vite.

«Assumeremo altri addetti alla sicurezza e vediamo come va. Non prendiamo decisioni finché non arriva il bambino. Ti amo. Smettila di preoccuparti», cercai di rassicurarlo.

* * *

Le foto di noi due sulla spiaggia ci fecero in realtà un favore enorme. Erano bellissime, mostravano solo una coppia innamorata. Misero a tacere le ridicole voci sulla sessualità di Sean. Puttanella fece la figura della bugiarda, convincendo la stampa che le sue erano solo stronzate. Ora potevamo solo sperare che ci lasciassero in pace e cercassero altre vittime.

Il lunedì dopo il nostro arrivo, tornammo dal dottor Curtis per l'ecografia della dodicesima settimana, e ci disse che se il bambino era nella posizione giusta avremmo potuto conoscerne il sesso.

Sean mi strinse forte la mano quando nella stanza risuonò il fruscio ormai familiare del battito del cuore del nostro bambino. Tutti gli altri controlli andarono bene, la mia pressione sanguigna era perfetta, niente di strano fu trovato nelle urine e gli esami del sangue non rivelavano nulla di anomalo. Eppure mentre guardavamo lo schermo eravamo nervosi. Era incredibile la differenza che facevano poche settimane. Adesso vedevamo chiaramente la spina dorsale del bambino, le braccia e le gambe. Il dottore dettò le informazioni all'infermiera e lei annotò tutto sul computer. Io ero sbalordita per tutto quello che stava accadendo nella mia pancia, nonostante non sentissi ancora nulla.

«Guarda le braccia che si muovono, G. Scommetto che diventerà un batterista».

Sorrisi. «Merda, spero di no. Ascoltarti suonare la chitarra agli inizi è stato già abbastanza difficile, figuriamoci cosa può essere un aspirante batterista».

«E io che pensavo che una delle ragioni per cui mi amavi fossero le mie doti di chitarrista».

«No, ti amavo perché non potevo farne a meno. Perché sono sulla Terra per questo». Distolsi gli occhi dallo schermo e guardai Sean. I suoi occhi erano colmi di lacrime, si portò la mia mano alle labbra e baciò dolcemente il palmo. Mi resi conto che nella stanza c'era silenzio. Richard Curtis e l'infermiera, Moira, ci stavano fissando.

«Bene», disse il dottore, interrompendo il silenzio. «Il vostro bambino ha deciso di collaborare. Di solito non comunichiamo ai genitori il sesso fino alla sedicesima settimana, perché fino ad allora non possiamo esserne certi, ma sono abbastanza sicuro che ci sia un maschietto in arrivo».

Scoppiai a piangere.

«Un maschio, G. Avremo un bambino». Io annuii e sorrisi fra le lacrime. «Grazie, grazie mille», disse Sean piangendo.

Il dottore e l'infermiera ci lasciarono soli per cinque minuti mentre ci ricomponemmo, per poi tornare a dirci che tutto era perfetto. Prendemmo un appuntamento per tornare dopo quattro settimane e tornammo a casa a condividere la notizia con la nostra famiglia. Sean non aspettò di arrivare. Appena usciti dall'edificio chiamò Marley e poi Lennon. Insistette perché ci fermassimo a casa dei miei, dove lui e mio padre si scolarono quasi tutto il contenuto di una bottiglia di whisky Laphroaig vecchia di diciott'anni. Finii per guidare io la macchina per tornare casa e rimettere un marito ubriaco, ma in estasi, a dormire.

Capitolo ventinove

Grazie al servizio bollente che avevamo fatto prima di partire per il Portogallo e alle foto sulla spiaggia, ci lasciarono in pace per tutta l'estate.

Nel corso degli anni Sean e io avevamo fatto qualche servizio fotografico insieme, ma quello era di gran lunga il più sconcio. Il fotografo mi aveva fatta posare seminuda addosso a Sean su una moto, spalmata su di lui a letto, e in varie altre pose che facevano sembrare che stessimo facendo sesso vestiti. Erano raffinate. Devo ammettere che il servizio ci fece eccitare non poco. Anzi, l'elicottero che ci aveva portati all'aeroporto era costato a Sean mille sterline in più perché eravamo in ritardo a causa di ben due sessioni di sesso extra.

I migliori soldi mai spesi per me.

Il giorno del mio compleanno, a fine settembre, i ragazzi organizzarono un evento di polo per beneficenza. Era una domenica calda e soleggiata e io scelsi di indossare un abito di garza lungo e ampio che avevo comprato a una bancarella retrò di Camden qualche settimana prima. Era color crema, in stile anni Settanta, e mostrava la pancia alla perfezione. Lo abbinai a un ampio cappello arancione e a un paio di espadrillas. Era perfetto.

I ragazzi erano usciti prima per controllare l'acustica, quindi mi passò a prendere Dave. Ash e Jimmie erano già in macchina. Mi baciarono e abbracciarono appena mi unii a loro.

Quando arrivammo, ci accompagnarono all'area VIP, dove

ci offrirono dello champagne. Io rifiutai e presi dell'acqua. Restammo lì un quarto d'ora prima di vedere Marley uscire da dietro il palco e raggiungerci. Billy apparve dopo di lui, seguito da mio marito. Lo guardai, in attesa che anche lui mi vedesse. Il cuore mi batteva fortissimo. Era meraviglioso, mi tolse il fiato.

«Cazzo, che figo», mi sussurrò Ash nelle orecchie, dando voce ai miei pensieri. Portava un paio di pantaloni di pelle e una maglietta con lo scollo a V, abbastanza corta da mostrare un po' di pancia e la V sul bacino, che mi faceva impazzire.

«Tira dentro la lingua, G. Puoi mangiartelo per cena».

Sorrisi. Sean si fermò a parlare e a stringere le mani di alcune persone.

«L'ho già mangiato a colazione, e lo voglio ancora per pranzo».

Avevamo trascorso la mattina a festeggiare col sesso, seguito da un altro festeggiamento in doccia. La mia libidine non si era minimamente affievolita durante la gravidanza e la mia pancia non era ancora così grossa da dare fastidio, quindi ci stavamo godendo la vita il più possibile, prima dell'arrivo del bambino.

«Maca a colazione è meglio di una Macacolazione».

Sorrisi ad Ash, la mia cognata maliziosa. Certe donne si sarebbero offese per le battute sconce sul proprio marito, ma io sapevo quanto amasse mio fratello nonostante i suoi commenti su Sean.

«Già, un Macaorgasmo è decisamente il modo migliore per iniziare la giornata. Anzi, non posso uscire dal letto senza averne avuti un po'».

Ash sputò champagne ovunque, e ci piegammo in due dalle risate, facendo voltare le teste dell'alta società inglese.

Sean stava parlando con un calciatore che riconobbi, mentre la moglie/ragazza di lui si avvolgeva una ciocca di capelli attorno al dito guardando mio marito come se volesse leccarlo dalla testa ai piedi, fermandosi in qualche punto nel mezzo. Come se si fosse accorto dei miei occhi su di lui, Sean alzò lo sguardo e mi vide. Chinò la testa squadrandomi, e capii che mi desiderava quanto io desideravo lui. Si bagnò il labbro superiore e disse qualcosa alla compagna/puttana del calciatore, senza mai distogliere gli occhi da me. Lo raggiunsi e lo presi per mano, e lui mi strinse e mi baciò appassionatamente sulla bocca.

«Sei bellissima, mogliettina», mi disse all'orecchio.

«Tu sei super scopabile. Cosa stai cercando di fare alla mia pressione sanguigna, marito?».

Il giocatore rise, la sua tipa no.

«Tony, questa è mia moglie, Georgia». Allungai una mano per stringere la sua. «Scusa, cara, qual era il tuo nome?», continuò Sean, e non avrei potuto amarlo di più.

«Melinda, ma tutti mi chiamano Mel», squittì.

Sorrisi, ma non le diedi la mano.

«Melinda, mia moglie, Georgia McCarthy». Sorrisi un po' di più, mentre cercavo di non incendiarmi per la mano di Sean che mi sfiorava il sedere. Lo guardai.

«Quando cantate?», gli chiesi.

«Fra un'ora. Come ti senti?»

«Bene».

Mi accarezzò la pancia e ci lasciò la mano.

«Congratulazioni per il bambino, sapete se è maschio o femmina?», chiese Tony.

Lo sapevamo, ma la notizia non era di dominio pubblico, e insieme rispondemmo di no scoppiando a ridere. Li salutammo e raggiungemmo il resto della band. Abbracciai mio fratello, Tom e Billy, e tutti mi augurarono buon compleanno e commentarono la mia pancia. Sean trascorse la mezz'ora successiva con la mano che proteggeva d'istinto la mia pancia, mentre la gente ci raggiungeva per congratularsi. Non potevo credere a quanto nostro figlio rispondesse alla voce del papà: ogni volta sentivo un calcetto e Sean mi guardava con il suo sorriso mozzafiato. Non dicemmo niente a nessuno. Era una cosa fra noi: un dialogo fra noi e nostro figlio.

L'avevamo sentito muoversi per la prima volta quando Sean era tornato dall'America. Mi sembrava di aver percepito qualche movimento nella settimana in cui era stato via.

Ma appena aveva iniziato a parlarmi, sulla strada di ritorno dall'aeroporto, avevo avvertito un calcio deciso. A quel punto avevo afferrato la mano di Sean e me l'ero appoggiata sulla pancia.

«Di' qualcosa, fagli capire che sei a casa. Ci sei mancato».

Gli occhi di Sean erano lucidi di lacrime quando disse: «Ciao, ometto, spero che tu sia stato bravo con la mamma mentre ero via».

I movimenti rapidi mi diedero la nausea, ma non dissi nulla, felice dell'espressione di pura gioia e amore sul viso di Sean. Da allora, avevamo trascorso un numero incalcolabile di ore sdraiati sul pavimento o sul letto a cantare o parlare alla pancia, mentre il bambino scalciava e si muoveva. Sapevamo che doveva rimanere lì finché non fosse stato pronto per uscire, ma eravamo entrambi eccitatissimi e non vedevamo l'ora di conoscerlo.

Len comparve come per magia. Il mio affascinante, organizzatissimo fratellone, manager dei Carnage. «Dieci minuti», informò i ragazzi. Baciò Jim, Ash, e poi si rivolse a me. «Guarda qui la mia sorellina, buon compleanno, sei bellissima George. La gravidanza ti dona. Non posso credere a quanto la tua pancia sia cresciuta in due settimane», disse baciandomi sulla guancia.

«Non è magnifica, Len?», commentò mio marito, accanto a me.

Io arrossii terribilmente e mi sentii tutti gli occhi puntati addosso.

Sean mi diede un bacio. «Scusa, piccola, non volevo metterti in imbarazzo. Sono solo orgoglioso della mia bellissima moglie e del fatto che la personcina nella sua pancia sia stata messa lì da me».

All'inizio non risposi, altrimenti sarei scoppiata a piangere. Deglutii il grumo di emozioni che mi stringeva la gola e gli sussurrai: «Ti amo, Sean, così tanto».

Lui mi sorrise. «Lo so, ma io ti amo di più».

«No», dissi scuotendo la testa.

«È ora, gente», disse Len battendo le mani.

Sean mi baciò. «Stai dove ti dice Milo, voglio riuscire a vederti, e non allontanarti da lui».

Sorrisi e scossi la testa. «Vai, starò bene».

C'erano circa duemila persone all'evento, molti erano accalcati attorno al palco, in attesa della performance dei Carnage. Len era andato con i ragazzi e Jimmie e Ash mi presero per mano e mi guidarono fuori dal padiglione, dove Milo ci stava aspettando, con due altri addetti alla sicurezza dell'evento. Ci guidarono attraverso la folla fin sotto il palco, dove c'era una piccola area protetta, con un paio di persone che non conoscevo.

«Là, George», disse Milo, indicando un punto segnalato da spray giallo sull'erba.

«Cosa?», ero confusa.

«Devi stare in piedi in quel punto, sciocchina», disse Ash, e mi ci accompagnò spingendomi per le spalle.

«Scusa, amore», disse alla ragazza tutta perle accanto all'area gialla. «Ma questo posto è occupato».

Tutte e tre scoppiammo a ridere, e anche Milo, che fece uscire tutti dall'area, eccetto noi ragazze.

«Perché devo stare in piedi qui? Non capisco», chiesi, a nessuno in particolare.

«Ordini di Sean. Ha trovato il punto da cui riesce a vederti meglio dal palco, quindi ha insistito che gli organizzatori ti riservassero quest'area, con della sicurezza in più».

«Stai scherzando?», dissi, incredula.

Milo scosse la sua enorme testa. «No. Era preoccupato che ti avrebbero spintonata e voleva che seguissi il concerto da qui e non da dietro il palco. La tua sicurezza è la sua priorità, specialmente adesso che hai un carico prezioso a bordo, ricordi?». Le mie mani trovarono subito la strada verso la mia pancia. Mio figlio aveva smesso di fare le acrobazie e stava riposando. Mi voltai verso il palco quando sentii qualche nota di chitarra. I ragazzi si stavano facendo accordare gli strumenti dai tecnici. Poi entrarono in scena e la folla impazzì, per quanto delle persone snob potessero impazzire per una band.

Sean mi guardò e fece l'occhiolino. Nonostante gli anni passati insieme, la vista di lui sul palco mi faceva venire le ginocchia molli. «Buon pomeriggio, Surrey. Grazie per esservi uniti a noi in questa bellissima giornata e per le vostre donazioni a una nobile causa. Ora scaldiamoci un po'».

La band suonò *Wrong* e *Come for me*, due singoli dei primi tempi. Poi suonarono canzoni dell'ultimo album. Si presero qualche minuto per bere qualcosa e poi tornarono sul palco, e notai che Sean era passato alla chitarra acustica e che gli era stato portato in scena uno sgabello. Vi si appoggiò, tenendosi in equilibrio con un piede solo. Non disse una parola, e quando alzò lo sguardo la folla si zittì.

«Per poco non rinunciavo a questo concerto, gente». Si levarono dei fischi. «Non fraintendetemi, volevo fare la donazione e contribuire in qualche modo alla causa». Le donazioni sarebbero finite a un ente che aiutava i drogati a iniziare una nuova vita dopo la riabilitazione. Non era la prima volta che la band suonava per loro. «Sapete, il problema era la data. Oggi è una giornata molto speciale per me. Oggi è il giorno in cui la donna che amo, quella a cui appartengo, mente, corpo, cuore e anima, è nata. Oggi è il compleanno di mia moglie».

Dio, giuro che dopo lo uccido.

Ci furono applausi e fischi e sapevo che tutti stavano guardando verso di me. Non distolsi gli occhi da Sean. Mi fece l'occhiolino e un'alzata di spalle. Poi sorrisi a tutti e salutai con la mano, sentendomi come se le guance stessero per incendiarsi. Chinai la testa leggermente, in modo da coprirmi il viso con la falda larga del cappello.

«Insomma, gente, dovete ringraziare mia moglie, perché quando le ho detto di oggi, mi ha risposto che non potevo rifiutare l'offerta dicendo "Ci saranno altri compleanni. La beneficenza è più importante"». La folla applaudì e Sean mi guardò. «Quindi augurate buon compleanno a mia moglie, è merito suo se siamo qui». Poi guidò la band e la folla a cantare una versione rivisitata di *Tanti auguri a te*. Sorrisi e ringraziai a destra e a sinistra, anche se morivo di vergogna. Alla fine Sean disse: «Buon compleanno, Georgia, questa è per te».

Marley iniziò a suonare un ritmo lento, e anche Billy si unì mentre Tommy partì con la batteria. Con quella sua voce roca, Sean iniziò a cantare:

«*I nostri occhi si incontrarono, e da allora siamo una cosa sola.*

Nessun altro sapeva che da quel momento saremmo stati una cosa sola.

Ora, dopo averti amata per tutti questi anni,
dopo il cuore spezzato e le lacrime,
non so più dove inizio e dove tu finisci.
Sei il mio amore, la mia vita, mia moglie, la mia migliore amica,

e non so più dove tu inizi e io finisco.
La nostra vita, il nostro amore, il nostro legame
Non significano nulla se tu non ci sei.
Ci hanno allontanati una volta,
ma abbiamo combattuto, i nostri cuori si sono ritrovati.
E guardaci ora, più forti che mai, e presto saremo in tre.
Abbiamo creato una nuova creatura d'amore,
fatta un po' di te e un po' di me.
Sei il mio amore, la mia vita, mia moglie, la mia migliore amica,
e non so più dove tu inizi e io finisco.
Sei il mio amore, la mia vita, mia moglie, la mia migliore amica,
ora, con quel po' di noi che cresce in te,
la nostra storia non finirà mai».

Per qualche attimo rimasi in silenzio insieme al resto della folla. Ash e Jimmie mi stringevano da un lato e dall'altro mentre Sean saltò giù dal palco, scavalcò la barriera e venne verso di me. La gente allungava le mani per toccarlo, ma lui non distolse gli occhi dai miei.

E poi era lì, proprio davanti a me. «Ti amo, Georgia Rae. Buon compleanno».

Gli gettai le braccia al collo e lui mi strinse in vita, tirandomi a sé più che poteva, baciandomi con tutta la passione che aveva. E per tutto il tempo, il nostro bambino gli calciava la pancia dalla mia pancia.

Capitolo trenta

In un gelido pomeriggio di dicembre, lasciammo l'ufficio del dottor Curtis per raggiungere un negozio per neonati lungo la strada dove abitavo prima. Lo avevo scelto perché sapevo che vendevano prodotti personalizzati. Non l'avevo detto a Sean e non vedevo l'ora che vedesse il passeggino che avevo fatto realizzare per il nostro bambino.

Il negozio aveva chiamato quella mattina per dirmi che l'ordine era pronto e, dato che avevamo un appuntamento a Harley Street quel pomeriggio, gli dissi che saremmo passati prima di tornare a casa.

Milo ci stava accompagnando. La notte prima aveva nevicato e, nonostante fossero solo le due del pomeriggio, si stava facendo buio e l'asfalto stava per congelarsi di nuovo.

Il controllo dal dottore era andato bene. Io e il bambino eravamo in ottima salute, ero incinta di trentasei settimane ed ero forte come un cavallo.

Finalmente ci liberammo del traffico di Londra del venerdì pomeriggio e arrivammo al negozio per le quattro. Milo ci fece scendere e andò a cercare parcheggio.

Sean fu entusiasta della carrozzina. L'avevo fatta fare della stessa sfumatura di rosso del marchio della band, la struttura nera e con la scritta "il mio papà è il migliore" sul davanti. Sembrava più un'auto sportiva che una carrozzina, e Sean non vedeva l'ora di spingerla con il bambino.

«Ti piace? Non pensi sia troppo per un bambino piccolo?».

Mi mise un braccio attorno alle spalle quando uscimmo dal negozio. «Tesoro, è perfetta. E comunque non è troppo per il nostro bambino».

Metà del tempo all'interno del negozio la passammo a farci scattare fotografie e firmare autografi, ma non ci dispiacque. Fuori era buio e nevicava ancora.

«Aggrappati a me, G, si scivola. Dove cazzo è Milo?».

Guardammo su e giù lungo la strada, ma della Range Rover non c'era traccia. Sean prese il cellulare. «Dove sei? Si gela qui fuori e per terra è scivoloso». Si guardò ancora attorno. «No, ancora nessun parcheggio». Mi guardò. «Si scivola troppo, torna indietro e mettila in doppia fila. Ti veniamo incontro noi». Rimise il cellulare in tasca e mi avvolse in un abbraccio. «Ha dovuto parcheggiare lontanissimo, ma non preoccuparti, ti tengo al caldo io».

Mi accoccolai su di lui mentre osservavo una coppietta di anziani salire su una vecchia Mercedes dietro di noi, e sorrisi quando l'uomo tenne aperta la portiera per la moglie. Avrà avuto cent'anni, e a giudicare da come arrancava attorno alla macchina, doveva anche sentirli, soprattutto con il freddo che faceva. Ci mise un sacco a far partire l'auto, mentre parlava con la moglie. Guardò lo specchietto retrovisore, ma anziché fare marcia indietro verso la strada, l'auto scattò in avanti. Penso di aver gridato il nome di Sean, ma il ruggito del motore fu troppo forte per sentire altri suoni. Sean e io volammo in avanti. La macchina ci seguì mentre noi ci spostavamo di lato, e io picchiai forte il fianco. Sean era ancora accanto a me e l'auto si fermò vicino a lui. O almeno credevo fosse andata così, ma non ne ero sicura, non ero sicura che niente di tutto ciò fosse reale.

Tutto fu quieto per qualche secondo. Guardai Sean, il suo viso era al livello del mio, gli occhi spalancati. Mi fece un lieve sorriso. «Ti amo, Georgia Rae, fammi vedere le tette», sussurrò, poi chiuse gli occhi, i suoi bellissimi occhi scuri dalle venature dorate.

Capitolo trentuno

Beau Francis McCarthy nacque alle 6:08 di un venerdì sera, il primo dicembre del 2000. Non fece neanche un respiro e fu dichiarato morto alla nascita. Il mio utero si era rotto, o per la forza dell'impatto con la macchina, o per la forza dell'atterraggio sull'asfalto. Nessuno riuscì a dirmelo. Il mio bambino venne fatto nascere, e per fermare l'emorragia mi effettuarono un'isterectomia d'emergenza.

Alle 8:30 di quella sera, quando uscii dalla sala operatoria, mi portarono Beau per abbracciarlo. La mia intera famiglia era raccolta attorno al mio letto, ma io chiesi a tutti di andarsene.

Marley si rifiutò e rimase in piedi a guardarmi mentre facevo il bagno al mio piccolo bambino perfetto e lo vestivo con l'abitino che avevamo preparato per portarlo a casa dall'ospedale. Grazie al mio organizzatissimo marito, la borsa era già stata caricata in macchina e ci aveva seguiti ovunque nelle ultime settimane.

Beau aveva un ciuffo di capelli scuri ed era identico a suo padre. Lo avvolsi nella copertina di lana blu che Milo e sua moglie ci avevano portato. C'erano disegnate delle chitarre, Sean gli aveva chiesto dove l'avessero presa e ne aveva ordinate una mezza dozzina.

Rimasi seduta sul letto insieme a mio fratello che teneva in braccio mio figlio, suo nipote, e piansi, mentre aspettavo che l'infermiera venisse a prendermi.

Alle 9:45 di sera, mi portarono in terapia intensiva su una sedia a rotelle e mi permisero di presentare Sean al nostro bambino. Lennon e Bailey mi aiutarono a sedermi sul suo letto, io mi sdraiai sul fianco e misi il suo braccio attorno a me e al nostro piccolino.

Il respiratore di Sean fu spento alle 11:28 e lui morì pacificamente alle 11:43 della sera stessa, con nostro figlio e me fra le braccia, circondato da tutta la mia famiglia e dai suoi genitori.

Li seppellimmo insieme due settimane dopo, quando io mi fui "ripresa" abbastanza da presenziare ai funerali. Il mio unico rimorso era di non essere già morta e non poter essere messa sotto terra con loro. La mia vita era comunque finita, era solo una questione di tempo prima che mi unissi a loro.

Avrei voluto non sentire niente, eppure ero in agonia totale. Una volta finito il funerale, sapevo con esattezza cosa dovevo fare. Ero rimasta viva solo per dare un addio e vedere mio marito e il mio bambino sepolti, ma alla fine non ricordavo nulla di quel giorno. Non ricordavo quasi nulla delle ultime settimane. Sentivo solo il dolore, un enorme buco dolente dentro di me e tutto il male che ne sgorgava. Ora il funerale era passato e sapevo di potervi metter fine.

Quando ero a scuola, un insegnante di religione e educazione sociale fin troppo entusiasta disse alla mia classe che il suicidio era sbagliato, e che Dio non avrebbe permesso a nessuno che si toglieva la vita di andare in paradiso. E Sean e Beau dovevano essere sicuramente in paradiso, quindi dovevo aspettare di dirgli addio al funerale prima di fare quello che andava fatto.

Ero sdraiata al buio, nel letto della mia vecchia camera a casa dei miei. La combinazione di Valium e sonniferi mi avvolse nell'oscurità che desideravo così ardentemente. Non avevo paura, ero solo impaziente. Volevo il nero nulla. Volevo così disperatamente che il dolore se ne andasse che mi offrii a lui senza porre alcun tipo di resistenza. Lasciai solo che mi prendesse.

Epilogo

Aprii gli occhi quando sentii il bacio di Sean sulla mia spalla, lungo la curva del collo, sulla gola, sulla mascella, fino all'orecchio.

«Svegliati, Gia. È ora di andare, piccola».

Sospirai e allungai una mano finché non trovai i suoi capelli e ci passai le dita. «No. Sono troppo stanca. Voglio stare qui. Rimaniamo a letto».

Lo sentii ridacchiare. «Non possiamo, G. Devi andare. È ora di aprire gli occhi e andare».

Ci provai, ci provai davvero, ma avevo le palpebre così pesanti che non riuscii a sollevarle. Mi baciò ancora, e respirai il suo profumo.

«Ti amo», sussurrai.

«Io ti amo di più, Georgia Rae, ma è ora che tu vada».

Scossi la testa.

«Gia, sarò con te, tesoro, sempre, ogni singolo giorno. Non te lo sto chiedendo, te lo sto ordinando, apri quei cazzo di occhi».

«Va bene, lo farò, solo non adesso. Fra un minuto».

«Adesso, G. Apri gli occhi adesso».

Lo feci, e in un istante lui svanì. La stanza era troppo luminosa, mi ci vollero secoli per aprire gli occhi completamente. Mio padre era seduto da un lato di un divano a due posti, mia madre era sdraiata con la testa sulle sue gambe. Stavano dormendo. Marley era su una sedia proprio accanto a me, con la testa sul letto e la mia mano fra le sue.

Poi il dolore mi colpì e mi tolse il respiro.

Perché?

Perché ero lì?
Non volevo essere lì, a respirare e sentire.
Non volevo essere viva.

* * *

Ero sdraiata sul caldo e consunto divano in pelle a fissare il soffitto. La mia mano era infilata nei pantaloni del pigiama, tracciava le vaghe rientranze sulla mia pancia. Ora si notavano appena. La maggior parte delle donne probabilmente non vedeva l'ora che i loro corpi tornassero com'erano prima della gravidanza e che le loro smagliature svanissero, ma le poche che avevo, io volevo che restassero con me per sempre. Le leggere linee biancastre e la cicatrice dell'operazione erano i soli segni fisici di quello che avevo, e che avevo perso.

Lasciai andare un rumoroso singhiozzo e le lacrime mi scorsero lungo le guance, fin dentro le orecchie. Mi portai le ginocchia al petto e abbracciai le gambe, stringendole forte. Aggrappandomi. Non alleviò il dolore. Non lo fermò e non servì a riempire l'enorme buco che mi era stato scavato nel cuore, nella vita, nell'esistenza. Ma per pochi, brevi attimi, fermò la sensazione che provavo di continuo, quella di cadere. Pochi secondi, poi tornò. Oscillai a destra e a sinistra, solo per concentrarmi su qualcosa.

Le lacrime che mi si erano raccolte negli occhi sgorgarono, arrivando fino al collo. Mi facevano male la gola, il petto, ma trattenerle era anche peggio. Gli psicologi, gli strizzacervelli e ogni altro esperto davanti al quale mi avevano fatto sedere negli ultimi tre mesi avevano concordato almeno su una cosa: piangere faceva bene. Era meglio sfogarsi che tenersi tutto dentro. Ma per me non faceva alcuna differenza. Faceva male allo stesso modo, e loro non sarebbero tornati comunque. Mio marito e il mio bambino, il mio piccolo bambino. Il mio affascinante, intelligente marito pieno di vita, e il nostro piccolino, se n'erano andati, si erano spenti in pochi secondi di completo, totale massacro.

Carnage... davvero ironico.

Ecco la parola perfetta per descrivere le circostanze della loro morte, tre mesi prima.

Incredibile che fossero già passati tre mesi. Non ricordavo dicembre. A gennaio, dopo il secondo tentativo di suicidio, la mia famiglia mi aveva affidata a una struttura privata di salute mentale. Mi tennero lì per quasi tre settimane. Non sapevo cosa sperassero di ottenere, a parte fermarmi dall'ennesimo tentativo di togliermi la vita. Cosa credevano avrei fatto una volta fuori?

Non ero pazza. Non ero mentalmente instabile. Non più di una donna che aveva visto morire figlio e marito davanti ai propri occhi. Semplicemente non volevo vivere. Convinsi chi dovevo convincere che non avrei cercato di uccidermi ancora, quindi mi lasciarono alle cure della mia famiglia.

L'avrei fatta finita non appena ne avessi avuta l'occasione. Poi Jimmie venne a trovarmi e portò con sé tutti i miei nipoti.

Quando entrò, ero seduta sul divano dei miei. Teneva Harley in braccio, e Jimmy, Paige e Ziggy le trottavano dietro. Capii subito che era arrabbiata. Ziggy la superò e mi si gettò sulle gambe. Aveva appena compiuto sei anni ed era la copia esatta di mio fratello. Lo strinsi e annusai il suo profumo. Faceva male e mi curava allo stesso tempo. Proprio come i miei fratelli, aveva iniziato a chiamarmi Porge dopo aver imparato la canzoncina di Georgie Porgie.

«Zia Porge, mi sei mancata tantissimo». Quasi mi strangolò stringendomi le braccia attorno al collo.

«Mi sei mancato anche tu, Zig. Mi siete mancati tutti».

«Ma non troppo, eh George». Guardai Jimmie dal divano. Mamma si era alzata dalla poltrona. Papà, Len e Marley entrarono nella stanza.

«Non davanti ai bambini, Jamie», le disse mamma.

«Ehm, invece sì, Bern. Penso che i bambini abbiano bisogno di sentirlo. Penso che George debba dire ai bambini perché non sono abbastanza importanti per lei. Perché significano così poco che non vuole vederli crescere».

Lennon la raggiunse e prese Harley dalle braccia di Jimmie. Marley mi prese Ziggy dalle gambe. Io non smisi di guardare Jimmie. Mi tremavano le labbra e mi sfuggirono delle lacrime, scivolandomi lungo le guance senza alcuno sforzo.

«Perché non contiamo, George? Perché non ti importa di quello che ci stai facendo passare?». Si asciugò le lacrime dal viso col dorso della mano.

«Sean era come un figlio per i tuoi. Ed era come un fratello per me, Ash e i ragazzi e lo zio preferito di tutti i nipoti. Lo amiamo tutti. Non siamo riusciti a conoscere Beau, ma lo amavamo già in ogni caso. I cugini, le zie, i nonni lo amano, e l'abbiamo perso tutti, proprio come abbiamo perso Sean, e fa male». Singhiozzava e riusciva a malapena a parlare. «Fa malissimo, George. Stiamo soffrendo per la nostra perdita e per la tua, che possiamo solo provare a immaginare. Ma adesso lascia che ti dica che quello che stai facendo è egoista, dannatamente egoista. Ci hai visti soffrire, George, hai visto cosa abbiamo passato negli ultimi due mesi. Marley tira avanti a malapena. Len è a pezzi, e tu non fai che peggiorare le cose. Quando finirà, George? Ti ucciderai, e poi?». Guardò i miei fratelli e i miei genitori. C'era silenzio, si sentivano solo singhiozzi, e mio padre era quello che piangeva più forte. Quello che restava del mio cuore soffriva per lui.

«Se ti uccidi, cosa faranno tua madre e tuo padre? E i tuoi fratelli? E io, Ash e Sam? I tuoi nipoti? Tutti i nostri bambini, che effetto pensi che avrà la notizia su di loro quando cresceranno? Come faremo a spiegarglielo? Puoi immaginare i problemi che questo potrebbe causare loro? Per un solo secondo, hai pensato a qualcun altro oltre a te stessa?». Si inginocchiò davanti a me e guardò la mia pancia. Fece un respiro profondo per cercare di ricomporsi. Io non mi preoccupai, lasciai uscire le lacrime, i singhiozzi, e tutti gli altri rumori orribili e inumani che producevo.

«Abbiamo bisogno di te. Aiutare te a superare questa cosa aiuterà anche noi. Sean sarebbe furioso, George. Incazzato nero». Mi prese le mani nelle sue. «Nessuno, nessuno dovrebbe mai subire quello che è successo a te, ma devi considerare il quadro d'insieme, le conseguenze delle tue azioni. Puoi morire, sapendo che Marley farebbe la stessa fine subito dopo? E che lasceresti Ash senza l'amore della sua vita e Joe, Con e Annie senza il loro papà? Dopo aver perso uno zio, una zia e un cuginetto, saresti felice di finire nella tomba sapendo che probabilmente ti porteresti via anche il loro papà? Eh?». Mi sfuggì un altro singhiozzo. «George, rispondimi».

Scossi la testa. «No», sussurrai. «No, non lo sarei».

Mi strinse fra le braccia. «Allora basta con questa merda. Ameremo e piangeremo Sean e Beau per il resto delle nostre vite. Non li dimenticheremo mai, e ci aiuteremo a vicenda per affrontare la loro morte come possiamo, ma nessuno di noi porterà altro dolore in questa famiglia. Ci siamo capite?». Annuii e cercai di respirare. «Ti voglio bene, George, e non voglio perderti. Devi vivere la tua vita e farlo al massimo. Devi vivere anche per Sean e Beau, facendo sì che ogni giorno sia importante».

Ashley intervenne più tardi. Arrivò dai miei quel pomeriggio. Ero appoggiata al bancone della cucina, mentre guardavo la mamma preparare una tazza di tè. Marley era seduto su uno sgabello e quando Ash entrò ci stava raccontando di quanto Joe fosse bravo a giocare a calcio. I bambini erano con lei, ma erano andati tutti dritti verso la stanza dei giochi. Ignorò Marley quando lui la salutò e venne dritta nella mia direzione. Appena mi raggiunse, mi mollò uno schiaffo in faccia.

«Ash!», gridò Marley. Lei si portò un dito alla bocca per zittirlo, poi tornò a guardarmi.

«Questa è l'ultima volta, George. L'ultima volta che ci fai passare questo casino. Tuo marito si vergognerebbe di te in questo momento». Poi mi strinse in un abbraccio e mi disse quanto mi voleva bene.

* * *

Questo accadde tre settimane prima. Tre settimane in cui ero rimasta viva pur essendo morta dentro. Ma non ero morta. Non avevo cercato di uccidermi. La morte senza morire era il tipo di morte peggiore. La porta dello studio insonorizzato della casa dei miei si aprì ed entrò Marley.

«Alzati, George. Voglio farti vedere una cosa».

Mi asciugai le lacrime con la manica, mi alzai dal Chesterfield dove trascorrevo la maggior parte delle mie giornate e seguii mio fratello all'esterno. Lì nel vialetto c'era Hilda.

«Dove l'hai presa? Sei stato a casa mia?», chiesi a Marls.

Marley mi mise una mano sulla spalla e mi baciò la testa. «Sì, spero non ti dispiaccia. Ho pensato che potesse piacerti l'idea di farci un giro».

Per la prima volta da dicembre, sentii nel mio petto qualcosa di diverso dal dolore. Era un piccolo, piccolo barlume di calore. Sorrisi. «Non mi va di guidarla fuori in strada, Marls, ma la guiderò qui in giro».

«Sì?», chiese sorridendomi.

«Sì».

«Be', è un buon inizio, suppongo».

Lo era, più di quanto potesse immaginare. In quel momento capii che era un inizio. Un inizio impercettibile, ma pur sempre un inizio. Un piccolo passo in avanti, per la prima volta quell'anno: la prima volta che mi andava davvero di fare qualcosa. Non era niente di che, ma salire in macchina e guidare mi avrebbe permesso di concentrarmi su qualcos'altro che non fosse mio marito, mio figlio e la mia stessa morte. Lì in piedi, con il braccio di mio fratello attorno alle spalle, a guardare la mia amata Hilda, vidi un barlume di speranza. La speranza di riuscire a sopravvivere al buco nero, vuoto e doloroso che era la mia vita.

Playlist

The Jam, *Liza Radley*
The Jam, *Start*
The Jam, *English Rose*
Queen, *Crazy Little Thing Called Love*
Dire Straits, *Romeo & Juliet*
Gloria Estefan, *Don't Wanna Lose You*
Alexander O'Neal, *Fake*
Soul II Soul, *Back To Life*

Indice

p. 7 Capitolo uno
14 Capitolo due
26 Capitolo tre
40 Capitolo quattro
49 Capitolo cinque
68 Capitolo sei
78 Capitolo sette
82 Capitolo otto
98 Capitolo nove
114 Capitolo dieci
134 Capitolo undici
154 Capitolo dodici
183 Capitolo tredici
195 Capitolo quattordici
210 Capitolo quindici
218 Capitolo sedici
236 Capitolo diciassette
243 Capitolo diciotto
255 Capitolo diciannove
279 Capitolo venti
293 Capitolo ventuno
312 Capitolo ventidue
333 Capitolo ventitré
347 Capitolo ventiquattro
363 Capitolo venticinque
373 Capitolo ventisei
381 Capitolo ventisette
386 Capitolo ventotto

p. 393 Capitolo ventinove
401 Capitolo trenta
403 Capitolo trentuno
405 Epilogo

412 *Playlist*